Les
HYPER
MONDES
L'association

Volume dirigé par Natacha Vas-Deyres et Loïc Nicolas, mis en page par André-François Ruaud, relu par Erwan Cherel et Léo Noël, sous une couverture et avec un frontispice de Lionel Cazaux ; publié à l'occasion du deuxième festival Hypermondes (Mérignac, 24 et 25 septembre 2022)
Traduction de la nouvelle d'Ellen Kushner par Patrick Marcel.

www.moutons-electriques.fr
ISBN 978-2-36183-821-8
Imprimé en Bulgarie

HYPERMONDES

#02

ÜTOPIES

HYPERMONDES
#02 UTOPIES

2022, ET L'UTOPIE FUT

Natacha Vas-Deyres & Loïc Nicolas

Après deux ans d'assombrissement de l'avenir de l'humanité, entre une pandémie mondiale qui ne s'éteint pas, la renaissance d'une guerre venant d'un autre temps et la menace actée du changement climatique, la seconde anthologie du festival Hypermondes a décidé de se tourner résolument vers d'autres futurs. Des futurs utopiques, parce que l'être humain a besoin d'espoir afin de forger sa destinée, mais aussi réalistes, parce nous avons déjà vécu l'échec d'utopies ayant muté vers des dimensions totalitaires et dystopiques. La science-fiction a déjà largement exploré les terres de ces dernières : il est temps désormais de relancer le « moteur » de futurs enviables grâce à l'inventivité des auteurs de l'imaginaire. Cette nouvelle anthologie d'Hypermondes répond à la nécessité de réfléchir à un urbanisme plus verdoyant et à des énergies respectueuses de l'environnement, d'intégrer les analyses des scientifiques dans les réalisations pratiques. (Re)partir d'un réel positif, des réussites de notre monde contemporain, adapter la technologie pour créer des mondes nouveaux, développés et enrichis par l'imaginaire : voilà l'ambitieux programme, la « vérité de demain » si chère à Victor Hugo, que vous proposent les Hypermondes en 2022.

Aujourd'hui le rêve d'une société meilleure, plus en harmonie avec le monde naturel n'est une pas une perte de temps et d'énergie mais une nécessité pour la survie de l'espèce humaine.

L'envie de possession, le pouvoir de la finance, les lobbyings dont les systèmes de valeurs glorifieraient l'émergence d'un darwinisme social, la violence, la corruption empêchent l'être humain d'aller au bout de ses idéaux ou les asservissent à des ambitions personnelles et font de l'intérêt général une chimère. La fonction originelle de l'Utopie est d'élargir le champ des possibles et à partir du XIXe siècle, c'est la science-fiction qui a pris ce relais en intégrant les enjeux utopiques dans ses récits du futur. Sans ce rêve de futur idéal, notre civilisation demeurerait passive, médiocre, désenchantée. L'utopie grandit et fait grandir, transcendant sa force via des femmes et des hommes qui espèrent et tentent la concrétisation de projets à notre portée. « Ils seront nécessaires, dit Stefan Zweig, ceux qui indiquent aux peuples, ce qui les rapproche par- delà ce qui les divise et qui renouvellent dans le cœur des hommes la croyance en une plus haute humanité ».

Les utopies suggèrent l'amélioration matérielle et morale de la société de façon cohérente et concrète dans la perspective d'un bonheur partagé et individuel. Elles se doivent d'aboutir à un mieux vivre ensemble pour échapper aux mondes apocalyptiques et dystopiques dépeints par la science-fiction et dont nous nous rapprochons dangereusement. Les textes que vous allez lire, des récits espérants, teintés de solarpunk, hantés positivement par les figures de Thomas More ou de Jules Verne, aux réflexions sur l'utopie féministe, scientifique, le réel de l'utopie ou les liens entre progrès et liberté, peuvent être perçus comme des graines à planter dans l'esprit de chacun d'entre nous. Nous n'avons plus le temps d'être à la croisée des chemins, pressés par des changements dont l'humanité est responsable depuis l'avènement de l'ère industrielle mais nous pouvons encore inverser le moteur de notre imaginaire. Sans doute les représentations culturelles issues de la littérature, du cinéma, des illustrations, des jeux vidéo ont peu d'impact sur le réel. Mais en sommes-nous si certains ? Pourquoi ne pas faire le pari – pascalien – que nos rêves portés par les artistes de l'imaginaire s'incarnent comme les belles cités végétales de Luc Schuiten ? Nos volontés conscientes et expérimentées pourraient désormais choisir de métamorphoser le monde, même par petites touches. Si des utopies d'hier sont parfois devenues des réalités d'aujourd'hui, pourquoi ne pas croire que les utopies d'aujourd'hui seront certainement les réalités de demain ?

DANS LA VILLE

Ellen Kushner

Romancière new-yorkaise, Ellen Kushner est née à Cleveland, dans l'Ohio. Passionnée par l'histoire médiévale et les traditions, elle a dirigé une collection de fantasy *avant de se lancer dans l'écriture. Autrice de* Thomas le Rimeur *(World fantasy & Mythopoeic Awards 1991), elle est la co-fondatrice de l'Interstitial Art Foundation et anime également Sound & Spirit, une émission de radio sur les musiques, traditions et folklores du monde.* À la pointe de l'épée, *son premier roman – réédité en France sous forme d'intégrale (ActuSF, 2019) –, est une œuvre majeure de la* fantasy, *couronné en 2007 par le prix Locus du meilleur roman de* fantasy. *L'écrivaine a également reçu un prix Imaginales de la nouvelle en 2014, pour « Un jeune homme de mauvaise vie ». Par sa vision positive et dynamique de l'avenir, Ellen Kushner se présente comme la marraine idéale de cette édition 2022 du festival Hypermondes.*

Dans la ville de Nova Ebora, il ne fait jamais si noir la nuit qu'on ne sache pas où l'on va.

La ville de Nova Ebora se compose de quartiers innombrables. Pour le prix d'une tasse de café on peut se rendre de l'un à l'autre par un des trains souterrains qui criblent la ville. On peut voyager sur des kilomètres et des kilomètres. Jamais les trains ne cessent de rouler. Des amants peuvent vivre à une demi-heure de train l'un de l'autre, une heure, dix minutes ; le prix du trajet reste le même et ils peuvent donc toujours se rejoindre.

Dans cette ville, les trains souterrains circulent même plus vite que les voitures parce qu'il n'y a rien pour les arrêter. Ces histoires d'alligators qui vivent sous terre, de minuscules reptiles ramenés par des enfants de vacances en famille au Pays des Alligators et expulsés par les toilettes, qui grossissent ensuite et écument désormais les voies ferrées souterraines ? Ce n'est qu'un mythe.

Dans chaque maison, on peut tourner un robinet et avoir de l'eau fraîche. Si vous voulez de l'eau chaude pour vous y baigner, vous pouvez en avoir, également. Chaque maison possède au moins une fontaine qui crache de l'eau chaude sur votre peau nue. On peut rester longtemps dessous, car là-bas l'eau propre ne coûte pas cher. Les habitants de Nova Ebora ont accès à une gamme étourdissante de savons et de lotions avec lesquels se nettoyer, parfumés aux herbes aromatiques, aux épices et aux fleurs de tous les coins du monde. Tout le monde peut en acheter, pour très peu d'argent.

(À propos d'hygiène personnelle : vos déchets corporels ne restent pas dans vos appartements, pas même un instant : ils sont emportés par une eau propre dès que vous les avez expulsés de votre corps.)

En même temps que de l'eau pure à toute température, chaque maison a de la lumière : une lumière qui ne brûle pas, qui ne dégage pas de chaleur, mais qui suffit pour lire, cuisiner ou manger, quand vous le souhaitez. Personne n'est tributaire de la tyrannie de l'astre solaire. L'éclairage dans les rues empêche de bien voir la lune et les étoiles. Mais la plupart considèrent que c'est un prix modeste à payer.

Dans la ville de Nova Ebora, on peut accéder à la nourriture de tous les coins du monde, préparée par des gens qui en sont originaires. Les cuisines à l'intention du public sont inspectées avec soin pour veiller à ce que personne ne tombe malade en y mangeant. Les gens de la ville s'enorgueillissent de savoir où trouver la meilleure nourriture et ils en discutent sans trêve, rien que par plaisir. Jamais on n'est obligé de cuisiner soi-même, là-bas, si on a de l'argent (et on n'a pas besoin d'en avoir beaucoup) : on peut rester couché sur son sofa et faire venir des gens pour vous apporter à bicyclette n'importe quel plat. On n'est même pas obligé de les payer, mais on le devrait, car ils sont nouveaux en ville et ont besoin d'y trouver leurs aises. Ils sont venus chercher le prix d'un dur labeur et sont disposés à exécuter ici les travaux dont nul autre ne veut, afin que leurs enfants puissent connaître une vie meilleure. L'éducation est gratuite, à Nova Ebora. On attend des filles comme des garçons qu'ils aillent à l'école au moins jusqu'à l'âge de seize ans.

Nul n'est obligé de se fabriquer ses vêtements, parce qu'ils sont si bon marché, même la soie et le velours. En été, il y a du lin et du coton léger ; en hiver, du cuir et de la laine épaisse. Il existe même un tissu à base d'os de dinosaures, qui ne se froisse jamais. Les vêtements peuvent prendre toutes les couleurs de l'arc-en-ciel. Les femmes portent souvent les mêmes tenues que les hommes.

Dans la ville, les femmes se promènent résolument sans escorte dans les rues. Elles mangent ensemble dans les restaurants, boivent ensemble dans les bars, et personne ne s'étonne d'en voir un groupe rire ou débattre, sans aucun homme présent.

Toutes les femmes sont censées survivre à un accouchement, et c'est le cas général. Tous les enfants s'attendent à grandir. On les vaccine contre les maladies infantiles et si quelqu'un tombe malade, même un adulte, on leur inocule souvent des médicaments qui tuent la maladie.

Ils ne craignent pas la mort dans la nuit. Quand elle arrive, c'est toujours une surprise.

Cette histoire est basée sur une idée de l'auteur de fiction spéculative américain Michael Swanwick. Traduction : Patrick Marcel.

L'Utopie et nous

Serge Lehman

*Polygraphe selon ses propres termes, auteur de nouvelles, de romans, de scénarios de bande dessinée, et de films (l'adaptation d'*Immortel ad vitam *d'Enki Bilal en 2004) de travaux critiques, Serge Lehman est un écrivain baignant dans le « sense of wonder » et les hypermondes de la science-fiction, jouant avec le temps et l'espace, en bâtissant des mondes merveilleusement loin ou dangereusement proches du nôtre. Parallèlement à sa propre activité d'écrivain, il entreprend en 1998 un véritable travail de réflexion sur le genre de la science-fiction.* Chasseurs de chimères - L'âge d'or de la science-fiction française, *une anthologie publiée en 2006, témoigne de l'une des ambitions de Serge Lehman : exhumer le patrimoine méconnu de la science-fiction française. Déjà lauréat des Grand prix de l'imaginaire entre 1994 et 2011, du Rosny aîné et du prix Bob Morane, il obtient le GPI Essai en 2022 pour sa préface « La Pulpe et la moelle » de l'anthologie* Maîtres du vertige *publiée chez l'Arbre vengeur. Le festival Hypermondes ne pouvait pas rêver d'un parrain plus emblématique de son univers !*

Le monde, écrit Ludwig Wittgenstein, « est tout ce qui a lieu ». Cette définition en vaut une autre et elle a le mérite de préciser la nature de l'utopie : située nulle part, celle-ci ne saurait appartenir au monde. Elle relève au contraire du domaine du rêve, de l'idéal.

La plupart des utopies impliquent un franchissement. Pour les trouver, il faut traverser la mer, franchir les montagnes, descendre sous terre, survivre au désert. Parfois sonder les nuages.

Le secret est la condition de leur existence.

Dans « Le géant noyé », sublime nouvelle de J. G. Ballard, un corps humain gigantesque (hommage à Gulliver) s'échoue sur une plage anglaise. Au bout de quelques jours, il est dépecé, vendu à la découpe et son squelette devient un parc d'attraction. Dans « Billenium », autre classique ballardien, les habitants d'une ville surpeuplée découvrent, derrière la cloison d'un appartement communautaire, une pièce vide, oubliée de tous. L'expérience euphorique de l'espace et du silence dure quelques heures. Puis la pièce est envahie et le cauchemar reprend ses droits.

La mise en garde est claire : l'utopie ne doit pas se mêler au monde, sous peine de basculer dans le kitsch ou l'horreur. Elle n'est pas un but à atteindre, mais une direction. Un horizon. Notre société si dure, égoïste, fragmentée, soupçonneuse, est en ce moment même l'utopie du peuple ukrainien. Et, symétriquement, nous voyons dans ce peuple au courage extraordinaire la dignité et les vertus civiques qui sont, depuis Platon, l'accomplissement de toute cité parfaite.

Le jeu du réel et de l'idéal est plus retors qu'on ne croit.

Le Kremlin-Bicêtre, mai 2022

Quelques recommandations

Notes de lecture par Nicolas Allard, Ugo Bellagamba, Fabrice Carré, Silène Edgar, Serge Lehman, Loic Nicolas, André-François Ruaud et Natacha Vas-Deyres

Brian Aldiss & Roger Penrose, *Mars Blanche*, 1999. Un roman imparfait mais très attachant montrant une société utopique scientifique se construire sur Mars et une rencontre improbable faire grandement évoluer l'humanité.

Jean-Pierre Andrevon, *Les Hommes-machines contre Gandahar*, 1969. Un roman écrit par « le gauchiste de service » selon ses propres termes, opposant le monde verdoyant utopique et égalitaire de Gandahar à la société mécaniste et industrielle du Métamorphe, ressemblant étrangement au Général de Gaulle…

Ayerdhal, *Chroniques d'un rêve enclavé*, 1997. Dans un monde médiévalisant, Ayerdhal met en scène le personnage de Parleur, un héros révolté porteur d'une vision utopique et démocratique au cœur d'un royaume autoritaire. La mise en place de la cité utopique se fera dans le sang mais l'idée de Parleur lui survit et se développe.

René Barjavel, *La Nuit des temps*, 1968. Sans doute, le plus célèbre roman de son auteur, narrant une inoubliable histoire d'amour et portant l'utopie marquante du monde ancien de Gondawa construite autour du concept de revenu universel.

Stéphane Beauverger, *Collisions par temps calme*, La Volte, 2021. Une société future idéale, apaisée, réparée, régie par une I.A. universelle, sage et bienveillante. Brave Simri ! Pourquoi et comment quitter ton giron protecteur ? (Dans la bien nommée collection Eutopia)

Vincent Brugeas (scén.) / Ronan Toulhoat (dessin), *La République du Crâne*, Dargaud, 2022. Sans sacrifier leur sens inné de l'aventure et du drama, le duo qui a déjà marqué la BD historique avec *Le Roy des Ribauds* traite la piraterie d'un point de vue politique en incarnant dans leur histoire les idées et les valeurs de l'utopie Libertalia avec un constant souci de véracité historique.

Nadia Costes, *Rhizome*, Seuil, 2018. Un roman construit sur le principe de la contre-utopie. L'écologie est au cœur de ce monde où les plantes proposent aux humains une relation symbiotique. Belle lecture du monde possible en devenir.

Thomas Cadène/ Joseph Falzon, *Alt-Life*, Le Lombard, 2018 et 2021. Thomas Cadène s'empare du thème archi-rebattu des mondes virtuels, sous l'angle de l'utopie et en tire des réflexions sans complexe et sans tabous, fascinantes et stimulantes, sensuelles et avec un regard très contemporain. La ligne claire ronde et organique de Joseph Falzon accompagne idéalement son propos.

Chloé Chevalier, « Trois poneys morts », in *Nos Futurs*, Actusf, 2020. Un exemple d'application réaliste de l'utopie de la carte carbone, une *bifurcation* réussie du protagoniste principal, et une magnifique ode à la randonnée ainsi qu'à la simplicité, *all included*.

Michael Crichton, *Jurassic Park*, Robert Laffont, 1990. Le milliardaire John Hammond rêve de faire de l'île d'Isla Nublar le lieu où l'humanité pourra rencontrer pour la première fois des dinosaures vivants. Une utopie scientifique qui tourne au cauchemar pour l'humain ?

Savinien Cyrano de Bergerac, *L'Autre Monde* [1657] Folio, Gallimard, 2004. Découvrir la Lune, en s'envolant grâce à des gouttes de rosée n'a rien de reposant. On se retrouve vite accusé d'avoir porté atteinte à l'intérêt général, en affirmant que la Lune est la lune de la Terre alors qu'il n'en est rien. Mais heureusement, l'aide du démon de Socrate et la dénonciation des brigands de la pensée sauve la situation. La plus satirique des utopies du Grand Siècle ne manque pas de panache !

Alain Damasio, *Les Furtifs*, La Volte, 2019. Dans la France des années 2040, des individus s'opposent à leur société liberticide, en plaçant l'humain et la nature au centre de leur projet de vie.

Mérédith Debaque & Christine Luce, *Prépare la paix*, Moltinus, 2022. Une belle anthologie de « futurs enviables », sur des sociétés qui évitent tant la guerre que les armées : narrativement difficiles, des prémices passionnants, et c'est une réussite. De plus, l'ouvrage est vendu au profit de l'ONG « SOS Méditerranée ».

Flower (Thagamecompany en 2009 sur PS3, PS4, PC, iOS). Jeu pacifiste à l'ambiance zen et somptueuse où l'on répare notre monde abîmé et l'on construit celui d'après en dirigeant à l'aide du vent des pétales de fleurs.

Gébé, *L'An 01* [1972], L'Association, 2014. « On arrête tout, on réfléchit et c'est pas triste ». L'auto-utopie de Gébé est un manuel d'insurrection douce permanente, un appel jouissif et rigolard à faire redémarrer nos esprits critiques en s'arrêtant de consommer. Indispensable dans la bibliothèque de tout.e utopiste.

Robert Heinlein, *Révolte sur la lune*, 1966. En 2075, la Lune compte quelques millions d'habitants, issus d'un groupe originel de prisonniers déportés depuis la Terre. Contraints de vivre enterrés et de catapulter chaque jour une partie de leur production agricole vers la planète-mère, les « Lunatiques » subissent le mépris des Nations Fédérées. L'accession à la conscience d'un ordinateur appelé Mike permet aux réprouvés lunaires d'engager un rapport de force avec la Terre et, finalement, de déclencher une révolution… La visée utopique relève ici du libertarisme américain (Heinlein est un « anarchiste de droite » comme on dit). Le roman vaut surtout pour l'intelligence avec lesquelles il décrit les différentes phases du processus révolutionnaire. Et son humour est salutaire : il rappelle que l'utopie et la révolution n'ont de sens que si elles sont *joyeuses.*

Michel Jeury, *La Fête du changement* [1975], Moutons électriques, 2021 (ill. Greg Vezon). « Il est venu un temps nouveau. Toutes les bêtes changent de peau. » Ces paroles enfantines, issues du folklore languedocien, ouvrent *La fête du changement,* splendide novella de celui qui fut sans conteste l'auteur de SF français le plus important des années 1970. Au Variana, pays utopique où la guerre se fait à coups de mirages et d'armes en bois, le changement est non seulement permis, mais magnifié et célébré. Il est le rite qui permet à tout être humain de tourner le dos à sa vie passée pour en connaître d'autres.

Michel Jeury, *L'Univers-ombre* de Michel Jeury [1979], Hélios, 2021. Deux grandes questions de l'utopie en littéraire contemporaine sont « comment arriver au stade utopique » et « comment maintenir une utopie » La société mise en scène par Jeury dans ce roman lumineux et profond croyait avoir trouvé la parade à tous les abus politiques, mais voilà, un dirigeant ne se « rendort » pas après avoir été utile et entreprend une politique impérialiste… tandis que des taches blanches effacent ce monde, en lien peut-être avec ses attaches au nôtre ? Un petit joyau méconnu de l'œuvre de ce grand auteur français.

Ted Lasso, Bill Lawrence & Jason Sudeikis Apple tv, 2020. L'utopie du management bienveillant dans un monde compétitif. Où comment des valeurs positives permettent à un coach sportif d'accomplir des miracles, en particulier celui de susciter immanquablement sourires béats et application de baume au cœur chez tous les spectateurs.

Serge Lehman, « Nulle part à Livérion » [1996], in *F.A.U.S.T L'intégrale*, Au Diable vauvert, 2019. Jean-Baptiste Barthélémy de Lesseps crée avec un collectif en 1793 au cœur de l'Europe un territoire non référencé sur les cartes : c'est l'utopie de Livérion et des idéaux de la Révolution française, toujours dissimulée des données GPS en 2095.

Li-Cam, *Résolution*, La Volte, 2019. Cette novella présente une utopie, l'Adelphie, dont le modèle autour du vivre-ensemble et du libre-arbitre, est exploré à travers la fiction. Sans didactisme, avec précision, la narration permet de découvrir les principaux aspects de cette utopie fort bien pensée tout en expérimentant ses limites.

Louis-Sébastien Mercier, *L'an 2440 ou rêve s'il en fut jamais* [1772], La Découverte, 1999. Lorsque le narrateur se réveille dans le futur, il réalise que les Lumières n'étaient qu'un crépuscule. Les sciences sont au pouvoir, les Nations ont disparu, et, les lois sont si claires que les enfants les apprennent par cœur. L'utopie-phare du XVIIIe siècle, savoureuse en diable, et qui montre que la meilleure solution est encore d'abréger les connaissances !

Pat Murphy, *La Ville peu de temps après* [1989], Les Moutons électriques, 2021. Une magnifique utopie artistique, poétique et magique en lutte malicieuse contre la bêtise militariste dans un San Francisco post apocalyptique.

Pierre Pelot, *Transit* [1977] Hélios, 2021. Mêmes interrogations que Michel Jeury dans cette œuvre d'un autre grand monsieur de la science-fiction française. D'un côté, une société dystopique menant des expérimentations sur l'homme, de l'autre une société utopique, écologiste, dont la réalité questionne le protagoniste.

Charlotte Perkins Gilman, *Herland* [1915], Robert Laffont, 2019. Ce récit méconnu est l'une des premières utopies féministes. Trois Américains découvrent sur une haute montagne un pays grand comme la Hollande. Devenus les premiers mâles à visiter Herland en près de deux mille ans, ils y découvriront, à leur grand étonnement, une société entièrement féminine.

Charles Renouvier, *L'Uchronie ou l'utopie dans L'histoire*, [1857], Hachette BnF, 2018. Heureusement que l'empire romain a été remplacé, grâce à la vigilance d'un général idéaliste, par une nouvelle République, qui met au cœur de sa puissance, la citoyenneté laïque. Fi du christianisme, banni en Orient. Vive l'égalité entre les hommes et les femmes, et la propriété pour tous. Souriez, l'avenir est arrivé plus tôt que prévu et il s'annonce radieux !

Kim Stanley Robinson, *Lisière du Pacifique* [1992], Les Moutons électriques, 2021. Écologie chez Robinson, pour cette société californienne très proche de la nôtre et cependant si subtilement différente – les luttes politiques, le capitalisme, les égoismes existent toujours, mais dans un cadre plus doux et plus égalitaire. Cependant qu'un écrivain prisonnier d'une Suisse totalitaire s'interroge sur la manière de passer de sa propre société à celle qui frôle l'utopie : comment franchir le gouffre social qui nous en sépare ?

Carina Rozenfeld, *Les Clefs de Babel*, Syros, 2009. Ce roman commence comme une dystopie classique, avant d'ouvrir sur une utopie avec une fin optimiste sans être idéaliste. La description des sociétés permet de découvrir des systèmes cohérents et de voir émerger l'espoir d'un futur différent.

Élisabeth Vonarburg, *Le Pays des mères*, Alire, 1992. Situé dans le futur du *Silence de la Cité*, ce roman majeur se projette dans plusieurs centaines d'années, après la quasi disparition des hommes : la population est presque exclusivement féminine, créant de nouveaux rapports humains, des institutions différentes et une langue totalement singulière.

Joëlle Wintrebert, *Pollen*, Le Diable Vauvert, 2002. Sur la planète Pollen, les femmes ont pris le pouvoir et réorganisé une société matriarcale en maîtrisant la reproduction par la biogénétique et en maintenant à distance la violence inhérente des hommes qui ont survécu à un cataclysme.

Histoire de la ville d'Aurée

Claire Duvivier

Claire Duvivier est née en 1981. Son premier roman, Un long voyage, *a été lauréat du prix Hors Concours, du prix Libr'à Nous et du prix Elbakin.net.* Citadins de demain, *son deuxième roman, se situe dans l'univers de la Tour de Garde, qu'elle a créé avec Guillaume Chamanadjian. Sa suite* Mort aux geais ! *est à paraître aux Forges de Vulcain en octobre 2022.*

Au temps de la domination française, et pendant bien des années ensuite, la ville d'Aurée n'existait tout bonnement pas. À l'emplacement qu'elle occuperait, au bord du lac Parimé qui donnait son nom à la province, il n'y avait alors qu'un long bâtiment avec deux ailes en avant-corps délimitant une cour en terre battue. Rudimentaire, doté d'un seul étage, l'édifice aux murs de pisé et au toit en tuiles trahissait l'impéritie de ses constructeurs. L'idée était née dans l'esprit fantasque d'un Parisien enivré de Lumières, lequel avait traversé l'Atlantique avec toute une suite de doux rêveurs et pensait inventer aux colonies une société nouvelle fondée sur la bonne volonté et l'entraide.

Les années avaient eu raison et du projet, et de l'équipée. Le Parisien avait succombé à une fièvre, comme une bonne partie de ses disciples ; les survivants avaient cédé à d'autres chimères. Certains étaient partis chercher un El Dorado dont les Espagnols juraient encore qu'il existait, d'autres s'étaient établis dans les comptoirs tout proches de Saint-Ferjeux et Ferréol pour chercher fortune d'une manière plus conventionnelle : commerce d'épices, traite d'esclaves ou plantations.

Dans les années précédant la révolution, les derniers habitants étaient trois dames créoles d'origine flamande et un vieux couple d'Indiens affranchis qui les aidait à travailler la terre et à s'occuper de leurs quelques bêtes. Elles appelaient l'endroit « notre béguinage » et la vie y était paisible. Peut-être plus encore que dans les rêves du Parisien, même si celui-ci aurait enragé de voir son utopie, pour laquelle il nourrissait les plus grandes ambitions intellectuelles, réduite à un ermitage pour une poignée de femmes et d'indigènes.

De temps à autre, un marchand ou une planteuse de Ferréol passait leur rendre visite pour troquer et jouir du plaisir de leur compagnie le temps d'une soirée, car ces dames étaient spirituelles et hospitalières. Les religieux de Saint-Ferjeux gardaient leurs distances : les libres penseurs qui avaient fondé l'endroit l'avaient définitivement souillé à leurs yeux. C'était dommage pour les âmes des deux Indiens, qui pouvaient encore être évangélisés, mais les femmes impies qui vivaient là étaient au-delà de tout espoir de rédemption.

Le soir, les habitantes du béguinage s'installaient sur des bancs disposés au bord de l'eau, formant un arc de cercle ; chacune s'occupait, qui en tricotant, qui en plumant une poule, une autre en lisant, la dernière en rêvassant, son regard perdu à la surface du lac – le seul homme, l'Indien, se couchait tôt. La vie était calme et lente, là où s'élèverait un jour Aurée ; on pouvait distinguer au loin les scintillements de la ville de Ferréol, de l'autre côté du lac Parimé, et vers l'ouest, avant le coucher du soleil sur la cordillère, les fumées des cheminées de Saint-Ferjeux. Depuis leur rive, rien ne parvenait jusqu'aux habitantes.

Rien des rumeurs qui circulaient dans les tavernes sur les révoltes dans les colonies espagnoles voisines.

Rien des tensions dans le port de Ferréol, par où transitaient toutes les marchandises partant pour la France avant leur long voyage jusqu'à la côte caribéenne.

Rien de la grogne des planteurs et artisans écrasés par les taxes d'une couronne qui leur était étrangère au bout de trois ou quatre générations.

Rien de l'arrivée de troupes françaises chargées d'y mettre bon ordre, stationnées entre Ferréol et Saint-Ferjeux.

Rien du projet de quelques patriotes autoproclamés de lever une armée pour lancer le soulèvement.

Il manquait encore un Washington ou un Bolivar, mais le Parimé était las de dépendre d'une puissance européenne beaucoup trop lointaine ; elle aurait préféré commercer avec les provinces voisines, et celles-ci étant près d'entrer en guerre pour conquérir leur liberté, Parimé bouillait. Ou plutôt sa bourgeoisie créole, qui gagnait en pouvoir et en importance, bouillait. Elle était prête à s'allier aux Indiens de la région, avec lesquels les relations n'avaient pas toujours été apaisées, pour chasser les Français du Parimé – et même tous les Européens. Les Créoles se doutaient que pour les Indiens, ce n'était qu'une première étape. Les Indiens se doutaient que pour les Créoles, ils n'étaient que de la chair à canon. Des alliances plus improbables se sont déjà faites par le passé.

Rien de tout cela, donc, ne parvenait jusqu'aux habitantes.

Jusqu'au jour où ce fut Kiberu lui-même qui se rendit au béguinage, menant deux chevaux par la bride. En armes : javelot, hachette et sabre volé sur le corps d'un ennemi. Le visage dur, les bras marqués de cicatrices, un Kiberu bien différent de l'enfant qui avait grandi sur la rive du lac quelques années auparavant. C'était le fils du couple d'Indiens, qui voulait emmener ses parents à leur village d'origine, dans la cordillère. Là-bas, ils seraient à l'abri, car la guerre se rapprochait et son pas était rapide.

Mais son père comme sa mère furent inflexibles.

« Nous n'irons pas », disaient-ils.

Kiberu s'emporta dans leur langue, leur promit mille morts et mille tortures, montrant du doigt la direction d'où viendraient les Français, avec leurs fusils à baïonnettes.

« Nous n'irons pas », répétaient-ils en coulant des regards aux trois dames créoles, qui assistaient à la scène.

Deux d'entre elles étaient inquiètes. Aurélie, la plus jeune, et la fille de la plus âgée, ne l'était pas. Elle comprenait ce que disait Kiberu à ses parents – ils avaient grandi ensemble et chacun parlait la langue de l'autre. Mais non, elle n'était pas inquiète.

« Nos aînés n'ont pas besoin d'être protégés, lui dit-elle. Tant que nous remportons la victoire. »

Il la regarda longuement.

Ils repartirent au galop sur les deux chevaux, en direction de Ferréol où les combats feraient bientôt rage. En armes : le sabre volé se balançait désormais au ceinturon d'Aurélie.

Après cela, de nouveau et pendant longtemps, rien ne parvint jusqu'aux habitantes.

Les visiteurs étaient devenus rares : les marchands et les planteuses ne s'aventuraient plus guère sur les routes, et l'on n'y croisait plus que des chercheurs d'or en retard sur leur temps ou des explorateurs partant cartographier la forêt vierge qui s'étendait plus loin au sud. Elles interrogeaient minutieusement chacun d'entre eux, recevaient des témoignages épars, contradictoires. Un jour, les Français avaient le dessus. L'autre, c'était les patriotes. Saint-Ferjeux était tombé. Ferréol résistait. Saint-Ferjeux était repris. Ferréol vacillait.

Jusqu'au jour où ce fut un régiment français qui se rendit au béguinage. Le commandant était accompagné d'un porte-enseigne qui se chargea de planter deux mâts dans la cour et d'y accrocher d'un côté le pavillon blanc du roi, de l'autre le drapeau rouge et bleu de la Nouvelle-France. Les Créoles le regardèrent faire, muettes, tandis que le commandant parcourait le bâtiment pratiquement vide en prenant des notes.

« Le nouveau gouverneur enverra bientôt quelqu'un pour superviser cet endroit, ainsi que quelques bagnards pour le remplir, expliqua-t-il au terme de sa visite. En ce moment, le Parimé a plus besoin d'une prison que d'une utopie à l'agonie. »

Puis le régiment repartit vers son stationnement.

Le lendemain, l'Indien abattit les deux mâts à coups de hache.

Les bagnards n'arrivèrent jamais. Le superviseur de la prison n'arriva jamais. Même le nouveau gouverneur n'arriva jamais.

Celle qui arriva, ce fut Aurélie, au grand galop sur un cheval. Seule. Sans armes.

En un regard, les parents de Kiberu comprirent qu'il était mort.

En un regard, la mère d'Aurélie comprit que celle-ci était enceinte, certainement de lui.

« Je n'ai pas le temps d'expliquer », dit la jeune femme en tendant les rênes de sa monture à l'Indienne.

Passant devant l'Indien et les Créoles, elle se précipita dans la cour, piétinant au passage les drapeaux jetés au sol, puis elle s'agenouilla non loin du seuil du bâtiment et commença à creuser un trou de ses mains nues. L'Indien alla chercher une pelle pour l'aider. Les femmes firent cercle autour d'eux, sans comprendre.

Quand le trou lui parut suffisamment profond, Aurélie glissa ses doigts dans le col de sa chemise pour en tirer le pendentif qui y était dissimulé. Cela ressemblait à une pierre, de forme inhabituelle. Stupéfait, l'Indien laissa tomber sa pelle.

« C'est bien ce que vous pensez, père-de-mon-mari », lui dit Aurélie dans sa langue en dénouant la cordelette du pendentif.

Elle déposa l'objet dans le trou, rabattit la terre sur lui et la tassa de ses deux mains. Puis elle se releva sous le regard curieux des femmes.

« Il n'y aura pas de nouveau gouverneur, déclara-t-elle. Il y a eu une révolution en France. Et j'ai planté ici ce qui assurera pour toujours l'indépendance du Parimé. »

Les femmes voulurent savoir si c'était une bonne nouvelle, si elles étaient sauvées. Aurélie secoua la tête.

« Les derniers survivants de la troupe seront là sous peu. Ils me poursuivent depuis Ferréol. Et ils vont certainement toutes nous tuer. Autant mourir les armes à la main.

– Nous n'en avons pas, protesta l'Indienne.

– En voici une, dit Aurélie en ramassant la pelle. Trouvons-en d'autres et vendons chèrement nos peaux.

– Les nôtres leur suffiront, plaida sa mère. Va te mettre à l'abri. Pense à la vie que tu portes. »

Aurélie secoua de nouveau la tête.

La fin est connue. Les soldats français arrivèrent et ils défirent sans peine ce minuscule bataillon, arrosant de son sang la terre pariméenne. Il semblerait pourtant que ce ne soit qu'une version de l'histoire. Qu'en réalité Aurélie était déjà morte ce jour-là, celui où les Français sont arrivés au béguinage. Qu'elle était tombée aux côtés de Kiberu, au cours de la bataille décisive qui ferait d'eux, dans les annales, les Libérateurs du Parimé. Mais il n'est pas rare, sur le continent, que les morts continuent à en parcourir la surface…

Les explorateurs et chercheurs d'or qui avaient survécu à leurs tribulations revinrent au Parimé, dépenaillés, misérables, dans les mois, les années qui suivirent.

Les premiers qui arrivèrent au béguinage s'étonnèrent de l'absence des si gentilles dames qui les y avaient reçus, et leur si dévoué couple de domestiques.

Ceux qui vinrent après eux s'étonnèrent de la hauteur des murs du bâtiment, qui ne leur avait pas semblé si grand lors de leur précédente visite.

Les derniers à quitter la jungle, rendus à moitié fous par les fièvres et les privations, trouvèrent refuge sous son toit. Eux, rien ne les étonnait, ni l'étage supplémentaire qui coiffait l'édifice, ni les nouvelles ailes qui sortaient de terre à l'arrière, semblables à des fondations abandonnées là par des ouvriers découragés.

Ils avaient cherché l'El Dorado et ils avaient trouvé Aurée. Dans le lac, le reflet de ses murs en pisé légèrement ocre étincelait dans le soleil couchant. Il fallait être bien malade pour s'y rendre, mais peu importait : il y avait beaucoup de place et de l'eau douce en abondance.

Ces pionniers furent rejoints, peu à peu, par des marchands et des planteuses de Ferréol, et même par des novices repentis de Saint-Ferjeux, des Indiens rejetés par leurs tribus, des déserteurs français, des esclaves en fuite. Des parcelles furent cultivées aux alentours, tandis qu'Aurée continuait de croître, de s'élargir, de nouvelles ailes et de nouveaux corps de bâtiments sortant progressivement de terre comme pour accueillir ces nouveaux venus. Et c'était d'ailleurs ainsi qu'ils voyaient la chose, laquelle n'avait pour eux rien d'un prodige.

Au moment où le Venezuela, le Haut-Pérou et le Brésil, tous voisins du Parimé, proclamèrent eux aussi leur indépendance, plus de 15 000 personnes vivaient à Aurée, réparties dans la trentaine d'édifices habitables, dont le plus ancien comptait à présent douze étages.

Quand s'ouvrit le printemps des peuples en Europe, qui fit bourgeonner de nouvelles idées jusque sur les rives du lac Parimé, presque 40 000 personnes vivaient à Aurée, soit plus qu'à Ferréol, pourtant la capitale de ce pays encore neuf.

Après la Commune de Paris qui envoya tant de bagnards en Guyane proche, les Auréens étaient près de 100 000, et cette ville d'un genre à part où tous les immeubles étaient des copies conformes les uns des autres s'étendait sur plus de quatre kilomètres de berge.

Cette population avait triplé quand Aurée entra dans le XXe siècle, ce qui en faisait la troisième plus grande métropole d'Amérique du Sud, après Rio de Janeiro et Buenos Aires. On y parlait un français mâtiné d'espagnol, un espagnol mâtiné de français, un mélange de langues caribes et maipuranes, ainsi qu'un portugais très vieux monde dont se moquaient volontiers les Brésiliens. On y dansait la samba, le merengue et le charleston. On y cultivait du blé, du maïs et du cacao. On y élevait des bœufs et des volailles. On y écrivait de la poésie, beaucoup plus que des romans ou des pièces de théâtre. On y priait trois ou quatre dieux identiques, ou différents, selon l'angle sous lequel on considérait la chose, sans que cela génère la moindre friction.

« Et notre cité qui a désormais plus d'un siècle est surtout renommée pour sa grande stabilité dans un continent où les humeurs des peuples sont réputées changeantes – encore qu'il n'en va guère autrement chez vous », acheva Henrique, le guide auréen.

Puis il se tut, laissant Céleste, accoudée au bastingage, contempler la ville. En cette fin d'après-midi, l'approche par le lac faisait toujours son petit effet : les couleurs chaudes des murs en pisé et des toits en tuiles, les hautes façades se reflétant dans les eaux, toutes identiques, les fenêtres qui déjà commençaient à s'éclairer. À l'issue de la traversée, quand le transbordeur arriverait au port, c'est le murmure d'Aurée qui se ferait alors entendre, ce bourdonnement continu de voix et de bruits de pas résonnant dans les cours, ponctué de quelques notes de musique puis, plus loin, du « ding ! » d'un tramway flambant neuf. Depuis qu'on avait ouvert des boulevards en perçant certains des bâtiments, se déplacer dans la ville était plus aisé, et même si elle avait perdu un peu de sa magie labyrinthique, elle n'aurait pu sans cela se développer encore.

Aurée était l'étape finale du grand voyage de Céleste – la plus inattendue – avant Georgetown et le retour en Europe. Cela avait été une année extraordinaire, à suivre son oncle d'une université à l'autre : Santiago, Montevideo, São Paulo. Le marché qu'ils avaient passé était honnête. Elle assistait à ses cours, même si elle n'apprenait plus grand-chose dans les amphithéâtres, et il la laisserait l'accompagner dans la dernière partie de son périple : une expédition de cartographie dans le Pará.

Mais lorsque le professeur avait reçu un message lui suggérant de se rendre immédiatement à Aurée, il avait annulé l'aventure amazonienne. Ils avaient fait route par voie de terre jusqu'à Ferréol, petite ville ennuyeuse encore engluée dans son passé colonial, et c'était là qu'ils avaient recruté Henrique et pris des billets pour traverser le lac Parimé.

Justement, son oncle sortait de la cabine du bateau. Il rejoignit sa nièce au bastingage, regardant la cité au loin d'un air gourmand.

« Quelle vue incroyable, n'est-ce pas ? As-tu remarqué qu'à part les plus récents d'entre eux, les bâtiments ont tous à peu près la même hauteur ? Ils s'arrêtent autour d'une vingtaine d'étages… Cela donne cet effet de plateau qui n'est pas sans évoquer les tepuys du Venezuela voisin… »

Il fit glisser sa main à l'horizontale devant lui, comme pour flatter les toits d'Aurée.

« Ce sont tous des copies exactes du phalanstère d'origine, c'est bien cela ? s'enquit Céleste.

– Tout à fait, répondit Henrique. C'est dans ce bâtiment primordial qu'est née la Libératrice du Parimé, qui a fondé la ville. Les autres sont sortis de terre par la suite.

– Mais comment ? »

Henrique eut ce sourire vague qu'elle apprendrait plus tard à reconnaître comme un trait typiquement auréen. Comment, personne n'en savait rien, mais cela pouvait changer. Le correspondant du professeur lui avait parlé de fouilles plus que prometteuses en cours dans les sous-sols. Il fallait s'attendre à une découverte capitale, insistait-il. Sa nièce se contenta de hocher la tête – elle lui en voulait encore d'avoir revu leurs plans, d'autant qu'elle avait du mal à comprendre cette lubie soudaine pour Aurée. Les rares articles qu'elle avait lus à ce sujet lui paraissaient entachés d'un ésotérisme indigne d'un vrai scientifique.

Céleste fut pourtant enchantée de leur première soirée en ville : leurs appartements qui donnaient sur le lac, le restaurant où on les avait régalés de spécialités sucrées-salées, leur hôtesse qui avait passé un long moment à deviser avec eux de tout et de rien, et partout la musique et les odeurs de cette ville-phalanstère, où tous étaient logés, nourris, égaux. La jeune femme n'avait jamais rien vu de tel dans les métropoles encore relativement neuves qu'elle avait découvertes dans l'année écoulée. D'un naturel plus sceptique que son oncle, elle en déduisit qu'Aurée entretenait sa légende, qu'elle était l'une de ces villes qui ont deux faces, et ne montrent à l'étranger que la plus plaisante – ce qui, pour une visiteuse éphémère comme elle, valait mieux que l'inverse.

C'est seulement le lendemain que Henrique les mena dans la cour du phalanstère d'origine, lequel s'était enrichi d'une vingtaine d'étages. Tandis que Céleste levait les yeux vers le toit, invisible d'où elle se trouvait, le professeur se précipita vers l'entrée principale. Il s'agenouilla pour toucher le sol, à la recherche de l'endroit où Aurélie avait enterré la pierre de la cordillère que lui avait offerte Kiberu. Mais las, le sol avait été pavé, dépavé, bitumé depuis, et il ne restait rien du trou que la Libératrice avait creusé, ni du sang qui avait inondé les lieux.

« Votre oncle est familier des anciennes légendes, dit Henrique en observant le professeur.

– J'ignorais qu'il avait cette marotte », répondit Céleste. Puis, craignant que cette remarque soit perçue comme hautaine, elle la modéra : « Je veux dire par là que sa fascination pour votre… civilisation m'était inconnue. Je suis moi-même intriguée. Nous venons d'une nation neutre et pacifique, mais le Parimé n'a rien d'une Suisse des Andes.

– "Nous ne sommes que des sauvages que la société a polis au lieu de corrompre", dit le guide. C'est un de nos poètes qui a écrit cela au siècle dernier, alors qu'on lui demandait d'expliquer la bonne nature des Auréens.

– Et après un siècle de métissages, cette bonne nature n'a jamais changé ? Aucun étranger n'a jamais été tenté d'en abuser ? »

Henrique sembla hésiter, comme s'il n'était pas sûr de bien comprendre la question.

« On ne reste jamais longtemps étranger à Aurée, finit-il par répondre. Ceux qui y sont nés le sont avec une certaine tournure d'esprit, il est vrai. Mais ceux qui sont nés ailleurs l'acquièrent rapidement. Qui aurait envie d'en abuser alors qu'elle profite à tous ? La paix est préférable à la guerre, l'harmonie à la dissension, la prospérité de tous à l'opulence de peu et la misère de beaucoup.

– Je suis sûre que vos dirigeants partagent cet avis, dit Céleste peu convaincue. Du moins lorsqu'ils sont en tribune.

– Nos dirigeants ne sont pas moins auréens que nous. »

Céleste ne voyait pas comment poursuivre cette conversation sans se donner l'impression de tourmenter ce brave homme, aussi se tourna-t-elle vers son oncle pour l'interpeller. Mais celui-ci avait fini par disparaître à l'intérieur du phalanstère, probablement en passant par-dessus le cordon qui en interdisait provisoirement l'accès – *Merci de ne pas perturber les fouilles en cours*, indiquait aimablement le panneau qui y était suspendu.

« N'avez-vous pas peur, Henrique, qu'une part du mystère qui entoure Aurée soit dissipée par la science ? demanda-t-elle au guide.

– Au contraire, mademoiselle, je suis plutôt impatient. Et c'est un sentiment assez largement partagé à Aurée, sans quoi il n'y aurait jamais eu d'excavation du sous-sol. Nous sommes curieux de nous-mêmes, qui ne le serait pas ?

– Et si cette révélation ne vous plaît pas ? insista Céleste. S'il s'agit de quelque chose d'aussi explosif que la théorie de l'évolution ? »

Henrique hocha la tête avec son habituel sourire vague, mais les questions restèrent sans réponse.

Quand Céleste entra dans le phalanstère, soulevant sa robe pour enjamber le cordon, elle trouva le vaste hall encombré d'outils et de sacs de gravats, peuplé d'ouvriers et de scientifiques, chacun très affairé. Le professeur devait les avoir prévenus de l'arrivée de sa nièce, car une vieille femme en blouse et casque de protection lui indiqua de la main l'escalier menant au sous-sol fraîchement creusé. Céleste eut du mal à ajuster sa vision à l'obscurité, cette dernière à peine dissipée par les lampes à sodium orange pâle qui éclairaient cette galerie aux allures de coursive. Elle prit garde à ne pas lâcher la rampe, attentive au bruit de ses pas sur les marches métalliques.

L'escalier prit fin et le couloir fit un coude. L'odeur de terre était forte, d'ailleurs les parois étaient nues. Après quelques mètres, Céleste aboutit à un échafaudage longeant un grand espace sombre qui devait se situer sous la cour du phalanstère originel. Le professeur était là, une lanterne à la main. Remarquant la présence de sa nièce, il leva la lumière devant eux.

« Regardez, Céleste… »

Des ténèbres sortit une forme indéfinissable, à un mètre de distance, légèrement au-dessus de leur tête. La surface en était irrégulière, noirâtre, granuleuse ; çà et là, des filaments évoquant des câbles semblaient s'en échapper.

« Des radicelles. Et ceci… »

Le professeur avança son autre main vers la masse. Il la toucha, du bout des doigts puis de la paume, comme une caresse.

« Il est tiède… C'est encore plus fou que ce que je pouvais imaginer, Céleste ! C'est un rhizome… Nous sommes à la racine d'Aurée, c'est de là que tout provient.

– C'est donc une plante ? s'enquit Céleste en plissant les yeux pour mieux distinguer la masse.

– Je ne sais pas, répondit le professeur avec une sorte de gloussement ébahi. Je ne suis même pas sûr que ce soit végétal, en réalité… Tu vois bien ce qui pousse à la surface… Le pisé des murs, la tuile des toits…

– De la terre, articula Céleste. De la roche. Comme les tepuys dont vous parliez sur le bateau.

– Précisément. »

L'oncle et la nièce s'entre-regardèrent dans la lueur de la lanterne.

Puis ils se mirent au travail. La matinée fut chargée : dessins, prélèvements, notes. Quand ils sortirent du sous-sol, hirsutes, le visage souillé de terre par endroits, clignant des paupières sous la lumière du soleil, Céleste avait l'impression qu'il s'était passé beaucoup plus d'une demi-journée. Ils déjeunèrent en silence, à la terrasse d'une cantina où Henrique les avait menés, et c'est seulement au moment de prendre le café, lorsque le guide se fut éloigné, que la jeune femme dit à son oncle :

« Ce que nous avons vu… Cela veut-il dire qu'Aurée est vivante ?

– Qu'est-ce que cela signifie, être vivant ? repartit le professeur en portant sa tasse à ses lèvres. Même les roches sont vivantes, à une échelle géologique. Oui, Aurée vit, grandit, personne n'en a jamais douté.

– Ce n'est pas ce que je veux dire. Pensez-vous qu'Aurée soit un être, une entité ? »

Il ne répondit pas tout de suite, prenant le temps de la dévisager par-dessus son café. Dans la famille, c'était lui l'intuitif et elle la méthodique. D'habitude.

« Quelle est votre idée, Céleste ?

– Je pensais juste que cela pourrait expliquer la… tournure d'esprit des Auréens, dont le guide me parlait tout à l'heure. » Elle baissa la voix. « Cela pourrait expliquer la longévité de cette utopie, de ce phalanstère géant… Ses habitants seraient sous une sorte d'emprise. »

Le professeur haussa les épaules avec une indolence que sa nièce ne lui connaissait pas.

« Quelle structure sociale ne repose pas sur une emprise ou une autre ? »

Un mois plus tard, ce fut seule que la jeune femme prit le bateau à Georgetown pour retourner en Europe. Son oncle resta à Aurée et n'en repartit jamais. Elle avait bien remarqué avec quelle rapidité il avait adopté le sourire vague des locaux, peut-être parce qu'il avait touché le tubercule. Mais quel mal y avait-il à cela ? Si emprise il y avait bel et bien, elle était douce. Et Céleste avait un sujet d'étude qui allait l'occuper toute sa vie.

Elle entama son doctorat à l'université de Genève et consacra sa thèse à la relation symbiotique entre Aurée et ses habitants. C'était ce lien qui expliquait la mentalité si particulière de ces derniers, leur nature pacifique, et surtout leur tendance à ne jamais trop s'éloigner de leur ville. Ils s'occupaient d'Aurée comme Aurée s'occupait d'eux. Ils l'entretenaient, la modernisaient, l'animaient. Elle les abritait, les nourrissait, les stimulait. Jugés farfelus, ses travaux n'eurent guère de retentissement, et pourtant l'intuition de Céleste serait confirmée bien des décennies plus tard, quand des IRM mettraient en évidence, chez les natifs d'Aurée comme chez ses naturalisés, une légère hypertrophie dans une zone précise du cortex cingulaire.

L'humanité avait déjà bien changé. Deux guerres mondiales étaient passées par là et la stabilité d'Aurée était, pour toutes les civilisations, moins un grand mystère qu'un modeste affront. Une curiosité, qui ne cessait de s'étendre sur les berges du lac Parimé, pour accueillir toujours plus d'humains. Les explorateurs et les chercheurs d'or avaient été remplacés par les émigrants, les réfugiés, les persécutés. Ils venaient d'un côté ou de l'autre du rideau de fer. Ils venaient des dictatures sud-américaines voisines. Ils venaient de pays ravagés par la guerre. En Afrique. Au Moyen-Orient. En Europe.

Aurée grandissait, prospérait à sa discrète façon, et le vaste monde poursuivait sa course folle. Aux périodes d'euphorie succédèrent les crises du XXIe siècle, politiques, économiques, énergétiques, climatiques. Une humanité auréenne aurait peut-être pu relever ce défi – encore qu'Aurée était une société post-industrielle comme les autres – mais l'espèce était trop divisée, trop prisonnière de ses pulsions pour s'organiser. Les pertes humaines et animales furent terribles, qu'elles soient dues aux guerres ou aux catastrophes naturelles. Aurée reçut sa part de déplacés, pour l'une ou l'autre raison. Mais Aurée aurait pu recevoir toute la misère du monde que cela n'aurait rien changé.

Il était trop tard.

Le lieutenant Rahmani quitta la zone d'habitation et le sas se referma hermétiquement derrière lui, sans un son. Il entreprit de descendre les degrés de la longue échelle qui le mènerait jusqu'à la zone de support. Dans son dos, de larges hublots laissaient voir l'axe central de l'arche, où le moteur ionique qui l'avait arrachée à l'orbite terrestre était à l'arrêt. C'était désormais les trois voiles solaires du vaisseau qui lui permettaient de se propulser vers le lieu qui n'existait pas.

Dans la zone de support se trouvaient les générateurs d'oxygène, les purificateurs d'eau et les piles à hydrogène. La pression y était un peu plus faible que dans la zone d'habitation, mais l'endroit était respirable, car les équipes étaient nombreuses à y travailler. Le lieutenant rabattit en arrière son casque, qui se replia dans sa nuque, tandis qu'il cherchait du regard Elaia.

« Elle n'a pas dû voir le temps passer, lui dit un de ses collègues. Va la retrouver dans le suberium. »

Le lieutenant sourit et hocha la tête. Le collègue était un Auréen. Ils étaient nombreux, parmi les travailleurs de la zone de support. Ils étaient nombreux dans l'arche, en fait, puisque tout Aurée était à bord.

Mais pourquoi avoir de telles pensées ? D'une certaine manière, ils étaient tous Auréens, à présent.

Le lieutenant dévala les marches avec légèreté, passant les cultures hydroponiques et les élevages, jusqu'au dernier niveau de la zone. Le suberium était un étage immensément vaste, contrairement aux autres, même si l'on ne pouvait accéder qu'à une balustrade qui surplombait l'espace encombré de câbles et de tuyaux.

Le rhizome était là, comme le cœur battant de l'arche, suspendu, arrimé, attaché, dardant ses radicelles dans toutes les directions. Et Elaia Ramos Charcaux, accoudée au garde-fou, le regardait avec dans les yeux un amour débordant.

Le lieutenant toussota et elle se tourna vers lui.

« Omid ! » s'exclama-t-elle en l'invitant d'un geste à la rejoindre.

Il obéit bien volontiers, passa un bras autour de ses épaules. Elle le prit par la taille et ils échangèrent un rapide baiser, peut-être le dernier de toute l'humanité, car la génération suivante, celle qui avait commencé à naître dans la zone d'habitation de l'arche, développerait des manières différentes de se montrer son affection.

« Il y a eu une sortie, finit par dire le lieutenant. Nous voulions en avoir le cœur net. Et l'anomalie de l'aile bâbord correspond en tous points à celle de l'aile tribord. Quoi qu'il arrive d'un côté, il se passe la même chose de l'autre.

– L'arche grandit, affirma Elaia. Exactement comme le phalanstère. Le pari est gagné.

– Je ne sais pas si nous devons nous en réjouir… Un vaisseau spatial n'est pas vraiment extensible à l'infini. Il faudra pourvoir les nouvelles zones en eau, en oxygène… »

Elle se contenta de son habituel sourire vague. Elaia était Auréenne. Pour elle, Aurée pourvoyait, et quand Aurée ne pourvoyait pas, ses habitants trouvaient un moyen de le faire ; il était vain de se poser des questions. Le lieutenant se demanda quand lui aussi parviendrait à cet état de confiance et de détachement. Il avait hâte, très franchement : l'arche voyageait depuis cinq ans et il était l'un des derniers – sur des milliards – à fonctionner de « l'ancienne manière », comme tous l'appelaient à présent. Même si Elaia disait que cela faisait partie de son charme, il se sentait exclu.

« M'aimeras-tu encore quand ta racine m'aura avalé ? lui demanda-t-il avec un sourire amer.

– Je t'aimerai peut-être mieux, dit-elle en lui prenant la main.

– Plus ? »

Il n'était pas sûr d'avoir compris, le français n'était pas sa langue maternelle.

« Non, mieux », insista Elaia.

Il renonça à saisir, comme souvent, comme de plus en plus souvent. Peut-être la métamorphose avait-elle réellement commencé, après tout. Il serra la main d'Elaia et il l'emmena déjeuner.

Quinze ans auparavant, l'humanité avait frôlé l'extinction sur une Terre qu'elle avait rendue inhabitable. La communauté scientifique avait depuis longtemps abandonné l'idée de limiter les dégâts pour songer à la survie de l'espèce, comme si cela importait encore. Pour cela, il faudrait aller loin. Il faudrait économiser jusqu'aux ultimes ressources. C'était le dernier espoir.

Il était mince. À une époque où il existait des nations ou des corporations capables de financer de tels projets, il y avait eu des vols vers la Lune, il y avait eu des vols vers Mars. Mais nous parlions là d'un voyage sans possibilité de retour – et dont la durée s'étalerait probablement sur plusieurs vies. Comment une humanité si prompte à l'autodestruction pourrait-elle traverser pareille épreuve ?

Seule Aurée proposait une réponse.

Il fallut presque dix ans pour construire l'arche, et l'embarquement depuis l'ascenseur spatial de Kourou prit de nombreux mois. Puis ce fut le jour du départ. Il n'était même pas question de destination. Les passagers savaient qu'eux-mêmes ne la verraient jamais – et leurs enfants non plus, et leurs petits-enfants probablement pas. Alors les données du problème changeaient.

Ils décidèrent qu'ils se rendaient vers un lieu qui n'existait pas.

Un jour, bien plus tard – il serait parvenu depuis longtemps à se débarrasser de « l'ancienne manière » – Omid Rahmani demanderait à son épouse Elaia Ramos Charcaux ce qu'elle pensait qu'il était advenu d'Aurée.

« Eh bien quoi, Aurée ? répondrait-elle en désignant d'un geste vague tout ce qui les entourait.

– Non, je veux dire l'Aurée historique, celle que tu as laissée sur Terre… »

Elle hausserait les épaules : quel papillon se soucie des restes de son cocon ?

Cette soie minérale abandonnée ici-bas n'intéresse plus que les derniers Terriens. Les murs de pisé et les toits en tuiles d'Aurée ont dû continuer un temps de se refléter dans le lac Parimé, comme figés. Peut-être, au moment précis où toute humanité a disparu de la surface de la planète, se dressaient-ils encore, envahis peu à peu par la végétation, les bêtes, les insectes, ruines silencieuses et austères. Puis, attaqués par les vents, les racines, les lianes, ils ont dû s'éroder petit à petit. Redevenir terre.

Il ne reste désormais plus rien, sur les berges du lac, des rêves du Parisien et de ses épigones, des rêves des dames et du couple d'Indiens, des rêves du Libérateur et de la Libératrice, des rêves des explorateurs et des chercheurs d'or. Ces rêves ont vécu. Ils en ont nourri d'autres.

ALAXIS
2 SEPTEMBRE
AN 747 APRES LA TOUR.
Mary, ça suffit! Encore un mot et on rentre à Mylos!

L'aventure des Cités Obscures

Benoît Peeters

Benoît Peeters est écrivain, scénariste et professeur à l'Université de Lancaster, c'est un ancien étudiant de Roland Barthes. Il a publié son premier roman, Omnibus, *aux éditions de Minuit en 1976 et s'est consacré entièrement à l'écriture à partir de 1982, multipliant les travaux dans les domaines du scénario, de la critique, de l'édition et de la conception d'expositions. Spécialiste d'Hergé, il a publié trois ouvrages qui ont fait date :* Le Monde d'Hergé *(Casterman, 1983),* Hergé, fils de Tintin *(Flammarion, 2002) et* Lire Tintin. Les Bijoux ravis *(Les Impressions Nouvelles, 2007). Théoricien et critique, il est l'auteur de plusieurs essais et du cours au Collège de France sur la bande dessinée. Une longue complicité avec François Schuiten lui a permis de construire avec lui la série d'albums* Les Cités obscures. *Seize volumes (alternant bandes dessinées et récits illustrés) sont parus aux éditions Casterman (1983-2009) ; ils ont obtenu de nombreux prix et ont été traduits dans une quinzaine de langues.* Les Cités obscures *peuvent être considérées comme des utopies architecturales et artistiques.*

L'aventure des « Cités obscures » est d'abord une histoire d'amitié et de longue complicité. François Schuiten et moi, nous nous connaissons depuis l'âge de douze ans. Nous avons été dans la même classe, à Bruxelles, pendant trois ans. Il dessinait sans cesse ; j'aimais écrire. Nous n'avons pas tardé à créer ensemble un drôle de petit journal. Pour donner aux responsables du collège l'illusion d'un véritable travail de groupe, nous avions forgé une série de pseudonymes. En réalité, nous nous occupions de tout, y compris des dures réalités de la reproduction sur carbones et stencils. C'était, à quelques détails près, la même collaboration qu'aujourd'hui : François s'occupait des images, j'étais responsable des textes, tout le reste nous était commun.

Ma famille est rentrée en France, et nous nous sommes perdus de vue quelques années. Quand nous avons repris contact, à vingt ans, chacun de nous s'était engagé un peu plus dans les rêves de ses douze ans. François dessinait plus que jamais : avec Claude Renard, Benoît Sokal, Alain Goffin et quelques autres jeunes auteurs, il était un des fers de lance du « Neuvième Rêve », ce petit groupe qui voulait secouer une bande dessinée belge devenue somnolente. J'achevais des études de philosophie, je préparais un mémoire sur Hergé sous la direction de Roland Barthes, mais je continuais surtout à écrire. Très vite, l'envie de collaborer nous a repris.

L'idée des « Cités obscures » n'est pas née d'un seul coup. Il y avait au départ le désir de réaliser un album ensemble. Au moment des premiers tâtonnements, il n'y avait aucun projet d'ensemble. Nous ne cherchions pas à « bâtir un univers », nous voulions seulement trouver un terrain qui nous convienne à tous les deux. Une cité imaginaire à la géométrie paradoxale était le cadre de mon second roman, *La Bibliothèque de Villers*. Et la ville, l'architecture étaient au cœur des dessins de François. Il est vrai que son père, son frère et l'une de ses sœurs étaient architectes. Il baignait donc dans ce monde depuis toujours, et il m'a permis d'y entrer de manière plus précise. Au moment de la sortie de notre premier album commun, *Les Murailles de Samaris*, en 1983, plusieurs journalistes ont écrit que la ville et l'architecture étaient les vrais héros. Depuis, cette étiquette nous colle à la peau, même si elle correspond davantage à nos trois premiers ouvrages qu'à ceux qui les ont suivis.

HOURRA! ÇA MARCHE!
Sacré Giovanni, tu es moins sot que je ne pensais.
Eh bien, si j'avais su, je serais parti comme ça beaucoup plus tôt.
Je crois qu'on va entrer dans la mélasse. Dommage. Je commençais à profiter du paysage.
Quelle purée! On n'y voit vraiment goutte... Ah, parlez-moi du plaisir des voyages! Mais...
!?
Eh quoi, qu'est-ce qui se passe ici? Aurais-je mis le nez où il ne fallait pas?
23

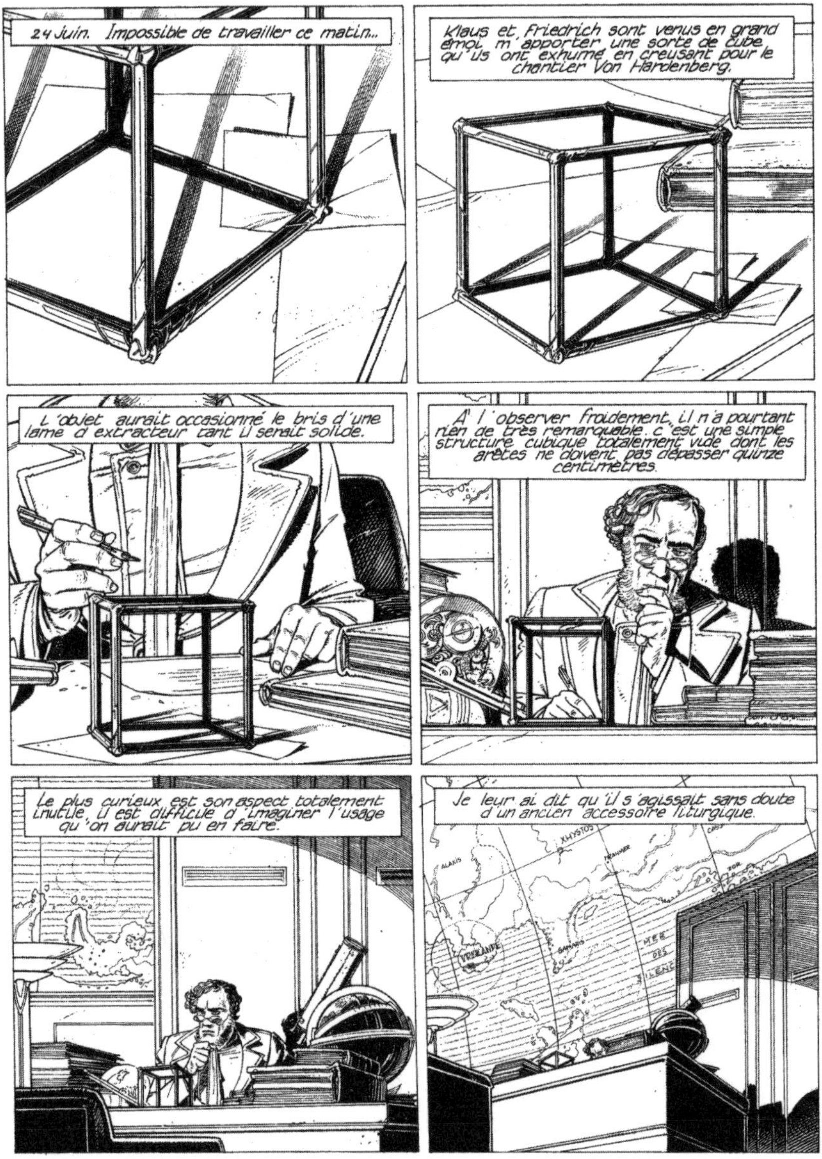
24 Juin. Impossible de travailler ce matin...
Klaus et Friedrich sont venus en grand émoi m'apporter une sorte de cube qu'ils ont exhumé en creusant pour le chantier Von Hardenberg.
L'objet aurait occasionné le bris d'une lame d'extracteur tant il serait solide.
A l'observer froidement, il n'a pourtant rien de très remarquable. c'est une simple structure cubique totalement vide dont les arêtes ne doivent pas dépasser quinze centimètres.
Le plus curieux est son aspect totalement inutile. il est difficile d'imaginer l'usage qu'on aurait pu en faire.
Je leur ai dit qu'il s'agissait sans doute d'un ancien accessoire liturgique.

*

Urbicande, dans notre deuxième album, c'est une ville qui, d'une certaine façon, ne pourrait pas exister, parce qu'elle constitue une synthèse de la plupart des architectures monumentales ou totalitaires. C'est une ville conçue par un seul homme, en l'occurrence Eugen Robick, qui ne se dit d'ailleurs pas architecte mais « urbatecte ». Il se veut urbaniste en même temps qu'architecte. Il tient à maîtriser les plus petits détails, comme les vêtements et la vaisselle, mais il veut en même temps concevoir les plus vastes perspectives. C'est un personnage qui emprunte à la fois à Le Corbusier, à Albert Speer, et aux futuristes italiens. Mais par certains traits de caractère, il évoque aussi Robert Schuiten, le père de François, qui était architecte et a écrit plusieurs livres qui nous ont inspirés.

Pour concevoir Urbicande, cette cité hantée par l'ordre et la symétrie, aux deux rives brutalement séparées, nous avons superposé un grand nombre d'images. Mais Urbicande n'est en rien notre idéal, c'est un décor destiné à être mis en crise par l'histoire que nous racontons. Car dans cette ville aux allures de gigantesque sculpture se produit un phénomène étrange : la croissance d'une structure cubique. Se développant en réseau, le « cube » envahit bientôt toute la ville et la bouleverse en profondeur, dans son architecture mais surtout dans son système politique et dans le mode de vie de ceux qui l'habitent. Lorsque nous imaginions cette histoire, au début des années 80, nous pensions surtout à Berlin, alors coupé en deux par le Mur. Aujourd'hui, Berlin a changé du tout au tout, et certains lecteurs voient dans Urbicande un équivalent d'autres villes coupées en deux, comme Beyrouth. Et le réseau qui s'y développe apparaît comme une image d'internet. De manière plus générale, pour nous, une ville imaginaire – ou un espace comme la Tour dans l'album qui porte ce titre – consti-

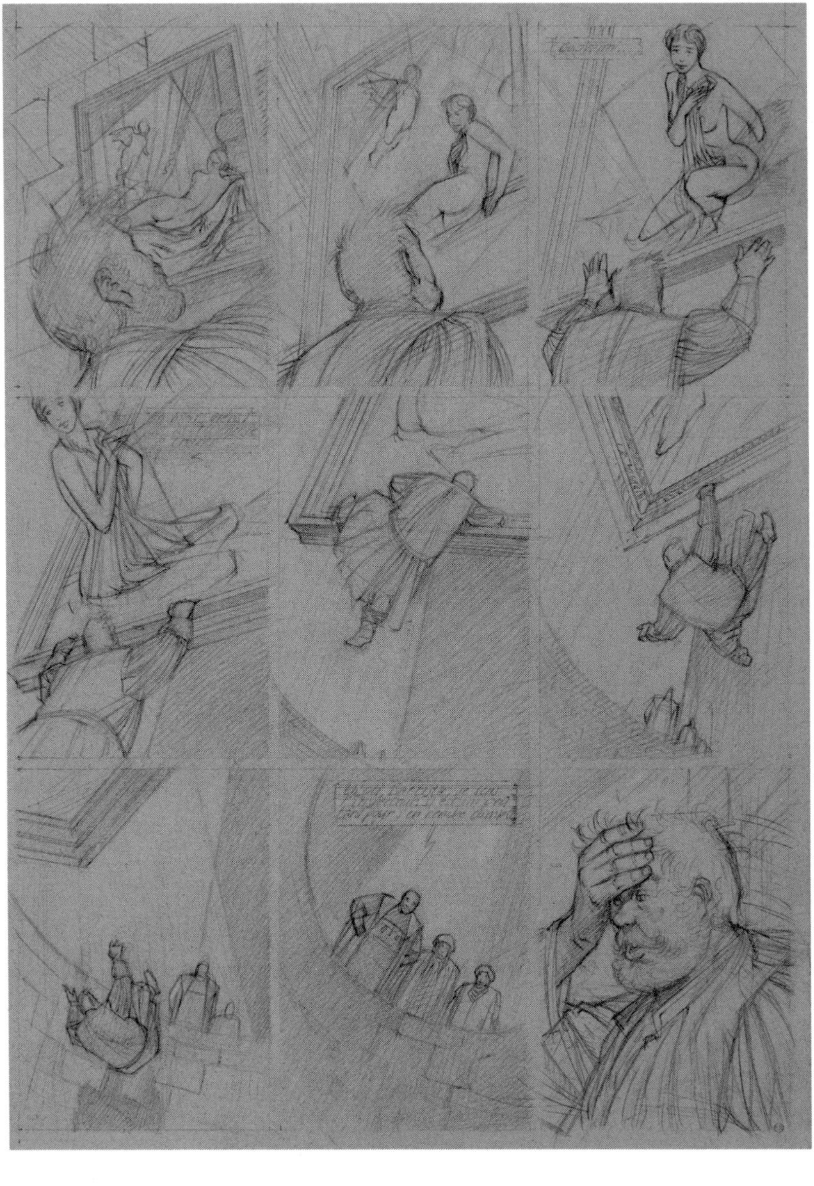

Giovanni...
Eh bien, viens! Qu'as-tu encore à traîner?
Eh oui, Battista, je suis l'Inspecteur. Il est un peu tard pour s'en rendre compte, n'est-ce pas?
Calmez-vous, Giovanni! Calmez-vous!
41

tue avant tout une métaphore, que nous essayons de rendre aussi riche et polyvalente que possible.

Notre premier album, *Les Murailles de Samaris*, correspondait réellement à la recherche d'un espace commun entre deux personnes issues d'univers différents. Dès que nous avons eu le projet de travailler ensemble à un second album, *La Fièvre d'Urbicande*, il nous a semblé évident de le situer dans le même univers. Dès lors, nous nous sommes comportés comme des explorateurs, découvrant à chaque fois une nouvelle partie de ce monde ou une nouvelle époque. C'est l'un des principaux plaisirs de cette série que de ne pas être figée, de nous laisser, à chaque moment, une grande liberté d'invention. Le monde des « Cités Obscures » grandit suivant un processus d'ordre quasi végétal : il pousse mais il n'obéit pas à une structure de plan, surtout pas de plan quinquennal ou décennal ! C'est un processus qui reste aussi vivant que possible. Nous acceptons les hasards, les accidents, les rencontres, puis nous essayons de rectifier les accrocs, en inventant de nouveaux éléments. À l'arrivée, curieusement, l'ensemble donne un sentiment de cohérence. Mais cette cohérence est touours fragile, au bord du déséquilibre. Le lecteur imagine volontiers que nous savons parfaitement où nous allons, alors que nous ne savons même pas combien de livres nous pourrons encore réaliser ni quelles formes ils prendront.

« Les Cités Obscures », c'est donc une construction à la fois rigide et toujours menacée de se défaire, où chaque pièce constitue à la fois un plus et un moins : elle doit ajouter une nouvelle dimension à cet univers et le rendre en même temps plus impossible à totaliser. Beaucoup de lecteurs ont le désir que le puzzle des « Cités Obscures » se complète et forme une image cohérente. Moi-même, j'ai toujours eu l'idée que ce puzzle devait être infini, qu'il se compléterait peu à peu, mais que de nouveaux manques se révéleraient en même temps.

La série des « Cités obscures » propose donc une architecture fragile, friable, insaisissable, d'autant qu'elle ne se limite pas à un ensemble de livres : on y trouve des images éparses, des conférences-fictions, des scénographies, des spectacles, des films… Même pour un collectionneur acharné, il est impossible de rassembler toutes « Les Cités obscures » : il y a trop d'éléments éphémères ou impossibles à posséder.

Nos références sont désinvoltes, dans le sens où elles sont hétéroclites : elles peuvent emprunter à différents genres, à différents domaines. Désinvoltes aussi dans la mesure où le lecteur peut les percevoir ou ne pas les percevoir. Il y a des références explicites, bien sûr, notamment à des architectes : dans la lettre-préface de *La Fièvre d'Urbicande*, certaines sources architecturales sont citées, comme Hugh Ferris ; dans d'autres de nos albums, on évoque Victor Horta, le maître de l'Art Nouveau en Belgique, mais aussi Auguste Perret, Étienne-Louis Boullée ou Paul Dufournet Horeau. Dans *Le Guide des Cités*, des écrivains réels sont cités, comme Maurice Maeterlinck, Walter Benjamin, et Julien Gracq, mais nous les mêlons à des auteurs parfaitement imaginaires.

D'autres références se laissent deviner facilement. Italo Calvino est l'une d'elles, surtout pour *Les Villes invisibles*, et derrière lui sa propre source : Marco Polo et son fabuleux récit de voyage. Mais pour François et pour moi, il y a aussi Jorge Luis Borges, Franz Kafka, Adolfo Bioy Casares, Georges Perec, Ismaïl Kadaré… Il y également Orson Welles, pour nombre de ses films (et notamment pour *Falstaff*), Fritz Lang pour *Métropolis*, certains peintres comme les Orientalistes, les symbolistes et les surréalistes belges, des auteurs de bande dessinée comme Winsor McCay (*Little Nemo in Slumberland*) et Edgar P. Jacobs (*Blake et Mortimer*), un photographe comme Karl Blossfeldt (inspirateur direct de notre cité de Blossfeldtstad), des graveurs comme Piranèse et Masereel…

Parmi toutes ces références, il en est une qui a un statut un peu particulier : Bruxelles. Sans Bruxelles il n'y aurait probablement jamais eu de *Cités obscures*. Bruxelles est pour nous un élément fondateur, malgré son chaos urbain ou peut-être à cause de lui. Lorsque nous avons commencé *Les Murailles de Samaris*, cet aspect n'était pas conscient, et ce n'est que peu à peu que nous avons perçu l'ampleur de notre rapport avec Bruxelles.

Si l'on porte un regard rétrospectif, il devient manifeste que presque tous nos albums sont liés à Bruxelles, comme si chaque histoire en avait choisi et amplifié de nouveaux aspects. Xhystos (dans *Les Murailles de Samaris*) est une ville Art Nouveau conçue par un Victor Horta qui aurait bénéficié de moyens infinis. Urbicande extrapole certains bâtiments comme le Palais Stoclet, chef-d'œuvre pré art-déco du début du xxe siècle, ou le Palais des Expositions du Heysel. *La Tour*, c'est aussi un complexe architectural disparate, intégrant les styles les plus hétérogènes, tout comme le Palais de Justice de Joseph Poelaert. Quant à Brüsel, c'est un double explicite de Bruxelles : une ville entièrement dévolue aux travaux les plus fous. Elle apparaît dans *L'Archiviste*, dans *Brüsel*, dans le film *Le Dossier B*, ainsi que dans *La Théorie du Grain de sable*.

À partir d'une seule ville, que nous aimons autant qu'elle nous agace, nous avons pu développer toutes nos « Cités obscures ». Si nous étions nés à Venise ou à Paris, notre imaginaire aurait dû emprunter des chemins tout différents. Les villes parfaites ne se laissent pas aussi facilement réinventer.

La cité radieuse

Émilie Querbalec

Émilie Querbalec est romancière et nouvelliste. Née au Japon en 1971, elle explore dans ses récits des thèmes comme la mémoire, la transmission, la culture et l'identité. Son roman Quitter les monts d'Automne *(Albin Michel, 2020) développe ces questions dans un univers de* space opera *d'inspiration japonaise. Dans* Les Chants de Nüying *(Albin Michel, 2022), elle interroge le rapport à l'autre et à la nature dans une histoire d'exploration et de premier contact.*

Après trois jours de calme plat, le vent s'était levé, annonçant l'heure du départ. Nassim remercia ses hôtes : un couple croisé il y avait deux semaines, et avec qui il avait fait une partie du chemin dans la région des volcans éteints.

La femme, une grande métisse qui allait bientôt donner naissance, le serra avec chaleur contre son ventre plein :

« Adieu, Nassim. Que les racines te portent loin. »

Nassim la remercia. Il vérifia une dernière fois que ses sacs étaient bien arrimés, puis il tapota le crâne rond de Këll, et tous deux se mirent en route.

Tandis qu'ils s'éloignaient sur le sentier caillouteux, Nassim repensa à la discussion qu'il avait eu la veille, alors qu'il partageait son dernier repas avec ses compagnons de route.

« Qu'est-ce qui t'oblige à descendre vers le sud ? » lui avait demandé la femme avec une inquiétude sincère. Il lui avait répondu que c'était le Grand Rêve qui l'envoyait, l'esprit collectif qui animait leur réseau racinaire. Ses forêts poussaient ici et là dans le nord, faisant revenir à la vie les vieilles cités de béton. Le sud aussi devait être régénéré.

« J'ai vécu dix ans dans l'une de vos villes, avait dit la femme d'un air songeur. Mais je n'ai jamais réussi à y prendre racine. »

Nassim, lui, était né de parents sédentarisés. Il avait grandi dans un nid et avait fréquenté les ateliers d'apprentissage d'un complexe souterrain du Nord, avant de devenir semeur. Cela se voyait à son visage doux et ses mains trop pâles, à sa façon même de voyager, sur l'un de ces antiques chiens-chars de métal qui se traînaient maladroitement sur les routes cahoteuses.

La discussion en était restée là, et ils avaient parlé de bien d'autres choses – des arbres qui ployaient sous leurs fruits et de la main-d'œuvre qu'il faudrait réunir pour les cueillir, du petit qui faisait ses dents, et du vent, ce vent qui remontait des terres mortes du Sud, chargé de poussière et de mémoire.

Ils avaient mangé lentement, les épaules un peu voûtées sous le poids des ombres qui dansaient dans le halo de leur lampe.

Au printemps, quand le réseau-centre avait fini par accueillir favorablement son désir de se rendre sur la côte, Nassim s'était senti pousser des ailes. Sa lignée maternelle venait de Massaya, la cité aux mille peuples, sentinelle oubliée sur les eaux bleues de l'Egéej. Enfant, il avait imaginé avec ferveur ses quartiers engloutis et ses rives bercées d'histoire. Plus tard, il s'était vu jardinier, semant la promesse des forêts face au désert qui ne cessait de gagner du terrain. Mais avant que ce rêve puisse se réaliser, il avait fallu attendre que les nettoyeurs aient fini leur travail. Des années de labeur lent et patient, afin de détoxiquer la terre imprégnée de mort, laver la suie et les cendres qui l'étouffaient, lessiver les sols saturés de chimie, purger les eaux de leurs résidus acides.

Massaya faisait partie de ces cités mortes sous le feu du Grand Effondrement. Ceux qui en revenaient parlaient de maisons écroulées, de coteaux brûlés et de ruisseaux de sable. Ils ne se souvenaient pas y avoir croisé d'habitants, ou bien seulement des gens de la mer, des pêcheurs de passage. Nassim savait tout cela, mais il savait aussi que le temps de la désolation était passé.

« Je te trouve bien silencieux », lui reprocha Këll, alors que le soleil se hissait dans le ciel voilé d'ocre.

L'Iya n'aimait pas le voir trop longtemps plongé dans ses pensées. Depuis que Nassim avait fait réviser ses circuits, cette vieille calebasse déglinguée se piquait de conversations savantes. Sans elle, néanmoins, il se serait senti bien seul, et puis elle avait l'art et la manière de réparer n'importe quelle machine – des appareils délicats, conçus dans les bunkers du Nord, qui leur servaient essentiellement à récupérer les flux d'énergie ou de matière dont ils avaient besoin pour vivre.

« Le moteur est en surchauffe », le prévint-elle justement.

Leur chien-char peinait à grimper une côte qui semblait ne jamais vouloir en finir, sous un soleil de plomb. Nassim descendit pour vérifier le niveau de l'eau. La chaleur était devenue accablante et il suait à grosses gouttes. Avisant un bosquet de chênes à l'ombre d'une vieille ruine, il décida d'y faire halte. De toute façon, c'était l'heure de la sieste.

Au départ, Nassim avait envisagé de passer par la route la plus courte, celle qui descendait vers le sud par les anciennes voies ferrées. Mais des voyageurs avaient affirmé que les niveaux de radioactivité étaient remontés, et Nassim avait jugé plus prudent de couper à travers le massif montagneux pour passer par la vallée du Rhôn. Chaque soir, il consignait ses observations sur un rouleau de papier. Le papier faisait partie de ces denrées qui ne se trouvaient pas facilement, même dans les villes-racine, aussi en prenait-il grand soin. D'une écriture lente et appliquée, il notait toutes les impressions et les réflexions que lui inspiraient ses rencontres et ses différentes observations. Voyager est un art, avait-il ainsi noté. Un art qui vous ouvre l'esprit comme une voile.

Deux lunes auparavant, il avait séjourné à Pari, autrefois capitale de la nation-morte. En tant que semeur, il portait une attention particulière à la manière dont les racines poussaient et s'exprimaient dans les différents milieux où elles étaient amenées à s'implanter. Pari faisait partie de ces villes qui avaient partiellement échappé aux destructions de la guerre, et on y trouvait encore des vestiges de nombreux monuments historiques. En arpentant les rues imprégnées de mémoire, en pénétrant dans le sanctuaire de Notre-Dame, Nassim avait compris pourquoi la végétation n'avait pas tout transformé ici, comme elle l'avait fait ailleurs.

La régénération était une œuvre lente, qui s'étalait sur des dizaines et des dizaines d'années. Le sanctuaire de Notre-Dame était le seul encore à peu près intact parmi les ruines des anciens temples. En découvrant ses hautes voûtes en ogive, rêvées mille ans auparavant par les architectes du dieu-mort, Nassim avait été saisi d'émerveillement. Les vieilles structures de pierre avaient été restaurées, et la croissance des lianes savamment dosée, de manière à préserver l'harmonie originelle des lieux. Le foisonnement naturel des fleurs et des fougères avait fait le reste. Il en résultait une atmosphère de calme et de fraîcheur, un sentiment d'équilibre qui invitait au recueillement et à la méditation. Nassim y avait passé de longues heures paisibles, à réfléchir au sens de l'Histoire. Et il avait senti, dans sa chair et son esprit, que la beauté de ces lieux n'était pas le fruit du hasard, mais au contraire le résultat d'une symbiose habilement dirigée entre l'artifice et la nature.

D'étape en étape, le voyage enseignait ainsi à Nassim les mille déclinaisons des Principes. L'un de ces Principes était celui du changement : telle une radicelle qui s'enroule autour de sa tige pour fleurir au printemps, le monde ne cessait jamais de pousser, à la fois identique à lui-même, et différent.

Le Grand Rêve était né à l'aube du siècle dernier, quand les ravages des guerres climatiques et de la pollution avaient fini par mettre un terme aux excès de la civilisation industrielle. Les bulbes qui patientaient dans la chaude obscurité de la Terre avaient alors germé, joignant leurs racines et leurs forces pour régénérer le monde. Le Principe Premier énonçait que tout est mouvement, transformation et cycle. Ce paradigme avait engendré les trois racines-mères, l'Être, le Temps et la Matière. *Tout est transformation* signifiait qu'il fallait accepter le mouvement naturel de la vie vers la mort, en laissant couler le temps, sans l'entraver dans une métrique ni chercher à le contenir. Cela signifiait aussi, très concrètement, que les êtres vivants ne devaient jamais posséder ni exploiter, là où les Anciens ne pensaient qu'à dominer et accumuler. Cette logique mortifère avait prévalu durant dix millénaires avant d'atteindre sa limite, quand les puissants empires qu'elle avait engendrés avaient fini par s'effondrer sur eux-mêmes, entraînant dans leur chute l'extinction de la plupart des espèces vivantes. Dix millénaires, c'était aussi le temps qu'il leur faudrait pour reboiser et repeupler la Terre.

Durant ses jeunes années, Nassim avait eu tendance à critiquer vertement les Archivistes, gardiens des savoirs passés, jugeant qu'il fallait faire table rase de l'ancien monde pour que vive le nouveau. Ce à quoi les Archivistes répondaient que les bulbes eux-mêmes avaient été conçus grâce à une science héritée des Âges Sombres, et que nul arbre ne poussait sans racines pour le nourrir.

Tandis qu'il méditait dans les alcôves de Notre-Dame, Nassim avait mesuré toute la profondeur et la sagesse de ces paroles. Les architectes de la civilisation industrielle construisaient des tours et dressaient des murs car ils vivaient dans l'effroi. Peur du changement, de la perte, peur de la maladie et de la mort, peur de n'être que de passage sur Terre et de voir leurs traces effacées pour toujours. Les semeurs, eux, ne posaient pas de fondations. Ils n'érigeaient pas de murs, ne cimentaient pas de forteresses ni n'élevaient de tours. Ils se contentaient d'écouter la terre, faisant germer des bulbes et pousser des villes-racines, organiques par essence. Ils étaient des jardiniers-cueilleurs, pas des éleveurs-bâtisseurs.

Nassim était reparti de Pari empli d'une énergie renouvelée, avec le sentiment d'être à sa place et d'avoir un rôle à jouer dans l'accomplissement du Grand Rêve.

Massaya lui apparut en fin d'après-midi, alors qu'il avait peiné une bonne partie de la journée à travers un paysage de craie et de rocaille.

L'ancienne cité portuaire sommeillait au bord de la mer, drapée dans ses voiles de poussière. Contrastant avec l'ocre et le fusain de ses collines brûlées, l'Egéej, immobile et bleue, semblait rêver du ciel. Ici et là, les ruines affleuraient à la surface, sous la forme de moignons de béton ou d'arches à moitié effondrées, mangées par la corrosion et l'abandon. Le vent, ce vent rouge qui soufflait sans relâche des lointaines terres d'Afrik, avait apposé sur le paysage ses fines traînées couleur de rouille, prémisses d'une désertification qui ne demandait qu'à s'étendre.

« Pense à t'hydrater », lui rappela Këll de sa voix rauque.

Nassim essuya la sueur qui lui brouillait la vue. L'air, sec et vibrant, crissait comme du sable sur du verre. Il but quelques gorgées tièdes à sa gourde, et s'installant à l'ombre du chien-char, il examina les reliefs sur la carte :

« On va tenter de descendre par-là, décida-t-il, enfonçant l'index dans le halo de lumière tremblotante.

– Je te propose plutôt de passer par cette ancienne route, lui suggéra Këll. Cela me paraît plus sûr.

– Encore un détour », soupira-t-il.

À présent qu'il touchait au but, Nassim se sentait gagné par l'impatience. Dans un coffre bien calé au fond de son char dormaient les enzymes, les champignons et les bactéries qui initieraient la régénération du littoral, avec des bulbes adaptés au climat local. Et bientôt, dans quelques années, des forêts, des fleurs et des fruits pousseraient ici, en lieu et place de dunes. Viendraient ensuite les nids, et la possibilité pour les humains de revenir vivre en ces lieux. Nassim imaginait déjà les pentes verdoyantes frissonnant sous le vent vif. De cette renaissance, il voulait faire l'œuvre d'une vie.

Mais par où commencer ?

Ils firent halte alors que les ombres commençaient à s'allonger, après de longues heures d'une marche laborieuse à travers les collines. Passé le premier tunnel, Nassim avait découvert avec consternation que l'antique voie bétonnée s'était écroulée, bloquant complètement le passage. Forcés de faire demi-tour, ils avaient dû se résigner à emprunter l'itinéraire initialement délaissé, ce qui les avait contraints à un nouveau détour par l'arrière-pays. Le chien-char, heureusement, était conçu pour s'aventurer sur des terrains accidentés, mais il avançait avec lenteur, gêné par son propre poids. À ce rythme-là, calcula Nassim, il leur faudrait bien trois jours pour atteindre la mer.

Épuisé, il laissa Këll s'occuper d'installer leur campement. Debout sur ses pattes massives, le chien-char évoquait quelque créature de l'ancien temps. Ces grands mammifères avaient disparu depuis longtemps, mais Nassim les connaissait car il en restait de nombreux témoignages très vivants dans les archives documentaires et les histoires héritées de l'ancien monde.

Il était dit, dans les Principes, qu'une fois régénérée, la Terre accueillerait de nouveau ces espèces animales aujourd'hui éteintes. Cela concernait la deuxième phase du Grand Rêve, celle qui succéderait au temps des germinations et de la reforestation. Dans ce but, les génomes de toutes ces créatures avaient été soigneusement consignés dans des bunkers aux quatre coins du globe.

« Tu rêves tout éveillé, se moqua Këll en allumant leur foyer.

– Crois-tu que ces collines soient habitées ? » lui demanda Nassim, sortant de sa torpeur.

Le crépuscule peignait de rose et de mauve le ciel délavé. Il n'y avait pas un souffle de vent.

« J'ai vu un serpent et trois lézards, comptabilisa Këll. L'un d'eux avait cinq pattes et deux queues. »

Nassim mangea avec lenteur le gruau préparé par Këll. Puis il déroula son tapis à même le sol, au coin du foyer, et s'assoupit sans demander son reste. Il n'éprouvait aucune crainte à l'idée d'être attaqué durant la nuit par l'un des grands fauves dont parlaient les vieilles histoires. Ces peurs-là avaient disparu en même temps que mouraient les bêtes qui les avaient inspirées, remplacées par d'autres peurs, d'autres cauchemars.

Cette nuit-là, Nassim vit la mer s'ouvrir et les cadavres remonter de leur tombeau de vase, il vit les langues de feux gigantesques dévaler les pentes sous un ciel de suie, il vit les pluies de cendres s'abattre sur les toits des maisons et des torrents de boue noire creuser des ravins dans les terres ébréchées.

Quand il se réveilla, il faisait noir et le vent s'était levé. Le sable s'était accumulé contre le tapis dans lequel il s'était enroulé, un sable fin, qui s'infiltrait partout et lui raclait les paupières. Il se redressa. Il avait chaud, il avait froid, et surtout, il avait peur.

« Le vent va souffler durant trois jours », lui dit une voix au timbre inconnu.

Deux yeux injectés de sang luisaient dans la faible clarté du foyer.

Nassim repoussa sa couverture. Il toussa. L'écharpe qui lui couvrait le visage était recouverte de poussière. La masse sombre accroupie devant lui bougea légèrement.

« Je suis Hawa, dit-elle. Et toi, voyageur, quel est ton nom ? »

L'accent chantant de la femme désamorça un peu sa frayeur. Ses vêtements, ou sa peau, dégageaient une forte odeur de transpiration et de poisson. Nassim n'avait pas pensé rencontrer de pêcheur si loin de la côte.

« Je m'appelle Nassim, se présenta-t-il.

– Tu es un semeur, lui dit la femme, sur le ton du constat. C'est la première fois que je vois un semeur. Avant toi, il y a eu les nettoyeurs, mais c'était il y a longtemps. »

Nassim avait du mal à évaluer l'âge de la femme. La voix, chaude et enveloppante, aurait pu être celle d'une femme mûre, mais cela s'accordait mal avec ses gestes souples et déliés.

« Après ça, vous nous avez oubliés, ajouta-t-elle.

– Nous… ?

– Vous, les gens du Nord. »

Il y eut un silence, puis, tournant la tête en direction du chien-char, elle reprit :

« Ton Iya est en veille. »

Këll profitait de son sommeil pour recharger ses batteries, ce qui expliquait pourquoi elle n'était pas encore intervenue.

« Je vais faire du té, ajouta la femme. Tu en voudras ? »

Elle fourragea dans sa besace et en sortit un petit récipient à bec, dans lequel elle versa de l'eau, et ce qui ressemblait à des feuilles séchées. Puis elle mit le tout à bouillir.

Tout en sirotant le breuvage brûlant, il lui expliqua les raisons de sa venue.

« Tu veux faire pousser tes bulbes dans cette poussière, gloussa-t-elle en ramassant une poignée de sable.

– Le climat n'est pas un obstacle. Nos racines savent puiser l'eau de mer et en retirer le sel. »

Il avait voulu se montrer rassurant, mais sa réponse sembla la contrarier.

« La mer n'est pas faite pour irriguer vos plantations.

– Il ne s'agit pas de plantations, corrigea-t-il.

– Parce que vos arbres sont libres de pousser comme ils veulent, où ils veulent ? se moqua la femme.

– Ils poussent, et nous veillons à ce que l'équilibre soit maintenu. C'est le principe de la symbiose. »

La femme secoua la tête :

« L'eau est piipa, elle est sacrée. Tu ne dois pas chercher à la transformer, même avec tes racines. »

Nassim se demanda ce que signifiait « piipa ». Hawa ignorait visiblement tout des Principes Premiers et du Grand Rêve, mais ce n'était pas quelque chose que l'on pouvait expliquer simplement avec des mots. Peut-être comprendrait-elle mieux avec des images, mais pour cela il fallait attendre que Këll soit réveillée. Oui, plus tard, il lui montrerait.

Au-dessus des collines, le ciel se teintait de bleu. La pêcheuse se tenait de profil, le regard fixé sur le foyer. L'aube naissante précisait les contours de son visage et de ses épaules. Il nota les cheveux gris, coupés ras, et les bras nus et musclés. Elle portait une tunique de fibre qui dégageait des cuisses épaisses, puissantes. Posé près de sa besace, il remarqua ce qui ressemblait à un bâton de marche, ou peut-être un harpon. Il avait en tête des descriptions de ces outils, censés être utilisés par les gens de la mer pour capturer des poissons. Vivre des produits de la chasse était une pratique interdite, mais on ne pouvait blâmer ces peuples déshérités de puiser dans leur environnement les ressources dont ils avaient besoin pour survivre.

Elle se tourna vers lui, consciente qu'il l'observait. Son sourire, très blanc, se découpa avec une netteté presque surnaturelle dans la pénombre.

« Levons le camp, décréta-t-elle. La journée sera chaude. »

Le soleil perça le ciel nocturne à cet instant, et la lumière se répandit comme du magma doré sur le monde.

Ils partagèrent leur repas.

« Tu ne manges que ça ? demanda la femme, intriguée, en remuant le contenu de son bol.

– Nous avons aussi des fruits secs, si tu veux.

– Vous ne mangez jamais de poisson ?

– Ce n'est pas nécessaire. La forêt nous offre tout ce dont nous avons besoin pour nous nourrir. »

La femme haussa les épaules et sortit un paquet emballé dans du tissu. À l'intérieur se trouvaient des morceaux qui ressemblaient à des copeaux de bois, dans une matière brune. Elle en sélectionna un et le fendit en deux :

« Tu veux goûter ? C'est du poisson séché. »

Nassim fut sur le point de refuser, mais il se ravisa. Il ne voulait surtout pas que son attitude puisse être interprétée comme du mépris.

Un peu plus loin, Këll était sortie de sa léthargie et s'affairait autour du chien-char, sans oser s'approcher.

« Ton Iya a peur de moi, on dirait, fit remarquer la femme, amusée.

– Ne t'en fais pas. Elle va vite s'habituer. »

La femme observa Këll avec curiosité.

« Est-il vrai qu'elle a la mémoire de dix mille hommes et femmes ? demanda-t-elle.

– C'est bien possible », admit Nassim.

Elle goûta à sa bouillie.

« Ce n'est pas mauvais, dit-elle prudemment.

– C'est de la farine de pain, lui apprit-il.

– Qu'est-ce que c'est ?

– Une sorte de tubercule. »

Il ajouta, pour la réconforter :

« Si tout se passe bien, vous aurez vos premières récoltes d'ici quatre ou cinq ans. Ces racines poussent partout, très facilement, et elles remplacent avantageusement les protéines animales. Vous n'aurez plus besoin de pêcher pour vous nourrir. »

La femme demeura pensive, et comme elle ne faisait pas mine de vouloir entretenir la conversation, il se concentra sur son repas.

Ils levèrent le camp sans avoir échangé d'autres paroles, et marchèrent une bonne partie de la journée dans le même état d'esprit. La femme s'était couverte le visage et les cheveux d'un tissu, et Nassim l'avait imitée. Mais cela ne l'empêchait pas d'inhaler de la poussière, et il ne cessait de tousser.

Ils atteignirent le bord de mer en début d'après-midi. La femme s'absenta, et Këll, qui craignait la poussière, préféra rester à l'abri du chien-char.

Nassim demeura un moment sur son promontoire, à contempler les petites vagues qui clapotaient paisiblement contre la roche calcaire, fasciné par les jeux de lumière dans les profondeurs cristallines. De nombreuses ruines affleuraient à la surface, vestiges des tours qui s'élevaient là autrefois. La plupart de ces constructions avaient été détruites lors des dernières guerres, mais l'une d'elles était restée debout et formait une île qui se dressait, solitaire, au milieu de la baie. Une île grise et rectangulaire, dont la nature artificielle ne faisait aucun doute. Une tache couleur crème flottait sur le sommet – peut-être un drapeau, jugea-t-il, intrigué.

Son regard fut ensuite attiré par un éclat brillant qui semblait se déplacer à la surface de la mer.

« C'est un véhicule de mer », décréta Këll en le rejoignant.

Ils restèrent là à fixer l'embarcation qui se rapprochait, jusqu'à ce qu'ils puissent en distinguer précisément les contours : Këll ne s'était pas trompée, il s'agissait bien d'un petit engin d'environ dix coudées de long sur trois de large, alimenté par deux grandes voiles solaires. Nassim avait entendu parler de ces navires utilisés par les gens de la mer pour se déplacer sur l'Egéej, mais c'était la première fois qu'il en voyait un de ses propres yeux.

Le voilier disparut de sa vue. Peu après, il aperçut les deux silhouettes sombres des matelots qui nageaient entre les rochers. La femme revint le chercher.

« Toi et ton Iya, vous pouvez venir, déclara-t-elle. Le chien devra rester.

– Où veux-tu nous emmener, Hawa ? demanda Nassim.

– Je veux te montrer ma cité radieuse, lui répondit la femme avec un sourire énigmatique.

– Une cité ? s'étonna Nassim, qui ne voyait de ville nulle part.

– Mon lieu-vie », expliqua la femme.

Elle fit un geste du bras en direction de la mer.

Nassim accepta, alors même qu'il éprouvait le sentiment confus que le voyage lui échappait, glissant doucement vers l'inconnu. Et cette impression elle-même lui parvenait troublée, brouillée par le vent qui ne cessait de souffler, souffler, dans cette lumière entre ciel et mer. Mais il voulait voir où vivait la femme. Il voulait connaître son lieu-vie, et partager avec elle le Grand Rêve.

Comme Këll hésitait à les suivre, Nassim dut se résigner à la porter sur son dos. Ils cheminèrent avec prudence par un sentier abrupt, jusqu'à une volée de marches taillées dans la falaise, qui plongeait directement dans la mer. Le voilier était attaché à un anneau de métal fixé au mur.

« Voilà mon vaisseau », lui annonça Hawa avec fierté.

Nassim admira l'élégance des courbes de la coque, qui semblait sculptée pour la vitesse. Les voiles à moitié repliées brillaient doucement. Des motifs géométriques donnaient à la surface une texture dentelée, brillante. Ce devaient être des dispositifs prévus pour filtrer les flux d'énergie, car leur diamètre semblait varier selon l'incidence de la lumière. Nassim n'aurait jamais imaginé que l'on puisse transformer de tels engins de locomotion en des objets aussi finement ouvragés, lui qui ne connaissait que les lourds chalutiers des mers du nord, destinés à la récolte de spirules.

Les deux nageurs aperçus plus tôt lézardaient à présent au soleil, allongés sur un rocher à quelques brassées de là. Ils se levèrent avec nonchalance à leur arrivée, et plongèrent l'un après l'autre pour regagner le bateau. Nassim retint son souffle, fasciné par la grâce de leurs mouvements et l'aisance avec laquelle ils évoluaient dans l'élément liquide. Il les envia secrètement. Lui aussi aurait aimé pouvoir se fondre dans la transparence de l'eau, épouser sa fraîcheur et son rythme. Mais il ne savait pas nager. Savoir nager n'était pas d'une grande utilité dans la forêt, où l'on se déplaçait de nid en nid et où l'on pouvait passer des journées entières sans avoir à mettre pied au sol.

Les deux garçons les aidèrent à monter à bord. Këll ne cessait de se plaindre, mais une fois le voilier lancé à pleine vitesse, elle sembla apprécier la promenade.

« Où se trouve ta cité ? demanda Nassim à la femme.

– Là-bas », répéta-t-elle en montrant l'horizon et le ciel.

Alors qu'ils s'éloignaient à toute allure de la côte, Nassim comprit que le lieu où elle voulait l'emmener n'était pas l'une de ces îles naturelles qui affleurait au milieu de la baie comme il l'avait cru d'abord, mais le rocher de béton qu'il avait aperçu plus tôt, l'une des rares ruines qui tenait encore debout, et que la montée des eaux n'avait pas complètement engloutie.

Une émotion étrange l'envahit au fur et à mesure qu'ils approchaient, un peu comme quand il avait visité le sanctuaire de Pari. Il émanait de ces vestiges chargés de mémoire une impression d'austérité, un sentiment de grandeur tragique sur lequel il n'arrivait pas à mettre de mots.

Leur bateau tanguait avec régularité, avec le vent qui giflait la surface de l'eau et les poussait de biais. Les marins naviguaient avec habileté. Bien calée sur les genoux de Hawa, qui semblait l'avoir prise en affection, Këll poussait de petits cris de joie à chaque rafale.

Ils abordèrent l'île par sa façade est.

L'ancien bâtiment était encore plus impressionnant de près que de loin. Il s'agissait d'une énorme bâtisse conçue comme un bunker, et dont le sol incliné tombait en pente douce dans la mer. Des mousses et des algues brunes avaient colonisé le béton là où il était régulièrement en contact avec les vagues. Le vent s'engouffrait en sifflant dans les ouvertures rectangulaires qui béaient sur des cavités sombres et humides. L'une de ces grottes artificielles avait été aménagée, afin qu'ils puissent y jeter l'ancre. Une inscription, gravée dans le béton et noircie par l'humidité, annonçait : Bienvenue à la Cité Radieuse.

Hawa les invita à descendre, ce qui exigea encore une série d'opérations périlleuses pour leur éviter une chute dans des eaux dont on ne distinguait plus le fond. Puis il fallut suivre un chemin de passerelles et d'échelles de cordes, jusqu'à un puits où un escalier grimpait jusqu'à la surface, tout en haut.

« J'ai trouvé ! » s'écria soudain Këll, alors qu'ils débouchaient à l'air libre.

Nassim cligna des yeux, ébloui. Dans la lumière dorée du soleil de fin d'après-midi, il vit des silhouettes sombres se lever et venir à leur rencontre. Le vent faisait claquer des étoffes suspendues aux cordages tendus entre les piliers. Dans une fosse au milieu du sol, à l'abri du vent, se dressaient des tentes de toile.

« Je sais quelle est la mémoire de cet endroit », répéta Këll.

*

Une douzaine de personnes vivaient sur le rocher, des personnes âgées, des plus jeunes, des hommes, des femmes ou des enfants. Hawa semblait incarner à elle seule le réseau-centre de cette communauté restreinte. Nassim se demanda s'il existait d'autres groupes organisés dans les environs, et s'ils étaient liés, ou tout du moins coordonnés. Rincé par le vent et le soleil, il se sentait comme détaché de lui-même, emporté par le courant paisible de ce soir lumineux, alors que les gens autour vaquaient à leurs occupations sans faire attention à lui. Des enfants balayaient le sable qui s'était accumulé au pied de leurs tentes, deux vieillards préparaient le repas dans une marmite rebondie, un homme reprisait un filet, une femme retournait avec précaution les lamelles de poisson accrochées à des cordelettes. Chacun semblait savoir précisément quelle tâche il devait accomplir, sans qu'on ait besoin de le rappeler à ses responsabilités.

Un peu plus tard, un jeune homme lui apporta une tasse remplie d'un liquide fumant.

« Té », dit-il en l'enjoignant à boire.

Nassim le remercia. La mer, le soleil et la poussière l'avaient complètement assoiffé, il se sentait aussi desséché que l'un de ces poissons suspendus plus loin. Une fois désaltéré, une fatigue bienheureuse s'empara de lui, et il tomba comme une pierre bien ronde dans un sommeil peuplé de rêves.

Hawa revenait de mer. Sa haute silhouette se découpait sur le fond rouge des flammes, tandis qu'elle brandissait son harpon, au bout duquel se balançait une forme oblongue, brillante. Un grand sourire fendait l'ombre de son visage, une expression de joie sauvage, libre et terrifiante. Dans son autre main, elle tenait un coutelas aussi long que son avant-bras. Lève-toi, lui disait-elle. Il se leva. Elle lui tendit la lame. D'une manière ou d'une autre, il savait ce qu'elle exigeait de lui. Il devait dépecer la bête, ouvrir le ventre de ce corps vivant, de cette bête qui, pressentant sa mise à mort, se débattait avec acharnement, jetant toutes ses forces dans cette dernière bataille. Les gens du Nord ne mangent pas de chair morte, voulut-il protester, mais il savait aussi qu'on ne lui laissait pas le choix.

Les pêcheurs les avaient encerclés, leurs visages grimaçant dans la nuit, le vent emportant leurs chants au-delà de la mer, au-delà du désert et de ses secrets.

La lame s'enfonça dans la panse gonflée. L'œil de la bête le fixait comme si elle le suppliait, comme si elle criait, gueule ouverte, en silence. Lentement, Nassim ouvrit le ventre pâle et tendre. Et ce geste lui procura un plaisir coupable, qui le fit trembler de fièvre et de honte. Hawa plongea ensuite sa main à l'intérieur des chairs, arrachant les viscères qui glissèrent au sol à ses pieds.

Nassim se réveilla en sueur, pris d'une forte nausée. Il était seul. Il n'y avait personne sous sa tente, pas de bête dépecée, pas de Hawa, et il mourait de soif.

Il se leva.

Le ciel était pur, sous un vent assagi. Des milliers d'étoiles brillaient dans le ciel, on aurait dit qu'elles tombaient, tombaient dans la mer.

Il trouva les pêcheurs réunis autour de leur foyer, subjugués par le récit que Këll déroulait à leur intention. Debout au milieu du cercle jaune des lampes, l'Iya leur contait les récits du Renouveau, sa voix grinçant dans la nuit comme un vieux tas de ferraille secoué par le vent. Hawa, qui se tenait un peu en retrait, s'aperçut de la présence de l'étranger. Elle se leva et l'invita à les rejoindre.

L'un des cuisiniers lui fit passer un bol rempli de nourriture.

« Mange tant que c'est chaud », lui conseilla Hawa.

Des morceaux de chair morte flottaient dans la soupe.

« L'Iya nous a montré votre Grand Rêve, lui dit-elle, sans faire attention à sa réaction. C'est une bonne Iya. Elle sait conter les histoires. »

Et c'était vrai : Këll rayonnait, ravie d'avoir trouvé un auditoire attentif.

« Alors vous avez vu les forêts, les fleurs et les fruits ? demanda Nassim.

– Nous avons vu tout cela. »

Il se sentit libéré d'un poids.

« Ce rêve, dit-il, sera bientôt aussi le vôtre. »

Hawa rit doucement, de son rire tranquille. Nassim revit la femme à l'expression sauvage qui l'avait tant effrayé dans son cauchemar, et trembla au souvenir du plaisir, de la jouissance qu'il avait éprouvé à tuer.

« Tu viens à nous, la tête et les mains pleines de ton Rêve, dit-elle encore. Mais ne t'a-t-on pas prévenu des dangers de trop rêver ?

– Que veux-tu dire par là, Hawa ? Nous venons avec une promesse, celle d'un monde nouveau.

– Quel monde nouveau ?

– Un monde où vous n'aurez plus à souffrir de la faim. Un monde… organique, et vivant.

– Mais ce monde est là, autour de toi », s'écria Hawa, en partant d'un grand rire qui fit se retourner les pêcheurs assis un peu plus loin.

Elle lui montra son bol, puis les visages à peine éclairés par les lueurs de lampes, et la mer plus loin.

« Ce monde dont tu parles, il est là, répéta-t-elle. C'est ce lieu où nous vivons, et contrairement à ce que tu sembles croire, nous ne sommes pas misérables.

– Mais vous consommez de la chair morte !

– Tu voudrais que nous mangions des graines, des champignons et, comment dis-tu, des "tubercules", comme vous les gens du

Nord ? Parce que tu penses que vos coutumes et vos principes sont meilleurs que les nôtres ?

– Il ne s'agit pas que de nourriture, répondit prestement Nassim. Il s'agit de vivre en symbiose avec la nature. Pour que plus jamais nous ne puissions laisser faire le mal, comme l'ont fait les humains de l'Âge Sombre.

– Cet Âge Sombre était aussi un âge de lumière, objecta calmement Hawa.

– Nous avons détruit la planète.

– La planète s'est-elle volatilisée ? demanda Hawa, toujours amusée.

– Tu ne comprends pas. »

Il lui décrivit ses visions, Massaya sous le feu des incendies du Grand Effondrement, et son souhait ancien de voir la cité renaître de ses cendres.

« Tu rêves trop, semeur », se moqua la pêcheuse.

Nassim se sentit pris au dépourvu. Aucun de ses arguments n'avait de prise sur cette femme, dont la logique rudimentaire semblait imperturbablement revenir vers son centre, comme un balancier.

« Vous avez vos forêts, déclara Hawa. Nous, nous avons l'Egéej.

– Mais l'Egéej est une mer morte !

– Elle n'est pas morte. La vie s'est adaptée. Et nous aussi, nous nous sommes adaptés. Essaye de voir vraiment avec tes yeux, au lieu de voir à travers tes idées ! »

Les conversations s'étaient tues, et tous les écoutaient à présent. Même Këll avait fini par se taire.

« Nous, gens de la mer, vivons libres comme le vent. Tu me parles de ton Grand Rêve, mais nous avons aussi le nôtre. La liberté, voilà notre rêve à nous !

– Mais vous avez besoin du lien, protesta faiblement Nassim. Nous en avons tous besoin.

– Nous sommes liés, affirma Hawa. Car notre esprit est porté par le vent. Il est le vent.

– Vous devez bien avoir un réseau-centre, protesta encore Nassim, qui ne concevait pas qu'un organisme puisse fonctionner sans esprit collectif pour coordonner ses différentes fonctions. Et des cités, pour forger vos outils et réparer vos bateaux.

– Nous n'avons pas de réseau-centre comme tu l'entends, répondit tranquillement Hawa. Mais nous avons des cités, c'est vrai. Il y a par exemple Ria l'orgueilleuse. Ses tours ont été englouties et ses rues sont vides, mais ses ateliers sont emplis d'Iya. Des machines qui tournent sans fin, se recyclant à l'infini. Nous avons aussi des forêts, très différentes des vôtres, par-delà les déserts et les océans du Sud.

– Alors pourquoi restez-vous ici ?

– Parce que c'est ainsi que nous sommes heureux. »

Nassim ne sut quoi répondre. L'idée que des hommes et des femmes puissent refuser de rejoindre le Grand Rêve remettait en question tout ce en quoi il avait toujours cru. Le Grand Rêve n'était pas un mirage, mais un Principe, une planification, une utopie née des cendres du monde d'avant. L'idée que des hommes et des femmes puissent refuser de s'unir dans le Grand Rêve remettait en question tout ce en quoi il avait toujours cru.

« Ne sois pas triste, Semeur, lui dit Hawa. Nous avons un dicton, ici, qui dit que la joie naît du mouvement.

Nassim se sentit étrangement réconforté par ces paroles.

– Je te montrerai », lui promit Hawa.

Elle se leva, c'était sa manière de prendre congé. Nassim, lui, aurait aimé discuter encore, expliquer que les racines n'empêchaient nullement la libre circulation des hommes et des femmes, mais qu'au contraire elles la nourrissaient.

Un peu plus tard, alors qu'il aidait Këll à se brancher à une batterie prêtée par les pêcheurs, il éprouva le besoin de se confier.

« Ces gens sont dans l'ignorance, jugea-t-il.

– Je ne pense pas, Nas », lui dit Këll.

Au fond de lui il sentait qu'elle avait raison, mais il lui était difficile de l'admettre. Son esprit oscillait entre la certitude et le doute, et cela le rendait malheureux.

« Tu ne m'as pas demandé quelle était la mémoire de ce lieu, s'écria soudain l'Iya.

– Non, c'est vrai. Mais quel rapport ?

– Hé bien, sais-tu, par exemple, d'où vient ce nom, la Cité Radieuse ?

– Tu vas me le dire, n'est-ce pas ? » répondit-il avec un soupir.

Il se sentait vraiment las, et son estomac ne semblait pas très bien supporter la nourriture locale.

« Cette construction date du xxe siècle, et elle est l'œuvre d'un architecte nommé Le Corbusier, énonça Këll, résumant les données puisées dans ses archives antédiluviennes. Celui-ci avait obtenu du ministère de la reconstruction…

– Quelle reconstruction, Këll ? s'agaça Nassim. Et qu'est-ce qu'un "ministère" ?

– La reconstruction après la seconde Grande Guerre du xxe siècle, Nas. Quant au "ministère", imagine un noyau habilité à coordonner les décisions de la collectivité. Un peu comme notre réseau-centre, mais dont l'esprit aurait été délégué à un seul bulbe. »

Ces notions restaient vagues pour Nassim, mais il lui fit signe de continuer.

« Le monde était dans un état effroyable, poursuivit Këll. Des villes entières avaient été détruites, rasées parfois en un clin d'œil. Mais cela ne concernait pas toutes les villes, seulement une partie.

– Viens-en au fait.

– Massaya s'appelait alors Marseille, poursuivit Këll. Le niveau de l'Egéej était bien plus bas qu'il ne l'est aujourd'hui. Il y avait donc un port, avec des familles de pêcheurs qui vivaient là.

– Des pêcheurs, fit pensivement Nassim. Comme Hawa et les siens.

– En quelque sorte. Les bombardements avaient détruit leurs maisons. Il y avait eu beaucoup de morts, et ceux qui avaient survécu n'avaient plus nulle part où aller. Alors, le ministère de la reconstruction a donné carte blanche…

– Carte blanche ?

– Il a donné la responsabilité.

– D'accord. Continue.

– Le ministère a donné carte blanche à un architecte du nom de Le Corbusier, afin de reloger ces familles dans de nouvelles maisons.

– Cela partait d'une bonne intention, observa Nassim.

– Oui. Sauf que cet homme avait la tête pleine de principes et d'idées. De belles idées, nouvelles et fonctionnelles. Il imagina donc un immeuble de béton, monté sur de hauts piliers, avec à l'intérieur des boîtes à vivre, toutes semblables les unes aux autres, pratiques et confortables. Et il appela cet immeuble la Cité Radieuse, parce que c'était ainsi qu'il la voyait, une radieuse cité où les gens auraient pu vivre ensemble, en partageant des équipements utiles à la collectivité, ainsi que toutes sortes de services mutualisés qui auraient contribué à embellir leur vie, à la rendre plus confortable et plus heureuse.

– Cela me fait penser à un Grand Rêve, murmura Nassim.

– C'était exactement ça : un Grand Rêve. Et comme Hawa aujourd'hui, les gens de la mer, à l'époque, n'en ont pas voulu. Ils dirent : ce n'est pas là chez nous.

– Ils ont refusé le Rêve ?

– Voilà.

– Mais pourquoi ?

– Ce rêve n'était pas le leur, Nas. »

Nassim voyait à présent où voulait en venir Këll. Cet architecte du monde d'avant avait imaginé sa cité, loin des préoccupations des gens et de leurs besoins, loin de leur lieu-vie et des liens qu'ils avaient tissés avec la mer.

« C'était un rêve hors-sol, reprit Këll. Un rêve de béton, élevé sur d'épais piliers comme pour mieux s'abstraire de la Terre. Mais c'était aussi une façon d'abstraire les habitants de leur mémoire et de couper leurs racines. À tel point que les gens n'ont pas compris. Et pour se moquer, pas méchamment, ils ont appelé cet architecte "le fada", ce qui signifie "l'homme illuminé". »

Nassim mit un moment à s'endormir ce soir-là. La mer, invisible et enveloppante, berçait ses pensées.

Hawa le voyait-elle ainsi, comme un « illuminé » ? Cet architecte, avec sa cité radieuse, avait imaginé une utopie, un lieu qui n'existait nulle part ailleurs que dans son esprit. Le Grand Rêve était-il aussi une utopie ? Le rêve d'une société idéale, qui tout en se voulant juste et bonne, finissait par nier le monde et ses habitants, se contredisant d'elle-même ?

La joie naît du mouvement, avait dit Hawa. N'était-ce pas là une manière aussi d'exprimer la loi du changement ? Malgré leurs différences de points de vue, Nassim sentait qu'il y avait là une vérité profonde, qui touchait aux Principes et à leur humanité commune.

Il soupira, et finit par s'endormir.

Les jours passèrent, et Nassim resta vivre avec les pêcheurs, partageant leur quotidien, leur nourriture et leurs travaux. Il n'avait pas complètement renoncé à l'idée de convaincre Hawa et les siens, mais ce désir s'estompait, tel un mirage lointain, détaché du monde. Il y eut les jours d'orage, et les jours de pluie tiède, les jours de sable et les jours de rien. Les pêcheurs vivaient au gré des humeurs du temps, sans se soucier du lendemain.

Et la mer était vivante. La mer grouillait de vie, une vie telle que Nassim n'aurait jamais imaginé en trouver au large de ces terres calcinées.

Un matin, Hawa l'emmena caboter d'île en île avec ses garçons, les deux marins qui les avaient accueillis à leur arrivée. La pêcheuse se tenait à la proue du navire, le visage éclaboussé d'embruns.

« Piipa, Piipa », cria-t-elle.

Les garçons la rejoignirent en courant, délaissant leurs manœuvres comme s'il y avait urgence. Nassim n'osa pas les imiter.

« Tu disais que les grands mammifères étaient morts, Semeur, l'apostropha Hawa. Voilà la preuve que non ! »

Le vent rabattait ses boucles grises sur son visage et faisait claquer sa tunique contre ses cuisses. Elle désigna un point à la droite de la coque.

Nassim les vit alors, deux formes sombres qui jaillissaient et plongeaient le long de la coque, jouant témérairement avec les vagues dans leur sillage. Deux bêtes au dos luisant et au bec allongé, plein de dents, et dont il ne se souvenait pas avoir appris le nom. Puis cela lui revint : des images d'archive que Këll lui avait montrées une fois. Ces animaux s'appelaient des dauphins, ils faisaient partie des espèces déclarées disparues au tout début du Grand Effondrement. Et il se souvint aussi que Hawa leur avait dit que l'eau était piipa, employant le même terme pour désigner ces mammifères et ce qu'il avait alors interprété comme étant une sorte d'esprit, ou de croyance locale.

Or, il ne s'agissait pas de croyance, comprit-il. Il s'agissait d'évolution. De renaissance. De la vie, tout simplement. Une possibilité parmi des milliers d'autres, demeurée cachée au fond de la mer, une promesse qui s'était accomplie dans le secret des profondeurs et des courants marins. Un peu comme leurs bulbes au creux de l'humus, mais sans que les humains n'aient eu à intervenir.

Gagné par l'excitation de la pêcheuse, Nassim se décida à la rejoindre à l'avant du voilier. Il n'avait toujours pas le pied marin et perdit l'équilibre à plusieurs reprises, mais Hawa le prit par le coude et le tint fermement jusqu'à ce qu'il se soit bien agrippé au bastingage. Les deux dauphins filaient comme des éclairs, les dépassant parfois, ou ralentissant pour se caler à leur hauteur, ou bien jaillissant devant eux, avec leurs corps fuselés luisant dans l'écume scintillante. Nassim aurait juré qu'ils riaient.

Plus tard dans la soirée, il nota dans son précieux rouleau de papier : « À chaque territoire, son peuple et sa vérité. ». Son crayon resta ensuite en suspens, un long moment. Il se remémorait les dauphins, et cette joie pure et libre qu'ils lui avaient transmise. Précieuse, précieuse joie, songea-t-il.

À ses côtés, Këll marmonnait, plongée dans ses réminiscences.

« Demain, nous repartons, déclara-t-il, la faisant sursauter.

– Sans semer ? s'étonna l'Iya.

– Sans semer », confirma Nassim.

Il tapota son crâne rond, et commença à rassembler ses affaires. Et tout en rangeant, il chantonnait, car il se sentait léger, léger comme le vent, heureux d'avoir partagé un Rêve qui n'était pas le sien, mais qui n'en était pas moins beau et juste.

UTOPIES ANTIQUES : AUX ORIGINES DU MYTHE

Annie Collognat

Ancienne élève de l'École Normale Supérieure, agrégée de lettres classiques, Annie Collognat-Barès a enseigné le latin et le grec en Lettres supérieures au lycée Victor Hugo à Paris. Elle a écrit divers ouvrages concernant l'Antiquité et traduit en latin le 33e album d'Astérix, Le Ciel lui tombe sur la tête (Caelum in caput ejus cadit) *et le 1er album de la série Alix Senator,* Les Aigles de sang (Aquilae cruoris). *Elle fut l'invitée de la première édition du festival Hypermondes pour son ouvrage* Ex Machina, Machines, automates et robots dans l'Antiquité *aux éditions des Belles Lettres.*

Utopies antiques : aux origines du mythe

Ministre du roi Henri VIII d'Angleterre, l'humaniste anglais Thomas More (1478-1535) rédigea un ouvrage en latin intitulé *De optimo reipublicae statu deque nova insula Utopia* (« Du meilleur état de la chose publique et de la nouvelle île d'Utopia »), édité en 1516 : il y décrit une forme d'État idéal inspirée des théories du philosophe grec Platon (env. 428-348 av. J.-C.) et invente une île imaginaire à laquelle il donne une histoire, une géographie et un nom précis. Fondée par le roi Utopus « il y a 1760 ans », Utopia, celle qui n'existe « en aucun lieu » (en grec, négation *ou* + *topos*, lieu), offre un exemple concret de justice et d'harmonie sociales pour le plus grand bonheur de ses habitants. Ni fantaisie mythologique ni dogme religieux, c'est un modèle théorique conçu pour nourrir le débat philosophique et politique, très actif à la Renaissance.

L'invention de Thomas More s'inscrit dans une longue tradition de récits fabuleux imaginant une société humaine idéale dans un espace clos et préservé de toutes vicissitudes.

I. Paradis et îles « paradisiaques »

De nombreux mythes antiques ont transmis la nostalgie d'un espace et d'un temps primitifs où les hommes vivaient dans une harmonie parfaite avec la nature, sans souci ni contrainte. Ce « paradis » originel est un jardin, c'est précisément le sens du mot grec *paradeisos*, lui-même tiré du vieux persan *pairi-daza*, « parc » : tout y vient à profusion, d'où aucun besoin, donc aucun travail, aucune envie, aucune dispute pour les heureux mortels qui y vivent dans leur innocence originelle.

C'est l'Éden de la Bible, ce « jardin des délices » où Dieu a placé Adam et Ève ; c'est aussi le paradis de l'Âge d'or, que les Romains imaginaient en Italie, installé par Saturne (le Cronos des Grecs) chassé de Grèce par son propre fils Jupiter. Ce sont encore toutes ces îles mythiques, aux confins du monde connu, qui représentent le paradis idéal, fermé et protégé par la mer.

Cap à l'ouest ! Les récits mythologiques témoignent en effet de cette fascination pour un horizon mystérieux où le soleil s'abîme dans la mer, au sens concret du mot « Occident » (*occidens*, « qui tombe » en latin) : on y place aussi bien le fabuleux jardin des pommes d'or des Hespérides, les trois nymphes du Soir (*Hespéra* en grec), que les Îles Fortunées (souvent identifiées aux Canaries) où les Bienheureux goûtaient un repos éternel après leur mort, ou encore la mythique Atlantide, imaginée par Platon.

La Bible, Genèse 8-14, le paradis

« Puis l'Éternel Dieu planta un jardin en Éden, du côté de l'orient, et il y mit l'homme qu'il avait formé.

L'Éternel Dieu fit pousser du sol des arbres de toute espèce, agréables à voir et bons à manger, et l'arbre de la vie au milieu du jardin, et l'arbre de la connaissance du bien et du mal.

Un fleuve sortait d'Éden pour arroser le jardin, et de là il se divisait en quatre bras.

Le nom du premier est Pischon ; c'est celui qui entoure tout le pays de Havila, où se trouve l'or.

L'or de ce pays est pur ; on y trouve aussi le bdellium et la pierre d'onyx.

Le nom du second fleuve est Guihon ; c'est celui qui entoure tout le pays de Cusch.

Le nom du troisième est Hiddékel ; c'est celui qui coule à l'orient de l'Assyrie. Le quatrième fleuve, c'est l'Euphrate. »

Le mythe de l'Âge d'or

Un ensemble de récits mythiques décrivent les différents « âges » et « races » de l'humanité qui se sont succédé sur terre depuis le temps des origines. L'Âge d'or est le premier de ces âges mythiques : celui où l'univers connaissait le bonheur parfait dans la paix et l'harmonie, sous le règne du Titan Cronos (Saturne pour les Romains), né de l'union de Gaia (la Terre) avec Ouranos (le Ciel). L'or symbolise la pureté, l'absence de toute corruption, en ce temps hors du temps, antérieur à l'Histoire. Aucune altération n'atteignait les corps : pas de vieillesse, ni de maladie. Pas davantage de saison : le climat doux d'un perpétuel printemps et la terre fertile faisaient pousser en abondance tous les fruits. Les animaux et les humains vivaient ensemble dans la paix. Dans une nature riante, chacun connaissait le bonheur sans avoir besoin de travailler ; les cœurs, innocents, ignoraient la violence et l'envie : ni guerre, ni crime ne souillaient le monde ; la justice, la pudeur et la piété réglaient les conduites. Les hommes étaient comme des dieux. Le poète latin Ovide (43 av. J.-C. – env. 18 ap. J.-C.) décrit ainsi cette première forme d'expérience utopique :

« L'Âge d'or commença. Alors les hommes respectaient d'eux-mêmes la justice et suivaient la vertu sans effort. Ils ne connaissaient ni la crainte, ni les supplices. Des lois menaçantes n'étaient pas gravées sur des tables de bronze. On ne voyait pas des coupables tremblants redouter les regards de leurs juges ; la sécurité générale n'était pas garantie par des magistrats. Les pins abattus sur les montagnes n'étaient pas encore descendus sur l'océan pour visiter des plages inconnues. Les mortels ne connaissaient d'autres rivages que ceux qui les avaient vus naître. Les cités n'étaient défendues ni par des fossés profonds ni par des remparts. On ignorait trompette guerrière et clairon recourbé. On ne portait ni casque, ni épée : ce n'étaient pas les soldats et les armes qui assuraient le repos des nations. La terre, sans être sollicitée par les socs de fer, ouvrait son sein, et, fertile sans culture, produisait tout d'elle-même. L'homme, satisfait des aliments que la nature lui offrait sans effort, cueillait les fruits de l'arbousier et du cornouiller, la fraise des montagnes, la mûre sauvage qui poussait dans les ronces, et le gland qui tombait du chêne. C'était alors le règne d'un printemps éternel. Les doux zéphyrs, de leurs tièdes haleines, animaient les fleurs écloses sans semence. La terre, sans le secours de la charrue, produisait d'elle-même d'abondantes moissons. Dans les campagnes coulaient des sources de lait, des fleuves de nectar. De l'écorce des chênes le miel ruisselait comme une douce rosée. » (*Métamorphoses*, livre I, vers 89-112, trad. A.C.)

Les îles des Bienheureux

Ces îles sont supposées accueillir les « bienheureux », ceux qui, grâce à leurs vertus, ont obtenu de jouir d'un repos très agréable après la mort. Le poète grec Pindare (518 - 438 av. J.-C.) les situe dans cette Hespérie – littéralement « le pays du Soir » (*hespéra*) – que représentait pour les Anciens l'extrémité occidentale du monde connu, au-delà des fameuses Colonnes d'Hercule (le détroit de Gibraltar) :

« Un soleil toujours pur éclaire nuit et jour la paisible demeure des justes. Là ils coulent des moments heureux : leurs bras ne fatiguent point les flots, leurs mains n'y déchirent point la terre pour en arracher la pauvre nourriture des mortels. Près des amis des dieux vivent en paix ceux qui crurent à la sainteté du serment : jamais les larmes n'altèrent leur bonheur, tandis que les parjures sont consumés par d'horribles supplices. Et vous dont les âmes habitèrent successivement trois fois le séjour de la lumière et trois fois celui des Enfers sans jamais connaître l'injustice, bientôt vous aurez parcouru la route que traça Zeus, bientôt vous parviendrez au royaume de Cronos, dans ces îles des bienheureux que les zéphyrs de l'océan rafraîchissent de leur douce haleine : là des bosquets odorants ombragent le cours des ruisseaux et les prairies sont émaillées de mille fleurs d'or, dont tressent des couronnes les habitants de ces demeures pour orner et leur sein et leur front. » (*Odes, Olympique* II, vers 109-136, trad. A. Perrault-Mainand, 1843)

De son côté, le naturaliste romain Pline l'Ancien (env. 23 - 79 ap. J.-C.) évoque « les îles Fortunées » (*Fortunatae*) où abonderaient arbres, fruits et oiseaux de toute espèce (*Histoire naturelle*, livre VI, XXXVII).

Le jardin des Hespérides

Les Hespérides sont « les Filles du Soir » (*hespera*), c'est-à-dire des divinités du Couchant, habitant à l'extrême Occident dans un jardin merveilleux qui porte leur nom et que la tradition mythologique situe en Lybie (le terme antique désigne l'Afrique du Nord), à proximité de la cité de Lixos, aujourd'hui sur la côte atlantique au sud de Tanger au Maroc.

Lorsque Zeus s'unit avec sa sœur Héra, Gaia (la Terre), leur grand-mère, leur offre en cadeau de mariage de magnifiques fruits d'or – souvent interprétés comme des pommes –, gage de fécondité et de bonheur : la mariée s'empresse de les confier aux Hespérides pour qu'elles les conservent soigneusement dans leur fabuleux jardin, gardé par un serpent-dragon monstrueux. Ce sont ces pommes d'or qu'Héraclès doit aller chercher pour son avant-dernier (ou dernier) travail.

« Je voudrais arriver à la côte des pommes, pays des Hespérides musiciennes où Poséidon qui gouverne la mer n'a plus de route à montrer aux marins, car c'est là qu'il rencontre l'auguste frontière du ciel soutenu par Atlas. Des sources d'ambroisie coulent près de la couche où Zeus fête ses épousailles, en la terre divine qui donne la vie et accroît le bonheur des dieux. » (Euripide, *Hippolyte*, 428 av. J.-C., vers 742-751, trad. A.C.)

L'île de Calypso

Située très loin dans la mer, « au bout du monde », selon Homère, l'île d'Ogygie où vit Calypso ressemble à un petit paradis : la nymphe séductrice y retient Ulysse pendant sept ans, jusqu'au moment où Zeus envoie Hermès lui donner l'ordre de laisser le héros repartir.

« Dès qu'Hermès arrive dans l'île lointaine de Calypso, il sort de la mer violette et marche jusqu'à la vaste grotte où habitait la Nymphe aux belles boucles. Il la trouve chez elle. Un grand feu flambait dans le foyer ; l'odeur des bois de cèdre et de thuya qui brûlaient embaumait l'île entière. Dans sa maison, Calypso chantait de sa belle voix et travaillait sur son métier à tisser avec une navette d'or. Un bois au feuillage luxuriant avait poussé tout autour de la grotte : aulnes, peupliers noirs et cyprès odorants. Dans les branches nichaient des oiseaux aux grandes ailes : chouettes, éperviers et corneilles de mer aux longs croassements. Sur les parois de la grotte profonde, se déployait une belle vigne couverte de grappes. Quatre sources voisines répandaient une eau claire dans de nombreux ruisseaux. Tout à l'entour, de tendres prairies étaient parsemées de violettes et de persil. S'il était arrivé là, un Immortel lui-même se serait émerveillé de ce spectacle qui aurait comblé son cœur de joie. » (Homère, *Odyssée*, chant V, vers 55-74, trad. A.C.)

II. Le mythe de l'Atlantide

Quand Thomas More invente son *Utopia*, il s'inspire largement des descriptions de l'Atlantide qu'il a lues chez Platon.

L'Atlantide est une île-continent mythique, qui aurait été attribuée au dieu de la mer Poséidon lors du partage du monde. Le philosophe grec raconte son histoire dans ses dialogues *Timée* et *Critias* en la faisant passer pour un récit vieux de neuf mille ans, qu'un prêtre égyptien aurait confiée à Solon, le célèbre législateur athénien (VIe siècle av. J.-C.).

Platon situe son île à l'ouest des colonnes d'Hercule (Gibraltar), dans l'océan Atlantique. C'était à l'époque une région indéterminée, aux frontières du monde réel et de l'au-delà, qui allait du jardin des Hespérides, voire de l'île des Bienheureux au sud, jusqu'au royaume des Cimmériens au nord ; c'est pourquoi on a pu y reconnaître par la suite les Açores (Jules Verne, *Vingt mille lieues sous les mers*, 1870) ou le Sahara (Pierre Benoît, *L'Atlantide*, 1919).

La fabuleuse histoire de l'Atlantide selon Platon : de l'utopie à la dystopie

L'histoire de l'Atlantide offre un cas d'école très intéressant : avant Platon, aucune trace écrite de ce continent englouti par l'Océan déchaîné ; après lui, toutes les sources sont tributaires de son récit. Il semble donc légitime d'affirmer que l'illustre philosophe est bien l'inventeur de ce qui porte aujourd'hui l'étiquette de mythe, au même titre que d'autres fictions platoniciennes, comme le mythe d'Er à la fin de *La République*, par exemple. Pourtant d'aucuns cherchent encore à lui conférer une réalité historiquement et géographiquement attestée : nombreux sont ceux qui partent aujourd'hui encore à la recherche du fabuleux continent.

Résumons donc le roman atlantidien : les éléments ici relevés sont tirés du *Critias*, à l'exception de quelques citations extraites du *Timée*.

La fabuleuse métropole de l'Atlantide a été fondée par Poséidon, le dieu de la mer en personne (Neptune pour les Romains), et son histoire a commencé comme dans un merveilleux roman d'amour. En effet, lors d'un tirage au sort décidé par les dieux pour se partager le monde, le maître de la mer, frère du grand Zeus, avait obtenu l'île-continent, « plus grande que la Lybie et l'Asie réunies », qui s'étendait vers le soleil couchant, « au-delà des colonnes d'Hercule », dans cet Océan mystérieux où nul n'avait encore osé s'aventurer. Sur l'un de ses sommets, il remarqua une belle mortelle, Clito : il décida aussitôt d'établir là son sanctuaire, de faire de Clito sa reine et lui donna cinq paires de jumeaux, appelés à devenir les dix souverains du royaume, les ancêtres des dynasties qui se partagèrent ensuite le pouvoir. L'aîné des divins rejetons, Atlas, eu même l'honneur de laisser son nom à cette immense terre ainsi qu'à l'océan où elle se trouvait : l'Atlantide et l'Atlantique.

L'Atlantide est une île, immense, de la taille d'un continent ; au centre, sa capitale, bâtie en cercles concentriques selon une géométrie admirablement calculée : son plan en cercles concentriques, autour du temple consacré à Poséidon et Clito, va imposer l'image de la cité idéale car le cercle est la figure même de la perfection.

Au cœur de la métropole, l'Acropole - la ville haute avec son sanctuaire – est protégée par trois enceintes, trois immenses anneaux de terre et d'eau alternées. Tout y est si magnifique que vous ne savez plus où regarder ; partout les édifices brillent au soleil de l'éclat extraordinaire de l'orichalque, ce « métal aux reflets de feu, le plus précieux après l'or, dont il ne subsiste aujourd'hui que le nom ».

« Des remparts immenses, avec des tours et des portes, entièrement recouverts de cuivre, d'étain et d'orichalque » ; « des canaux, des ponts, des bassins pour les navires, des ports, des arsenaux pleins de trirèmes, des casernes » pour une armée d'élite ; « des temples, des jardins, des gymnases, un hippodrome, des bâtiments bariolés, des maisons en très grand nombre, pressées les unes contre les autres » ; des demeures royales « que chaque souverain a voulu embellir jusqu'à ce que la seule vue de la beauté et des dimensions de l'ouvrage frappe de stupeur ».

La cité déborde de richesses et d'activité : dans les ports « une foule bruyante, un tumulte incessant dû au va-et-vient des navires de commerce venus de partout » ; en son centre, un palais royal somptueux, « proportionné à la grandeur de l'empire », et, surtout, « au milieu de l'Acropole, entouré d'une clôture d'or », le joyau des joyaux, un temple tout « orné d'ivoire, d'or, d'argent et d'orichalque ». Interdit aux profanes, il abrite une statue colossale en or massif : « le dieu de la mer debout sur son char attelé de six chevaux ailés, si grand que le sommet de sa tête touche le plafond ; en cercle autour de lui, cent Néréides sur des dauphins ».

Et encore, aussi loin que peut porter votre regard, « des fleuves, des lacs, des prairies capables de nourrir quantité de bêtes, domestiques ou sauvages, en particulier des éléphants » ; « des forêts épaisses, des fleurs, des fruits à profusion » ; « des sources abondantes d'eau froide et d'eau chaude » ; des mines où trouver « tous les métaux les plus précieux ». Bref, un véritable paradis, comme l'était l'Âge d'or, car « toutes ces choses, l'île sacrée, qui était alors sous le soleil, les produisait belles et merveilleuses, en quantité illimitée. »

Développant une civilisation très avancée dans tous les domaines (arts, technologies), les Atlantes sont vertueux, intègres et justes, ils sont gouvernés avec sagesse et modération. Plusieurs générations se succèdent ainsi, jusqu'au jour où les Atlantes finissent par oublier les lois de leurs pères.

« Tout gonflés d'injuste avidité et de puissance », ils négligent l'héritage divin pour laisser « dominer le caractère humain » et ils s'abandonnent à la luxure. Pris d'une frénésie de conquête, ils envahissent en force l'Europe et l'Asie. Ils sont alors arrêtés par les ancêtres des Athéniens et les dieux les punissent de leur *hybris* (démesure) :

« Alors Zeus, le dieu des dieux, qui gouverne tout selon la justice, et à qui rien n'est caché, voyant la dépravation de cette race, autrefois si vertueuse, voulut les punir pour les rendre plus sages et plus modérés. Il rassembla tous les dieux dans le sanctuaire du ciel, placé au centre du monde, d'où il domine tout ce qui participe de la génération ; et lorsqu'ils furent tous réunis, il dit :...» (*Critias*, 120e-121c, trad. Victor Cousin, 1846).

Ainsi s'achève le *Critias* de Platon, mais nous ne connaîtrons jamais les paroles du maître de l'Olympe, car le récit s'arrête brusquement : Platon n'eut-il pas le temps de l'achever ? décida-t-il d'y renoncer ? On l'ignore, mais nous savons grâce au *Timée* que la punition fut exemplaire : « En l'espace d'un seul jour et d'une nuit terribles, l'île Atlantide s'enfonça dans la mer et disparut. » (25 d). On l'a compris, la Loi divine ne tolère pas l'insolence des hommes. Zeus a déchaîné un cataclysme sur l'Atlantide, comme il a déchaîné le déluge sur les mortels trop arrogants ; le Dieu des Hébreux n'en a-t-il pas fait autant en provoquant lui aussi le Déluge d'où seul Noé et sa famille ont survécu ? Zeus a détruit la superbe ville de Poséidon, comme Dieu a anéanti les cités débauchées de Sodome et Gomorrhe. Ceux qui n'ont pas su préserver leur paradis de la corruption sont condamnés à le perdre, comme Adam et Ève. L'Atlantique a englouti son île fabuleuse, comme il submergera plus tard la ville d'Ys, quelque part au large de la Bretagne.

Après avoir commencé comme un conte de fées, le mythe s'achève donc en film-catastrophe et tous les ingrédients sont réunis pour captiver le public : un décor qui ménage la fascination de la richesse (les métaux précieux , dont le fameux orichalque) et le charme mystérieux de l'exotisme kitsch (le sanctuaire de Poséidon a « quelque chose de barbare », selon l'expression même de Platon), un destin qui précipite la puissance et la gloire dans l'anéantissement apocalyptique, avec un bel effet – voulu ? – de suspens au sens étymologique du terme, puisque le récit s'arrête net ; et surtout une morale qui invite à méditer sur la décadence des empires. Car, on le sait, la dystopie n'est jamais loin de l'utopie…

Depuis près de vingt-cinq siècles, l'Atlantide a donné matière à plus de cinq mille livres et à un nombre incalculable d'articles de revues. En 2001, les studios Disney ont produit un dessin animé, *Atlantide, l'empire perdu*, destiné à séduire petits (et grands) en quête d'aventures extraordinaires ; en 2019, c'est au tour des studios Ubisoft de proposer à ses gamers d'entrer dans le monde mythique de l'Atlantide avec trois épisodes du *Season Pass*, « le Sort de l'Atlantide », du jeu *Assassins's creed Odyssey*.

Rien d'étonnant si la science-fiction s'est aussi emparée du mythe platonicien ; nous ne citerons ici que trois exemples : *Lettres de l'Atlantide* de Robert Silverberg, 1999 ; *L'Atlantide* de Thomas Chérel, 2019 ; *La Trilogie Atlantis* d'A. G. Riddle, 2020.

L'Atlantide, cette utopie inventée par Platon, n'en finit donc pas d'exciter les imaginations : aujourd'hui encore, certains explorateurs sont persuadés qu'ils vont découvrir le continent englouti dans les profondeurs de l'Atlantique, tel le capitaine Nemo de Jules Verne (*Vingt-mille lieues sous les mers*, Chapitre IX, « Un continent disparu »).

Vue générale de la cité d'Atlantide.

À L'OMBRE D'UN CÈDRE

Jeanne Mariem Corrèze

Nouvelle venue dans le paysage de la fantasy *francophone, Jeanne Mariem Corrèze, 25 ans, a publié son premier roman,* Le Chant des Cavalières *aux Moutons électriques. Au quotidien elle exerce le métier de surveillante en collège et elle a une grande passion pour les promenades en forêt et les baignades dans l'océan. Les enjeux de son écriture ? « Équilibrer la balance en rajoutant à la pelle des personnages féminins, jusqu'à qu'il y ait en* fantasy *francophone autant de femmes que d'hommes ». Une belle utopie littéraire !*

« *But here I am breathing. A quiet utopia.*
There you are living. A quiet revolution. »
Alok, post instagram, 24 février 2022

Lettre de la docteure S. Dupuis, au docteur S. Chifflot-Benayed.

Mon cher Sasha,

Cela doit bien faire quinze ans que nous ne nous sommes pas vus, mon cher collègue de terrain. Ou, plus précisément, que nous n'avons pas pu discuter. Car je t'ai vu, il y a quelques années, à la soutenance de thèse de ta première doctorante. J'étais dans les balcons, un peu en retrait, et toi, bien sûr, en bas, avec le jury. Tu ne m'as pas vu mais moi je t'ai bien observé. Ce que tu fais un beau chercheur, mon cher Sasha. Je suis si fière de toi.

Quinze ans ont passé depuis notre escapade dans la vallée des Sabuts, quinze ans qui ont durablement changé notre monde. Aussi radicaux soient les bouleversements que nous avons vécus, ils n'arrivent pas à la cheville de la révolution que fut notre première rencontre avec les Sabuts. Ils ne sont rien encore, face à ceux qui arrivent. Et le chemin qu'a emprunté notre monde mène vers de riants paysages, mais il est ardu et son ascension semée d'embûches. Mais je chipote. Je râle pour le plaisir de râler, parce que je le peux. Parce qu'il nous est possible de nous plaindre. Je suis très heureuse de pouvoir me plaindre.

Excuse-moi mon long silence, Sasha. Même si je sais que tu ne m'en veux pas, que tu me dirais que, toi non plus, tu n'as pas beaucoup donné de nouvelles, qu'un téléphone ça marche dans les deux sens. Excuse-moi quand même.

Je voudrais tester mes souvenirs à la lumière des tiens. Ma mémoire n'était déjà pas des plus fraîches à l'époque, alors quinze ans plus tard tu peux imaginer l'étendue des dégâts ! Je voudrais donc que tu rassures la vieille femme que je suis, sur la fidélité de ses réminiscences.

L'activité discrète du camp me rappelle immédiatement mes meilleurs et mes pires moments d'étudiantes. Je n'avais pas mis les pieds dans un chantier de fouille depuis mes années de post-doc, une éternité en somme ! L'énergie qui s'en dégage me manque, parfois, depuis mon bureau parisien. En revanche, les équipes majoritairement masculines, les blagues graveleuses, les remarques déplacées de l'époque, elles, beaucoup moins. Mais ce jour-là, de mon arrivée au site SAB-05-XX et de ma première rencontre avec toi, je n'ai plus le même âge, plus le même passing, plus le même rang, au sein de l'université. Je redoute bien moins qu'en mon temps d'étudiante de découvrir ce terrain. Lorsque j'arrive au check-point (gardé par trois militaires en treillis, les seuls présents sur le site) un jeune homme encombré de documents m'approche immédiatement.

C'est toi, bien sûr.

Je te dépasse d'une bonne tête. Je ne sais pas si c'est toujours le cas, pour tout te dire, je me suis un peu tassée avec l'âge. Tu avais l'air si jeune pour être sur un terrain d'une telle sensibilité, si inexpérimenté. Mais Patrick t'avait recommandé, alors j'ai décidé de te faire confiance. Une excellente décision. Tu t'es présenté, tu m'as donné une liasse de papiers et tu m'as lancé, l'air de rien :

« Voici un plan du site, les consignes de sécurité et votre ordre de mission, signé par la présidente.

– La présidente de l'université ? ai-je demandé, un peu bêtement. »

Tu n'as pas osé tout à fait me regarder dans les yeux lorsque tu as répondu :

« Non, la Présidente de la République. »

Je te suis ensuite à travers le dédale du campement de recherche. Des barnums blancs, des modules préfabriqués, des cabanons en plastique ont poussé dans une parcelle forestière coupée, où seuls subsistent quelques noisetiers et des touffes de joncs. Un pseudo-centre de recherche, une université improvisée, un laboratoire sauvage remplace les douglas, les sapins pectinés, les épicéas. Je jubile, à l'intérieur. Malgré le voyage improbable depuis Paris, qui m'a mené à Lyon puis à Saint-Étienne en train et ensuite jusqu'à Noirétable en bus, malgré le mal des transports qui peine à passer, malgré la perspective de dormir en dortoir pour la première fois en trente ans, je ne me suis pas sentie aussi exaltée depuis longtemps. J'ai même laissé échapper un rire un peu heureux, un peu bête, je crois, qui m'a valu un regard en coin étonné de ta part. J'ai bien essayé de reprendre contenance. Mais c'est très difficile de jouer les docteures sérieuses quand tout concourt à réveiller chez soi les premiers instincts de chercheuse. Je me suis autorisée finalement à au moins battre des mains d'excitation. Juste une seconde, pour le plaisir. Tu m'as lancé un autre regard en coin, mais cette fois-ci, il y a un je-ne-sais-quoi de tentation, dans tes yeux. Une envie de te montrer aussi joyeux que moi d'être là, sur ce site unique dans l'histoire du monde. Bien, me suis-je dit. On va pouvoir tirer quelque chose de ce jeune doctorant.

Tu m'as montré l'espace de la tente principale qui devait être mon bureau, le temps des fouilles. Fouilles qui dureraient tant que l'Interstice resterait ouvert, c'est à dire une durée que personne n'avait encore pu calculer. D'ailleurs, je ne crois pas que quelqu'un ai trouvé d'explication depuis, non ? L'Interstice s'est ouvert puis refermé. Ça n'a pas grande importance de toute façon.

Ce qui m'a véritablement marquée, ce qui restera avec moi jusqu'à la fin de mon existence, c'est bien la première fois que j'ai vu l'Interstice. Tu sais, je ne suis pas poète, la littérature n'a que peu d'importance pour moi, une fois sortie du cadre anthropologique, mais le fait que cette faille, cet espace, cette porte détricote la trame du temps et de l'espace, là, au centre d'une forêt, coupant la régularité des résineux, ouvrant une fenêtre dans la matière de l'univers, je pense qu'on ne pouvait pas faire mieux. Je suis restée bouche bée si longtemps devant cette merveille. Il me semble que tu as du me secouer un peu, à un moment, pour que j'accepte enfin d'avancer. Il y avait quelques Sabuts de notre côté et quelques chercheurs du leur. Notre échange, notre mélange, avait déjà commencé.

Je te propose de nous revoir, pour de vrai dira-t-on, en allant boire un café par exemple ?

Je te laisse mon numéro de téléphone, n'hésite pas.

Amitiés,

S. Dupuis.

PS : Tiens, que penses-tu de ça pour notre liste de petites utopies (tu te souviens des utopies dérisoires que nous listions le soir, avant de retrouver les autres pour manger?) : la possibilité de se plaindre.

« Sur qui tombera l'ombre du cèdre,
quand nos enfants ne danseront plus.
Sur qui ruissellera la pluie tiède,
lorsque nos chants se seront tus.
Sur qui s'incrustera la poussière,
si les armes font leur raffut. »
Poème Sabut

[retranscription traduite en français des échanges ayant eu lieu lors du colloque « Comprendre les Sabuts, d'eux à nous et de nous à eux » du 24 mai 20XX entre tous les chercheurs et les chercheuses présentes sur le site SAB-05-XX]

Docteur Materson : On peut tout à fait imaginer que les Sabuts ont eu des contacts précédents avec d'autres civilisations terrestres. Ce mot, nyan-jo, par exemple, qu'ils utilisent pour nous désigner, a une racine étymologique yoruba évidente. Et c'est sans parler des multiples outils, instruments, techniques agricoles qui semblent tout droit tirés de nos études anthropologiques.

(brouhaha général)

Professeure Qadir : N'importe quoi ! C'est complètement idiot de croire que leur évolution serait forcément lié à la notre ! Des homonymes existent entre des peuples qui n'ont jamais été en contact sur notre seule planète, il est tout à fait envisageable que de telles similitudes existent entre des plans de plurivers différents.

Professeur Fabre : Ah, on dit plurivers ?

Docteure Herschel : Je croyais que le terme accepté était multivers.

Professeure Qadir : Non mais on est pas dans une bédé américaine là, faut garder le sens de la mesure. Plurivers est un terme développé par un chercheur, pas par un scénariste de comics, il est donc tout à fait normal que nous employions sa terminologie.

(Remarques et interjections de tous côtés. Plusieurs minutes passent avant la reprise d'échanges transcriptibles)

Docteur Materson : Des mots similaires, d'accord, mais des mots dont le sens est le même et qui, en tous points linguistiques, ont eu une évolution logique aux vues des usages de leur langue, c'est autre chose quand même !

Professeur De Marcherand : Et c'est sans parler de leur espèce en elle-même ! Vous avez beau jeu de parler linguistique et anthropologie, mais le plus important reste quand même l'aspect biologique et génétique ! Il semblerait bien que nous soyons face à des homo sapiens sapiens, au même titre que nous ! Même génome, même ADN.

(Chahut dans les bancs des anthropologues)

Docteure Taoufiq : Attention à ce que vous dites ! L'espèce humaine, on ne la résume pas à de la biologie !

Ainsi parla Haddia : « Tu honoreras l'arbre que tes ancêtres ont choisi pour ta vallée, tu veilleras sur lui, tu entretiendras ses semblables. Mais si d'avenir, un autre arbre te semblait t'appeler, alors ne résiste pas à cet appel et va prendre soin de cet arbre qui te parle. Cèdre, camphrier, chêne, baobab. Les arbres de nos vallées sont multiples car le simple et l'unique ne saurait nous définir. »

Et les Sabuts l'écoutèrent et firent ce qu'el conseillait, car el était sage.

Extrait de l'épopée de Hadokk, mythe sabut.

Lettre de la docteure S. Dupuis au docteur S. Chifflot-Benayed

Cher Sasha,

Je suis bien contente de t'avoir retrouvé autour d'un café ! Comme tu l'as dit, pouvoir inviter un ami chez soi (quand on sait les difficultés qu'avaient les personnes trans comme nous à louer un appartement) cela tient de la petite utopie. Merci d'avoir accepté mon invitation et d'avoir trouvé de la place pour la vieille dame que je suis dans ton emploi du temps de jeune docteur débordé. Plus si jeune que ça, peut-être, me diras-tu, mais à mes yeux tu restes le jeune homme un peu timide mais résolument motivé que j'ai rencontré en ce beau jour de juin, qui nous invitait à la rencontre avec les Sabuts.

Si tu veux bien, je vais poursuivre mon voyage le long de nos souvenirs.

Je me faufile au sein de la foule assemblée sous la tente française, échappe de justesse aux archéologues, m'arrache aux griffes des historiens, fais un sourire d'excuse aux linguistes et rejoins enfin mon bureau improvisé. De tous les assemblages de tables, tréteaux, étagères de fortune, paravents impromptus, c'est l'espace que nous avons construit tous les deux qui me plaît le plus. Probablement parce que tu as réussi, je ne sais pas comment, à y adjoindre quelques plantes en pots et un minuscule tapis. Je pose mon chargement sur un coin de table et oublie immédiatement cette pile de papiers (que je pensais pourtant importants, en sortant de la tente une heure plus tôt). Tu es aussi enthousiaste que moi, je ne sais même plus lequel de nous deux s'est exclamé en premier : « On y va ! »

Je dois te sembler plus survoltée et plus folle encore que d'habitude, à voler d'un carnet à un autre, glisser des stylos dans mon chignon, ouvrir et refermer l'ensemble des ouvrages que nous avons installés sur la table basse. Avoir les mains libres ne réussit pas à ma surexcitation. Et puis, en deux pas, je t'ai rejoint et attrapé fermement par les épaules.

« On y va ! » nous exclamons-nous en cœur, une fois de plus.

Pas besoin de plus d'explications entre nous, une semaine de travail et notre amitié était scellée, pas vrai ?

Nous sommes retournés sous le couvert des douglas, des sapins et des épicéas. Nous avons marché à l'ombre des arbres, presque comme on suit une procession, comme on effectue un pèlerinage. Je suis allée à Kyoto, une seule et merveilleuse fois, et j'ai fait l'ascension du temple Fushimi Inari-taisha. C'est la comparaison que je trouve la plus appropriée. Nous avons suivi le sentier de forestiers qui épouse les lignes symétriques des troncs, avons atteint la zone de surveillance de l'Interstice. L'équipe de chimistes et de physiciens gardant cette portion de la forêt semblait aussi épuisée que ravie. Elle n'avait pas tourné depuis le début des recherches. Comme toutes les équipes du site, elle était constituée de tant de nationalités différentes qu'il fallait à ses membres plusieurs applications de traduction instantanée pour réussir à se comprendre. Parfois, je suis encore surprise que nous ayons réussi à publier le moindre résultat. Et pourtant, oui, nous nous comprenions.

Mes souvenirs enjolivent ici la réalité. Je le sais, l'émotion transforme ce que j'ai vu, brode, festonne le réel d'une majesté qui n'est présente que dans mon ressenti des choses et non pas dans l'Interstice lui-même. Je vais faire l'effort (un peu vain, d'accord) de me remémorer tout ça tel que c'était réellement. Je revois le chemin de terre qui se poursuit entre deux rangées de douglas, à moitié envahis de fougère, de joncs, de ronces, je revois les troncs bosselés, les branches basses desséchées, les ornières en partie rebouchées. Et là, au milieu, surgissant soudain, l'Interstice qui s'ouvre sur un coteau sec, une terre ocre sableuse et quelques bosquets de genêts. Dans mon souvenir magnifié, les bordures de l'Interstice morcellent l'univers en une mosaïque de vert et de doré. Dans la vraie vie, peut-être n'y avait-il qu'une frontière indécelable. Peut-être que la différence entre les deux n'étaient rien d'autre que le passage de l'un à l'autre, forêt de résineux du Forez puis plateau aride des Sabuts.

D'ailleurs, lorsque nous passons l'Interstice, aucun trouble ne nous saisit, rien que l'excitation de découvrir enfin le monde des Sabuts, l'impatience de faire de nouvelles découvertes, l'élan d'une première rencontre. Le changement d'atmosphère nous tombe dessus comme un manteau. D'une fraîcheur humide de forêt, nous passons à l'air sec et piquant d'une garrigue ensoleillée.

Je crois que j'ai attrapé ta main, à ce moment.

De l'autre côté, une fois nos yeux adaptés à l'éblouissant plateau Sabut, c'est Hadokk qui nous attend. El est immense, même pour moi qui est une grande femme. Ces épais cheveux noirs forment un chignon-nid sur le sommet de son crâne, ses rides rieuses cartographient son visage de cuivre, ses cils ténébreux encadrent son regard de nuit. El sourit dès qu'el nous voit. El râle de sa belle voix grave et nous n'en comprenons pas un mot. Il va nous falloir encore un peu de temps avant d'être suffisamment à l'aise avec le lexique développé par les linguistes et la langue Sabut en elle-même. Plus tard, Hadokk nous répétera sa première phrase :

« Enfin, j'ai cru que j'allais prendre racine. Encore un peu et je devenais un cèdre à mon tour. » Ensuite, el nous tourne le dos, nous fait signe de suivre le mouvement d'un geste par-dessus l'épaule. C'est universel, ça traverse les univers, même. Nous lui emboîtons le pas. Notre premier séjour en terre Sabut vient de commencer.

Te souviens-tu de tout ça ? De ce pas fondateur que nous avons pris de concerve ?

J'ai l'impression de n'avoir jamais cessé d'avancer, depuis.

Amitiés,

S. Dupuis.

PS : petite utopie du jour : être compris des autres.

Ainsi parla Hadokk : « Tourne toi vers l'Est pour chaque question que tu te poseras. Tourne-toi vers l'Ouest pour toute réponse que tu trouveras. Tourne-toi vers le Nord pour tous les rêves que tu réaliseras. Tourne-toi vers le Sud pour tous les regrets que tu accumuleras. »

Et les Sabuts l'écoutèrent et firent ce qu'el conseillait car el était sage.

Extrait de l'épopée de Hadokk, mythe Sabut.

[retranscription des échanges en français ayant eu lieu lors du colloque « Comprendre les Sabuts, d'eux à nous et de nous à eux » du 24 mai 20XX entre tous les chercheurs et les chercheuses présentes sur le site SAB-05-XX]

Docteure Kayode : On ne peut pas exclure que l'Interstice ne soit pas de nature spatiale mais bien temporelle.

Docteure Chaput : Qu'est-ce que vous êtes encore en train de nous inventer ?

(brouhaha moqueur du côté des chimistes, outré de celui des physiciens)

Docteure Kayode : Je veux dire que nous avons toutes et tous conclu que les Sabuts vivaient dans un monde parallèle au nôtre mais il est tout à fait possible que leur planète soit en fait simplement la Terre, dans plusieurs milliers d'années.

Professeure Descôteaux : Cela expliquerait que leur langue nous soit si facilement compréhensible et que nous ayons pu constituer un lexique aussi rapidement.

Docteur Materson : Vous racontez vraiment n'importe quoi ! Et le linéaire B, il est pas de notre monde le linéaire B ? Pourtant personne n'a encore réussi à le traduire le linéaire B !

Professeur Melnyk : Vous nous cassez les pieds avec le linéaire B !

(Chahut important. On doit faire sortir le professeur Melnyk et le docteur Materson)

Docteure Kayode : Bon. Hum. Je ne voulais pas causer d'esclandre…

(rire chez les paléontologues)

Docteure Kayode : Je voulais seulement dire qu'il y a aussi la possibilité, que nous ne pouvons donc pas exclure, que la faille qui nous donne accès aux Sabuts ne soit en fait qu'un croisement au sein même de notre temporalité. Dans ce cas, les Sabuts seraient, en fait, nos lointains descendants.

(Exclamations multiples à travers l'amphithéâtre)

Lettre du docteur S. Chifflot-Benayed à la docteure S. Dupuis.

Chère Docteure Dupuis,

C'est à mon tour de vous envoyer une lettre, et de prendre le relais de nos souvenirs.

(Est-ce qu'un service des postes fonctionnel et public ne rentrerait-il pas dans la liste de nos petites utopies ?)

Je me souviens très bien de notre premier passage à travers l'Interstice. Et je crois que c'est moi qui me suis accroché à votre main !

Je me souviens de Hadokk marchant d'un pas vif. Ses amples foulées, son pied sûr, sa connaissance du relief local lui donnaient un avantage certain sur nous. Son manteau ocre se gonflait et s'affaissait dans son dos, sous le souffle du vent et au rythme de sa marche, formant une voile singulière pour un vaisseau encore plus extraordinaire.

Je peinais à la traîne. Vous n'étiez pas aussi leste que Hadokk mais vous vous débrouilliez plutôt bien, pour une femme d'âge mûr. Moi, je ahanais et hoquetais plusieurs mètres derrière, avachi sur la branche qui me servait de bâton de marche, les pieds déjà douloureux, la langue et la gorge sèches. Comment faisiez-vous pour avancer ainsi malgré la pente raide et le soleil de plomb qui nous tombait sur le dos comme un coup de massue ? Le bosquet de cèdres me paraissait si lointain, presque chimérique, après trois heures de marche. J'étais prêt à faire demi-tour et à vous planter là.

(Enfin, pas vraiment, je n'aurais jamais eu le courage de ne pas voir la vallée avec vous.)

Et puis, le sommet fut là. Comme ça, d'un coup. Presque sans s'annoncer.

La vallée des Sabuts s'ouvrit sous nos pieds. Elle s'étendit soudain pour le plaisir de nos yeux, offrit ses coteaux, ses flancs abruptes, la combe secrète de sa ripisylve où coulaient les eaux de sa rivière.

Qu'avons nous dit devant ce spectacle ? Ce tableau ? A-t-on su trouver les mots ? Je suis sûr que non, d'ailleurs, je ne sais pas plus décrire tout ça aujourd'hui. Je ne suis pas sûr de me souvenir de tout. Parfois, j'ai peur d'oublier cette vue de la vallée. J'ai peur aussi que tout ça ne soit qu'un rêve et que je me réveille un jour, piégé dans le passé. Ce n'est pas très sérieux pour un professeur d'université, hein ?

Peut-être pouvons-nous reprendre un café bientôt ? Vous m'avez dit partir en week-end prolongé vendredi prochain, quand vous serez de retour alors ? Je connais un salon de thé très sympa qui a ouvert dans mon quartier. Il y a même une partie librairie, j'ai hâte de vous montrer.

Amitiés,

Sasha.

PS : excusez mon papier à lettre si ordinaire et cette réponse si courte… Je ne crois pas avoir jamais écrit de lettre à quiconque… C'est très bien que vous soyez la première !

Là où Hadokk va, Haddia marche dans ses pas. Là où Haddia est passé, Hadokk viendra se promener.

Els ne peuvent aller sans l'autre, l'autre ne peut aller sans el.

Rappelle-toi qu'Hadokk, en soi-même, n'était pas sage. Seulement dans sa rencontre avec Haddia sa sagesse nait-elle.

Ainsi Haddia et Hadokk disaient els-mêmes : « Entourez-vous des autres, car els vous apporteront leur sagesse et vous la vôtre. Additionnés ainsi, vos esprits n'en seront que plus grands. »

Et les Sabuts les écoutèrent et firent ce qu'els conseillaient, car els étaient sages.

Extrait de l'épopée de Hadokk, mythe Sabut.

[retranscription des échanges en français ayant eu lieu lors du colloque « Comprendre les Sabuts, d'eux à nous et de nous à eux » du 24 mai 20XX entre tous les chercheurs et les chercheuses présentes sur le site SAB-05-XX]

Docteure Herschel : C'est pourquoi nous pouvons avancer aujourd'hui que la particularité des Sabuts est en partie liée à leur vallée. Quiconque y a mis les pied sait que -

Docteur Materson : Ce que vous dites n'a aucun sens !

Professeur Melnyk : Oh, vous n'allez pas recommencer !

Docteure Taoufiq : Oui, laissez-la finir !

(grommellements sur les bancs des linguistes)

Docteure Herschel : Merci. Je disais donc. Il est fort probable que la géographie même des lieux influe sur la volonté Sabut de paix et de cohabitation. L'influence d'un paysage, l'importance de vivre sur la même terre et de boire la même eau que ce que nous mangeons, tout cela n'en est qu'à des balbutiements, et pourtant on commence à s'y intéresser ! Le secret des Sabuts se trouve donc peut-être dans la composition moléculaire de la terre de leur vallée, ou dans des minéraux uniques présent dans l'eau de leur rivière, ou encore un gaz inconnu dans leur atmosphère.

(chuchotements généralisés)

Docteure Kayode : C'est une proposition intéressante, cependant, aucune de nos analyses, sur le site ou en labo, n'a trouvé une quelconque différence entre les compositions chimiques de la Terre et celle de la vallée des Sabuts.

Docteure Herschel : Sauf que trouver quelque chose qu'on ne connaît pas est bien plus complexe que de trouver un élément déjà identifié !

Lettre du docteur S. Chifflot-Benayed à la docteure S. Dupuis.

Chère Docteure Dupuis,

(vous apprécierez j'espère mon nouveau papier à lettre ! Les motifs d'agrumes sont mes préférés, je n'ai pas pu résister.)

Je suis très déçu qu'on se soit ratés comme ça, c'est vraiment dommage de ne pas avoir pu prendre ce deuxième café, surtout que je voulais pouvoir vous inviter chez moi en retour. Mais cette demande d'article est tombée au dernier moment et je ne pouvais pas laisser François Corrant récupérer le projet. Quand nous travaillions sur le site SAB, je ne pensais pas un jour avoir à m'inquiéter d'avoir un emploi. Être en sécurité dans son travail, une autre petite utopie pour notre liste.

Dans ma dernière lettre, je m'étais arrêté à notre première arrivée dans la Vallée Sabut. L'image n'est plus très précise dans ma mémoire et les journées qui suivirent, elles aussi sont assez floues.

D'ailleurs, en dehors de nos discussions avec Hadokk, tout le temps passé dans la Vallée me semble toujours plus difficile à me remémorer. Je vais essayer pour vous de retranscrire ce dont je me souviens.

Je crois que nous séjournions dans la même maison, celle à l'entrée du village, près de la zone d'atterrissage de leurs aéronefs (par contre je me rappelle encore l'air ahuri du professeur Melnyk quand il a vu les vaisseaux pour la première fois. J'ai cru que sa mâchoire allait se décrocher pour poursuivre sa vie ailleurs). Malheureusement, nous n'avons pas eu l'occasion d'utiliser un de ces véhicules (même si je soupçonne les Sabuts de nous avoir cantonnés à une seule de leurs vallées, ce qui fait sens, tout de même). Non, nous passions nos journées à marcher avec Hadokk à travers toute la vallée, le long de la rivière, jusqu'au point culminant du synclinal, et même dans les vaux voisins. Je n'ai jamais autant marché de toute ma vie qu'au côté de Hadokk de la vallée Sabut.

El nous racontait tout ce que nous voulions savoir sur l'organisation de leur société. Les niveaux de pouvoirs, les relations entre les différents métiers, leur notion de genre, leur vision de la faune et de la flore qui les entourent. C'était comme cheminer avec un savant, alors que nous n'avions jamais vraiment réussi à savoir si el était prof, légat devant nous recevoir ou encore gindre à la boulangerie centrale de la vallée. Peut-être bien un peu des trois et d'autres métiers encore que nous ne lui soupçonnions pas. El nous expliqua le fonctionnement des aéronefs, la géographie générale du continent où se trouvait la vallée, les techniques de construction de leurs maisons sur pilotis, avec leurs toits coulissants.

Puis c'était à notre tour de parler. J'ai raconté mes premières études en cinéma (concept qui intéressait grandement Hadokk et semble se rapprocher de leur propre tradition de capture holographique de spectacle scénique). J'ai raconté mes années à Londres, mes voyages en Indonésie, ma famille métissée. J'ai raconté l'histoire rocambolesque de l'adoption de mon chien (tu la connais bien, je te l'ai déjà racontée plus d'une fois !). J'ai raconté ma transition, à ses débuts à l'époque.

Ensuite, tu as raconté à ton tour. Et Hadokk reprenait la parole. Et nous avons autant dit que nous avons écouté.

Cet échange marque probablement le moment où Hadokk a commencé à nous transmettre ce fameux sentiment. L'air de rien, peut-être même sans le vouloir d'abord, el nous a insufflé cette émotion que nous ne connaissions pas. Je me demande parfois comment les autres chercheurs et chercheuses en sont venues à le ressentir. À travers leurs propres rencontres avec des Sabuts ? Durant leurs discussions avec leurs guides respectifs ? Ou alors seulement en se tenant là, à l'ombre du bois de cèdres ?

Tant de choses restent incompréhensibles pour moi. Notre rencontre avec les Sabuts est un mystère que je ne souhaite pas résoudre. Je me contente de le vivre.

Amitiés,

Sasha.

PS : petite utopie du jour : Faire son coming-out trans sans risque, sans peur.

Par trois fois la foudre frappe, là où le sang a versé.
Sans sang pas de foudre, sans foudre pas d'orage.
Par deux fois l'orage tonne, là où les combats sont terminés.
Sans combats pas d'orage, sans orage pas de pluie.
Par une fois la pluie tombe, là où la dispute a commencé.
Sans dispute pas de pluie, sans pluie pas de blé.
Jamais le blé ne pousse arrosé de sang,
Jamais la dispute ne meurt si l'on partage du pain,
Jamais les combats ne commencent si l'on pétrit le levain.
Comptine Sabut, signification peu claire.

[retranscription des échanges en français ayant eu lieu lors du colloque « Comprendre les Sabuts, d'eux à nous et de nous à eux » du 24 mai 20XX entre tous les chercheurs et les chercheuses présentes sur le site SAB-05-XX]

Projection de : *Jusqu'où grandit le cèdre*, danses interprétatives Sabut, film de Salia Taoufiq, 20XX

Durée : 4h 56

Docteure Taoufiq : Voilà, vous comprenez maintenant pourquoi j'ai voulu vous montrer cette scène de danse que mon équipe et moi-même avons pu filmer avec l'autorisation de toutes les personnes y participant. Elle est longue, certes. Mais ce sentiment qu'elle fait naître au creux du ventre…

Professeur Melnyk : Ah, pour moi c'est dans le haut du dos.

Docteur Materson : Moi aussi !

Professeure Qadir : Ça commence toujours dans les avant-bras pour moi.

Docteure Herschel : Moi c'est le bout des doigts.

Professeure Descôteaux : Et moi dans les genoux !

Professeur Fabre : Ah, comme moi ! Et ensuite ça remonte dans les fesses.

(rires, exclamations et réponses multiples. Il est difficile de déterminer qui ressent quoi et où.)

Docteure Dupuis : C'est ce qui fait la spécificité des Sabuts, je pense.

(silence soudain dans l'amphithéâtre)

Docteure Dupuis : Ce sentiment, c'est le véritable don que nous offre cette rencontre avec l'Ailleurs. Ce n'est pas seulement comme si nous n'avions pas de nom à lui donner, c'est comme si nous ne l'avions jamais ressentie, auparavant. Notre rencontre avec les Sabuts nous a ouvert une nouvelle part de nous-même. Un peu… Un peu comme dans ces films de science-fiction où l'héroïne peut soudain se servir de « 100 % de son cerveau ».

(rires discrets dans l'amphithéâtre)

Docteure Dupuis : Peut-être y avait-il une part de nous que nous ignorions et dont nous ne nous servions pas. Peut-être sommes-nous sortis plus complets de nos échanges avec les Sabuts. Les mouvements de protestation populaire naissants à travers le globe se revendiquent tous, pour le moment, du sentiment sabsien. Toutes les récentes abdications, les démissions du pouvoir de certains politiciens sont justifiées par le sentiment sabsien. De grands bouleversements s'annoncent, dans ce pays et dans le reste du monde, et tout ça parce que nous avons rapporté de la vallée des Sabuts, non pas des armes, des savoirs, des techniques, mais parce qu'els nous ont transmis le sentiment sabsien. Là, alors que je vous parle, je le sens enfler dans ma poitrine, faire trembler ma voix et monter les larmes à mes yeux.

« La visite des nyan-jo nous laissa un goût étrange en bouche. Comme une sucrerie dont la douceur tournerait à l'amer, une de ces spécialités qu'on apprend à aimer presque malgré soi. Nous avons très vite compris qu'els étaient des miroirs de nous-mêmes, des êtres absolument similaires sur le plan moléculaire et pourtant si éloignés de nous. Comme une recette familiale que l'on essaie de reproduire, semble-t-il sans pouvoir jamais atteindre la perfection des grands-parents. El nous aura fallu beaucoup de travail pour ne pas céder à la tentation de l'égo. Pour ne pas nous laisser dévorer par l'arrogance et la condescendance. L'humilité est un travail. Comme el est impossible de savoir si une plante est bonne ou mauvaise au premier coup d'œil, alors la laisse-t-on pousser. »

Remarques Sabut sur l'apparition de l'Interstice et les rencontres qui en suivirent.

Lettre de la docteure S. Dupuis, retrouvée affranchie mais non postée à son domicile du XX rue XX, Paris. Retranscrite ici avec l'autorisation de son destinataire : le docteur S. Chifflot-Benayed.

Cher Sasha,

Je t'écris là ma dernière lettre.

Te retrouver a été un bonheur immense, une grande joie. Revoir ton visage a fait naître chez moi, plus que tout autre chose, ce sentiment qu'on appelle désormais sabsien. Te rappelles-tu la première fois que tu l'as ressenti ?

Nous avions suivi Hadokk le long de la rivière, sous le couvert de la forêt rivulaire, jusqu'aux marches de l'escalier qui mène hors de la vallée et ensuite au bois de cèdres. Le fameux bois de cèdres. Tu sais que les demandes pour des cèdres d'ornement mais aussi pour planter des cèdres en forêts ont explosé suite à la publication des recherches sur le site SAB ? J'ai vu passer un article où un agent de l'ONF se plaignait qu'on leur demande l'impossible. Je t'enverrai le lien.

Nous avions pris place à l'ombre des arbres. Hadokk nous regardait tour à tour. « Les Sabuts ne connaissent pas la paix parce que notre système serait meilleur que celui de tous les autres », a-t-el dit. Ou parce que nos gens seraient meilleurs ou plus justes. Nous ne sommes pas essentiellement supérieurs ou je-ne-sais-quoi.

« Qu'est-ce qui fait la différence alors ? » (je crois que c'est toi qui a posé la question)

Hadokk a haussé les épaules.

« Je n'en sais rien. »

Une brise tiède ébouriffait ses épais cheveux bruns. Assis ainsi, les jambes repliées en tailleur, les mains posées sur les genoux, le regard perdu dans le lointain, el me semblait une illustration parfaite de la paix. C'est là que tu l'as reconnu. Je m'en souviens. Hadokk s'est tourné vers toi, soudainement.

« Ça y est, a-t-el soufflé. Tu l'as ressenti, toi aussi. »

Nous ne lui avions pas encore donné de nom. Nous ne faisions qu'effleurer la surface de cette nouvelle émotion. Tu y croyais, toi, à l'époque ? Que dans toute l'histoire de l'humanité, on ait pu rater un sentiment, une sensation, une perception ?

Les idéaux, il faut y travailler chaque jour, nous disait Hadokk. Jusqu'à l'épuisement, jusqu'à ce qu'ils occupent toute notre vie. Les idéaux se méritent-ils ? me suis-je demandé. Ne peut-on être idéaliste qu'à raison de travailler pour ? L'addition des utopies inutiles de notre liste ne suffit-elle pas à créer le changement ?

Cette question ne m'a plus quitté. J'ai passé les quinze dernières années à rassembler puis à disséminer à travers le monde l'ensemble des connaissances que nous, les chercheurs et les chercheuses envoyées sur le site SAB-05-XX avons pu amasser.

Et quelques autres en plus.

Vois-tu, au jour où j'écris cette lettre, j'ai déjà effectué sept autres passages vers la vallée des Sabuts.

Du calme, te dirai-je si nous étions face à face. Tu peux probablement toi aussi retrouver les interstices où te faufiler pour revoir les bois de cèdres, le village riverain, Hadokk et les autres. Je te laisse les identifier seul, tu n'as pas besoin de moi pour réussir.

Je crois que l'on peut déjà voir les conséquences des résultats de nos découvertes. Le mot sabsien.ne est entré dans le dictionnaire il y a cinq ans déjà. Le sentiment des Sabuts se répand doucement mais sûrement d'un être humain à une autre et sa révolution ne peut plus être arrêtée. Nous avons souvent eu cette discussion, durant nos journées passées au site SAB, mais nous ne nous sommes jamais satisfaits des réponses que nous y apportions. Tant mieux. Il ne faut pas s'arrêter à sa première idée.

Nos recherches, à toutes celles et ceux qui travaillaient sur le site, ont fait beaucoup de bruit. La possibilité d'un autre monde a beaucoup joué sur les changements que nous avons connus par la suite. Finalement, les Sabuts nous ont donné bien plus que nous ne l'avons cru au début. Cependant, je dois te dire que je doute beaucoup ces temps-ci. Nous en avons parlé avec Hadokk mainte et mainte fois, mais qu'est-ce qui fait la spécificité des Sabuts ? Car il doit bien y avoir quelque chose de spécial dans cette vallée ? Non ?

Malgré tous mes voyages suivants, je n'ai rien trouvé de différents, entre la planète des Sabuts et la nôtre.

Aurions-nous pu nous emballer autant pour quelque chose d'aussi simple et dérisoire que l'espoir ? Tout ça pour ça ? L'espoir ne vaut-il que lorsqu'il vient d'ailleurs, lorsqu'on nous le propose malgré nous ? Ce n'est rien de nouveau, l'espoir. Ça ne fait pas une utopie. Si ?

Finalement, peut-être étions-nous les plus proches. Peut-être faut-il une accumulation de petites utopies avant de voir arriver les grosses, les véritables, les officielles. Comme dirait un sage d'un autre monde, la chute de petites pierres précède l'avalanche. Nous avons bien fait de continuer à nous nourrir de petites utopies. Nous avons bien fait de garder espoir.

Je termine cette lettre sur une révélation que je veux te faire. J'ai toujours fait bien attention de ne jamais signer mes publications de mon prénom, mais seulement de son initiale. C'est le même que celui de mon morinom et je pouvais ainsi m'éviter des confusions et des explications à rallonge avec des personnes à qui je ne devais rien.

Mon nom, mon véritable nom, est Sasha. Comme toi.

Nous sommes deux Sasha, toujours en questionnement, toujours en réflexion, toujours en recherche.

Je suis si fière de partager ce prénom avec toi.

Je t'embrasse,

Sasha Dupuis

PS : On te dira sûrement que je suis morte, ou du moins, que j'ai disparu et qu'ils ont trouvé cette lettre pour toi dans mes affaires. N'en crois rien, mon cher Sasha. Je suis retournée, une fois de plus, là où je le voulais. Dans la vallée des Sabuts, là où poussent les cèdres.

petite utopie : n. f. concept inventé par les docteurs Chifflot-Benayed et Dupuis, lors de leur travail sur le site SAB-05-XX. Bonheur qui change la vie de façon considérable tout en étant dérisoire.

Ex : réussir à dire clairement ce que l'on pense, trouver l'empathie en soi, s'asseoir à l'ombre d'un cèdre.

Les utopies féminines/féministes de la science-fiction

Natacha Vas-Deyres

Natacha Vas-Deyres, présidente du festival Hypermondes, est enseignante en classe préparatoires et chercheuse à l'Université Bordeaux Montaigne. Autrice de Ces Français qui ont écrit demain. Utopie, anticipation et science-fiction au XXe siècle, *lauréate du Grand prix de l'imaginaire en 2013 et 2016, elle est spécialiste de l'utopie et de la science-fiction française, elle a souvent travaillé sur leur complémentarité et leur continuité dans l'histoire littéraire.*

Les utopies féminines/féministes de la science-fiction

Depuis les années 1970, les univers imaginés par les romans de science-fiction écrits par des femmes proposent des visions plurielles des mondes du futur tout en s'interrogeant sur la singularité d'une science-fiction au féminin. Ursula K. Le Guin, Élisabeth Vonarburg, autrices nord-américaines et l'écrivaine française Joëlle Wintrebert, ont traité des questions du rapport entre les sexes, de la reproduction, du genre et de l'identité sexuelle. Elles explorent les configurations de leurs univers science-fictionnels, imaginant divers *scenarii* d'organisation sociale possible que nous pouvons classifier selon le système de Guy Bouchard, romancier et professeur de philosophie québécois et qu'il appelle l'hétéropolitique au féminin : la société androgyne égalitaire, qui accepte les hommes comme partenaires à part entière d'un nouveau contrat social (dans *La main gauche de la nuit* et *Les dépossédés* d'Ursula K. Le Guin), la société gynocratique, qui considère les hommes comme une espèce dangereuse à maintenir sous tutelle (dans *Chronique du Pays des mères* d'Elizabeth Vonarburg et *Pollen* de Joëlle Wintrebert) et la société gynocentrique, d'où les hommes ont été complètement éliminés (dans la nouvelle de Joëlle Wintrebert « La Femme est l'avenir de l'homme »).

Dans les trois cas, ces autrices de science-fiction s'inscrivent dans une perspective féminine/féministe tout en s'interrogeant sur les rapports hiérarchiques entre les sexes. L'étude de ces multiples *scenarii* participe à la réflexion générale sur le rôle de l'imaginaire dans la production du social et sur l'impact de la représentation sociale dans l'édification des institutions et de leur transformation. Élisabeth Vonarburg et Ursula K. Le Guin parviennent à déconstruire les traits sexuels traditionnellement attribués à la femme et à l'homme, offrant deux peintures de sociétés androgynes qui se posent comme le lieu d'une réorganisation des rapports sociaux, de l'identité sexuelle et des modes de reproduction. Les tentations ou *tentatives* utopiques de Joëlle Wintrebert interrogent un hypothétique renversement des rôles : leur enjeu est de faire la démonstration qu'une société meilleure (sinon idéale) ne peut pas être fondée sur des bases inégalitaires, l'anéantissement des hommes ou leur relégation n'étant pas plus opérante que l'écrasement des femmes ou leur discrimination. Les figures de l'utopie au féminin proposent dès lors une métamorphose de notre civilisation bien au-delà de la radicalité féministe.

La pensée féministe est de nature fondamentalement utopiste, créant une convergence forte avec la science-fiction : toutes deux portent sur le réel un regard oblique qui constitue la même expérience mentale, la même critique conduisant à l'élaboration de sociétés parallèles mais différenciées ; la science-fiction permet d'aborder les problèmes des femmes d'un point de vue créatif et non réactif comme dans la littérature *mainstream*. Malgré les tentatives certaines des utopies masculines pour améliorer le sort des femmes (notamment chez More, Campanella, Cabet, Bulwer-Lytton, Bellamy, Morris, Wells et Callenbach), l'hétéropolitique fut essentiellement masculiniste et androcratique pour reprendre le terme des féministes. La perspective féministe oblige la politique, sa théorie et les fictions qui l'illustrent, à dévoiler leur idéologie masculiniste. Mais elle nous propose aussi des modèles de sociétés nouvelles non androcratiques. La science-fiction offre dès lors à cet imaginaire d'autres *chronotopes*, c'est à dite d'autres temps et d'autres lieux. Elle constitue indéniablement un espace de liberté car elle va plus loin que la critique d'une situation contemporaine en essayant d'autres modèles et de « *poser les questions qui devraient à la base de toute pensée féministe : « qu'est-ce qu'être femme ? », par exemple, ou, si on l'exprime en termes science-fictifs, « qu'est-ce qu'être la moitié femelle de l'espèce dimorphique qui habite la planète Terre ?» – une optique un peu différente…* » interroge humoristiquement Élisabeth Vonarburg. La science-fiction est une littérature qui dispose de tous les outils de la connaissance scientifique pour essayer de répondre à ces questions – tout comme la pensée féministe, pour y répondre aussi, remet en question tout le champ de la connaissance, aussi bien la philosophie que la philologie, la biologie que la sociologie.

Le modèle androgynique

Dans la perspective du féminisme libéral, Betty Friedan a dénoncé la « mystique féminine » en vertu de laquelle la femme n'est définie que comme épouse d'un mari, mère d'enfants, servante des besoins physiques du mari, des enfants et du foyer, mais jamais comme une personne se définissant elle-même par ses actions dans la société. Pour s'extirper de cette situation qui détruisait leur personnalité et engendrait un sentiment de vide et d'inutilité, il fallait que les femmes puissent obtenir, comme les hommes, un travail créatif, sortir du foyer sans être pour autant obligées de renoncer au mariage et à la maternité, à cette fin, il fallait faire changer la société, grâce à un puissant mouvement féministe ayant pour but « *d'agir de façon à permettre aux femmes une pleine participation* [...] *au courant principal de la société* [...], *en y exerçant tous les privilèges et responsabilités pertinents dans un partenariat vraiment égal avec les hommes* ». Le changement préconisé a donc pour but de rendre la société égalitaire, mais en y insérant les femmes sur le même pied que les hommes, donc sans modifier sa structure de base: le modèle semble bien réformiste.

Les sociétés androgynes se retrouvent logiquement dans des romans de science-fiction faisant écho à notre réalité, se proposant ainsi comme un laboratoire social: Élisabeth Vonarburg a élaboré des sociétés formées sur une terre dévastée par des désastres écologiques ou des guerres, alors qu'Ursula K. Le Guin explore des planètes inconnues ou des univers parallèles offrant une peinture du monde, de la nature et des rapports humains. Ainsi le déséquilibre entre les sexes n'existe pas dans *Les Dépossédés* ou il est gommé par l'hermaphrodisme, notamment dans *La main gauche de la nuit* alors que dans le modèle proposé dans *Chroniques du Pays des Mères* de Vonarburg, les femmes semblent dominer tant sur le plan démographique que sur le plan organisationnel. S'inscrivant dans un contexte post-modernisme participant à une certaine déconstruction du genre sexuel, ces utopies féministes prônent des valeurs comme l'égalitarisme, la fin de l'opposition entre place publique et foyer, de nouvelles conceptions de la maternité, du parentage et de l'éducation, la permissivité sexuelle, le souci de l'écologie, et la diminution radicale, sinon l'élimination de toute violence.

Pour promouvoir cet égalitarisme de la société androgynique et inventer un nouveau statut social ou « sexe social », Élisabeth

Vonarburg et Ursula Le Guin explorent principalement le rapport entre les sexes mais aussi la question de la reproduction et de l'identité sexuelle. A travers la représentation des tensions entre les sexes, les écrivains de science-fiction entendent bien questionner le statut de la femme, les pouvoirs et les rôles qui lui sont attribués tant sur le plan politique que sur le plan biologique et/ou sexuel.

La main gauche de la nuit et *Les Dépossédés* constituent deux des volets d'une série intitulée le *Cycle de l'Ekumen* ou encore le *Cycle de Hain*, dont font partie aussi les romans *Planète d'exil* (1966), *Le nom du monde est forêt* (1972) et *Le Dit d'Aka* (2000), créés par Ursula K. Le Guin, prolifique autrice californienne de science-fiction et de fantasy. Adepte de l'exploration de thèmes anarchistes, féministes, ethnologiques, psychologiques, anthropologiques et sociologiques, l'écrivaine américaine émet le postulat d'une civilisation originaire de la planète Hain, qui, après avoir frôlé l'anéantissement par auto-destruction, a tant évolué au plan intellectuel et moral qu'elle a révisé son rapport au monde et a tâché d'oeuvrer au bien collectif de l'humanité en fondant la Fédération des Mondes Connus. *Les Dépossédés*, publié en 1974, qualifié par son auteure d'utopie *ambiguë*, se déroule dans un tout autre univers, celui d'un système de planètes jumelles, formé par Urras, une planète où règnent abondance, plaisir et décadence, sur fond de capitalisme, et sa lune, Anarres, une planète aride régie par les principes d'un communisme-libertaire Malgré leurs profondes différences génériques, l'un appartient à l'univers du *space-opera*, l'autre à la littérature utopisante, les deux romans mettent en scène des univers où la fonction sociale d'une personne n'est pas déterminée par son sexe et où l'éducation des enfants devient une responsabilité collective et sociale, liée au contrôle volontaire de la population. Sur Anarrès, les emplois sont distribués également entre hommes et femmes, sans la moindre discrimination, contrairement au système d'Urras qui compartimente les activités humaines en fonction des sexes et dont la pensée véhicule de lourds préjugés misogynes. L'androgynie de ces deux utopies est de nature politique pour *Les Dépossédés*, issu de manipulations génétiques pour *La main gauche de la nuit*, ce qui renvoie précisément à l'inventivité de la science-fiction : les personnages de ce roman sont hermaphrodites et peuvent devenir tantôt mères, tantôt pères, ce qui entraîne l'égalité entre les sexes et l'absence de rôles sexuels. Tout l'intérêt de cette utopie androgynique est le bouleversement du dualisme biologique par la déconstruction des catégories sexuelles qui ne fonctionnent plus sur le mode hétérosexuel : dès lors la seule valeur devient celle de l'être humain indifférencié sans la nécessité de l'altérité sexuelle car les êtres sont mâle et femelle à la fois et successivement, appelant ainsi le lecteur à réfléchir sur sa nature sans lui imposer la nécessité d'un choix.

Le modèle gynocratrique: des hommes à maintenir sous tutelle ?

Dans *Chronique du Pays des mères*, paru en 1992, et dans *Pollen*, publié en 2002, les autrices Élisabeth Vonarburg et Joelle Wintrebert tentent de dépasser le modèle androgynique de l'utopie féministe, en interrogeant les fondements du pouvoir au féminin dans des sociétés ou l'homme est tenu à distance de toute forme de gouvernement, suite à des changements sociétaux dans le déroulement historique fictionnel de ces romans.

Joëlle Wintrebert dans *Pollen* ne narre pas la quête des femmes vers le pouvoir, mais la réalisation du pouvoir exercé par elles dans une société matriarcale. L'utopie féminine de *Pollen* trouve son origine dans le pouvoir absolu sur la fertilité des femmes. Une arche stellaire fuyant la Terre ravagée par une guerre, a autrefois atterri sur la planète Pollen, avec à son bord une centaine de femmes. Elles seules ont survécu à cet exode, durant lequel les hommes ont continué à s'entretuer. À leur arrivée sur la planète vierge, ces cent femmes ont jeté les bases d'une société idéale, une utopie matriarcale, pacifiste et proche de la nature. Les généticiennes de cette société ont éliminé la procréation naturelle : les naissances se font en laboratoire, par « triades » comprenant deux filles pour un garçon. La cellule familiale ne comprend plus ni père ni mère, mais juste des triplés au patrimoine génétique quasi identique vivant en totale fusion jusqu'à l'adolescence. Cette harmonie sexuelle est également renforcée par le principe de la non-violence qui structure la démocratie pollennienne. La représentation du pouvoir féminin est explicite, structurée et construite en opposition systématique avec un pouvoir masculin dont la nature se fonde essentiellement sur la violence.

Nous pouvons rapprocher la structure sociétale de *Pollen* du livre-univers d'Élisabeth Vonarburg, *Chroniques au Pays des Mères*. Dans cette représentation utopiste d'un pouvoir féminin reprenant la technique littéraire d'une chronique sociale comme Franck Herbert, les femmes ont pris le pouvoir et instauré de puissantes citadelles. Chaque cité est autosuffisante, dirigée par une « Mère », mais toutes obéissent aux mêmes principes éthico-religieux, similaires à ceux de *Pollen,* notamment en ce qui concerne l'interdiction absolue de toute violence. Au *Pays des Mères*, dans un futur éloigné se situant temporellement au début du quatrième millénaire, survit un peuple décimé par les ravages environnementaux, composé presque essentiellement de femmes, en raison d'une catastrophe ayant réduit très fortement le nombre de naissances masculines. Élisabeth Vonarburg opère dans un premier temps une inversion de la logique patriarcale sur les plans idéologique, politique et social. Dans cet univers, les Mères (nommées Captes) sont les seules à pouvoir faire leurs « enfantes » avec les Mâles, les autres femmes doivent compter sur une forme très sommaire d'insémination artificielle. Les hommes sont obligés de voyager et de faire leur « service » en tant que reproducteurs à plusieurs endroits pour éviter la consanguinité et la dégénérescence, et sont donc souvent traités comme des animaux reproducteurs. Les femmes se doivent d'essayer d'avoir des enfants jusqu'à la ménopause ou jusqu'à ce qu'elles soient déclarées stériles. Chaque région est dirigée par une Mère, et toutes les Mères décident ensemble de l'avenir du Pays, suivant un modèle gynocratique.

Allant au delà de l'ambigüité générique et le rapport entre les sexes proposé par Ursula Le Guin, les deux récits de Vonarburg et Wintrebert mettent en scène un pouvoir conjugué au féminin : la quête et la pratique du pouvoir pour les femmes, même transposées dans des espaces et des temps différents restent des représentations sociales alternatives, en devenir, en questionnement. Reprenant l'idée de Robert Merle dans *Les Hommes protégés* en 1974, le monde féministe de Vonarburg comporte peu d'hommes et grands sont alors les dangers d'un appauvrissement génétique. Conscientes de ce risque les « Mères » ont organisé leur société en fonction des impératifs de la reproduction l'espèce. La procréation est un devoir vital, hautement ritualisé et cette représentation symbolise à quel point le pouvoir féminin peut se définir par une culture de la vie et non une culture de la mort, guerrière, comme ce fut si souvent le cas historiquement lorsque des hommes violents s'emparaient du pouvoir. Cette culture féminine renverse la logique patriarcale car la créativité littéraire d'Élisabeth Vonarburg touche également les structures linguistiques, « *une féminisation de la langue* [...] *reflétant un désir de renverser le sexisme linguistique afin de promouvoir un gouvernement matriarcal* ». Les néologismes sont systématiquement féminins (« *printane* », « *pérégrine* »), le féminin l'emporte sur les accords, « *tout le monde avait été punie* ». Gommer les différences grammaticales du genre permet de rendre les catégories du sexe obsolète et d'universaliser le féminin.

La tentation gynocentrique : la disparition de l'homme ?

Les littératures de l'imaginaire et notamment la science-fiction ont en commun qu'elles permettent l'élaboration des fantasmes utopiques et sociaux les plus radicaux : une sorte de test virtuel littéraire pour imaginer la disparition complète des hommes et les conséquences qui en découlent. Le gynocentrisme réel est beaucoup plus radical. L'élimination de n'importe quel homme, déclare crûment Valerie Solanas « *est un acte bon et droit, un acte hautement bénéfique aux femmes en même temps qu'un acte de pitié* »[1]. Dans la mesure, insiste Betsy Warrior, « *où l'homme risque de détruire la Terre et ses habitants, dans la mesure aussi où il est devenu une entrave à l'évolution de formes de vie meilleures, il faut l'éliminer* » comme dans *Les Bergères de l'Apocalypse*, de Françoise d'Eaubonne, féministe radicale des années 1970, qui raconte cette extermination. Pour elle la création littéraire est subordonnée à l'intention politique ; *Les Bergères de l'apocalypse*, second volet du *Satellite de l'amande*, paru en 1975, tente d'exprimer ce que serait la femme dans un monde d'où l'homme aurait disparu, à la fois profondément accomplie, en harmonie enfin avec les autres et le cosmos.

Pourtant, au-delà de ce féminisme radicalisé, les romancières posent une question pertinente dans la fiction : les femmes peuvent-elles réellement se passer de l'homme, au-delà des différences sexistes, du constat d'inégalité, de la nature violente et guerrière des sociétés masculinistes ? La nouvelle « La Femme est l'avenir de l'homme » de Joëlle Wintrebert, publiée en 2000, reprend des thèmes familiers de la romancière française dont celui de l'antagonisme entre hommes et femmes, déjà évoqué par *Pollen*. Dans un monde futur, l'homme a totalement disparu et la reproduction est assurée entre femmes par la parthénogénèse : la terre est devenue un monde paisible sans homme, sans violence où la famille est strictement féminine, une société séparant amour et sexualité, la dimension sensuelle étant assurée par des machines

1. Valerie Solanas, *SGJMManifesto*, New York, The Olympia Press, 1968, p. 67.

virtuelles recréant les fantasmes sexuels. La protagoniste de l'histoire, à l'origine de la parthénogénèse, est une femme du passé, une « néanderthalienne » comme elle se qualifie elle-même, une femme cryogénisée qui se réveille dans cette utopie féministe réalisée. Mais ce monde sans hommes, sans complémentarité générique se révèle parfaitement invivable, le prix à payer pour la réalisation étant le désespoir d'une insondable et presque primale solitude :

« Plus d'hommes.

Dans ma gorge, l'angoisse et le chagrin s'enflaient, douloureux, impossibles à déglutir. La parthénogenèse avait été conçue pour pallier le déficit des naissances de filles. [...]

Plus d'hommes... Sur mes joues, je sentais des larmes couler. »[2]

Le texte de Joëlle Wintrebert joue en réalité avec l'extrémisme anthropologique et les limites de l'utopie : fuyant un monde violent et fanatisé, la paix féminisée ne semble plus une solution car elle génère un monde statique aux antipodes de la vie et de l'évolution ; après la mort d'un homme réveillé pour la survie de l'héroïne, la narratrice évoque le thème du dernier survivant cher à Richard Matheson avec la citation « *Je suis une légende* ». La femme sans l'homme n'est plus un être humain.

Les modèles de sociétés féminines proposés par les romancières de science-fiction peuvent être considérées comme des expérimentions littéraires *in vitro* de certaines idées issues du féminisme réel. Ursula Le Guin, Élisabeth Vonarburg sont des femmes qui écrivent mais ne sont pas obligatoirement des féministes radi-

---

2. Joëlle Wintrebert, « la Femme est l'avenir de l'homme », *Cosmic erotica*, 2000, J'ai lu, p. 319

cales : les mondes utopiques qu'elles nous proposent, androgyne, gynocratique voire gynocentrique, s'inscrivent dans l'évolution d'une histoire fictionnelle tentant de dépasser les errements de la violence inhérente à l'homme.

L'intérêt de ces romans réside d'une part dans la caractérisation précise d'un pouvoir féminin se fondant sur la maîtrise absolue du corps, de la maternité, de la sensualité, sur le respect structurel de la nature et… sur l'éloignement tant géographique ou démographique de la population masculine ou sa métamorphose, sur un pouvoir féminin mis en place grâce à un déséquilibre entre les populations des deux sexes. Malgré la tentative utopique et la volonté de s'éloigner de la violence inhérente à la nature masculine pour les conceptrices de ces matriarcats, la violence, notamment politique, est cependant toujours bien présente chez les « radicales », fraction intégriste des femmes et dans les revendications masculines. L'utopie féminine semble artificielle et se rapproche dès lors de la fonction d'un apologue littéraire, notamment chez Joëlle Wintrebert qui interroge un hypothétique renversement des rôles.

L'artificialité littéraire et structurelle de *ces sociétés* semble la limite de l'utopie car elle repose sur des principes rigides édictés par les fondatrices, des lois qui ôtent toute spontanéité dans son développement pouvant conduira à la dystopie. Les représentations d'un pouvoir alternatif féminin interrogent sur la pérennité d'une société utopique ou non fondée sur un renversement des rapports de force et une séparation totale des sexes. Les représentations littéraires, en remettant totalement en cause les actuelles structures de la société occidentale permettent non seulement d'occuper une vacance idéologique mais également de réinventer la *res* politique, en montrant que la notion d'égalité et de parité reste le fondement de l'alternative actuelle ou à venir. En 2003, Michèle Riot-Sarcey, dans une conférence sur les liens entre le féminisme et le pouvoir insiste sur cette dimension: « *Le féminisme est une utopie de ce temps* [...] *Le problème des représentations à questionner doit être porté dans tous les domaines de la société. La crise contemporaine est forte mais il existe des forces vives qui veulent changer les choses. Le féminisme vit dans ce mouvement. Thomas More a écrit Utopia dans le trouble de son époque pour dévier l'ordre. Ainsi l'utopie apparaît quand on n'a pas d'espace dans un monde ordonné.* »

La course de minuit

Élisabeth Vonarburg

Née en France en 1947, la désormais québécoise Élisabeth Vonarburg vit à Chicoutimi depuis 1973, aux portes du Grand nord canadien. Agrégée de Lettres, docteure en création littéraire, traductrice, animatrice d'ateliers d'écriture, elle est également l'une des directrices littéraires du magazine Solaris, *essayiste et chroniqueuse, accessoirement écrivaine « à plein temps ». Elle a publié une bientôt quarantaine de livres dont dix-sept romans (cinq traduits en anglais), six recueils de SF (dont deux en anglais) et trois recueils de poésie. Elisabeth Vonarburg est multi primée avec plus de trente prix (France, Canada, Québec, États-Unis) dont quatre pour l'ensemble de son œuvre ; mais elle n'hésite pas, encore et toujours, à questionner l'utopie via sa propre créativité, comme en témoigne cette nouvelle solarpunk à la Vonarburg !*

Appelez-moi Minuit. »

Elle sourit aimablement au journaliste qui vient de la présenter comme Mélinda Saguaro.

« … Avec votre zep, le Sablier III, vous venez de gagner l'Obidjiwan-Mashteuiatsh, la dernière course à l'ombre de l'année, avec votre co-équipière, Shikuan Inniss…

– Techniquement j'étais la coéquipière, au sol. Juste la Madame Météo. »

J'entends Péri renifler près de moi, une main sur la bouche pour étouffer son rire. Sur la petite estrade, toujours le sourire aimable, encore plus large. Shikuan, à côté de Minuit, fait mine de rectifier une mèche, pour dissimuler son amusement. Le jeune ne se rend pas compte qu'il vient de commencer son entrevue sur un mauvais pied. Plus personne ne dit « Mélinda Saguaro » depuis quinze ans – y compris dans la famille, qui ne l'a pas vue depuis, voyons, douze ans ? La mort de Yann. Je suis la seule qui puisse se permettre de l'appeler comme ça, et encore. Même au tout début, je l'ai presque tout de suite baptisée « Méli » – « Méli-Mélo » quand elle courait partout, occupée à dix jeux en même temps, l'impatiente.

Le petit gars continue sans se démonter :

« Il y a eu quelques problèmes avant l'arrivée, au dernier point de contrôle au sol, avec un ralentissement qui a beaucoup diminué l'avance de votre zep sur ceux des autres concurrentes, mais finalement vous êtes arrivées avec près d'une minute d'avance sur l'ombre de la Voile. C'est très près du record nord-américain, Minuit. Pensez-vous pouvoir le battre l'année prochaine ? »

En se détournant, Shikuan nous a aperçues, Péri et moi, et elle nous adresse un hochement de tête en donnant un léger coup de coude à Minuit qui la regarde, puis suit son regard et nous sourit – un vrai sourire, cette fois.

« L'année prochaine, nous aurons un nouveau zep, le Sablier IV. Il faudra voir comment il se comporte. »

Le petit gars a pris le sourire pour lui et reprend avec un enthousiasme renouvelé :

« Vous avez gagné pas moins de dix-huit de ces courses un peu partout au Canada au cours des cinq dernières années, dont douze en solo. Est-ce que vous teniez à gagner ici, où vous êtes née, à la veille du XXIIe siècle ?

– Vous devriez poser la question à Shikuan, je crois que sa famille vit ici depuis plus longtemps que les Saguaro. Excusez-moi, je dois vous laisser. »

Il ne se rend sans doute pas compte qu'il vient d'être épinglé raide, mais un murmure satisfait et quelques gloussements s'élèvent des concurrentes présentes. Minuit le plante là sans plus de cérémonie pour le laisser en proie à Shikuan et se fraye un chemin vers le fond de la salle. Péri veut s'élancer vers elle, mais je la tire par la manche après avoir fait signe à Minuit, et nous sortons dans le couloir ; on ne va pas faire ça en public.

C'est la relâche de fin d'année, le rez-de-chaussée de l'université est presque vide, juste quelques personnes qui n'ont pas pu rentrer dans le petit auditorium où avait lieu la remise des médailles. Il n'y avait pas beaucoup de gens du cru dans l'auditorium, non plus. Mais les relations sont un peu tendues avec les Innues depuis l'élection âprement disputée de Martin Matchiragan à la gouvernerie ; la course était commanditée en partie par l'université, mais elle partait d'Obidjiwan, en territoire atikamekw, pour arriver à Mashteuiatsh en territoire innu, et toutes les concurrentes étaient des autochtones – même s'il y avait plusieurs métisses dans les équipes de soutien, les « demi-portions » comme Minuit aimait à le dire. Ne le dit sans doute plus, ne veut plus évoquer sa mère même de cette manière détournée.

Elle nous rejoint dehors, sous le grand portique de l'entrée principale. Une petite courbette dans ma direction : « Grand-Tante Flora », une autre courbette vers Péri : « Tante Espéranza ». Péri hoche la tête d'un air digne : « Ma nièce », puis elles éclatent de rire et elles s'embrassent. Je me laisse étreindre à mon tour en souriant. Il y a des rituels increvables. À l'époque où celui-là a commencé, Minuit était la gardienne de ma fille. Huit ans de différence entre les petites, une distance qui s'amenuise avec le temps.

Il fait sombre sous le portique, les lampasoles sont allumées – c'est la fin de la matinée, et elle était ensoleillée, mais l'Ombre arrive, et l'enchevêtrement des tiges de vigne vierge couvrant la pergola est devenu si épais qu'il bloque vraiment le ciel.

Ça a poussé comme du chiendent, cette génétiquerie, on ne voit même plus le béton des piliers – mais c'était le but de la chose quand on l'a plantée, après tout. On était bien contentes, dans le temps, par les jours de grande chaleur – on l'est toujours, d'ailleurs, nonobstant l'Ombre.

« Ça n'a pas changé. » Minuit a dû surprendre mon coup d'œil panoramique. Pour elle, en quinze ans, évidemment, rien n'a changé : le grand stationnement des deux ou trois roues, entre les arbres, autour des bornes de charge, le cercle devant l'entrée principale, où attend un taxibus – ce n'est pas encore l'heure de pointe –, et, plus loin, les serres à demi enterrées et les boisés de l'esplanade. Elle n'a jamais vu les grandes pelouses nues gâchis d'espace, ou l'asphalte noire couverte des carapaces luisantes de voitures même pas toutes électriques. La dernière année d'U, je manifestais pour le démantèlement du stationnement de voitures à essence ! Quel joyeux bordel, cette manifestation… Moins joyeux après. Ma dernière année d'étudiante, 2048, c'est aussi celle où on n'a pas planté l'arbre traditionnel de graduation. L'année du « Supercovid ». « Le baroud d'honneur du virus » – comme s'il n'y en avait pas eu d'autres résurgences ensuite. Mais pas aussi virulentes, c'est vrai. Il y a eu d'autres saloperies, de toute manière. Il y en a toujours, pas forcément des nouvelles. Le pauvre Yann et son cancer du poumon. Il rigolait, « eh, Flora, on est la génération attrape-tout, qu'ils disaient. Juste pas tiré le bon numéro au bingo de l'apocalypse. » Dommage que Minuit n'ait pas connu son père vers la fin. Le cancer l'avait pacifié.

Il fait frais, je remonte le col de mon manteau. Il y a un petit vent sous le portique – les courants d'air qui accompagnent toujours le glissement de l'Ombre. Enfin, la pénombre, c'est plus gris clair que gris foncé ; et elle ne bouge pas, hein, c'est la Terre qui tourne ; mais c'est comme « le Soleil tourne autour de la Terre », on oublie ce qu'on sait et on dit ce qu'on voit. On a eu le temps :

ça fait plus de vingt ans que la Voile se tisse tranquillement dans l'espace profond entre le Soleil et la Terre et que l'Ombre, de plus en plus large, se promène à la surface de la planète. La génération de Péri n'a pas connu le monde sans ses moments d'ombre, ou enfin, sa pénombre. Tellement de choses ont changé, Minuit. Mais tu n'étais pas là pour les voir changer. Incluant Péri. Il y a des choses que ni les visios ni les courriels ne disent, si on ne veut pas les dire.

« Ah, dis donc, Péri, tu as encore grandi ! C'est quand, la dernière fois qu'on s'est visio ?

– Il y a deux mois. Tu convoyais des Importantes à Reykjavik, pour le Sommet. En avion. Ça devait te faire bizarre de piloter ça plutôt qu'un zep.

– Bah, piloter, c'est piloter.

– Et les suborbitaux, ça ne te dit toujours pas ?

– Ah non ! J'avais besoin de fric, mais un électroplane, c'est la limite de mes compromissions. Et puis (elle lui adresse un clin d'œil), l'Espace, c'est ton truc. »

Un peu inquiétant pour la suite des choses : Minuit pense toujours que la fascination de Péri pour le cosmos est une « phase ». Elle devrait pourtant savoir qu'il y a des phases qui n'en sont pas – comme pour elle et Shikuan.

Dont la voix s'élève dans notre dos :

« Bon, la réservation au restau est pour midi et demie, on y va ? »

« Dites donc, l'Échange ne devait pas avoir un nouveau nom ?

– Non, les nouveaux proprios du café ont cédé à la pression publique, dit Péri, satisfaite. Après plus de quarante ans, on ne renomme pas une institution comme ça, hein ? Ils n'ont rien changé à l'intérieur non plus, finalement, juste repeint, et remplacé les tables et les chaises trop maganées. »

Je souris : « Pas de fausse modestie, Péri, c'est toi qui as botté le cul à la pression publique pour qu'elle presse.

– Digne fille de sa mère ! » dit Minuit, en donnant une tape dans le dos de Péri. « Je dois dire que ça m'aurait fait de quoi de voir mon repaire favori s'embourgeoiser.

– Notre repaire favori ! dit Péri.

– Hear ! Hear ! » renchérit Shikuan.

Ah, fillettes, le repaire favori d'au moins trois générations sous ce nom-là, et d'au moins deux autres avant. Mais c'est bien qu'il y ait des souvenirs à partager. Toutes les racines ne sont pas des entraves.

Elles traversent la rue, dans l'ombre de la Pergola, pour aller au Renacimiento, en face. « C'est dimanche, on mange cubain au Réna », a déclaré Péri, qui a pris les réservations. Nous entrons, dans un festif tintement de clochettes. Les décorations de fin d'année ne sont pas trop envahissantes, et il n'y a pas trop de monde. Quelques têtes de connaissance, « Eh, Flora ! », avec qui on papote, brièvement, parce que les regards sont un peu trop curieux. Sur Minuit, celles qui la reconnaissent, parce que son histoire fait partie du folklore régional. Et sur Shikuan parce qu'elles ont gagné la Dernière Course à l'Ombre de l'Année dans la région ; même si c'était une course entre autochtones, ça compte que la victoire soit allée à des de-souche. Mais du coup Minuit s'est un peu rembrunie.

Et ça ne va pas s'arranger : Sorrel nous entraîne vers la table d'honneur, celle sous le grand mur des célébrités, musiciennes, actrices, mais aussi une grande photo de Paola Saguaro qui trône au milieu, dans toute sa splendeur victorieuse après sa deuxième réélection. Chaleureusement dédicacée, bien sûr. Il y en a une dans tous les restaurants « ethniques » de la région. Ne rate jamais une occasion, la sœurette. Les Ruiz sont arrivées avec la dernière grande vague d'immigration, en 78, après le Perfect Storm, quand elle a grand ouvert les portes du Royaume aux réfugiés de la catastrophe – « dans la grande tradition du Maire Duperron », bien sûr : une année d'élection, elle n'aurait pas manqué de le souligner, tout en rappelant inlassablement l'apport essentiel de tous les immigrants, depuis près de quarante ans, au renouveau de la région. Immigrantes de deuxième génération, Paola et moi. Quand même rigolo qu'on nous voie maintenant comme une famille "de souche". Ou presque. Mais Papa était un Gilbert de Gilbertville. Et la cousine Tina a marié un Blackburn. Plus de souche que ça, ici, tu meurs.

Et en plus, il y a la grande photo panoramique des créatrices de la Voile, sur cinq rangées en gradins, Dyani Inniss au premier rang, bien visible entre Léonid Kourilenko et Séphane Wu. J'aurais dû y penser et dire à Péri « pas la table d'honneur ». Trop tard.

Au moins la petite en sait apparemment assez pour pousser Minuit vers les chaises placées le long du mur, sans en avoir l'air, afin qu'elle n'ait pas les photos sous le nez en mangeant. Mais Minuit a vu sa mère, évidemment.

« Papa va vous amener les menus », dit Sorrel, en versant de l'eau dans les verres. « Vous voudrez des apéritifs ?

– Cuba libre ! dit Péri en frappant du poing sur la table.

– Euh, Péri, techniquement, tu n'as pas encore seize ans…

– Je suis majeure dans deux jours, Maman.

– Allez, Flora », implorent Shikuan et Minuit en chœur.

Je cède : « Bon, Cuba libre pour tout le monde, et les Papas Relenas en entrée, farcies à tout ce que vous aurez. »

– Tu cours avec qui, Sorrel ? » demande Shikuan, comme si elle ne se doutait pas de la réponse.

« Avec Papa ! »

La petite se retourne vers Manuel qui arrive, tout souriant, pour distribuer les menus. On bavarde de nouveau – inévitable : le résultat de la course, hier, les élections régionales, les trois nouveaux éco-hameaux qui se sont constitués au Lac. Et la course du Souvenir – la seule course vraiment importante dans le coin, en cette saison et surtout cette année : « La météo dit qu'il va peut-être pleuvoir, après-demain », dit Manuel avec une grimace ; il déteste courir sous la pluie.

Il faudrait accélérer un peu les choses, sinon on y sera encore à cinq heures ; je referme mon menu pour le lui tendre : « Je vais prendre le Rope Vieja. » Au poulet, même si le nom du plat n'a pas changé. Je l'ai connu au bœuf – au temps jadis, en Californie. Près de cinquante ans. Tout passe, finalement.

« Moi aussi, dit Péri. Et ce n'est pas de la pluie qui va nous arrêter, hein, Sorrel ? Maman a couru dans une tempête de neige, dans le temps. »

Je précise : « Après une tempête de neige. Pas prévue, ça devait être de la pluie. »

Sorrel ouvre de grands yeux : « Quand ça ?

– En 82. L'année avant votre naissance, Péri et toi.

– Et on n'a pas annulé la course ?

– Non, on a mis des crampons.

– Faudrait voir ça qu'on annule la fameuse course du souvenir, ça ne se fait pas », grogne Minuit dans son coin. « Le Rope Vieja pour moi aussi.

– Si on devait cesser de se souvenir et de célébrer parce qu'il neige un peu… », essaie de plaisanter Shikuan – elle aussi, elle sait que le sujet est potentiellement périlleux. Mais elle a mal calculé : Minuit plaque son menu sur la table, les yeux étincelants :

« Célébrer le Perfect Storm ? Des centaines de milliers de morts et de disparus ? New York écrapoutie à 70 %, les côtes ravagées sur tout le pourtour de l'Atlantique nord et même ici, le terminal de Grande-Anse a définitivement pris le bord, et la marée d'ouragan est remontée jusqu'à Chicoute. Quant à s'en souvenir… Après plus de vingt ans, on pourrait arrêter d'être maso, et mettre cette tradition idiote à la poubelle !

Essayons de calmer le jeu : « Tu prends quoi, Shikuan ?

– L'ananas farci. »

Mais, à l'expression de Shikuan, je sais que la même image lui a traversé l'esprit : Minuit, à seize ans, qui s'appelle encore Mélinda, la première à franchir la ligne d'arrivée de la course qu'elle avait tenu à gagner, qui jette son flambeau à terre, le piétine pour l'éteindre et disparaît en fendant la foule scandalisée de Gilbertville. Et le lendemain, au conseil de famille, elle a déclaré qu'elle s'appellerait désormais Minuit Inniss et qu'elle partait avec sa cousine Shikuan à Montréal, pour faire des études au collège Saint-Hubert en option pilotage. Et Paola a eu beau piquer les nerfs, Minuit était majeure, selon les règles de Gilbertville, on ne pouvait pas l'empêcher. On lui a coupé les vivres, mais elle s'en foutait, elle était avec Shikuan. Même avant qu'elles ne soient officiellement un couple, deux ans plus tard, ça a été la rupture avec la famille – la Famille, comme Minuit l'écrit et en parle.

Mais pas avec moi. C'est à moi que tu avais demandé de t'accompagner, dans cette course. Toujours été le mouton un peu noir, la grand-tante Flora qui s'appelait Laura avant de partir avec une brigade Thunberg aider en Californie après le Big One. L'héroïne de service, hein, Minuit ? Sauf que j'étais revenue, moi. Pas comme ta mère.

Manuel se racle la gorge : « Et on va boire un petit Côte du Rhône avec ça, oui ? »

Hochements de tête unanimes. Il prend les menus et s'éloigne avec sa fille.

« Ça finira bien par se calmer, à un moment donné, la météo extrême », reprend Péri, imperturbable.

Elle va continuer à parler de la course d'après-demain ? La petite a un agenda pour ce repas, mais quand même. « On est seulement à 2.8° alors qu'on prévoyait 4 et plus. La Voile aide. »

Pas mieux comme sujet, Péri, la Voile !

Minuit hausse les épaules : « Mais la décarbonation a joué aussi, depuis cinquante ans. Encore heureux que la foutue Voile n'ait pas encouragé à revenir en arrière là-dessus. »

Shikuan sirote son verre d'eau : « Non, tu sais bien, après la fin des années 50 ce n'était plus possible, les vieux obsos se seraient fait déménager, tous autant qu'ils étaient, s'ils avaient essayé.

– C'était quand même un projet de dingue, la Voile, reprend Péri obstinée. Déjà, Gimli, capturer des météorites carbonées et les amener dans le coin…

– Les apéritifs et les hors-d'œuvre », annonce Sorrel, en exagérant son numéro d'équilibriste avec son plateau plein. Malgré son moignon de bras droit, c'est une experte gauchère.

« Le projet Gimli, c'était la preuve », dit Shikuan en lui donnant en coup de main. « On pouvait si on voulait. On avait la technologie. La volonté politique a enfin suivi… et après ça, depuis les années 50, le vent n'a pas si mal tourné, non ?

– Pas la meilleure métaphore à utiliser, grommèle Minuit.

– Oh, quand même, tu dois admettre, Gimli, ça a changé beaucoup de choses.

– La preuve par le pouding carboné », pouffe Péri en s'emparant d'une des bouchées de pomme de terre. Elle redevient sérieuse : « Les symboles, c'est important.

– Ça quand même pris plus de quarante ans, ce foutu Projet Ombre. »

Minuit est définitivement en mode grogne. Elle avait à peine six ans quand Dyani est allée travailler à Kourou avec l'Agence Spatiale, et elle tient toujours mordicus à son statut de Fille Abandonnée. Péri doit bien le savoir ; s'imagine-t-elle vraiment que c'est la bonne approche pour ce qu'elle veut demander ?

Mais Minuit est quand même partie pour devenir pilote. Essentiellement de zeppelins de transport lourd, une camionneuse de l'air, mais ce n'est pas tout à fait innocent, hein, Minuit ?

« Oui, dit Shikuan, mais ça a été le truc rassembleur qui a commencé à renverser la marée. Tu ne préfères pas cette métaphore-là, Minne ? »

Minuit émet un ricanement sardonique : « Dis-ça à toutes les îles qui ont été rayées de la carte depuis les années 40 ! Ou dis ça à Manuel, tiens. »

Péri mâchonne sa bouchée avec une petite moue. Ça ne se passe pas comme elle l'espérait. Faire ça au restaurant, avec des spectatrices, et pas n'importe lesquelles – deux actrices, qui étaient au premier rang autrefois et le sont encore dans l'histoire qui continue à se jouer dans la cervelle de Minuit –, ce n'était pas une bonne idée, je lui avais dit. Elle aurait dû la prendre en tête à tête, Minuit se serait moins sentie en besoin de représentation. Mais la petite est aussi obstinée qu'elle, dans son genre.

« Oui, mais du coup, on n'est plus seulement sur Terre. La base lunaire est devenue permanente.

– Ah oui, l'équivalent d'une demi-douzaine de containers, six mois dans des tubes de lave à gérer le catapultage des matériaux vers les usines de la Voile, drôlement excitant !

– Mais on participe à quelque chose de… d'important. Et on peut recommencer à… imaginer. »

Ce n'est pas le mot qu'elle avait envie d'employer, mais elle n'allait pas non plus choisir « espérer ». Elle et Minuit, malgré leur différence d'âge, elles font partie de la génération, qu'on a affublée de la même étiquette, « la génération-espoir ». Péri sait tout de même que Minuit la déteste ; Minuit ne comprend pas vraiment à quel point Péri ne la déteste pas. Cette manie d'étiqueter les générations sans leur demander leur avis ! Les fondateurs de l'Éco-hameau qui deviendrait Gilbertville, au siècle avant-dernier : la « génération obstinée » ; celle d'après, « la génération retrousse-manches ». Et « la génération attrape-tout », et « la génération impatiente », et maintenant la génération-espoir. Pfff. No pressure.

Une gorgée de Cuba libre, allez. On devrait se méfier des noms qui sont des programmes. Qu'on y souscrive, comme Dyani, ou qu'on se rebelle, comme moi, comme Minuit. (« mais pourquoi "Minuit" ? – Parce que c'est là que sont rendues les aiguilles de votre foutue horloge ! »). Le mieux serait de les ignorer, mais par les temps qui courent, c'est devenu difficile. Surtout dans la région. Et surtout à Gilbertville. On a des principes. On a des traditions. On reste et on creuse, sur place. On travaille vertueusement au Bien de Toutes, mais sur place. On ne part pas. Surtout si on ne revient pas.

Mais on voulait des enfants, ma triade, Carlos, Natalia, moi… et j'étais la seule qui pouvait encore en avoir, et je ne pouvais pas envisager d'en avoir ailleurs que là où c'était toujours « chez moi » malgré tout. D'ailleurs, serais-je partie si je n'avais pas eu le sentiment qu'il y avait quelque part où revenir ? Je ne le pensais sûrement pas à l'époque, mais j'ai grandi après. Péri, notre petit miracle. Je l'ai eue si tard. À plus de cinquante ans ! Trop tard pour Carlos, qui tenait tellement à la nommer Espéranza. Élever la petite avec juste Natalia, puis seule, ça n'a pas été de la tarte. Heureusement qu'on avait pu se faire la main avec Mélinda Méli-Mélo.

Allez, une autre gorgée de cuba libre. Déjà la dernière ? Mais le repas va être long, je le sens. Minuit en mode grogne, Péri en mode obstiné, Shikuan en mode colmatage… Et moi en mode mélancolo. Tout ça, la fin d'année, la course à venir, le projet de Péri, ça remue trop de souvenirs.

Minuit boude sérieux dans son apéritif ; elle fait tourner le verre sur la table sans regarder personne : « Imaginer ? Imaginer quoi ?

– Mars !

– Tu rigoles ? C'est déjà bien qu'on s'entête encore à y envoyer une boîte de conserve à roulettes de temps en temps.

– Les robots sont vraiment plus perfectionnés maintenant », intervient Shikuan – un autre effort méritoire. « Endurance fonctionne encore après treize ans.

– Justement, des robots, c'est suffisant. »

Péri pose un peu brusquement son verre à demi-plein sur la table : « Eh bien, moi, j'aimerais y aller, sur Mars. »

Minuit se met à rire : « D'accord, on te flanquera comme passagère clandestine dans une des boîtes de conserve, si tu y tiens. »

Péri renifle en la dévisageant, puis esquisse un sourire forcé en replongeant dans son Cuba libre. Sorrel et Manuel apportent les plats principaux à ce moment-là, diversion bienvenue. On pourra peut-être aborder d'autres sujets après s'être adéquatement rempli l'estomac ? La cuisine du Renacimiento est renommée, pour de bonnes raisons.

Plat principal, salade, flan cubain – délicieusement caramélisé –, thé du Nord… On n'a parlé que de choses qui ne fâchent pas, la récente course de zeps, les difficultés rencontrées en route – vents, météo… –, les innovations techniques du nouvel engin qui va remplacer le Sablier III, les prochaines courses prévues avec, la vie à Montréal, les élections régionales… On va peut-être s'en tirer sans accroc. Si Péri a compris qu'il valait mieux attendre, elle prendra Minuit à part après le repas…

« Minuit, j'ai quelque chose à te demander. »

Ah, eh bien, non.

« Je voudrais que tu coures avec moi, après-demain, dans la dernière manche. »

Le ton est trop sincèrement sérieux pour que Minuit fasse mine de le prendre à la plaisanterie. À sa décharge, elle n'essaie même pas. « Moi ? Tu me veux comme kukum ? » Elle pose sa cuillère dans son assiette, les sourcils froncés. « Je suis flattée, je suppose. Mais tu sais ce que je pense de cette course, non ? Je n'avais même pas l'intention de rester ici pour la fin de l'année. On allait à Mashteuiatsh, Shikuan et moi. Et puis, come on, je ne suis pas qualifiée ! T'avoir torchée quand tu étais petite, ça ne me qualifie pas comme kukum. Il y a sûrement des personnes plus méritantes, qui t'ont vraiment accompagnée depuis des années. Et j'ai beau avoir bon pied bon œil, je ne suis pas entraînée à courir sur dix kilomètres ! »

Elle commence à s'énerver. À prendre la mesure de ce que lui demande Péri, de ce que cela peut vouloir dire pour Péri ? Sans doute pas. Elle a un bagage trop lourd avec tout ça, ça lui met des œillères. Elle a juré de ne jamais remettre les pieds à Gilbertville – et c'est là qu'est la ligne d'arrivée. Elle tient son serment depuis quinze ans – techniquement : elle est venue pour les funérailles de son père, mais Yann avait demandé à être planté à Mashteuiatsh, pas à Gilbertville.

« Ça peut être juste la dernière étape. Cinq kilomètres. On n'est pas obligées de courir, on peut marcher. L'est pas à gagner, la course, seulement à finir. Je voudrais juste la finir avec toi. »

Péri est quand même en train de craquer un peu, la pauvre chérie : le ton est ouvertement implorant. Minuit va-t-elle choisir de se fâcher, en décidant que la petite lui a tendu une sorte de guet-apens avec cette demande publique ? Mais elle sait que Shikuan la regarde. Et que je la regarde. Elle a d'autres bagages, avec moi, avec Shikuan, ça équilibrera peut-être ? En tout cas, elle ne peut pas ne pas comprendre ce que ça représente pour Péri, au moins en partie. « Je voudrais la finir avec toi. » C'est devenu un rite de passage, cette course du Souvenir. La fin de l'adolescence pour les enfants de Gilbertville et toutes les autres qui décident d'y participer. Et c'est un honneur, si on vous demande d'être une accompagnatrice, une kukum, pour tout le trajet ou juste pour une étape ; le terme innu a pris, depuis une dizaine d'années, un usage initié par les jeunes, comme les flambeaux qu'on se passe d'une étape à l'autre : pas forcément une adulte, mais une guide, une sage, une personne qu'on aime, qu'on respecte, qu'on admire.

Pour l'affection, ça va, mais tu n'as jamais imaginé le reste, hein, Minuit ? C'est sûr que tu dois tomber des nues.

Minuit passe la main dans sa courte tignasse bleu vif, prend une grande inspiration : « Écoute… Je viendrai pour le départ, d'accord ? »

C'est une concession importante pour elle – toute la Famille sera là –, mais ça ne suffira sûrement pas à Péri. La brève mimique de Shikuan est éloquente, quand on se regarde ; elle aussi sait à quoi s'en tenir : on ne peut pas intervenir

Péri touille un moment la sauce au caramel qui reste dans son assiette, puis : « D'accord. Merci, alors. Dites, est-ce que je pourrais ravoir du flan ? »

« Moi aussi ! » dit Shikuan, histoire sans doute de masquer sa propre surprise.

Je me reprends moi-même : « Bon, mais vous êtes des goinfres. »

"D'accord", Péri ? Pas de protestation ? Si vite résignée ? Alors qu'elle en parle depuis des mois ? Qu'est-ce que tu mijotes, ma fille ?

C'est marée haute à Grande-Anse, dans la pénombre. Une odeur subtilement salée flotte avec la brise. Les ruines du terminal industriel sont à peine visibles sous la surface ondulante. Il faudra quand même bien qu'on finisse de démolir tout ça, un de ces jours, et qu'on décide si on veut construire quelque chose là, et quoi. Mais c'est comme si on ne peut pas se débarrasser du symbole. Pas pour rien qu'on l'a très vite choisi comme point de départ de la course : tout ce qui pouvait mal tourner autrefois et qui a mal tourné. Un projet controversé à l'époque, des résultats économiques décevants avec les perturbations récurrentes du commerce et des transports mondiaux, les déversements de plus en plus fréquents dans le Fjord, les dommages annuels infligés par les Grandes Marées des années 40… Quand le Perfect Storm l'a achevé, le terminal était déjà quasiment désaffecté.

On est quand même en hiver, et encore dans l'Ombre pour un petit moment, il fait humide et frisquet au bord de l'eau. Au moins, la pluie annoncée n'est pas au rendez-vous. Péri en survêtement marche d'un bon pas en avant avec Shikuan, le long de la rive, les mains enfoncées dans les poches kangourou de son coupe-vent jaune, en bavardant avec animation. De quoi ? Mystère. Elle n'a pas évoqué la course ni Minuit depuis deux jours. Elle est même de bonne humeur.

Pas Minuit, qui n'a pas dit un mot depuis que nous sommes arrivées à Grande-Anse, un peu plus tôt. Échafaude-t-elle des stratégies pour échapper à la Famille qui va bientôt se présenter en grande pompe et en voiture électrique pour assister aux discours et au départ ?

On croise ou dépasse d'autres promeneuses, parfois des connaissances, on échange des salutations, mais personne n'essaie trop d'engager la conversation. D'habitude la course a lieu le 16 novembre, anniversaire du Perfect Storm, et l'humeur est en général grave : ça colore ce 31 décembre. On se recueille, on fêtera plus tard. Là, on se prépare à la fameuse Course du Souvenir. Devenue fameuse. Au début, ça allait seulement de Gilbertville à Grande-Baie et retour. Une petite course, pas tout à fait vingt kilomètres. La légende familiale a décidé que c'était Paola qui en a eu l'idée, mais c'était plutôt une création collective. Gilbertville, en 80, après la cérémonie commémorative au boisé où étaient plantées les victimes de la catastrophe, le retour silencieux à la maison, dans la grande salle du rez-de-chaussée, la chaleur familière du grand foyer de masse, tout le monde en noir, et je me rappelle, on s'était regardées, avec Paola, je m'étais dit « mais non, mais c'est vraiment trop sinistre, à la fin ! »... C'est tout de même bien elle qui a persuadé le conseil de famille de tenir la course le 31 décembre, cette année, et de nuit. Si ça se trouve, elle voudrait que ça devienne la nouvelle tradition – et que son nom y soit définitivement attaché. Ah, sœurette, il y en a qui ne changent pas.

Chacune se livre à ses rituels, de toute manière. Ici, deux vieillards se tiennent par la main, des larmes sur les joues. Là, une famille assemblée, on ne pleure pas, mais, visiblement, on se souvient. Certaines, accroupies sur la rive, déposent des petites couronnes dans l'eau, fleurs séchées, herbes et brindilles entrelacées, des petites boîtes avec une bougie allumée ou des morceaux de papier où sont inscrits les noms de disparus – une pollution acceptable en ce jour, la marée emportera tout. Pas besoin d'écrire le nom de Natalia pour me souvenir, j'ai déjà trop de mémoire.

J'aurais dû prendre des gants, j'ai toujours les mains froides, maintenant. Soixante-neuf ans, et ça ne s'arrangera pas.

« Tiens. »

Minuit me tend une paire de ces petits gants de laine qu'on peut mettre à n'importe quelle main ; elle en avait des dizaines de toutes les couleurs quand elle était gamine, « une pour chaque humeur » ; elle en a conservé l'habitude, apparemment : ceux-là sont noirs. Ça promet.

« On devrait remonter, ça va bientôt être l'heure, les lampasoles sont allumées »

Et même les quelques vrais lampadaires, pour l'occasion, le long de la côte menant à l'esplanade de départ. Mes genoux protestent. On dirait que c'est plus pentu chaque année. On ne part pas de l'ex-terminal lui-même, évidemment, on ne va pas se mettre cette montée dans les pattes au départ, et puis il n'y aurait pas la place sur la rive devenue étroite pour toutes les participantes et la foule des spectatrices. En tout cas, le pari de Paola semble gagné : la vaste esplanade fourmille de monde, entre les deux allées d'arbres qui l'encerclent. On l'a laissée en sable et en terre, une fois ôtées les rails, les entrepôts, le béton et l'asphalte. Un coup d'œil à Minuit : se souvient-elle des foires de printemps ? Elles y ont toujours lieu, avec leurs zeps et leurs montgolfières multicolores arrimées pour des promenades aériennes – c'est là qu'elle a pris la piqûre du pilotage, peut-être. Au temps où Dyani était encore dans le décor. Mais si elle se souvient, ça ne se voit pas.

« Eh, attendez-nous ! »

Shikuan et Péri nous rejoignent en courant puis nous dépassent, reviennent sur leurs pas, repartent, au petit trot, en exagérant leurs mouvements.

« Oh, ça va, les exhibitionnistes ! » dit Minuit, en souriant quand même.

Un sourire qui s'efface vite, une fois sur l'esplanade : la Famille Gilbert-Saguaro est arrivée, avec la ribambelle de la parenté Blackburn, et Paola, l'Aïeule historique. C'est pourtant moi l'aînée. Je peux me passer du titre d'aïeule, à vrai dire. À son habitude Paola disserte pour les médias – présents en force : ce n'est pas n'importe quelle course, d'abord à cause de la date choisie, et ensuite du moment où elle finira – 23 heures 30, dernier délai : essentiellement une course nocturne, puisqu'on part à 16 heures, à peu près au moment où l'Ombre cède ici à la nuit, en cette saison. Il fallait trouver un autre bel usage bien spectaculaire à tous ces flambeaux qu'on se passe à chaque étape entre jeune et kukum, n'est-ce pas, Paola ? Et puis il est question d'autres courses de ce genre, en particulier à Québec – la soi-disant capitale continue à copier ce qui se fait dans les régions, histoire de se prouver qu'elle gouverne encore ; Paola trouvera sûrement une manière poliment pointue de le dire.

Les concurrentes et les participantes se rassemblent près de la ligne de départ, sur le côté de la foule qui commence à graviter vers le podium. Tout petit, le podium. Pas de brochette d'officielles ? On va faire dans le sobre, alors. Bon. Un motif en moins d'agacement pour Minuit. Parce qu'il va quand bien falloir s'approcher du premier rang, celui de la Famille.

« Eh, la Gang des Petites Voitures à Roulettes est arrivé ! » dit Péri ; elle s'éloigne avec Shikuan pour aller saluer ses amies. Soupir. Les voiturettes électriques ne diminuent pas en nombre d'une année à l'autre – la variante de polio qui a sévi dans les années 80 refuse de s'éteindre.

On est presque à la première rangée ; Minuit va-t-elle renâcler ? Mais non, elle suit. Peut-être juste pour s'offrir le luxe d'ignorer les tantes, les oncles, les cousines – et sa grand-mère. Mais Paola est occupée à un échange de salutations chaleureuses, et même sincères, avec Martin Matchiragan et les membres de son administration. Elle a quand même fait du chemin, Paola, depuis Dyani : elle a appuyé la campagne de Martin. Mais elle n'était plus elle-même en lice, non plus.

« Est-ce qu'elles vont toutes y aller de leur discours ? grommelle Minuit. Il est bientôt quatre heures.

– Pas le genre de Martin, surtout aujourd'hui, dit Shikuan. On a perdu trop de monde au Lac avec la tornade, ce jour-là. »

C'est vrai. Et même Paola sait ne pas faire de discours quand il le faut.

La personne qui monte sur le podium n'est pas Paola.

Allons bon.

Pas d'annonce. Et elle ne dit rien, elle attend qu'on la remarque, qu'on la reconnaisse ou qu'on se fasse dire qui elle est, que les murmures se taisent.

Minuit se tourne vers moi, les yeux étincelants : « Tu savais qu'elle serait là ?

– Non ! Elle doit être arrivée tout à l'heure. »

Un petit grognement inarticulé, mais elle me croit sans doute, car elle ne réplique pas. Et elle reste là.

Une main vient de se glisser dans la mienne. Péri. Souriante, les yeux fixés sur le podium. Je me se mords les lèvres pour ne rien dire. Oh, Péri, qu'est-ce que tu as fait, encore ?

Le silence s'est étendu sur l'esplanade. C'est impressionnant, une foule qui se tait autant. Il n'y a même pas un babil ou un pleur d'enfant.

« Bonjour à toutes. Je suis Dyani Inniss-Saguaro, et on m'a demandé de vous dire quelques mots. »

« Inniss-Saguaro », ah bon ? On va se retenir de ricaner. Et Paola lui a demandé de parler à sa place ? La belle-mère et la belle-fille maudites se sont réconciliées ? Le nouveau siècle va définitivement être celui des miracles ! Si ça se trouve, ce n'est même pas Péri qui lui a demandé de venir, mais bel et bien Paola, à la recherche du super-symbole. Dyani Inniss – Dyani Inniss-Saguaro –, La Créatrice de la Voile. Une des très nombreuses créatrices, et elle a embarqué tard en route, au début des années 70, mais elle a dirigé le projet sur la fin, et on ne va pas chicaner avec les détails.

« Nous sommes ici aujourd'hui pour nous souvenir », reprend la voix un peu éraillée, mais ferme. « Nous souvenir de tout ce qui a été perdu et de tout ce qui le sera encore. (Une pause.) Mais nous sommes aussi là pour nous réjouir. De tout ce qui a été sauvé et le sera encore. Et de tout ce que nous avons créé pour le donner à celles et ceux qui nous suivent. (Regard, enfin, sur les premiers rangs, petit geste de la main). Nos enfants. Les enfants de leurs enfants. »

Elle s'interrompt. A-t-elle vu le mouvement irrité de Minuit ? Elle se tient des deux mains au podium. Pour ne pas trembler ? Dyani n'a jamais aimé les improvisations mais ce discours, énoncé lentement, presque avec hésitation, comme s'il se cherchait, semble improvisé. Cette arrivée aujourd'hui ne l'est tout de même sûrement pas ? Indépendamment des machinations médiatiques de Paola.

« Nous allons vous accompagner aujourd'hui, aussi longtemps que nous le pourrons. En espérant que demain vous saurez vivre avec ce que vous perdrez, avec ce que vous sauverez. En espérant que vous serez généreuses à votre tour, et que vous saurez pardonner au passé comme au futur. Car notre temps, le temps où nous pouvons donner, le temps que nous pouvons donner, c'est le présent. »

Une nouvelle pause ; Dyani se racle la gorge. Va-t-elle finir par regarder Minuit, qui n'est pas très loin à gauche du podium ? Non, son regard parcourt de nouveau la foule.

« Ce que j'ai perdu est ici. Mais c'est aussi ce que j'ai donné. Ici et (petit sourire, geste du doigt), là-haut. J'ai fait ma part comme j'ai pu. Maintenant, c'est votre tour. Vous êtes là, nos enfants, et les enfants de nos enfants. Quoi que vous choisissiez de faire, et de quelque manière que ce soit, ici ou ailleurs, nous vous aimerons, nous serons heureuses de vous savoir là, et nous vous en remercierons. Nous vous en remercions. »

Elle ôte ses mains de la petite table, s'en passe une dans les cheveux, aussi courts que ceux de Minuit, mais de leur vraie couleur – gris. « Je ne suis plus habituée à faire des discours. Ce sera tout. C'est presque l'heure. Bonne course. »

Elle se détourne et elle descend de l'estrade. Le silence dure encore une seconde, puis il y a un bruissement sourd, unanime, celui d'un millier de personnes qui exhalent en même temps, et les applaudissements commencent à rouler.

Personne d'autre ne monte sur le podium. Pas d'autres discours, apparemment. Dyani longe la rangée de la famille, échange un hochement de tête avec Paola au passage, puis s'approche. Les médias ne se jettent pas sur elle ? Paola leur a fait la leçon, peut-être. Minuit bouge près de moi, je lui agrippe le bras. Shikuan en a fait autant de l'autre côté. Minuit ne se dégage pas, mais elle est raide comme un piquet.

« Ça va, tu me reconnais encore, Tatie ? » dit Dyani en souriant. Je lui rends son sourire. Je ne l'ai pas rencontrée en personne depuis douze ans, comme pour Minuit : des visios, des téléphones et même des lettres quand l'Internet branlait trop ; je l'ai quand même vue changer au fil du temps. Mais ça doit être un choc pour Minuit : Dyani semble frêle, prématurément vieillie – le poids de l'Ombre, comme elle disait parfois.

Nous nous embrassons ; elle sent la fleur d'oranger, comme autrefois. Elle ne fait pas mine de vouloir embrasser Minuit, ni Shikuan, mais elle leur sourit tour à tour : « Minuit, Shikuan, c'est bien de vous voir là. J'ai appris que vous avez gagné la dernière course régionale de zeps. Félicitations. »

Shikuan hoche la tête. Minuit ne dit rien. N'a-t-elle pas entendu que Dyani ne l'a pas appelée Mélinda ?

« Tu es arrivée quand ?

– Hier soir à Québec. Je voulais te faire la surprise ce matin, mais le foutu ferry est tombé en panne à Baie-Saint-Paul. Et puis quand je suis arrivée en début d'après-midi, Paola m'a mis la main dessus.

– Elle t'aime, maintenant ?

– Elle se fait vieille, disons, et elle trouve aussi que la vie est devenue courte. »

Minuit fait un pas en avant, le menton levé : « Ah, et c'est là que tu nous dis que tu reviens mourir au pays ? »

Dyani se met à rire, même pas décontenancée : « Ah non, désolée, juste un peu fatiguée. J'ai seulement décidé de revenir. Moi et le bogue de l'an 2100 : le retour.

– Le bogue, c'était prévu, il ne fera pas de dégâts. »

Dyani rit de nouveau, mais ses yeux ne rient plus ; elle dit, plus bas, et sa voix se brouille : « Oh, Minuit, quels dégâts pourrais-je encore faire ?

– Bon, dites, il faut que j'aille retrouver les copaines qui m'emmèneront à La Baie pour ma manche de course », intervient Shikuan.

Merci pour la diversion, fillette.

« Tu accompagnes quelqu'un ?

– Maikan, ma deuxième nièce, sur les dix derniers kilomètres. »

La diversion n'a peut-être pas trop bien fonctionné quand même. Le silence s'étire, une bulle dans le brouhaha de la foule qui nous entoure. Pensent-elles toutes comme moi au geste fracassant de Minuit à la fin de sa course, quinze ans plus tôt ? Dyani n'était pas là pour l'entendre ensuite au Conseil de Famille, mais elle a su, bien sûr. Et elle n'a pas manifesté d'opposition lorsque Paola fulminante l'a contactée en dernier ressort. Minuit a interprété ça comme de l'indifférence. Inutile d'essayer de la détromper, à l'époque. On ne peut pas grand-chose aux histoires que se racontent les filles sur leur mère, quand elles ont seize ans.

Dyani sourit en posant une brève caresse sur le bras de Shikuan : « Bon choix de Maikan. »

Shikuan s'éloigne après avoir murmuré théâtralement à l'oreille de Minuit, bien audible : « Play nice ».

Minuit hausse les épaules.

Et maintenant, on fait quoi ? Une petite marche, ça détendra peut-être l'atmosphère. Je les prends toutes les deux par un bras pour traverser l'esplanade tandis que l'Ombre continue de passer. Minuit se laisse faire. Étonnant. Ou pas ? On nous regarde, on nous adresse des hochements de tête et des sourires, mais j'ai choisi une allure trop déterminée, on n'essaie pas de nous arrêter.

« On n'a plus besoin de toi à Kourou ni à Paris, alors ?

– C'est devenu la routine, tu sais, Flora. Ce qui est très bien. On aime que ce soit la routine. La Voile double toute seule tous les cinq ans, pas encore de catastrophe majeure et irréparable dans le système. La routine.

– Et les projets pour Mars ?

– Je dirais 70 % de chance que ça se réalise, maintenant, si aucune catastrophe majeure ne vient encore torpiller les budgets. On a de l'énergie à revendre, maintenant, avec la Voile.

– 70 %, hein ? Mieux que rien. Péri est collée là-dessus.

– Toujours *space happy*, Péri. Ça ne lui passe pas, eh ? »

C'est quoi, ce regard entendu ?

Je cherche Péri dans la foule, sans la trouver. Elle doit être avec ses amies à la ligne de départ, attendant la distribution des flambeaux. Le grand brasier est allumé ; les flambeaux eux-mêmes, pour qui n'apporte pas le sien, sont entassés dans des boîtes à côté. La foule s'amenuise un peu. Des gens partent tôt pour être là aux étapes de relais et encourager les participantes – taxibus, bicyclettes, voitures, les aires de stationnement se dégarnissent. Mais il reste encore des spectatrices, avec les jeunes de l'année, leur famille, leurs accompagnatrices et toute les autres, jeunes, moins jeunes ou carrément vieilles, qui ont décidé de participer cette année, à pied ou en voiturette électrique, en patins alignés, ou ces skates redevenus à la mode.

Je consulte ma montre : « Encore un petit moment avant le départ, quand même. On pourrait s'assoir ? »

L'Ombre a fini de passer. Tandis que le ciel s'éclaircit, passagèrement mauve, pour s'assombrir derechef à la disparition des derniers rayons rémanents du soleil, je m'engage dans l'allée de châtaigniers pour m'asseoir sur un des bancs en forme de livre ouvert, asseyant par force les deux autres, une de chaque côté. De petites bourrasques s'élèvent, faisant bruire des pans de feuilles mortes soulevées du sol. « L'ombret ». C'est ce qu'on dit, maintenant, de plus en plus souvent, pour parler des vents de l'Ombre. On s'y apprivoise. Il faut. Même s'il y en aura de plus violents lorsque le cône couvrira de plus grandes surfaces.

Je jette un coup d'œil en biais à Minuit, dans la lueur lointaine d'une des lampasoles. Ça s'annonce mal. Lèvres serrées, visage fermé, elle regarde au loin, les mains enfoncées dans les poches

Dyani, alors : « Comme ça, Paola t'a demandé de faire le discours à sa place ?

– La chère belle-maman a toujours aimé ses symboles.

– Revenir le 31 décembre 2099, pas mal non plus, comme symbole »

Minuit va causer, finalement ?

Dyani se penche pour la regarder : « Et pas gagner la dernière course à l'Ombre régionale ?

– C'était Shikuan. On lui avait demandé, à Mashteuiatsh.

– Elle n'était pas capable de gagner toute seule, sur une si courte distance ? Elle l'a fait sur bien plus long, il y a deux ans, la Nanaimo-Siksika. Tu n'étais pas obligée de venir. »

Minuit hausse les épaules mais elle est visiblement étonnée.

« Eh bien quoi ? » Dyani sourit, un peu narquoise. « Je me tiens au courant.

– Flora te tient au courant.

– Il y a des tas de façons de se tenir au courant. »

Minuit va vouloir y voir un reproche, évidemment… Oui : elle se hérisse : « Faut juste vouloir.

– Justement. »

Dyani 1, Minuit 0. Il ne faudrait pas le voir comme ça, mais elles ne se rendent pas le travail facile, ces deux-là. Le silence se prolonge.

« Qui accompagne Péri ? » demande soudain Dyani.

Tu vas aller là, comme ça, direct ? Tu savais bien que Péri voulait demander à Minuit d'être sa kukum, je te l'avais dit.

Et si Péri lui a parlé entre temps…

« Personne.

– Elle court seule ? »

Jouons le jeu et voyons où ça s'en va.

« Je ne sais pas. Elle ne m'en a pas reparlé. Elle avait demandé à Minuit mais…

– Tu as refusé, Minuit ? »

Dyani semble réellement choquée. Mais ça ne veut rien dire ; elle a toujours été bonne comédienne.

« Elle m'a demandé ça avant-hier, sans préavis ! On se connaît à peine, en réalité, maintenant, et puis je ne suis pas entraînée à la course depuis six mois comme Shikuan. »

Elle proteste encore avec n'importe quel argument. Elle se donne encore la peine de protester. Peut-être un bon signe.

« Il ne s'agit pas de la course.

– Je sais ! »

Ah ?

« Mais la course finit à Gilbertville, tu as juré de ne jamais revenir à Gilbertville, et c'est ta raison de refuser ? »

Minuit se lève, tape presque du pied : « Je suis déjà restée pour la voir partir ! Et puis je n'en ai rien à foutre, de vos symboles ! Je ne suis pas une kukum. Pour personne. Je n'ai rien à transmettre, j'en ai assez sur le dos avec ce que vous nous avez transmis. La génération-espoir ! *Give me a break* ! Je suis juste moi.

– Il ne s'agit pas de toi. »

Je sursaute en même temps que Dyani, collée contre moi sur le banc : une sonnerie de téléphone. Dans la poche de Minuit. Si elle envisageait une riposte assassine, c'est raté.

Ça sonne de nouveau. La sonnerie de Péri – la même pour toutes ses contacts. Minuit ne va pas l'ignorer ?

Non. Elle tire le téléphone de sa veste, le tapote pour l'ouvrir. Murmure : « Un message-retard. Daté d'hier. Mais pourquoi elle m'envoie ça ? »

Je me penche pour voir. C'est le clip de l'arrivée de Minuit, le clip qui a fait le tour des médias, au grand dam de la Famille. En arrêt sur image : elle a le pied sur le flambeau en train de s'éteindre.

L'image disparaît, devient un lent panoramique de la chambre de Péri : la vieille affiche que nous avions faite ensemble, les photos de milliardaires fous, CEOs et autres capitaines d'industrie, avec l'étampe OBSOLÈTE en travers de la figure, les posters en fausses couleurs du cosmos, et les modules-tracteurs accrochés à Gimli, la première des météorites capturées, et les images de la Lune, de Mars, les usines de la Voile, la Voile elle-même, – et les photos des différents zeps de course de Minuit au fil des années, prises aux arrivées victorieuses.

« Mais pourquoi elle m'a envoyé ça ? » souffle de nouveau Minuit.

Tu ne l'as jamais vu pendant vos visios, hein, fillette ? Tu ne regardais pas. Tu n'as jamais fait trop attention aux arrière-plans.

« Pour la même raison qu'elle t'a demandé d'être sa kukum, je gage », dit Dyani.

Visiblement désemparée, Minuit contemple l'écran de son téléphone, où le vidéo se répète en boucle : « Quoi, elle veut faire pareil que moi à l'arrivée ? »

Bon, on va te mettre les poings sur les i, Minuit. Je pose un doigt sur l'écran pour arrêter la course des images.

« Non, mais elle veut que tu comprennes. Pourquoi tu penses qu'elle t'a demandé à toi ? »

Oh, allez, un peu d'indulgence, comment Minuit saurait-elle ? Elle et la petite, elles ont presque dix ans de différence, même si elles appartiennent théoriquement à la même génération. Minuit se souvient surtout de Péri comme du bébé puis de l'enfant qu'elle a gardée, avec qui elle a joué, à qui elle racontait des histoires... Mais, Minuit, tu ne peux pas non plus contrôler les souvenirs des autres, et comme ils peuvent se transformer pour devenir un sens en mouvement, une direction, un but.

Je reprends, plus doucement : « Tu ne te rappelles pas pourquoi tu m'as demandé, à moi ? »

À Laura la rebelle, et pas seulement parce que j'étais partie en devenant « Flora », et en défiant toute la sainte famille. J'étais revenue, moi, j'étais là.

Minuit se remet en marche, à pas lents. Je me lève, avec un petit grognement, maudits genoux. Dyani me prend le bras. Non, ça va faire, fillette. Et puis j'accepte. Dyani a peut-être besoin de se rassurer.

« Mais bon sang, marmonne Minuit, ce n'est pas parce que j'ai donné dans le culte des héroïnes qu'elle doit en faire autant. »

Des héroïnes. Elle comprend peut-être mieux qu'elle ne veut bien le savoir.

Je précise : « Elle ne doit pas. Elle a choisi.

– Eh bien, elle n'a pas choisi le bon modèle !

– Elle a choisi exactement le bon modèle », dit Dyani, si tranquillement certaine que Minuit s'arrête pour la dévisager

« Elle t'en a parlé ? Quand ?

– Oh, on se parle beaucoup, Péri et moi. Je suis sa fenêtre sur l'Espace. »

Soupçon confirmé : Dyani était au courant du refus de Minuit. Péri-Machiavelle, digne nièce de sa tante Paola !

« Et tu as sauté dans un vol suborbital ?

– Non. J'étais déjà en route. Et pas un suborbital. (Dyani émet un petit gloussement.) On a des principes, dans la famille. Elle m'a contactée à Montréal avant-hier soir.

– Pour que tu essaies de me convaincre ?

– Tu n'aurais sûrement pas envie d'être convaincue par mes soins.

– Sûrement pas ! »

Elles arrivent dans le cône de lumière d'une autre lampasole. Dyani s'arrête, sourit, pose une main sur le bras de Minuit : « Tête dure. Alors, écoute Péri. Et sois généreuse ». Elle s'éloigne d'un pas rapide : « Venez, on va rater le départ, sinon. »

Je lui emboîte le pas. Sois généreuse. Est-ce que Minuit entend, comme moi, l'écho des paroles de Dyani, plus tôt ? « Pardonner au passé comme au futur ».

Nous poursuivons notre chemin en silence. L'allée de châtaigniers fait de nouveau place aux érables du parc, pas tout à fait défeuillés non plus. Le Chemin de Grande-Anse, en aval de l'esplanade, est piqueté de lumières des deux côtés, brasiers, lampasoles, lampadaires : on a mis le paquet, la grande dépense de fin d'année. La première étape-relais se trouve à la jonction du Chemin de la Grande Anse et de la Rue à Benjamin qui descend vers La Baie. « Grande-Anse ». Le nom vient de loin, près de trois siècles. L'Anse à Benjamin, un des points de débarquement des premiers colonisateurs et exploiteurs de la région. Pour moi, les dernières petites cabanes de pêche au blanc sur les quelques dernières glaces fiables, avec Paola et notre père, dans les années 30. Pour les enfants, maintenant, et ces jeunes qui vont commencer leur course, c'est juste un coin de baignade, de concours de planche à voile et de pêche estivale. Et pour les Innues de la région, c'était Kannissigit, « là où il y a beaucoup de castors ». La terre n'a pas la mémoire des noms, les humains si, qui ne cessent de la nommer – pas forcément pour se l'approprier. Mais pour se souvenir. Chacune ses souvenirs. Et parfois, oui, on peut partager.

L'esplanade est dégagée devant la ligne de départ ; là aussi des lampadaires sont allumés, éteignant un peu la lueur des flambeaux. Ça sent la résine. Les juges de départ sont en place, et Martin Matchiragan, près du grand tambour vertical attaché à ses poteaux par son réseau de lanières. Derrière les rangées des jeunes, on est assemblé dans le plus grand désordre. Minuit observe, les bras croisés ; cherche-t-elle Péri ? La petite est au premier rang.

Dyani met ses doigts dans sa bouche et lance un sifflet strident pour crier ensuite : « Pé-ri, Pé-ri ! » La petite nous voit, brandit son flambeau, mais sans sourire. Elle piétine sur place en respirant à fond. Et démarre en trombe quand le grondement du tambour roule sur l'esplanade.

Dyani se met à rire : « Elle veut gagner la course, maintenant. Comme toi dans le temps. »

Minuit lui lance un regard de côté, marmonne : « Et après ?

– Après, dit Dyani, elle va à Paris. En stage à l'Agence Spatiale ». Un clin d'œil : « Mais sans changer de nom. »

Cette fois, Minuit la dévisage, les yeux écarquillés : « L'Agence spatiale ?

– Je l'ai recommandée. Elle est brillante. »

Minuit reste un instant immobile, puis se tourne vers moi : « Tu étais au courant ? »

Je hausse un peu les épaules : « Bien sûr. Toute la famille est au courant. »

Même Paola. Qui n'a pas piqué de crise.

« Et tu ne me l'as pas dit ?

– La petite voulait te faire la surprise à l'arrivée. »

Minuit suit des yeux le premier groupe qui s'éloigne. « Astronaute ? »

Dyani hoche la tête : « C'est l'idée. »

Minuit se mordille un instant la lèvre inférieure en silence, puis elle soupire : « Oh, et puis merde. »

Elle part à la course vers la première ligne qui a déjà disparu en aval de l'esplanade.

Je toussote, la gorge un peu serrée, ah, mais c'est idiot : « À cette allure-là, elle ne tiendra pas jusqu'à l'arrivée.

– La petite ralentira. Elle voulait juste finir avec elle. Et elles ont jusqu'à presque minuit. »

Le reste des participantes passe à des allures diverses, étoilé par les flammes des flambeaux ; des parentes avec des bébés en poussette ou accrochés dans le dos, des chiennes avec leurs humaines, des bicyclettes ou des trottinettes – à l'ancienne, les bicycles, pas de blix. Certaines, comme des skateuses et des patineuses à roulettes, ont décidé de faire route avec le Gang des Petites Voitures électriques : on se fait tirer, nonchalante et rieuse. D'autres dessinent des courbes paresseuses sur les pourtours du groupe.

Je me racle encore la gorge. Dyani me caresse le dos. Allez, ça suffit. Je me redresse : « Ça te dirait de trottiner la première étape ?

– Tu peux ?

– Ignorer mes genoux sur cinq kilomètres ? Oui. Et j'ai dit trottiner. »

Dyani se met à rire : « Alors, pourquoi pas ? L'important, c'est de participer, qu'elles disent. »

Nous nous mettons en mouvement dans l'air frais de la vraie nuit ; l'ombret dissipe quelques nuages qui finissent de s'effilocher dans le ciel, laissant clignoter çà et là une étoile. Une demi-douzaine de silhouettes au genre indistinct passe en groupe, identiquement vêtues de coupe-vent fluo jaunes et coiffées de bonnet enfoncés jusqu'aux yeux. Deux des silhouettes règlent un moment leur allure sur la nôtre, le temps de nous sourire, puis accélèrent. Je continue de trotter lentement, coudes au corps, en les regardant s'éloigner dans les ombres dansantes des flambeaux : la génération de Péri.

La génération-rêve.

Transit

Alex Nikolavitch

Alex Nikolavitch a suivi une formation scientifique et exercé un certain nombre de métiers aberrants, avant d'arriver à vivre de la bande dessinée : laborantin, libraire, rédacteur de notices pour un dictionnaire de diététique, légendeur de photos de presse… À partir de 1992, il écrit articles, nouvelles, et fait ses premières armes en tant qu'auteur. Aujourd'hui scénariste de bandes dessinées, il est aussi traducteur de comic books *depuis de nombreuses années, et s'est fait essayiste puis romancier pour les Moutons électriques.*

La sensation du sol immobile sous ses pieds avait quelque chose de dérangeant sur le moment. Carrie fit quelques pas malhabiles après s'être péniblement relevée de sa couchette. Ils avaient beau dire que la gravité née de l'accélération ou de la décélération constantes, dans l'espace, était indiscernable de celle du champ d'une planète, elle percevait une différence. De fait, le vaisseau ne produisait, en régime de croisière, que 0,2 ou 0,3 g. Mais ce n'était pas le seul facteur. D'autres, plus subtils, s'imposaient à son intuition. Et après les années en station, dans une impesanteur quasi totale, sa musculature avait quelque peu fondu.

Elle prit un peu plus confiance, avança vers la porte du compartiment, sortit. Elle avait également oublié le soleil, s'aperçut-elle. Et la sensation de l'air libre. Le personnel de bord la laissa s'en gorger les narines. Ils avaient l'habitude de ces retours après des missions de très longue durée dans ce qu'on appelait ici l'Extérieur. Certains voyageurs faisaient des crises d'agoraphobie en affrontant à nouveau le ciel au-dessus de leur tête après des années de confinement. Carrie n'en était pas là. Ce qui la gênait le plus, c'était la chaleur. Elle avait beau être née ici, sur cette île même, et avoir grandi pour partie dehors, sous l'impitoyable soleil, elle avait perdu l'habitude de cet air sec et brûlant qui la frappait comme un mur, loin de l'atmosphère contrôlée de la station. Combien avaient-ils dit avant l'atterrissage ? 45 degrés, croyait-elle se souvenir. Un temps presque printanier, en somme. De l'autre côté de la barrière, son frère Mark lui fit signe. Elle lui répondit d'un large sourire. Il n'y en avait plus que pour quelques minutes de formalités, consistant essentiellement en une mise à jour de son implant.

Un officier s'approcha. Cela la surprit. Les contrôles physiques étaient devenus une rareté. Les quelques minéraux qui auraient pu valoir la peine d'être passés en contrebande étaient aisément détectables durant le voyage.

« Miz, je représente l'université de Melbourne. »

Et il lui tendit une enveloppe. Voilà qui était plus rare encore. Toute la communication officielle passait par voie optronique, moins dispendieuse pour l'environnement. Les convocations matérielles ne demeuraient de tradition que pour des actes relativement solennels. Le fait que l'officier soit un Anglo ajouta à son trouble. Non qu'elle ne fût habituée à en rencontrer : hormis deux mineurs passant le plus clair de leur temps sous la surface de Callisto, tout le personnel de la station était de souche anglo ou continentale, voire native de l'orbite.

Elle lut le texte ampoulé avec incrédulité. Son expérience de longue durée dans le système jovien intéressait le département de sociologie prospective, qui lui proposait un poste de chercheuse. Elle se creusa la cervelle. Peu d'Abos occupaient ce genre de fonctions. Elle se demanda brièvement pourquoi. Peut-être parce que la ville côtière leur convenait mal.

« Il vous faut une réponse immédiate ?

– Non, madame. Prenez le temps qu'il faudra pour réfléchir. »

Elle le remercia, puis passa les portes d'admission. Toujours sobre en mots, son frère se contenta de lui donner l'accolade. Ils sortirent du bâtiment. Dehors, le désert de rochers ocre s'étendait à perte de vue, sous un air vibrant de chaleur. Le parfum minéral de l'air sec fit monter une bouffée de nostalgie. Carrie sentit tomber sur elle cette impression d'être enfin rentrée chez elle, là où se trouvait fondamentalement sa place. Elle soupira.

Elle s'arrêta un instant pour contempler le paysage.

« Tu es sûre que ça va ? Tu es toute pâle et tu transpires, lui dit son frère.

– Très drôle. »

Malgré la séance hebdomadaire d'UV, obligatoire sur toutes les stations lointaines, son teint habituel, d'un brun très sombre, avait viré au bistre au fil des années passées « en haut », selon l'expression typique des gens n'ayant jamais quitté la Terre. Les habitants de l'espace apprenaient très vite une autre notion du haut et du bas, bien sûr, beaucoup moins absolue. Elle était revenue chez elle, mais elle aurait à se réacclimater. Un reflet attira son attention.

« À propos de soleil, ils ont étendu le parc ?

– Oui, mille hectares de panneaux supplémentaires. Et derrière, une nouvelle installation de désalinisation lente.

– Je vais reconnaître la maison, au moins ?

– Ça, ça n'a pas changé, tu te doutes bien. »

Un glisseur vint se ranger devant le bâtiment bas du terminal. Carrie avança vers lui. Sous ses pieds, le sol ne lui renvoyait déjà plus la même sensation. Elle ne marchait plus au-dessus d'une installation enterrée, mais sur de la terre battue, naturelle, descendant ainsi jusqu'au noyau planétaire, sans structure cimentée ou métallique entre elle et ce monde. Cela, c'était peut-être bien ce qui lui avait le plus manqué. Même lors de ses descentes dans les installations minières de Callisto, elle ne parcourait que des coursives en béton de régolithe, vêtue d'une tenue anti décompression. Elle s'arrêta pour ôter ses chaussures, puis grimaça. Dans l'environnement contrôlé des stations, la corne sous ses pieds avait quasiment disparu. Le sable brûlant la meurtrit. Peinée, elle renfila le tout sous l'œil goguenard de Mark.

Enfin, celui-ci présenta son poignet porteur d'implant au détecteur du glisseur.

Une lampe se mit à clignoter sur le flanc de l'appareil.

« Veuillez patienter. Deux voyageurs se dirigent dans une direction compatible avec la vôtre. Voulez-vous attendre à l'intérieur climatisé ?

– Non, merci.

– La température extérieure restera de 45 degrés pendant encore deux heures au moins, insista la machine. Pour votre sécurité…

– Le climat nous convient, merci, bien, grogna Mark, visiblement agacé.

– Si vous changez d'avis, veuillez demander l'ouverture des portes », termina la mini I.A. du bord. Où qu'on aille dans le système solaire, ces engins voulaient toujours avoir le dernier mot, s'amusa Carrie. Elle se demanda qui les avait programmés ainsi, et pourquoi, puis décida que leur système d'apprentissage devait les caler de cette façon, à force d'interactions avec les humains. La création, par principe, était toujours d'une façon ou d'une autre le miroir de ses créateurs.

Un couple d'Anglos approcha et leur fit un signe de la tête. L'homme tendit son poignet vers l'antenne détectrice, et la portière du glisseur s'ouvrit. Ils s'installèrent tous dans l'espace confortable, et l'engin décolla à quelques dizaines de centimètres du sol pour filer vers le nord.

*

Près de la station, un panneau portait la double mention « Alice Springs – Mparntwe ». Le glisseur les déposa devant. Dans le temps pré-Crise, la ville était déjà largement enterrée. Depuis près d'un siècle, il n'en demeurait plus en surface que les ruines du passé, les évents des installations souterraines et les points d'accès.

Leurs compagnons de voyage, après des salutations distantes, partirent vers le bâtiment bas abritant les ascenseurs rapides. Mark et Carrie marchèrent jusqu'à une guérite à la tôle piquetée et décapée par les tempêtes de sable.

« Ça n'a toujours pas été repeint, ça ? demanda-t-elle, amusée.

– Toujours pas. Je t'avais dit que ça n'avait pas changé, ici. »

Ils descendirent quelques marches en caillebotis métallique, puis arrivèrent dans un court corridor terminé par une porte isolante, à commande mécanique. Pas tellement différente de celles des stations, pensa-t-elle.

À peine eut-elle posé les pieds sur le ciment froid de l'intérieur qu'elle retira ses chaussures pour de bon. Elle accéléra le pas, et c'est en trottinant qu'elle parvint devant l'embrasure familière, et le rideau de perles de verre, rendues opaques par l'usure et l'ancienneté.

Elle avança avec respect sous la seule vraie richesse matérielle de sa famille, la grande ouverture au plafond, obturée par plusieurs couches de triple vitrage spécialement traité, qui permettait à la lumière naturelle du soleil de se déverser dans l'atrium tout en conservant sa fraîcheur au sous-sol.

Les parois de pierre brute étaient ornées de peintures exécutées par son grand-père suite à l'une de ses transes, que les Anglos avaient proposé de « soigner », ce à quoi il s'était toujours refusé. Elle s'abîma dans la contemplation des lignes sinueuses, des silhouettes parfois animalières, parfois plus étranges, et de loin en loin totalement abstraites. Le dessin se propageait dans tous les recoins, piquetait la roche de couleurs vives, en des endroits incongrus, puis revenait de l'autre côté, bouclait son cycle au-dessus de la porte qu'elle venait de franchir.

« Tu n'as pas de bagage ?

– Tu sais, maman, dans l'espace on voyage léger, et les transferts habitables entre la surface et l'orbite sont si dispendieux qu'il est plus raisonnable de regrouper tout le fourbi dans des caissons non pressurisés, quitte à ce que ça arrive plus tard. »

La vieille femme au visage sombre et vallonné acquiesça et lui sourit de toutes ses immenses dents blanches. Elles se serrèrent dans les bras, et une fois de plus Carrie se sentit toute petite, quand bien même sa mère semblait se racornir avec le temps, perdre en taille dans toutes ses dimensions.

« Et quand est-ce, plus tard ?

– La navette de début de mois, je pense. Si ça ne s'est pas perdu en route. C'est loin, Callisto. »

De toute façon, Carrie avait laissé la plupart de ses effets personnels à bord de la station, à destination des personnes qui la remplaceraient. Certains objets avaient également été distribués à ses amis, là-bas... là-haut, se corrigea-t-elle avec ironie. En manière de souvenir, bien sûr, mais également de solidarité.

Certaines denrées n'arrivaient qu'avec les rares voyageurs, et n'étaient jamais importées officiellement, comme les livres en papier, objets désuets bien sûr, symboles d'un temps très différent, et qui continuaient d'avoir des amateurs, de représenter une forme de nostalgie et d'élitisme. La lecture, comme le reste des activités culturelles, était devenue par la force des choses une pratique dématérialisée, et tout passait par les réseaux optroniques. À Mparntwe, Carrie était d'ailleurs l'une des rares à lire tout court. Les Abos avaient réinstitué sur toute l'île-continent la récitation orale des savoirs du passé. Mythes tribaux et généalogies se transmettaient ainsi, mais quelques poètes brillants étaient parvenus à transformer en chants rituels ou épiques les savoirs de l'époque, histoire, zoologie, microbiologie et même physique des particules, et les I.A. avaient fini par reconnaître et officialiser cette forme d'apprentissage. Dans la communauté, l'utilisation de l'écrit n'était réservée qu'aux considérations triviales, au commerce et aux rapports avec les Anglos.

Elle repensa à l'enveloppe, alors qu'elle retrouvait sa vieille chambre pour aller se rafraîchir avant le repas. Elle la tira de sa poche et relut la convocation officielle. Elle ne se sentait pas qualifiée pour un poste de ce genre. Mais de fait, les critères des institutions de recherche lui échappaient pour une large part.

Depuis l'époque de la reconstruction, la notion de diplôme avait été remplacée par des profils de « compétences subtiles », mis à jour de façon régulière. Carrie n'avait jamais consulté le sien, ça ne l'intéressait pas beaucoup, et elle ne comprenait pas toujours, dès lors, certaines propositions qui lui étaient faites. Sa mission sur Callisto lui avait été confiée après un passage dans les mines sibériennes. Elle avait montré des capacités d'organisation et d'adaptations qui avaient apparemment été appréciées. Même son acclimatation aux rudes conditions de l'espace et des lunes extérieures avait eu lieu sans heurts particuliers. Elle prenait les choses à mesure qu'elles arrivaient, sans en questionner l'absurdité fréquente, et se faisait facilement des amis. Peut-être était-ce cela qui avait intéressé l'université.

On l'appela. Le clan se réunissait pour manger dans l'atrium, où l'on n'organisait des repas que pour les grandes occasions. Son retour après un voyage aussi long et aussi lointain devait en constituer une.

Une quinzaine de personnes étaient assises autour d'un grand plat fumant contenant des larves d'un gros scarabée du désert, très légèrement grillées, sur un lit de racines et de tubercules bouillis et épicés. Le fumet lui mit l'eau à la bouche, mais elle prit le temps de saluer chacun, voisins, parents et amis de la famille. Et un gamin qu'elle faillit ne pas reconnaître. Son cousin, qui ne devait pas avoir plus de quatre ou cinq ans à son départ. Pas d'autres enfants. Elle n'en fut pas surprise. S'il y avait eu des naissances entre-temps, elle espérait qu'on l'aurait mise au courant.

Enfin, son père lui désigna le plat d'un geste impérieux, complété par un regard malicieux.

« Regarde-toi, tu es méconnaissable ! Ces gens-là ne savent pas nourrir ma fille ! »

Elle repensa à Tonio, l'un des cuistots de la station, qui s'était donné du mal pour lui produire des friandises rien que pour elle, des imitations de sauterelles grillées et autres délicatesses à partir des levures protéiques et lignées d'algues unicellulaires cultivées en cuve, de règle dans l'espace.

Elle mangea de bon appétit. Le repas de purées lyophilisées, à bord de la navette de désorbitation avait constitué son premier contact avec de la « vraie » nourriture depuis fort longtemps, mais ça, c'était différent. De l'authentique, du terrestre. Cela lui avait tellement manqué. Elle en claqua la langue de plaisir. Son père lui adressa un sourire complice.

Sa mère demanda alors la parole.

« Mark m'a dit, pour la lettre. À peine rentrée, tu repars déjà ?

– Je n'en sais rien, répondit Carrie en haussant les épaules. Pourquoi pas ? Et cette fois-ci, ce n'est pas loin.

– Tu ne vas tout de même pas aller chez les Anglos ? Après tout ce temps passé dans des boîtes…

– Justement, j'hésite encore. »

Quatre jours plus tard, Carrie demandait un glisseur. Il lui fallut attendre deux jours de plus pour l'obtenir, afin de le faire voyager à plein. Si la crise énergétique était désormais une chose du passé, les I.A. responsables de l'allocation des ressources veillaient à ne pas reproduire les excès des décennies pré-Crise. En conséquence, l'activité sociale était moins prisonnière du temps qu'auparavant. On emboîtait tant bien que mal les disponibilités de chacun, surtout lorsqu'une des personnes impliquées venait d'un trou perdu au milieu du désert comme Mparntwe, pensa-t-elle avec une pointe d'amusement, tandis que le paysage ocre défilait sous la vitre.

Ses autres compagnons de voyage étaient deux superviseurs anglos et une biochimiste continentale, une Sud-Américaine, venus examiner des cuves de culture. Elle discuta un peu avec eux de l'évolution de la nutrition orbitale et des goûts parfois curieux des spatiaux, nés en impesanteur et désormais incapables, pour la plupart, d'affronter la gravité des corps planétaires. Tout cela lui semblait désormais tellement loin. Et d'ailleurs, ça l'était.

Puis le glisseur s'éleva très haut, et Melbourne se présenta à son regard, entourée de ses immenses levées de terre, renforcées de tourelles et de brise-lames. Cela lui évoquait les images des contes de fées, les forteresses médiévales fantasmées par les illustrateurs. La ressemblance s'arrêtait là. L'immense lagune de Port Phillip était hérissée d'installations de désalinisation solaire, et une partie de la ville était recouverte de dômes géodésiques dont émergeaient ici et là les plus hauts des buildings. Les panneaux brillants semblaient quasiment opaques sous cet angle. Elle savait que, d'en dessous, il n'en était rien. Ils ne laissaient passer la lumière que dans un sens, et absorbaient au passage une partie des UV pour les convertir en courant.

Le glisseur se posa au sommet de l'un des immeubles.

Tout comme les stations lunaires et orbitales, tout comme Mparntwe, Melbourne constituait un autre monde, un autre mode de vie, un îlot dans un monde devenu hostile. Une fois passée sous le niveau du dôme, Carrie fut frappée par l'humidité étouffante de l'air. Toute la ville constituait désormais une forme de serre géante. Les toitures étaient presque toutes végétalisées, et des plantes grimpantes ornaient nombre de façades. Carrie se souvenait de conversations avec un jardinier chargé de les empêcher de proliférer hors de zones bien délimitées. Cette tâche occupait à plein temps des centaines d'habitants de la ville.

Celle-ci demeurait une bulle fragile, et chacun se devait d'en garder une conscience aiguë. Un peu plus de trois siècles auparavant, les Anglos avaient colonisé l'immense île qu'était l'Australie, décimant sa population aborigène. Le point de bascule climatique de la Crise, conséquence des excès de la civilisation industrielle, avait remis en cause leur suprématie. Les côtes avaient été inondées par la montée des océans, et le climat s'était durci. Les Abos, habitués aux déserts du centre, avaient pu retrouver pour partie leur mode de vie originel, malgré la chute de plusieurs écosystèmes cruciaux. Un nouvel équilibre avait fini par s'instituer. Les Anglos refluaient vers celles des villes côtières qu'ils étaient parvenus à préserver, ou occupaient des installations souterraines climatisées au fond desquelles ils cultivaient à grand-peine toutes sortes de variétés d'hydroponiques. La communauté blanche d'Alice Springs – Mparntwe vivait dans les niveaux inférieurs et sortait peu, tandis que les Abos habitaient très près de la surface, qu'ils parcouraient régulièrement.

Melbourne avait elle aussi plongé ses racines dans ses profondeurs, tout en préservant une partie de son architecture extérieure grâce à des digues colossales dont la construction avait d'ailleurs débuté avant même la phase finale de la Crise. Depuis quelques années, elle reprenait sa croissance et évoluait à nouveau. Malgré sa tablette et les souvenirs de ses études, plus de dix ans auparavant, Carrie eut du mal à s'orienter dans ce dédale minéral, de plus en plus envahi par une végétation exubérante. L'université avait depuis été déplacée en périphérie. Elle finit par se présenter à l'entrée d'un bâtiment trapu, à la limite d'un des dômes, et les murs s'illuminèrent à son approche. Son implant avait été détecté, et une série de flèches apparurent aux murs pour lui indiquer le chemin. Un officier lui adressa un signe de la tête. Était-ce celui qui lui avait remis l'enveloppe ? Elle n'en savait rien. C'était peu probable. Elle lui répondit de même et s'enfonça dans les corridors curieusement frais, sans présenter aucun des stigmates de l'air conditionné, ni aucun signe de l'humidité des rues. L'université, elle le savait, avait mené des recherches de longue durée sur les termitières, et il semblait bien qu'elle les ait mises à profit pour climatiser ses nouveaux locaux d'une façon ne pesant pas sur son bilan énergétique, voire contribuant à l'améliorer. Elle se souvenait des chercheurs venus rôder dans le désert, alors qu'elle était encore enfant, avec toutes sortes d'appareils.

Son itinéraire la mena à de larges escaliers descendant dans les profondeurs. Si près de la mer, cela l'inquiétait toujours. Une rupture de digue et… elle préférait ne pas y penser, et pourtant glissait d'instinct le bout de ses doigts sur le mur, pour y chercher des signes d'humidité et d'infiltration.

« Vous ne trouverez rien, Miz. Les fondations ont été pourvues d'un système osmotique qui pompe l'eau du sous-sol. Non seulement il produit de l'eau fraîche et très pure, mais en plus on en tire quelques kilowatts au passage.

– Oh, fit-elle, gênée. Astucieux.

– Plus que ça. Nous sommes en discussion pour en faire une norme dans les bâtiments neufs. Nous allons peut-être pouvoir pérenniser les villes côtières, au lieu de dépenser une énergie fabuleuse à pomper les sous-sols pour les maintenir.

– J'ai appris qu'en mon absence, on avait officiellement annoncé que les océans ne montaient plus, euh, Msi… Msi ?

– Disons que les calottes semblent s'être stabilisées pour l'instant. Ce n'est peut-être que temporaire. Peter Gdansk, département de prospective, dit enfin le petit homme, encore plus trapu qu'elle, ce qui relevait de l'exploit, en lui tendant la main.

– Akatyerre Jakamarra. Mais tout le monde m'appelle Carrie.

– Je sais. Veuillez me suivre, nous avons à parler. »

« Je vois que vous avez travaillé dans les polders nord-sibériens. Vous parlez russe ?

– Slave-koïné uniquement. Et un peu de pan-altaïque et de bouriate. »

L'assistant de Gdansk, un jeune homme plus grand et pâle aux joues de fils de bonne famille, acquiesça et effleura sa tablette pour intégrer ces données nouvelles.

« Vous devriez signaler ça dans vos fiches d'évaluation. Ça simplifierait le travail sur les profils.

– Miz Jakamarra ne remplit jamais ses fiches d'évaluations, lui dit Gdansk. Je me trompe ?

– Non, répondit-elle. Je refuse de perdre mon temps avec ça, alors que les I.A. disposent déjà de mes indicateurs de performance.

– Ce ne sont justement que des indicateurs », insista l'assistant.

Elle haussa les épaules. Gdansk lui sourit.

« C'est de tout le reste dont nous avons besoin, dit-il enfin. Nous savons que vous avez supervisé des équipes de terrassiers dans les mines de Sibérie, puis de Callisto. Votre spécialité, c'est la résistance des matériaux, notamment des voussoirs de construction et des sous-sols dans lesquels ils sont mis en œuvre.

– C'est exact.

– Mais vous avez refusé de travailler ici, nota l'assistant.

– Disons que les excès de l'ancien temps ont laissé de mauvais souvenirs dans l'Outback.

– C'est du pa… »

Gdansk fit taire le jeune homme d'un geste impérieux.

« Je comprends fort bien. Mais dès lors, pourquoi ce choix de carrière ?

– On me l'a proposé, j'ai accepté. Apparemment, mes capacités en mathématiques appliquées m'y destinaient. Les I.A. peuvent faire les calculs, mais la mise en œuvre demande encore un œil humain, de préférence convenablement formé.

– On les a programmées ainsi. C'est un garde-fou, disons.

– Oh, je m'en rends bien compte, admit-elle.

– Et gérer des équipes, au niveau purement humain. Ça, elles ne savent pas faire du tout, ajouta l'assistant.

– Pour cela, il faut du doigté », observa Gdansk.

Elle haussa à nouveau les épaules. On se trouvait au cœur de ces compétences subtiles que les I.A. cherchaient à mettre en algorithmes sans jamais parvenir à tout à fait les saisir. Là aussi, elles avaient besoin d'un regard humain. Celui de Gdansk et de son assistant, un garçon visiblement imbu de sa position pourtant subalterne. S'il n'y prenait garde, sa fiche porterait bientôt des mentions désagréables, et quelqu'un devrait trancher, lui confier une autre tâche où il ne pourrait nuire à l'organisation des choses.

Elle trouva ça un peu triste, qu'il faille une décision impersonnelle pour traiter ce genre de cas, et qu'on en fasse prendre la responsabilité à un humain. Mais après tout, c'était l'incapacité des hommes de l'ancien temps à se débarrasser des mauvais dirigeants qui avait précipité la crise. Les I.A. avaient au moins cet avantage-là. Elles savaient céder la direction opérationnelle à des gens capables de l'assumer correctement, et la leur retiraient lorsqu'ils ne faisaient plus l'affaire. Combien de temps lui faudrait-il encore à elle, avant de sauter ainsi ? Peut-être est-ce pour cela, d'ailleurs, qu'on l'avait rappelée sur Terre à l'issue de sa première période d'engagement. Avait-elle failli dans ce domaine ? Elle l'ignorait. Et si c'était le cas, peut-être son incapacité à s'en rendre compte avait-elle emporté la décision. Un poste dans la recherche, c'était peut-être le placard qu'elle avait mérité. Elle allait le refuser, à coup sûr. Elle retournerait auprès de sa famille, et aiderait son père à élever les larves et les insectes, voilà tout.

« … immense chantier qui vous donnera ensuite d'autres opportunités du même ordre », poursuivait Gdansk.

Qu'est-ce qu'il racontait ? Perdue dans ses pensées, elle en avait loupé une partie. Au temps, en tout cas, pour ses craintes de rétrogradation. On lui proposait là quelque chose d'imposant, semblait-il. Mais quel rapport avec la sociologie prospective ?

« Bien entendu, la glace est un matériau auquel vous n'êtes pas accoutumée, vous devez suivre une formation en ce sens, ici en Australie, puis sur place.

– Bien entendu.

– Des questions ?

– Pouvez-vous m'afficher le projet ? »

Un mur s'illumina, montrant des plans, des cartes, des diagrammes. La voûte que l'université voulait construire sous les glaces de l'Antarctique avait quelque chose de colossal. Carrie avait même du mal à s'en représenter l'échelle. Le pad de la table lui permit de naviguer dans l'interface et de chercher des abstracts. Elle ouvrit l'organigramme des équipes. Son nom y apparaissait en rouge, suivi d'un point d'interrogation. Elle connaissait certains des noms en vert, validés, de gens qui se trouveraient sous ses ordres. Des pointures, chacun dans son domaine.

« Vous préparez la colonisation d'Europe, c'est ça ?

– Très observateur de votre part, Miz. Peut-être le chantier effectif ne sera-t-il pas lancé de notre vivant. Mais nous devons d'abord nous assurer de sa faisabilité technique…

– Elle ne m'inquiète pas, de ce que je vois. C'est un problème d'échelle, mais rien ne me semble insurmontable…

– Et humaine. C'est là que vous entrez en jeu. Il ne s'agit pas seulement d'amener tous ces gens à travailler ensemble, mais aussi de faire remonter l'information, de repérer les points de friction, les inévitables tensions, les facteurs humains, et de nous les signaler. Et d'y trouver des solutions.

– Et les I.A. voient ça dans mon profil ?

– Bien sûr. Sinon, vous ne seriez pas là. »

La conversation dériva finalement sur son expérience des spatiaux. Elle s'était fort bien entendue avec certains d'entre eux, malgré leur psychologie très particulière, et avait souvent assuré l'interface avec les groupes de mineurs terriens, surnommés « pieds plats », pour éviter les conflits. L'assistant se départit enfin de son hostilité sourde pour l'écouter raconter les soirées de détente en impesanteur, et l'esthétique propre développée par les habitants des orbites lointaines.

« Vous voyez, Miz Jakamarra, nota Gdansk, c'est précisément parce que vos rares rapports montraient cette sensibilité et cette capacité d'observation que je tenais à vous contacter.

– Vous, ou les I.A. ? »

Là, l'assistant gloussa franchement tandis que Gdansk rougissait, comme seuls savaient le faire les Anglos.

« Ce sont elles qui m'ont sorti votre dossier, après une requête de ma part. Vous n'étiez d'ailleurs pas leur seule proposition, et votre manque de rigueur dans la gestion administrative des choses a été signalée comme un défaut à corriger.

– Toujours charmantes, n'est-ce pas ?

– Elles font des progrès dans ce domaine. À petits pas, je le reconnais, mais des progrès. Il vous faudra travailler en lien étroit avec elles. Cela pourrait-il s'avérer un problème ?

– Non. Ce ne sont que des outils. Un peu plus irritants que d'autres, ajouta-t-elle, mais je pense pouvoir y survivre.

– Heureux de l'entendre. »

Sur l'écran, le nom de Carrie passa au vert.

« Je n'ai pas encore donné ma réponse.

– Mais dans votre tête, vous avez déjà accepté.

– Vous êtes pire que les I.A. »

L'assistant pouffa. Gdansk lui adressa un rictus, puis ils éclatèrent tous deux de rire. La pique était un test. Ce petit homme ne se prenait donc pas trop au sérieux. Oui, elle avait accepté la mission sur le principe, mais avait réservé sa décision finale… jusqu'à un éclat de ce genre, de nature à lui montrer que ça ne tournerait pas très vite au cauchemar relationnel. Elle se demanda fugacement si les I.A. avaient quantifié ce facteur-là aussi.

« Reste une question, Msi Gdansk. Quand ?

– Quelques mois tout au plus. L'excavation du puits d'accès est presque terminée. Nous aurons besoin de vous lors des travaux préparatoires au creusement des galeries. En attendant, vous recevrez une formation appropriée.

– Ici à Melbourne ?

– Pour l'essentiel, l'enseignement théorique pourra se faire à distance. Vous n'avez pas vu votre famille pendant des années, autant que vous restiez à Alice Springs tant que vous le pouvez.

– Merci. Mes parents apprécieront. »

Gdansk la raccompagna jusqu'à l'entrée, dans le dédale des couloirs de l'université. Elle n'y croisa quasiment personne. Dehors, par contre, les rues et les coursives joignant les immeubles au ras du plafond métallique étaient animées.

Elle consulta sa tablette. Elle disposait d'une petite heure avant de devoir reprendre le glisseur repartant vers les régions centrales. Elle en profita pour monter au sommet d'une des plus hautes tours, dépassant largement au-dessus de la surface brillante du dôme.

Séparée de la lagune par l'immense digue, la mer scintillait sous le soleil. Elle avait cessé de monter, prétendait-on. Elle ne redescendrait pas avant des siècles, dans le meilleur des cas. Carrie se demanda pourquoi les I.A. toléraient l'immense dépense d'énergie permettant de maintenir la ville en l'état. Une concession, peut-être ? Reconstruire ailleurs serait-il encore plus dispendieux ? Ou bien espéraient-elles que Melbourne et les autres du même genre finissent par devenir pleinement autonomes sous ce rapport ? Elle imaginait mal ces machines froides se lancer dans ce genre de paris à long terme. Mais après tout, l'existence elle-même relevait du pari, chaque matin depuis l'aube des temps, et plus encore depuis la Crise.

Carrie se ressaisit. Le glisseur allait l'attendre. Elle dévala les marches, emprunta une des quelques passerelles montées sur les arêtes du dôme, et parvint à l'aire d'envol avec trois minutes d'avance. On l'aurait attendue, bien sûr. Il n'était plus question de gaspiller de l'énergie en tenant à tout crin un horaire, et tout ce qui était rendez-vous en personne et horaires de présence était beaucoup plus souple que deux siècles auparavant. Beaucoup trop de gens dépensaient beaucoup trop pour être seulement à l'heure à des réunions inutiles, et si la politesse voulait désormais qu'on fasse au mieux de ses possibilités, la ponctualité n'était plus l'alpha et l'oméga de la civilité. Et c'était tant mieux. Pour autant, d'autres gens dépendaient de ce glisseur, et elle ne voulait pas les mettre en difficulté.

Elle salua l'un des occupants, un vieil homme qui avait, jadis, travaillé avec son père, puis dormit une heure, épuisée par sa journée. Lorsqu'elle se réveilla, le glisseur survolait le désert à basse altitude. Elle vit passer une meute de dingos. Malgré la disparition de nombreuses espèces animales, ceux-là semblaient prospérer. Elle se demanda si elle pourrait un jour postuler dans l'une des réserves de conservation où l'on tentait péniblement de faire survivre des koalas et les derniers kangourous. Mais elle avait d'autres choses à faire avant, bien sûr. Sur sa tablette, elle consulta à nouveau le planning du projet en Antarctique, sous l'une des dernières calottes glaciaires.

Une fois de plus, il s'agissait d'une opération de longue haleine. Elle ne rentrerait pas souvent chez elle. Ses parents seraient furieux, bien entendu. Elle saurait les amadouer. En démontrant sa capacité d'adaptation, elle augmentait notablement son score sur l'échelle du droit à procréer. Et commençait à grignoter les listes d'attente.

Avec un sourire, elle descendit du glisseur. La nuit était tombée. Dans le ciel, au nord, elle repéra Jupiter et lui fit un signe. Elle avait laissé des amis là-bas, elle s'en ferait d'autres ailleurs.

Helvéties rêvées, Helvéties réalisées (de l'utopie comme espace de vie)

André-François Ruaud

André-François Ruaud est l'auteur de nombreux essais sur les littératures de l'imaginaire et sur le roman policier. Son plus récent est Science-fiction ! Voyage dans la modernité, *en collaboration avec Serge Lehman et Natacha Vas-Deyres. Lorsqu'il écrit un peu de fiction, il signe désormais du pseudonyme d'Olav Koulikov. Enfin et notamment, il fonda* Yellow Submarine, *sans doute l'un des plus anciens fanzines encore en activité, et il est le directeur des Moutons électriques.*

« *J'ignore où je m'arrêterai, mais écrivez-moi à Lausanne.* »
(Senancour, *Obermann*)

Si la Suisse intrigue, c'est bien entendu par ce que son régime politique a d'inhabituel. Aujourd'hui encore, ce petit pays figure au cœur des cartes de l'Europe politique comme une zone blanche, un « trou » au sein de l'Union. Et politiciens comme chiens de garde ne cessent, en France, de nous répéter avec la morgue de « ceux qui savent » que la démocratie participative est chose impossible car les référendums ne sont que source de troubles civils. Pendant ce temps, nos Helvètes voisins vivent paisiblement de ces impossibilités.

Au XVIIIe siècle, la Suisse fascinait aussi par sa géographie : les hautes montagnes s'imposaient dans l'imaginaire comme lieu unique, exaltant l'âme romantique.

Le 14 août 1789, un jeune homme de 18 ans, Senancour, quittait Paris afin de fuir son père qui entendait le faire entrer au séminaire. Farouchement anti-religieux et même, semble-t-il, anti-chrétien, le jeune Senancour s'enfuit donc et c'est vers la Suisse qu'il part, « *qui l'intéresse comme nation, et comme lieu propice à fixer un rêve d'établissement idéal.* [...] *Aller en Suisse a clairement pour un Français, en ces années révolutionnaires, une valeur de geste* [...] *La Suisse, connue d'ancienne date pour une sorte de perfection austère et patriarcale de la société – réputation renforcée par la beauté mi-sublime mi-idyllique de ses paysages – se propose d'elle-même comme un terrain propice pour les rêves d'utopie, pour les constructions imaginaires d'installations sociales parfaites et novatrices* »[1]. Pour beaucoup de penseurs des Lumières, la Suisse apparaît comme l'idéal décor de constructions non moins idéales. Genevois émigré en France, Rousseau place la colonie idéale de Clarens sur les bords suisses du lac Léman. Dans le roman de Senancour, *Obermann* (1804), le protagoniste recherche l'endroit parfaitement équilibré où fonder l'établissement dont il rêve : dominant l'activité des cités de la plaine, mais lui-même dominé par le domaine surhumain de la montagne. Héros romantique, dressé au sein de la violence d'un paysage montagnard tel le personnage d'un tableau de David Caspar Friedrich, Obermann fonde un établissement dont il désire la vie bien réglée, placée au juste milieu entre le tumulte des hommes et le sérieux de la forêt, entre la vie quotidienne et la vie intérieure.

---

1. Jean Borie, *Une forêt pour les dimanches (Les romantiques à Fontainbleau)*, Grasset, 2003.

Roman à demi autobiographique, *Obermann* prend la forme d'une sorte de journal intime sous forme épistolaire, avec pour ancrage la Suisse comme métaphore d'une harmonie. Ni révolutionnaire ni réactionnaire, Senancour n'est pas non plus tout à fait romancier ni tout à fait philosophe ; quant à son utopie, si elle paraît réalisable, elle ne le serait que pour son seul auteur. Je l'ai pourtant choisie entre toutes afin de servir d'ouverture à un survol des tentatives de réalisation concrète d'utopies. Car pour signifier « lieu qui n'existe pas, lieu imaginaire », *u-topos* a ceci de paradoxal qu'il a *donné lieu* (littéralement) à bien des essais de concrétisation, à la fondation de nombreux établissements se voulant idéaux.

Précurseurs gascons

Un siècle et demi avant les pérégrinations alpines d'Obermann, les habitants d'un tout autre lieu avaient déjà rêvé d'un régime différent, avaient tenté d'ancrer dans leur vie le concept d'une République. Nous sommes en l'an 1652 et l'Union de l'Ormée de Bordeaux, composée de gentilshommes, de petits bourgeois, de prêtres, de boutiquiers et d'artisans, avec le soutien du petit peuple, prend l'hôtel de ville et y installe... une République gasconne. Sur le clocher de Saint-Michel flotte alors un étendard rouge.

L'ormée, ou ormaie, était une grande place ou une promenade bordée d'ormes. Cent-vingt-six personnes sont répertoriées par les historiens, qui auraient appartenus au mouvement qui, suite à la Fronde, se mit à réclamer pour les bourgeois de Bordeaux « voix délibérative et non consultative ». Se substituant au Parlement, l'Ormée parle de Démocratie, mais oui, et, si elle a promis fidélité au roi et au prince de Condé, elle pense à une ville libre, ne devant qu'une vague allégeance à un souverain lointain. « *Un roi qui n'est représenté ni par un gouverneur ni par un intendant, n'empiète pas sur l'indépendance de la République comme le firent jadis les rois d'An-*

gleterre.[2] » Les Bordelais se souviennent bien de l'indépendance dont ils jouissaient sous le règne anglais, ils connaissent en fait beaucoup mieux les rapports qu'ils pouvaient avoir autrefois avec la couronne d'Angleterre qu'ils ne connaissent l'étendue de la France et les forces qui peuvent s'affronter sur son territoire. D'incompréhensions (que pouvaient comprendre les princes français de l'exemple des institutions anglaises ?) en rivalités (avec le Parlement et l'Hôtel de ville), le ton se durcit, jusqu'à la signature le 21 juin 1652 (un peu moins d'un an après la fondation de l'Ormée) d'un manifeste révolutionnaire, par quelques cinq cents ormistes. Le 25, l'Ormée s'empare de la ville dans son entièreté. Toutes les structures décisionnelles sont transformées, confiées à une classe moyenne émergeante. Bordeaux triomphe… jusqu'au 19 juillet 1653, lorsque faute du soutien espagnol qu'elle attendait, la ville est reprise par les partisans du roi de France. L'Ormée se disperse, cette fugitive utopie républicaine ayant échoué à s'imposer. Oubliée, la République gasconne ? Pas réellement. En 1675, une nouvelle insurrection du peuple de Bordeaux, malheureusement sans la structure qui avait été celle de l'Ormée, conduit à une répression beaucoup plus sévère que celle de 1653 : destruction d'une partie des remparts, dépôt des cloches de deux églises, occupation militaire par dix régiments d'infanterie et huit de cavalerie. La royauté entendait faire enfin taire ces « Bourdelois » (comme l'on disait alors), avec leurs étranges idées de démocratie.

Monsieur Ledoux

Il semble y en aller des envies d'utopie dans l'histoire comme des poussées de fièvre dans un corps. La suivante de ces suées utopistes sera à observer au siècle suivant, dans le révolutionnaire

---

2. Hélène Sarrazin, *La Fronde en Gironde*, Dossiers d'Aquitaine, 1996.

XVIIIe siècle. Pourtant, le représentant le plus distingué de l'utopie de cette époque était tout sauf un révolutionnaire : Claude-Nicolas Ledoux (1736-1806) entreprit même ses réalisations les plus emblématiques dans le cadre de commandes royales. Pire encore : « *les réalisations de Ledoux ont une dimension autoritaire. Tout le projet pour Paris, des barrières aux tavernes, peut être interprété comme un moyen de contrôler et de policier un secteur de la population urbaine*.[3] » C'est d'ailleurs parce qu'il était l'auteur de ces octrois détestés par les Parisiens que Ledoux finit sa vie, après la Révolution, sans plus aucun travail. Il occupa donc ses dernières années à la compilation de son œuvre, sous le titre très révélateur de *L'Architecture considérée sous le rapport de l'art, des mœurs et de la législation*. Car selon les mots de cet architecte, « *tout est de son domaine – politique, moralité, législation, culte, gouvernement* ». L'utopie classique, par son aspect englobant, immobile, rigoureusement dirigiste, apparaît désormais bien souvent comme synonyme de ce moderne néologisme : la dystopie. Quoi qu'il en soit, il est fascinant de pouvoir contempler, bâti « en dur », le résultat concret d'une telle conception de l'ordre utopique. C'est le cas de manière particulièrement magistrale près de Besançon, avec la saline royale d'Arc-et-Senans, dans la forêt de Chaux, dont la première pierre fut posée en 1775. Figurant aujourd'hui sur la liste du patrimoine mondial de l'humanité, ce site est l'un des tous premiers exemples réalisés d'une cité industrielle. On verra au chapitre suivant quelle riche postérité socialo-utopiste sera celle de la cité industrielle et de son rejeton bourgeois, la cité-jardin, mais en attendant voici son modèle d'origine : un demi-arc de cercle parfait, enfermant sur le lieu de production toute la vie quotidienne de ses ouvriers. D'une harmonie néo-classique, les bâtiments de la saline de Chaux sont

3. Ruth Eaton, *Cités idéales*, Bibliothèque des Amis du Fonds Mercator, 2001.

l'incarnation dans la pierre d'un idéal d'une « *communauté d'ouvriers et d'artisans, soigneusement organisée pour l'encouragement de la morale et de l'urbanité*[4] » sous la surveillance paternaliste du directeur et de ses adjoints, en plein centre du dispositif. Vingt ans plus tard, Jeremy Bentham adoptera une logique similaire pour son Panopticon, plan d'une « machine à observer » (selon les mots de Michel Foucault) permettant le fonctionnement le plus efficace possible… d'une prison !

De la saline, seule un demi-cercle sera bâti. Le reste de sa vie, Ledoux dessinera différents plans d'extension de sa manufacture parfaite, dispersant aux alentours du cercle de la ville des bâtiments dans la campagne, dans une belle préfiguration des cités-jardin qui poussèrent en Angleterre dans les années 1930.

De nos jours, il est une autre réalisation de Ledoux que l'on peut voir, d'accès plus aisé encore que la saline d'Arc-et-Senans : le pavillon de la barrière parisienne de la Villette. Cette rotonde exprime à merveille l'aspiration utopiste de son architecte : cercle parfait du pavillon, grâce des colonnes, élan des escaliers, perspective filante de deux côtés sur le miroir d'eau des canaux. Dans un quartier du nord de Paris actuellement en déréliction, la rotonde de Ledoux permet une respiration, une pause néo-classique dont les murs s'ornent de maximes comme sur les murailles de l'imaginaire Cité du Soleil de Campanella.

De phalanstère en phalanstère

Il faut attendre ensuite le début du XIXe siècle pour que les livres d'histoire nous révèle d'autres tentatives de concrétisation utopiste : Robert Owen (1771-1858), considéré de nos jours comme l'un des fondateurs du socialisme, acquiert entre 1817 et 1825 une

4. Anthony Vidler, *Ledoux*, Hazan, 2005.

réputation mondiale pour ses efforts afin d'améliorer les conditions de travail et d'existence des travailleurs dans ses manufactures de coton. Owen propose un nouvel ordre moral, qui « *résultera de la constitution de communautés ou associations de travailleurs (groupant chacune de 500 à 2000 personnes.*[5] » Owen propose également que « *les marchandises soient commercialisées équitablement, en prenant en compte le temps de travail et les coûts matériels de production*[6] », tandis que la répartition des tâches de direction en fonction de l'âge, la réduction de la journée de travail, l'égalité entre femmes et hommes, l'alternance entre travail agricole et travail industriel, et l'aide des machines, devrait permettre une vie saine et de plus en plus aisée.

Fort de la réussite de son entreprise de New Lanark (qui continua d'exister jusqu'en 1968), Owen propose aux instances locales un ambitieux plan de réforme urbaine et sociale – rejeté, bien entendu. Ayant hâte d'appliquer ses idées, Owen s'embarque en 1824 pour les Amériques, où de nombreuses communautés se sont déjà installées, observant pour la plupart un plan en damier. Des réalisations de William Penn aux communautés quakers, mennonites, séparatistes ou shakers, le nouveau monde apparaît comme un terrain idéal pour l'expérimentation sociale. Rachetant dans l'Indiana un village qui a appartenu à la Harmony Society de George Rapp, Owen le renomme New Harmony et entreprend d'y établir une communauté. Buttant sur le manque de ressources, cette expérience échoue. Des disciples d'Owen, Hamilton et Combe, qui avaient déjà fondé en 1820 la Practical Society à Édimbourg, échouée suite à un rachat de ses actions, créent en 1825 le communauté d'Orbiston, près de Motherwell en Écosse. Deux ans

5. Pierre Gautier, « Idéal ou cauchemar ? », in *TDC* n°855, mai 2003.

6. Gregory Claeys, in *Dictionnaire des utopies*, Larousse, 2002.

plus tard, hélas, la mort de Combe laisse Orbiston sans ressources alors qu'une seule aile du bâtiment de type phalanstère est achevé. Cette Nouvelle Babylone écossaise, comme la nommaient ses voisins, sera rasée en 1830. Les idées d'Owen se propagent cependant et, entre 1839 et 1845, une cinquantaine d'associations organisent une campagne de propagande de grande envergure. Ils réunissent les fonds nécessaires pour l'établissement d'Harmony Hall, à Queenwood dans le Hampshire, mais cette fois ce seront les dépenses folles d'Owen lui-même, ayant prévu trop grand et trop beau pour la construction du principal bâtiment communautaire, qui sonneront le glas de cette nouvelle expérience.

Qu'à cela ne tienne : nombreux seront dans le sillage d'Owen les grands industriels à rêver d'une entreprise plus juste, plus harmonieuse. Sans doute plus pragmatiques que le socialiste écossais, ces entrepreneurs fondèrent des villages manufacturiers, des cités ouvrières et des communautés rurales tentant toutes de concilier efficacité de production industrielle et harmonie du cadre de vie. Citons par exemple Copley, créé en 1847 par Edward Akroyd dans le style gothique. En 1859, le même entrepreneur fait ériger Akroydon, plus grand, où il « *souhaite que la combinaison de différentes catégories de logements provoque des interactions entre classes sociales, qui, à son avis, ne pourraient que profiter aux échelons « inférieurs » de la société.*[7] »

Citons encore Saltaire, créé par sir Titus Salt en 1850, toujours dans le Yorkshire, sur une trame orthogonale. Ce vaste ensemble (conservé de nos jours dans le cadre du patrimoine mondial de l'humanité) comprend, outre la filature et les neuf cent maisons, un institut, des asiles pour indigents, une blanchisserie fonctionnant à la vapeur, et un parc – au sein duquel sir Titus Salt rêva

7. Ruth Eaton, *Cités idéales*, Bibliothèque des Amis du Fonds Mercator, 2001.

un temps de faire ériger le Crystal Palace de Londres (auquel l'alliance des techniques industrielles et de la transparence du verre conférait une valeur de symbole de l'utopie du Progrès).

Puissant industriel, William Hesketh Lever est un non conformiste et un militant social. En 1888 débute les travaux de sa propre cité idéale, Port Sunlight – du nom du savon qui a fait sa fortune. Sans jamais parvenir à l'idéal que Lever s'était fixé, Port Sunlight sera tout de même l'un des tous premiers exemples de logements pour prolétaires d'un niveau de confort habituellement réservé aux classes moyennes de la société. Ce village inspirera tout d'abord les efforts coloniaux du roi des Belges, Léopold II (un village conçu selon le même principe que Port Sunlight existe au Congo, nommé Leverville), avant d'influencer dans l'entre-deux-guerres la conception des « cités-jardin » britanniques. Une autre influence majeure de ces dernières sera Bournville, cité conçue en 1895 par le géant du chocolat George Cadbury. « *Convaincu (…) des avantages d'une bonne forme physique, il offre à ses employés piscine, terrain de sport et gymnase, et encourage la pratique du jardinage. Il décide judicieusement que la moitié des habitants seulement peuvent être employés dans son usine, soucieux d'éviter ainsi le climat oppressant de claustrophobie qui règne dans d'autres villages industriels.*[8] »

En France, après l'échec au début du siècle d'un projet de « fonderie chrétienne » formulé par Pauline-Marie Jaricot (ruinée par des escrocs), c'est la vision d'un entrepreneur du Nord, Jean-Baptiste Godin, qui donne lieu à l'une des concrétisations utopistes les plus célèbres : le Familistère de Guise. Ayant fait fortune grâce à l'invention d'un poêle en fonte, Godin avait déjà contribué financièrement à une tentative fouriériste au Texas (le phalanstère de Considérant au Texas, en 1850). Il conçoit une cité fermée sur

---

8. *Op. cit.*

elle-même, bâtie à partir de 1858. Selon ses propres termes : « *Nous avons voulu mettre la demeure de l'ouvrier dans un palais ; le Familistère, en effet, n'est pas autre chose, c'est le Palais du Travail, c'est le Palais social de l'avenir* ». Cette utopie de briques toute au travail dédiée va s'avérer l'une des réalisations sociaux-utopiques les plus réussies et les plus durables : le Familistère survécut à la mort de son créateur en 1888, au point même que certains bâtiments ayant été endommagés pendant la Première Guerre mondiale furent reconstruits dans les années 1920 avec plus de luxe et de confort. Cet ensemble architectural a fonctionné durant près d'un siècle et se visite encore aujourd'hui, belle enveloppe d'une utopie maintenant dépassée.[9]

Il serait possible de poursuivre encore longtemps une telle liste des cités industrielles plus ou moins d'inspiration socialo-utopique. Mais pourquoi, dans l'ensemble des livres consacrés à cette question, en est-il une qui semble avoir totalement glissé hors de la conscience des chercheurs ? Et quand j'écris « une »… En fait, ce sont de nombreuses petites communautés qui furent construites à travers le monde, d'après les concepts d'un citoyen de Moravie nommé Tomas Bata. Né à Zlin en 1867, ce descendant d'une famille de cordonniers réalisa pour la chaussure le type de révolution industrielle qu'avait réussit Henry Ford pour la voiture. Constatant que les chaussures étaient trop coûteuses pour une majeure partie de la population de son pays, Bata lança une fabrication en série de chaussures à bas prix – avec en arrière-plan une philosophie généreuse : procurer aux gens ordinaires la dignité

9. Ayant inspiré à Zola son roman *Travail*, le Familistère suggéra également une imagerie désormais célèbre : celle de la cité de Célesteville, séjour idéal des éléphants sujets du roi Babar dans les œuvres pour enfants de Jean de Brunhoff. De manière moins futile, il influença aussi, par la lecture du roman de Zola, l'architecte lyonnais Tony Garnier dans sa conception d'une ville industrielle.

de marcher dans des chaussures confortables et stylées. Visionnaire, Bata instaura un système « *qui ressemblait l'organisation d'un État démocratique moderne. Pensant que l'industrie devait se faire la propagatrice de la 'Bonne vie', Tomas créa un système de partage du profit et proclamait fièrement que ses ouvriers étaient mieux payés que n'importe quel autre travailleur du pays.*[10] » Sous son influence, Zlin devint une cité-jardin à l'architecture constructiviste (seul exemple de la sorte au monde), dont tous les bâtiments furent préfabriqués selon des modèles auxquels les mêmes principes industriels de masse étaient appliqués qu'aux chaussures. En 1932, Tomas mourut dans un accident d'avion mais, sous l'impulsion de son fils, cela n'empêcha nullement les citoyens tchèques de continuer à développer la vision de Bata : la franchise fut vendue à travers le monde entier, fournissant clef en main non seulement les usines et le procédé de fabrication de cassures à bon marché, mais également les plans des maisons, de l'équipement urbain et de l'organisation sociale. Chaque unité Bata devait fonctionner de manière autonome, conquérant seule son marché. Les chaussures moldaves imposèrent un modèle mondial d'utopie fonctionnelle : ainsi furent fondées les villes de Batanagar en Inde, de Batawa au Canada, de Batapur au Pakistan et de Kalibata en Indonésie ! Plus près de nous, c'est à l'embouchure de la Tamise, à East Tilbury, que les Batamen installèrent leur société idéale en 1932. Et cette surprenante communauté fonctionnait si bien que ce n'est que dans les années 1990 qu'East Tilbury dut se soucier de survivre à l'entreprise Bata qui périclitait.

---

10. Patrick Wright, « East Tilbury, a New Start with the Batamen », in The River, Thames in Our Time, BBC Books, 1999.

Poète, brigand et architecte

Réaliser une utopie, c'est établir un lieu et bâtir une construction. Un *établissement*, écrirait Obermann. Par conséquent, c'est le plus souvent par le truchement des architectes que les « envies d'utopie » s'installent dans notre réalité, telles les poussées fiévreuses de ses artisans du seul art humain à se déployer sur quatre dimensions : la pellicule superficielle de la façade, l'espace développé de l'intérieur, le fait d'y vivre, et le temps dans lequel il s'inscrit et se déroule. Seul art sans doute au sein duquel on vive, littéralement, seul art peut-être à réellement influer sur le concret, l'architecture est, bien plus que la littérature, le principal vecteur par lequel peut s'exprimer l'idéal utopique.

Façade, espace, vie, temps : englobante, l'architecture a un aspect totalitaire – et, bien souvent, l'architecte sera tenté d'imposer sa vision de manière non moins totalitaire. Que l'on songe par exemple à la manière radicale dont Le Corbusier voulait transformer Paris, en rasant purement et simplement son cœur historique pour en faire une vaste dalle. Et nul besoin de se rendre à Moscou pour expérimenter de nos jours l'idée d'un environnement entièrement pensé par l'idéologie communiste : qu'il suffise de visiter, à Lyon, le quartier dit des États-Unis ou, mieux encore, dans sa voisine Villeurbanne, celui des Gratte-ciels : l'architecte Tony Garnier nous a laissé là quelques beaux fleurons d'aménagement urbain totalitaire. Seule leur échelle réduite et leur but utopiquement social permet de sourire à cette sorte de stalinisme à la petite semaine.

Rien n'empêche cependant qu'un projet architectural n'ait qu'une portée purement personnelle, qu'au lieu de concerner tout un pan de la société, elle ne soit que l'expression d'une aspiration égoïste. En amateur d'Arsène Lupin, il m'a donc semblé utile de retenir un exemple, un seul parmi tant d'autres, d'une idiosyncrasie architecturale.

William Scott Scurlock était un excentrique : poète, passionné d'alpinisme, fervent bricoleur, il avait le plus grand mal à s'insérer dans la société américaine de la fin du xxe siècle. Rejetant cette dernière de la manière la plus radicale qui soit, il se fit braqueur de banques ! Mais foin de cagoule et de violence de petit malfrat : pour ses méfaits, Scurlock aimait tout de blanc se vêtir, et se grimer à plaisir. La société n'apprécie pas ce genre d'actes et réagit avec violence : en novembre 1997, alors qu'il venait de dévaliser sa quinze ou seizième banque, à Lake City, Scurlock fut pris en chasse par la police. Réfugié dans sa cachette, une caravane remisée au fond d'un jardin à Seattle, le gentleman-braqueur fut abattu par les tirs groupés d'une trentaine d'agents du FBI – dont le verdict officiel fut que Scurlock s'était suicidé d'une balle dans la tête. Quel rapport avec les utopies, me demanderez-vous ? C'est que l'enquête du FBI révéla ensuite que les parents de Scurlock possédaient des bois, près d'Olympia dans l'État de Washington. Et, au sein cette belle forêt de sapins de Douglas, William Scott construisait depuis 1980 son très étonnant repaire : installée dans les arbres à 9 mètres du sol, la « cabane » de Scurlock étirait ses 140 m^2 sur trois étages, avec en sus une grange au niveau du sol. Reposant sur un plancher central arrimé aux troncs de sept grands pins, cette masure comportait tout le confort : eau, électricité, plomberie, poêle à bois, nombreux escaliers et plateformes, et même une perche de feu qui permettait de descendre d'urgence jusqu'au sol forestier. Lorsqu'il ne braquait pas une banque, le poète gangster passait en ces lieux idylliques la plus grande partie de son temps, depuis dix ans. Le FBI y retrouva un considérable arsenal d'armes semi-automatiques et plus de 20 000 dollars, mais aussi des produits de maquillage, une belle collection de moustaches postiches, une bibliothèque… et une douche située à 25 mètres d'altitude.

Utopies domestiques

L'utopie bâtie possède deux motifs récurrents : le cercle et le damier. Estimant pour la plupart qu'une structure idéale est une structure symétrique, les architectes des cités parfaites leurs confèrent en général une carte rigoureusement tracée. Planifiée ! Une fois encore, c'est toute la tentation totalitaire, englobante, qui s'exprime dans des plans d'occupation des sols à la géométrie bien ordonnée. On a déjà évoqué plusieurs fois la structure en damier : il s'agit notamment de la « grille » (the Grid) qui s'est imposée comme base de la plupart des villes étasuniennes – mais aussi dans le plan de l'extension moderne de Barcelone : l'Eixample bâtie dans les années 1850 sur la base de carrés tous semblables. Le cercle, c'est celui bien entendu de la saline de Ledoux, mais aussi d'Auroville – on y reviendra un peu plus bas. Les urbanistes de Brazilia, la capitale brésilienne surgie de nulle part en 1960 (travaux à partir de 1956), adoptèrent eux aussi un aspect régulier, mais en alliant le cercle au damier. On trouvera dans la fiction, avec le brillant roman de John Brunner *La Ville est un échiquier* (1965), une très intéressante exploration du fonctionnement réel et métaphorique de la cité conçue par Lucio Costa et Oscar Niemeyer. D'autant plus intéressant que, relu aujourd'hui, ce même roman acquiert une nouvelle pertinence à la lumière des mouvements de gauche latino-américains.

Un homme poussa très loin l'utopie de la Grille : Frank Lloyd Wright. Le grand architecte américain avait déjà développé un concept d'habitat individuel idéal, la maison usonienne. Partant de l'idée qu'une architecture esthétique n'était pas nécessairement hors de portée de l'américain moyen, Wright avait développé des structures domestiques en forme de L puis de C, toujours arrangées autour d'une maçonnerie serrée et compacte comprenant le plus souvent la cheminée, et une cuisine non séparée de la salle à manger. Aussi belles que pratiques, s'adaptant aux besoins et aux moyens de chacun, les maisons usoniennes ne représentaient qu'une facette de l'art de Wright, qui développait également un type d'architecture plus théâtral, même futuriste, pour des bâtiments d'envergure. À partir de 1934, alors que le pays commençait à se remettre des effets dévastateurs de la Dépression, Wright se mit à proposer une ville théorique, une ville absolue : Broadacre City. L'idée était que par le développement horizontal des cités américaines, peu à peu tout le territoire des États-Unis serait recouvert par le tissu urbain. Prenant donc la Grille comme base de ce développement, Broadacre City se voulait alors l'archétype de la conquête idéale de l'espace habitable : « *Broadacre City serait non seulement le résultat du mouvement nouveau vers la propriété privée de l'habitat, mais elle intégrerait également des éléments comme l'automobile, la radio, le téléphone, et par-dessus tout, elle intégrerait les nouveaux matériaux normalisés, fabriqués selon des procédés industriels.*[11] » Broadacre City, c'est une trame susceptible de couvrir toute l'Amérique du nord : sur la grille de maisons individuelles (usoniennes) et de jardins s'ajoutent les bâtiments publics (futuristes) qui s'y trouvent comme cousus. « *À l'intérieur de chaque unité de quatre miles au carré – une division directement inspirée de la grille de Jefferson déterminée lors de l'achat de la Louisiane et devant être répétée indéfiniment à travers tous les États-Unis – se trouve une communauté complète, comprenant tous les aménagements publics, ainsi qu'une grande variété de types de logements.*[12] » Broadacre City présente un plan totalement égalitaire, reposant sur la possession d'un acre de terrain et d'une automobile. Pouvant être traversée à pied en quarante minutes, chaque unité de cette « cité vivante » (The Living City, ainsi que la baptisera Wright l'année de sa mort,

11. Maria Costantino, *Frank Lloyd Wright*, PML éditions, 1992.

12. Robert McCarter, *Frank Lloyd Wright*, Phaidon, 2002.

en 1958) est conçue pour répondre à toutes les attentes du citoyen avec un maximum de confort. La diversité n'y est pas oubliée : Wright travaillera tout le restant de ses jours à ce projet, y intégrant toutes ses innovations, créant un grand nombre de types de maison usonniennes pour elle, ainsi que les « Zoned Houses » de 1935, les « maisons tout acier » de 1938, les groupes de quatre maisons « Pinwheel », « Suntop » et « Cloverleaf », etc. Broadacre City propose tout à la fois la densité et l'intimité, les fonctions urbaines et la nature. Poussant la vision utopiste jusqu'au bout, Wright imagina même un type de transport aérien personnel, ce « taxicoptère » qui vole sur certains de ses dessins et qui s'inscrit dans une autre utopie américaine, celle de la voiture volante.[13]

L'architecture étant une discipline pratique et commerciale, les envolées utopistes de Wright ne furent jamais beaucoup étudiées, alors qu'elles structuraient tout son travail. Pourtant, ainsi que l'a écrit Kenneth Frampton : « *Broadacre City et la maison usonienne ont en commun une même base socio-économique hypothétique ; la vision égalitariste de Wright était un acre accordé à chaque citoyen à la naissance. Broadacre City peut, rétrospectivement, passer pour un « tapis oriental » au motif infini, une tapisserie écologique et multiculturelle poussée à son extrême sophistication, un jardin paradisiaque oriental doublé d'un plan en grille cartésien occidental. C'est la tectonique textile de Wright inscrite dans la terre, qui évoque ce point édénique où la culture et l'agriculture sont inséparables, la fibre et la trame d'un temps transhistorique.*[14] » Parcourir les nom-

13. Sur ce sujet, on se référera au remarquable *Les Voitures volantes, souvenirs d'un futur rêvé* de Patrick J. Gyger, Favre, 2005. Concernant Broadacre City, notons une fiction la mettant en scène : « La forme d'une ville », Viat & Olav Koulikov, in *Souvenirs d'un détective à vapeur*, Moltinus, 2019.

14. Kenneth Frampton, « The Tex-tile Tectonic ».

breux ouvrages consacrés à l'œuvre de Frank Lloyd Wright, c'est pourtant bien, de manière graphique et frappante, parcourir un univers utopique, un monde de science-fiction réconciliant homme et nature : feuilletez par exemple *Master Drawings from the Frank Lloyd Wright Archives*, réuni par Bruce Brooks Pfeiffer (Thames & Hudson, 1990) et vous ressentirez tout de suite cette aspiration utopique.

Le terme « usonien » avait été forgé par Wright sous l'influence de l'écrivain utopiste Samuel Butler qui, dans son roman *Erewhon*, prenait pitié des habitants des États-Unis qui n'avaient même pas un nom à eux. Bien avant que l'on se mette à parler d'Étasuniens, Wright déplorait lui aussi que l'on utilise « Américains » comme abusif synonyme d'« habitant des États-Unis ». Prenant les deux initiales US, il forgea donc « usonien » sur le modèle des mots union et unité. Une belle idée qui ne fut pas adoptée par le grand public mais qui, tout comme le roman de Butler, eut une profonde influence sur les jeunes gens réformistes et utopistes qui se réunissaient pour débattre entre les années 10 et 30. Membre d'un de ces groupes rêvant d'une vie meilleure, le New-yorkais David Henken visita en 1940 une exposition de Wright au MoMA, où l'architecte présentait en particulier ses plans pour Usonia I, une communauté coopérative devant se créer dans le Michigan, et ses maquettes pour Broadacre City. Henken et son épouse Priscilla virent dans les plans de Wright la concrétisation de l'idéal vers lequel ils tendaient et ils partirent pour le Wisconsin, afin de devenir apprentis du maître. C'est durant leur séjour auprès de Wright qu'ils convainquirent ce dernier de les aider à réaliser une communauté coopérative usonienne près de New York. De retour dans la grande cité en 1943, ils commencèrent à parler de leurs rêves à des proches, qui eux-mêmes en parlèrent à d'autres jeunes couples. En moins d'un an, une centaine de familles fut ainsi contactée, avec constitution d'un groupe central d'une trentaine de « fidèles » (les autres abandonnant l'idée pour diverses raisons : découragés par la guerre, par l'inflation, par l'impossibilité d'obtenir des prêts bancaires pour une coopératives, par la longue histoire des échecs de ce type d'entreprises, et par l'isolement des terrains choisis). La coopérative fut fondée en 1944, avec pour but « *la construction d'une communauté de maisons d'un prix abordable, conçues de manière individuelles, propriétés de la coopérative, chacune sur des sites d'au moins un acre, dans la banlieue de New York, avec les conseils et la participation de Frank Lloyd Wright.*[15] » À cette époque, les entreprises coopératives, si elles ne rencontraient guère de succès auprès des banques, se trouvaient néanmoins dans le courant majoritaire des initiatives individuelles. Après les chocs successifs de la Dépression et de la Deuxième Guerre mondiale, l'expérimentation sociale fut brièvement considérée comme politiquement correcte, au point que le sénat américain vota en 1945 une loi (dans le cadre du General Housing Act) en faveur de corporations à but non lucratif de propriété collective de logement. Cette conjoncture explique qu'une trentaine de jeunes couples newyorkais, tous bien intégrés dans la société, furent en mesure d'aspirer à un mode de vie communautaire et parvinrent à financer leur rêve en dépit de leurs revenus modestes. Trois coopératives inspirées par les principes usoniens virent le jour au début des années 1950 : Parkwyn Village et Galesburg Country Home dans le Michigan, et Usonia New York près de Pleasantville. Cette dernière, fruit des aspirations du couple Henken, fut de loin la plus réussie, parvenant à instaurer un système solide de copropriété communautaire. À l'orée des années 2000, des maisons ont commencé à changer de main et l'âge aidant les liens individuels d'Usonia ont commencé à se distendre, mais il n'en reste pas moins qu'un

15. Roland Reisley, *Usonia New York*, Princetown Architectural Press, 2001.

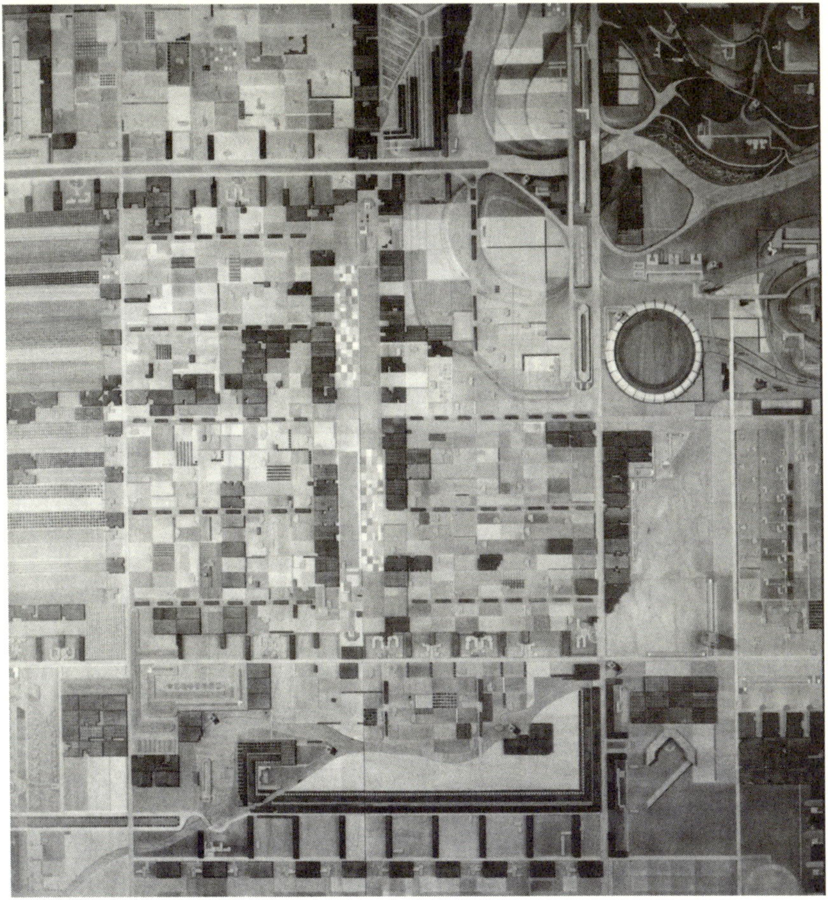

Éléments de Broadacre City.
© D.R.

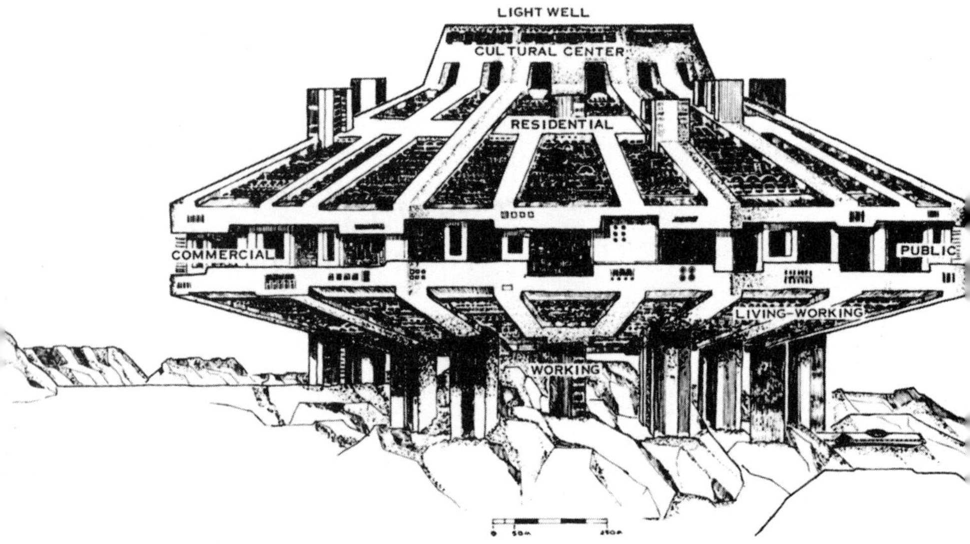

Un exemple d'arcologie possible.

fort sentiment d'appartenance à quelque chose d'unique exista au moins jusqu'à cette période récente. Acquis en 1947, le site de 97 acres dans un bois de comté de Westchester, New York, vit l'érection de 44 maisons fondées sur les concepts usoniens tels que dictés par Wright. Belles, vastes, en communion avec leur environnement naturel, ces maisons demeurent encore aujourd'hui le vivant témoignage de la réussite d'une poignée d'idéalistes : une belle aventure humaine et une jolie utopie domestique.

Le damier ou le cercle, disais-je : c'est ce deuxième motif qui se trouve à l'origine d'une toute autre expérience communautaire, située à l'autre bout du monde. Érigée en Inde (près de Pondichéry), Auroville bénéficia lors de ses débuts de crédits de l'UNESCO. Une malheureuse affaire policière mis fin à son statut privilégié, mais la petite ville continua d'être bâtie, grâce à la vision d'une disciple de Sri Aurobindo : Mirra Alfassa, dite « la Mère ». D'une superficie de 800 acres, Auroville fut inaugurée le 28 janvier 1968. Aujourd'hui presque achevée, cette cité continue à être l'un des rares exemples de communauté utopiste étant parvenue à maturité. Alors, simple village de baba-cools, secte d'illuminés ou bien véritable utopie réalisée ? Il est sûr que certains aspects mystiques de la philosophie de Sir Aurobindo peuvent prêter à scepticisme mais, pourtant, en ces lieux se réinventent une manière de vivre la ville et, tout comme Arconsanti évoquée ci-dessous, il s'agit certainement d'un des plus passionnants laboratoires urbains actuels, d'un réconfortant idéalisme.

Villes montagnes

Ayant travaillé avec Wright dans les années 1940, un autre architecte, Paolo Soleri, tira des analyses du maître des conclusions drastiquement opposées. Au lieu de prévoir une extension totale des « sprawling suburbains » (les banlieues en tache d'huile), Soleri imagina que le moyen de conjuguer densité et intimité ne se trouvait pas dans le système de grille exemplifié par Broadacre City, mais devait au contraire être résolu par une concentration verticale. Non : pas les « grands ensembles », mais une structure géante d'entre 300 mètres et un kilomètre de haut, d'une superficie de 150 à 800 hectares. Chacune de ces structures nommées « arcologies » (Soleri en dessina les plans d'une trentaine) pouvant loger la population et accueillir la totalité des fonctions de toute une ville. Vision concentrationnaire ? C'est ce qu'on voulu y voir des romanciers de science-fiction comme Robert Silverberg (*Les Monades urbaines*) ou Kevin O'Donnell (*ORA:CLE*). Mais dans le concept de Soleri, rien de cela : on peut même penser que les réactions négatives proviennent d'une mauvaise compréhension du concept d'arcologie, trop souvent ramené à un gigantesque HLM. On trouvera des portraits nettement plus positifs dans *L'Animal découronné* de John Crowley et au début du manga *Appleseed* de Shirow. Une arcologie, qu'est-ce en définitive ? Une ville plus ou moins verticale, dont chaque étage ou terrasse est un quartier spécifique. Soleri en a conçu pour tous les types de terrains, et même pour l'océan… et pour l'espace, bien entendu (on songera aux cités L5 dont rêvèrent beaucoup de fans de « hard science » dans les années 1980). Radical, son système architectural réinvente de fond en comble le rapport de l'homme avec la cité, et de la cité avec l'environnement. La grande question étant, bien sûr : serait-ce réalisable ? C'est pour répondre à cette question cruciale qu'une fondation a été créée il y a trente ans par Cosanti, qui acheta de vastes terrains dans le désert près de Phoenix, Arizona. Depuis, petit à petit, s'érige le complexe Arcosanti, qui n'est pas une arcologie mais une suite de bâtiments ayant statuts de « laboratoires urbains ». Les théories de Soleri y sont testées, diverses formes sont construites, des habitats expérimentés. Depuis, la fondation Cosanti est entrée dans une nouvelle phase, avec les débuts des travaux de la première véritable arcologie : Cosanti 5000. Là encore, beaucoup de questions : la communauté qui s'était constituée autour de Paolo Soleri (qui s'est éteint en 2013) sera-t-elle un jour capable de mener à bien des travaux aussi colossaux ? Le site web (test-arconsanti.org) est une jolie vitrine, reste à savoir ce qui se trouve réellement derrière, les propos fumeux de Soleri, une sorte de mystique inspirée par Teilhard de Chardin, ne pouvant guère inspirer qu'une méfiance amusée, alors que ses plans sont fascinants.

Du passé et de l'avenir

Le sujet d'un tel article conviendrait mieux, sans doute, au format d'un livre qui lui serait tout entier. Impossible d'évoquer toutes les expériences, toutes les pistes suivies par l'envie d'utopie à travers le monde. Qu'il me soit par conséquent permis de conclure ce trop bref survol avec l'évocation de deux autres communautés : l'une créée fin 1971 et actuellement en danger ; l'autre imaginée en 1990 et qui pourrait voir le jour en 2020.

La première a pour nom Christiania. Située en plein centre de Copenhague, la capitale danoise, il s'agit d'une ancienne caserne évacuée en 1971. Le 26 septembre de la même année, une poignée de ce que l'on nommerait de nos jours des « squatters » fondent dans ces bâtiments la « commune libre de Christiania ». Ce qui aurait pu n'être qu'une aventure passagère trouva le moyen de se perpétuer, année après année, grâce notamment à l'obtention à la fin des années 1970 d'un statut particulier d'« expérimentation sociale ». Ville dans la ville, Christiania fut tout d'abord un bel exemple de communauté hippie mais a peu à peu inventé son propre modèle de développement. Courant 2005, le gouvernement danois, conservateur pour la première fois depuis longtemps, obtint l'interdiction des stands de vente de hashish, qui procuraient à la communauté le principal de ses revenus économiques. En janvier 2006, le statut particulier de Christiania fut révoqué, une partie des terrains promis à des promoteurs immobiliers. La fin d'un rêve ? L'avenir nous le dira et l'on peut se tenir au courant en consultant christiania.org.

De son côté, un architecte japonais, Kisho Kurokawa, a conçu un projet de ville nouvelle, baptisée Eco-Media City, qui se voudrait la symbiose parfaite entre l'architecture ultra-contemporaine et le développement durable. Complexe administratif, site industriel, centre de recherches en biotechnologies, ville média et pôle universitaire sont prévus dans ce cadre à la fois hi-tech et écologique, pour lequel le terrain existe déjà, à 30 km de Kuala Lumpur. La Malaisie aura-t-elle les moyens de se doter d'un tel fleuron urbain ? Là encore : nous verrons…

Une seule chose est certaine : l'homme n'en a pas fini de rêver à des séjours meilleurs et les envies d'utopie ont encore un bel avenir devant elles.

Déclarer la paix

Jean-Claude Dunyach

Le toulousain Jean-Claude Dunyach fut ingénieur de recherche, écrivain, parolier, chroniqueur SF, anthologiste, responsable des fictions francophones de Galaxies *puis directeur de la collection Bragelonne SF jusqu'en en 2009 et membre du jury du Grand Prix de l'Imaginaire. À présent, il se repose… Et continue d'écrire quand même des nouvelles et des romans.*

Alice coupe à travers le champ de bataille pour se rendre au marché. Tout autour d'elle, des milliers de droïdes s'affrontent à coups de laser et d'armes soniques, le long des replis du terrain. Des tranchées et des casemates biodégradables pointillent le paysage, jusqu'à la frontière. Les tirs cessent à son approche, tandis que les réseaux neuroniques des combattants de métal se reconfigurent en hâte pour bâtir de nouvelles stratégies tenant compte de sa présence. Les bruits d'artillerie diminuent pour ne pas risquer de blesser ses tympans.

À volume réduit, chaque rafale d'arme automatique sonne comme un gazouillis d'oiseau.

Tout en avançant au milieu des fusillades, Alice récapitule la liste de ses courses. Des poireaux. Un peu de lard et de la crème. Une douzaine d'œufs, ou même plus si elle doit préparer un gâteau pour l'anniversaire de son neveu. La terre est friable sous ses pas, labourée par les machines fouisseuses qui s'enterrent pour échapper aux attaques. C'est bientôt l'époque des semailles ; la guerre se déplacera vers d'autres territoires où elle ne gênera personne.

Les premières maisons du village sont pavoisées de drapeaux multicolores copiés dans de vieux atlas, ou inventés. Le panneau qui signale la prochaine fin des hostilités est surmonté d'un avertissement en grosses lettres sévères : *Défense de venir perturber le conflit.* Au début, les gosses du village s'amusaient à courir en plein milieu des combats, avec des crochets brusques qui affolaient les droïdes. Il y avait même eu un blessé, le fils du forgeron qui s'était tordu la cheville en sautant par-dessus un fouisseur. Depuis, les parents y avaient mis le holà. Le jeu a vite cessé d'être drôle, de toute façon, et la guerre ne l'a jamais été.

À l'entrée de l'épicerie, des affiches animées donnent le score en temps réel, toujours tangent. Les chiffres bougent peu, les pertes sont déjà énormes de deux côtés. Alice pousse la porte en se baissant pour éviter le carillon artisanal qui tinte à ses oreilles. Les tubes de métal ont été découpés dans d'anciens canons de fusils à longue portée, puis égalisés et percés afin de fournir des sons agréables. Plusieurs modèles sont en vente dans les boutiques du village. Les touristes les aiment bien. Cela leur rappelle l'époque où les guerres avaient un côté artisanal, manuel.

– Tu vas faire une quiche ?

Alice et l'épicière sont allées à l'école ensemble, quarante ans plus tôt. Elles sont amies. De toute façon, dans le village, tout le monde se connaît. Il se passe peu de choses vraiment intéressantes dans le coin, même la guerre a fini par lasser tout le monde. Alors on s'intéresse à ce que font les autres, c'est humain.

Peu à peu, le carillon se tait, couvert par les bavardages. On échange des recettes, en fronçant les sourcils quand des tirs d'artillerie sonique font trembler les double-vitrages. Lorsqu'on a installé le champ de bataille, il y a eu des subventions qui ont permis des travaux : une salle des fêtes, un monument aux morts tout neuf, des dispositifs d'isolation acoustique pour les riverains. Des choses pas vraiment utiles, mais quand même appréciables.

– Il paraît que ton fils veut s'engager ? demande Alice en rangeant soigneusement les œufs dans son panier.

– Il adore ça. L'aviation, le pilotage de drones. Il paraît qu'il est doué.

– Quel âge a-t-il ? Dix ans ?

– Tu plaisantes ? Didi a fêté ses onze ans il y a un mois. Ne t'avise pas de le rajeunir, il déteste ça. Regarde-le !

D'un geste de la main, l'épicière désigne le square. Une troupe de gamins joue à la bataille navale dans le bassin circulaire, en imitant le bruit des torpilles avec la bouche. Les premières feuilles mortes tournoient à la surface de l'eau. Didi est l'un des plus grands. Il est occupé à consoler une fillette dont le porte-avions tout neuf s'est trop éloigné du bord. La veste de son uniforme scolaire est ornée de médailles dorées qui brillent au soleil pendant qu'il tente de ramener vers le bord le navire en perdition.

– Tu devrais aller l'aider, lâche Alice. Je parie qu'il va se mouiller.

– Il ne fait pas encore trop froid… et si je me mêle de ses histoires de cœur, il va bouder.

– Je vais te prendre un autre poireau. Celui-ci (elle le fait tournoyer comme une épée) est un brin flétri. J'aime bien garder le vert pour la soupe.

– J'ai des blettes du jardin, si tu en veux.

Elle hoche la tête, l'esprit encombré des recettes de la semaine. David, son mari rentrera bientôt ; c'est lui qui cuisinera ce soir. Il a la main un peu lourde sur les épices, comme tous les hommes. Avec lui, on ne sait jamais ce qu'on mange ni ce qu'il pense. Elle s'y est habituée. Pas de quoi se disputer.

Son regard s'égare sur les rayons où s'empilent magazines de mode du mois dernier, boîtes de conserve et objets souvenirs poussiéreux. Les touristes ont peu à peu déserté le coin, il n'y a plus vraiment de raison de venir observer le conflit de près, à présent que presque toutes les forces se sont enterrées. Pourtant, Anne sait qu'au-dessus de leur tête, un chapelet de satellites en orbite basse est en train de scruter la zone de bataille. Il y a des zooms, des ralentis, des commentateurs pour souligner telle ou telle finesse stratégique, *ad nauseam*. Pour de nombreux spectateurs, la guerre dans le champ d'à côté est une chose sérieuse. Pareil pour ceux qui ont conçu les armes sophistiquées qui s'affrontent dans des combats à mort, ou pour les gamins comme Didi qui rêvent de piloter des drones au-dessus de la mêlée. Elle doit garder cela à l'esprit et se promet de ne plus perturber la zone de combat pour rentrer chez elle, ses poireaux pointant hors du sac comme des lance-roquettes miniatures.

– Il te faut autre chose ?

Alice secoue la tête. Elle profite d'une accalmie pour sortir, en bloquant le carillon de la main. Le square est presque aussi bruyant que le champ de bataille, mais ce sont surtout des rires qu'on entend. Les rares manifestations de mauvaise humeur sont balayées par le conditionnement que chaque enfant a reçu dès qu'il a su marcher.

Pour les adultes comme Alice, la situation est plus compliquée. Le conditionnement ne marche pas bien. Les conflits sont encore une composante de leur vie, même s'ils ont mis en place des contre-mesures pour éviter de blesser ou de souffrir. Il y a des règles sociales, des façons de gérer son couple ou sa famille. Parfois, il suffit de s'absenter quelque temps. David est allé rejoindre une communauté de célibataires pour une semaine. Il a relâché la pression, il a dormi en dortoir, partagé des phéromones mâles jusqu'à la nausée. Puis il a demandé s'il pouvait revenir.

À défaut d'autre chose, la guerre enseigne des stratégies de pacification. D'où la quiche qu'elle préparera demain pour lui. David aime la regarder battre les œufs avec rage et hacher d'une main qui ne tremble pas les poireaux, les blettes et les oignons. C'est une forme de violence tout à fait tolérable, à condition de ranger le couteau dans le lave-vaisselle dès qu'on a fini.

Didi a récupéré le porte-avions à l'aide d'une branche et reçu un baiser maladroit pour la peine. Alice le salue avec un hochement de tête approbateur, puis elle se dirige vers la mercerie pour acheter de la laine. Le monument aux morts tout neuf, en forme de pyramide, affiche en hologramme le nom et la marque des robots IA détruits durant le conflit en cours. L'ancien avait des noms gravés dans le granit, dont celui de sa famille, entre deux statues horriblement laides, rongées par la mousse verdâtre et le remord. Alice ne le regrette pas, elle se contente de passer devant le nouveau sans s'attarder.

Le vent charrie l'odeur de la terre fraîchement remuée, une odeur de labour, ou de tombe ouverte. Elle secoue la tête pour chasser les pensées déprimantes qui menacent de s'infiltrer dans son esprit. David sera bientôt là.

– De la laine bordeaux, assez fine, si tu en as. Et des aiguilles n°3, doubles pointes. J'en ai cassé une. C'est pour des chaussettes.

La mercière a l'habitude. Depuis trente ans qu'Alice fréquente sa boutique tout en longueur, envahie de mouchoirs, de fils et de pelotes rangées par couleur et de sous-vêtements indémodables, elle n'a jamais eu l'air surprise de ses demandes. Il faut dire qu'Alice n'a jamais rien réclamé d'inhabituel. Ce n'est pas son genre. Est-ce qu'une exigence déraisonnable serait vécue comme une agression ? Elle en doute, mais elle n'a jamais eu envie de courir le risque.

– Ça fait longtemps que je n'ai pas vu David, lui lance la mercière. Vous vous êtes…

– Il rentre ce soir. (Alice examine les pelotes entassées dans les alvéoles de bois qui sentent l'encaustique et le cèdre. Elle oblige ses épaules à se détendre en posant le sac à provisions à ses pieds.) Un stage.

– Il t'en faut combien ?

– Il a de grands pieds. Je prendrai trois pelotes pour lui en faire deux paires renforcées au talon. Et je garderai le reste pour moi. S'il en reste !

La mercière se glisse près d'elle et saisit deux boules de laine couleur de vin vieux, qu'elle lui tend pour qu'elle choisisse.

– Un stage de quoi ?

– Oh, tu sais… (Alice plaque un sourire fatigué sur son visage, celui qui lui vaut en principe la sympathie de ses interlocuteurs.

Un sourire de cessez-le-feu.) Les hommes ne sont pas comme nous.

Le compagnon de la mercière n'habite pas avec elle. Il possède son propre magasin de semences et d'engrais à l'autre bout du village. C'est un couple solide, qui n'a jamais élevé la voix en public. Alice ne les envie pas.

– La guerre sera bientôt finie, conclut-elle en payant ses achats.

– Jusqu'à la prochaine, ajoute rituellement la mercière. S'il te manque de la laine, reviens me voir assez vite. Il me reste des pelotes du même bain, mais elles ne dureront pas. Quand la paix revient, tout le monde tricote.

Et elle ajoute, perfide :

– Il y a des bébés en route.

Alice ne relève pas. Avec certaines personnes, chaque rencontre est un incident de frontière. Il n'y a pas de carillon sur la porte, ici, juste des grincements quand elle s'en va. Elle accueille avec plaisir le grondement sourd de la bataille. *Je me demande si ça me manquera,* se demande-t-elle avant de reprendre la direction de chez elle. Elle connaît la réponse, mais hésite à la formuler à haute voix.

Les enfants se sont éparpillés comme des moineaux pour se regrouper un peu plus loin, pour un autre jeu. De là où elle est, Alice ne distingue pas vraiment ce qu'ils font. Elle voit juste qu'ils se heurtent dans des étreintes collectives avant de se séparer en riant. Comme David et elle, dans leur lit trop large, quand les problèmes donnent l'impression de s'effacer quand on les frotte avec suffisamment d'énergie.

Le sac bat contre ses mollets ; les œufs sont bien calés entre les pelotes et les aiguilles. David rentre ce soir. La trêve entre eux se transformera bientôt en paix armée, puis en coexistence routinière, tandis que le champ de bataille s'éloignera vers d'autres villages paisibles peuplés de gens sans histoire. Elle doit y mettre du sien, sans perdre de vue ce qu'elle est, ce qu'elle désire. Ce qui n'est pas facile, car elle a oublié tout cela, entre le bébé qui n'est jamais venu, les non-dits et les silences orageux. L'éradication de la guerre l'a privée de l'occasion de se battre vraiment. Elle a appris à promettre, à se compromettre.

D'un pas résolu, elle se dirige vers le conflit.

Elle a oublié sa bonne résolution de contourner le champ de bataille. Quand elle s'engage dans la zone labourée par les tirs, elle tape du pied sur une pierre pour que les machines s'éloignent. Peut-être que les satellites la détecteront, peut-être pas. Elle a l'habitude d'être invisible.

David, en tout cas, saura où elle est. Il a un don pour ça. Même une guerre ne la protégera pas de son désir de faire la paix. Elle regarde avec envie les casemates enterrées, mais elles n'ont pas d'ouverture à sa taille. Seuls les enfants les plus jeunes sont capables de s'y faufiler. Mais ceux qui ont essayé n'y sont pas restés longtemps.

Des machines annelées serpentent à quelques mètres au-devant d'elle, en crachant un gaz aux relents acides. Quand elles s'enfoncent, la terre se soulève en grosses mottes noirâtres, striées de vers de terre affolés qui se tordent en tous sens. Le bas de sa jupe est taché, l'ourlet a commencé à s'effilocher. Il faudra qu'elle se change avant que David revienne. Qu'elle se lave, pour diluer l'odeur du conflit.

Rien que d'y penser, elle se sent épuisée.

Une main en visière devant les yeux, elle se hausse pour examiner la ligne de front. Celle-ci s'étend sur une trentaine de kilomètres, à ce qu'on dit. Une quinzaine de fermes, deux ruisseaux et des bois. Beaucoup de cachettes qu'elle a explorées bien des années plus tôt, avant le conditionnement. Quand on pouvait vraiment croire à ce qu'on faisait, aux batailles qu'on livrait de l'aube au crépuscule, avec des frondes et des sarbacanes. On était blessé, on apprenait à guérir. David n'existait pas, en ce temps-là. Sa famille est arrivée plus tard, pour travailler à l'ancienne mine. Lui a fait des études, il est parti à la ville, puis il est revenu. Pour elle, lui a-t-il avoué. Mais elle n'est pas sûre d'être la seule à qui il l'a dit.

Elle est celle qui l'a cru, qu'il a épousée. Donc, ça devrait être vrai.

Elle s'avance plus près des casemates, tandis qu'une nuée de drones la survole avant de piquer vers l'ouest. La terre vibre sourdement à chacun de ses pas. Une douzaine de minuscules chars télécommandés aux chenilles hérissées de pointes et de forets tentent d'escalader les dômes de béton renforcé. Ils se soutiennent les uns les autres, se renforcent quand l'un d'eux menace de glisser. Ils ressemblent au groupe de Didi et de ses amis, en moins bruyants.

Fascinée, Alice les regarde dépecer le bunker le plus proche. Comme un écho de son humeur, des tueurs annelés jaillissent du sol tout autour d'elle et se jettent les uns sur les autres en crissant. Des éclats de métal arrachés par les mâchoires mécaniques sont projetés vers le ciel. Un fluide sombre, poisseux, suinte des corps déchirés, aussitôt remplacés par d'autres, tout aussi voraces. La nuée de drones a fait demi-tour et plane au-dessus du décor. La terre noire grouille désormais de machines vicieuses, animées du désir de détruire.

Le bruit devient assourdissant. Nul cri de victoire, mais des gémissements d'agonie du métal qui se tord, avant de céder. Des mécanismes explosent en répandant leurs entrailles de silicone et de roues dentées. Les poussières et les cendres qui tourbillonnent au gré des explosions voilent la lumière de fin d'après-midi. Un début d'hiver nucléaire se met en place, dont Alice est l'épicentre.

Un craquement sec, à ses pieds. Trois de ses œufs viennent de se fendre. Elle va devoir retourner à l'épicerie. Un jaune épais, gluant, coule sur ses pelotes. Sans s'en apercevoir, Alice s'est mise à pleurer. Elle a l'impression que son âme se reflète dans le décor qui l'entoure. Incapable de bouger, elle attend que les choses se calment, mais le paysage tout entier semble pris de frénésie. Autour de la casemate, des failles profondes exhument les cadavres de machines plus anciennes, torturées avant d'être détruites. Certaines affichent en rouge le logo des unités de maintenances, celles qui viennent colmater les blessures du métal et remplacer tant bien que mal les fluides qui s'en échappent.

Affolée, Alice cherche une voie de sortie au milieu du chaos, sans la trouver. Le village n'est qu'à quelques centaines de mètres, mais il pourrait aussi bien se trouver sur une autre planète. Un film de poussière grasse s'est déposé sur ses poireaux, ses vêtements sont maculés de taches de rouille. Un bras arraché roule jusqu'à ses pieds et heurte le sac, avec juste assez de force pour le renverser. Le mécanisme d'où il provient agonise à quelques pas, dans un jaillissement d'huile qui semble ne pas vouloir se tarir. Les halètements des servomoteurs sont entrecoupés de grincements plaintifs, dont l'intensité décroît peu à peu.

Juste à côté, son adversaire est déjà mort.

Cette guerre n'est plus un jeu, une simulation abstraite dont on peut couper le son quand on la regarde sur un écran. C'est un torrent de haine et de boue qui emporte tout sur son passage. Alice tousse sous l'effet des bouffées acides qui jaillissent du bunker. Pourtant, le fragile îlot de terre sur lequel elle est perchée reste épargné par les attaques. Hormis son sac. Elle pourrait faire un pas en arrière, puis un autre, et les machines la laisseraient passer. C'est la loi, elle n'est pas concernée par le conflit en cours. Mais elle en est incapable. Quand on est aussi près du massacre, on n'est plus spectateur.

Elle agite les bras pour que tout s'arrête, mais ses gestes n'ont aucun effet. Les machines indifférentes n'ont ni voix ni dispositif d'écoute. Elles continuent à se détruire avec obstination, vicieusement, en rampant sur les corps éventrés de leurs alliés pour trouver de nouveaux adversaires. Jusqu'à ce qu'elles s'immobilisent enfin, dans un grincement d'agonie. Et que d'autres prennent leur place.

– Où es-tu, David ? murmure Alice en essuyant ses larmes.

Elle plonge ses mains dans le sac, brandit les aiguilles n°3, maculées de jaune d'œuf figé et de débris de coquille. Ce sont des armes dérisoires, mais elle n'en a pas d'autres. Le fait de les tenir ainsi pointées vers l'extérieur lui donne la force de se redresser. De crier des accusations et des regrets face aux combats. De maudire la guerre, David, sa propre impuissance, son incapacité à dire ce qu'elle ressent vraiment. Ce qu'elle veut.

Elle s'arrête quand sa gorge irritée est devenue incapable d'émettre le moindre son.

Sans se soucier du sac, elle fait volte-face, jette les aiguilles au loin et les entend tinter faiblement sur une carapace éventrée. Le conflit s'est un peu calmé, le vent a balayé les nuages de poussière et le soleil brille timidement. Au-dessus de sa tête, les drones s'évanouissent vers d'autres zones plus chaudes. La guerre n'est pas finie, elle ne le sera jamais. Mais, autour d'Alice, une paix fragile s'installe peu à peu.

C'est un sentiment illusoire. La guerre, quelle qu'elle soit, l'accompagnera toujours. Elle n'a pas d'autres choix que de continuer à marcher vers chez elle, les mains et le cœur vides. Dans sa tête, des phrases se forment, ponctuées de tirs d'artillerie lointains. Ce sont des choses qu'elle a longtemps tues. Elle en savoure le goût sur sa langue, elle les mord à pleines dents en attendant de les cracher. David est peut-être déjà là à l'attendre, dans son fauteuil favori que son grand corps a creusé, affaissé. Elle le saluera, acceptera son étreinte sans se dérober. Elle préparera du thé, s'il ne s'en est pas déjà chargé. C'est souvent lui qui le fait, elle doit le reconnaître.

Et elle lui parlera. De la quiche qui ne sera pas prête, des pelotes de laine abandonnées sur le champ de bataille. De ses envies, de ses frustrations, de ces putains de moments où elle a eu envie de le frapper jusqu'à ce qu'il tombe. Ou qu'il s'en aille.

Suivant ce qu'il répondra, la discussion tournera court ou se prolongera toute la nuit. Suivant ce qu'elle sera capable d'avouer, l'abcès se videra ou non. Certaines plaies seront cautérisées, d'autres continueront à saigner. Elle ne connaît que les siennes, mais David en a aussi, dont il ne parle jamais. S'il s'obstine à se taire, elle l'emmènera sur le champ de bataille et restera avec lui jusqu'à ce que la violence aveugle de la guerre les enveloppe et les purifie. Peut-être sera-t-elle capable de retrouver son sac au milieu des décombres. Sauver ce qui peut l'être.

S'ils survivent à l'épreuve, ils parleront de nouveau. Pour continuer à réparer le monde à leur niveau, une discussion à la fois.

L'ENNUI AVEC L'UTOPIE, C'EST QUE...

Silène Edgar

Silène Edgar aime voyager, lire, manger et surtout communiquer. Elle voit la littérature comme une terre, elle en est une paysanne assidue, plantant des histoires, cultivant avec ses collègues entraide et soutien, semant sa passion pour les fictions plus ou moins anciennes qu'elle étudie. C'est sa manière d'être au monde que d'en proposer une vision par le biais de la fiction. Elle croit à cette utopie d'un monde littéraire bienveillant, même si elle se demande bien comment ne pas s'ennuyer si tout est trop parfait… Elle compte donc toujours sur ses camarades de jeu pour trouver des idées farfelues afin de donner des couleurs à l'utopie !

– Allo ? Tu as eu l'info ?
– Oui, rendez-vous devant, demain, 13 h.
– Tu as appelé Pierre ?
– Oui, il nous attend.
– Et Ghérasim ?
– Pas de réponse, je crois qu'il a trop peur. Mais avec lui, on ne sait jamais… il sera peut-être là ?
– J'aimerais bien…

Sur le quai de Jemmapes, à une terrasse de troquet, le soleil inonde les chevelures blanc-gris d'un groupe de vieilles femmes dont on se dit qu'elles vont bientôt sortir leur tricot. Mais les pintes d'IPA se lèvent en chœur, en lieu et place des tasses à thé et elles trinquent en riant.

– Vous allez nous manquer !

– Vous relirez nos conneries, ça sera un peu pareil, la rassure Solange.

– Et promis, pas de mail, pas de coup de fil, rien, OK ?

– Et on saura comment pour les obsèques ?

– On part en retraite, on ne va pas se suicider, ma chérie, répond Marie avec un sourire.

Au bout de plusieurs pintes, Solange et Marie se lèvent un peu tangentes. « C'est l'heure, on a de la route, demain. » Les vieilles copines qui restent échangent des regards tristes tandis que le vieux couple, main dans la main, leur fait de grands signes d'au revoir.

La voiture est chargée depuis deux heures. Dorine s'agite encore dans la maison, pour fermer les volets, vérifier une dernière fois que le gaz est éteint, que les instructions sont posées sur la table, pour les enfants. Elle a du mal à quitter les lieux. Sort. Rentre encore et revient avec un sac de plus, bourré à ras bord.

– Y a plus de place.

– Mais si, là, sous mon siège !

– On a quatre heures de route, tu es sûre que tu veux voyager avec… L'intégrale de Mc Caffrey ? Sérieux ?

– J'adore les dragonnets.

André soupire, il ne pourra pas l'en dissuader : il a déjà réussi à la convaincre de ne pas prendre la remorque et elle a pleuré en comprenant qu'elle ne pourrait pas emmener plus de quatre cartons de livres.

– Les autres en auront aussi ! Et tu as ta liseuse, on pourra en télécharger plein.

– Mais il n'y aura pas les dédicaces.

– Les enfants seront contents de les trouver.

– Ils vont les vendre sur ebay, oui, je les connais ! s'exclame-t-elle, mi-figue mi-raisin.

André la prend dans ses bras et elle s'y abandonne, quelques secondes avant de se ressaisir. Ils ont du chemin.

– Allo Claire, tu as reçu le BAT signé ?

– Oui, merci, il va faire un tabac, ce roman. On déjeune ensemble pour que tu me parles du prochain ?

– Il n'y en aura pas d'autre, je croyais te l'avoir dit…

– Je ne t'ai pas cru.

– Je m'en vais, Claire, je rejoins les autres, on prend notre retraite.

– Ça va faire un grand vide.

– Je te laisserai des indications dans mon testament pour retrouver les manuscrits enterrés dans le jardin.

– Tu es grand seigneur !

– J'ai adoré travailler avec toi.

Royan. Quai du bac. 13 h.

Ils sont huit à se saluer, certains en se serrant dans les bras, d'autres, plus prudents, à distance. Ils ont tous au moins soixante-dix ans, public fragile, il ne s'agit pas de ramener le covid avec eux de l'autre côté, ce serait un peu con. Un peu dangereux aussi vu que personne ne viendra les chercher s'ils sont malades.

– Les radiations le tueront, tu sais, s'exclame Alice.

– Tu as vu un article dans le Lancet là-dessus ? se moque Gérard.

Elle rit, un grelot, tandis que le vent enroule son châle autour de ses épaules menues, un peu voûtées par l'âge. Il est ému de l'entendre. Cinq ans qu'ils ne s'étaient pas vus ces deux-là, et il se rend compte soudain qu'elle lui avait beaucoup manqué. Depuis la mort de son mari à elle, de son épouse à lui, ils ont joué les ermites chacun à un bout de la France et voilà qu'ils se retrouvent enfin, ici, au bout du quai, pour cette drôle d'aventure. Sans enfants, sans famille, ils n'ont pas eu besoin de dire au revoir à grand monde.

– Bon, on y va ? Pierre nous attend !

Henri s'impatiente, tapant du pied comme un gosse. Il est mécontent, il espérait vraiment voir arriver Ghérasim, mais celui-ci ne vient pas et il est temps de partir. En deux secondes, il se métamorphose ; dans son magnifique costume Yves Saint-Laurent, avec son masque d'arrogance, il est devenu un élégant commandant de la Marine en retraite. Un as de la métamorphose. D'un pas souple, il se dirige vers le bac. Aimé le suit, accompagné de Marie et Solange, main dans la main. Un planton, qui les observait depuis un moment avec suspicion, fronce les sourcils en voyant le club du troisième âge s'approcher.

– Qu'est-ce que vous faites là ? aboie-t-il. C'est interdit, ce secteur.

– On veut vous emprunter ceci, répond Henri avec un geste élégant pour désigner l'énorme cargo blanc, derrière le gardien.

Le vieux bac ne sert plus à rallier Le Verdon depuis la catastrophe nucléaire de Blaye, mais il est toujours en service ; il va à présent jusqu'à L'Amélie deux fois par semaine, un peu en-dessous de Soulac, premier port après la ligne de démarcation séparant la zone contaminée du reste du Médoc. Le mardi est un de ses jours de rotation, Henri a vérifié, pour être certain que l'équipage soit encore à bord au moment où ils arriveraient pour embarquer.

– Vous vous foutez de moi ? s'étrangle le gars.

– Pas du tout, je suis très sérieux, je vous assure. Vous allez nous emmener au Verdon dans l'heure.

Et il sort une feuille proprement pliée de sa poche, sans se démonter, puis la tend au gars. Incrédule, son interlocuteur la saisit, lit et pâlit.

– Oui, oui, tout de suite.

Derrière Henri, les autres se regardent du coin de l'œil, souriant à demi. Henri est un excellent faussaire. Tout le fandom s'est toujours demandé comment il se payait ses costumes hors de prix alors que la SF ne rapporte rien, on le sait bien…

– Je vais quand même passer un petit coup de fil, vous voulez bien, mon… mon commandant !

Henri hausse un sourcil, serre les lèvres.

– Dépêchez-vous de nous mettre tout ça en route, plutôt, qu'on puisse charger les véhicules.

Le ton d'Henri est froid et ferme comme une plaquette de beurre sortie du frigo, du coup le pauvre bonhomme obtempère, sans oser protester. Il appelle un collègue, donne deux ou trois ordres brefs pour charger les six voitures, bourrées de bagages, de denrées et de diverses fournitures, et redémarrer le gros bateau, dont les moteurs n'ont pas eu le temps de refroidir. Alors que le van de Marie et Solange, le dernier des six véhicules, se gare à côté du break d'Aimé, une pétarade attire tous les regards sur le quai. Un side-car rutilant, un vieux motard en cuir…

– Ghérasim !

Henri est ravi et, rapidement, le dernier des neuf passagers est à bord, le bac gronde, tremble comme une vieille feuille et s'élance pour traverser l'estuaire.

Sur le quai du Verdon, une grande silhouette leur fait signe. Pierre, arrivé deux jours plus tôt avec son petit bateau de pêche, les regarde approcher. Le bac s'amarre dans le port vide, si ce n'est l'embarcation et une vieille barque qui prend l'eau. Il n'y a pas de voiture à part une ou deux épaves et l'endroit ressemble à un village de western abandonné. Il ne manque qu'une balle de foin roulant dans le vent pour parfaire l'image. Les marins du bateau font les manœuvres en tremblant, les yeux affolés et, à peine les voitures et le side-car débarqués, repartent comme des voleurs, non sans avoir fusillé Henri du regard. Ils sont bons pour une décontamination en règle de retour à Royan. Depuis vingt ans, la zone est irradiée, interdite, vidée de ses habitants, de ses touristes. 27 décembre 1999 : la grande tempête a submergé la centrale de Blaye. Un petit raz-de-marée, les systèmes de refroidissement des réacteurs noyés, une défaillance momentanée, un gros nuage radioactif qui se dépose à quelques kilomètres de là et le Verdon rayé de la carte des vivants. Cela fait deux décennies que plus personne ne met un pied ici, tant on craint les radiations. La pointe du Médoc a été coupée du continent par un immense mur de béton, gardée par quelques caméras, et des flics en vadrouille qui chassent sans ménagement tout promeneur indésirable. Un groupe de jeunes dingues a bien essayé de rentrer en 2007, puis un autre en 2012, mais ils ont été arrêtés et renvoyés manu militari hors de la zone.

C'est là qu'ils ont décidé de s'installer, les dix petits vieux, dix écrivains de SF à la retraite, potes depuis quarante ans, pour couler leurs vieux jours à l'abri de la folie du monde, à l'abri du covid qui s'est répandu sur la planète comme une traînée de poudre, à l'abri de la rage des politiciens, de la guerre et des hausses du carburant. Pierre a proposé de se réfugier dans ce coin abandonné et d'y construire leur utopie. Aucun n'en a jamais publié aucune, ils pensent tous que c'est abominablement ennuyeux à écrire. Mais à vivre, c'est sans doute mieux !

– On pourrait l'appeler Xanadu ?

– Et pourquoi pas Bag end ?

– Le village des vieux cons, grince Ghérasim.

– Parle pour toi.

– C'est sexiste, on est autant de vieilles connes que de vieux cons !

– Alors l'Atlantide !

– On n'est pas sur une île.

– Presque…

Ils sont à l'apéro, sur une terrasse du port : ils ont ramassé des chaises éparpillées par les intempéries, ont sorti les bouteilles de bière des glacières et ils rigolent comme des tordus d'être là, tous ensemble.

– Bon, on fait comment ?

– *As you know*, Bob, on prend une résidence pour cette semaine et on organise la suite ensemble.

– On fait le point sur les ressources au dîner ? demande Gérard, inquiet à l'idée de ne pas avoir assez à manger.

– OK, on essaye de rester dans le même périmètre ou il y en a un qui veut faire bande à part ? demande Henri en regardant Ghérasim.

– Je m'installerais bien avec toi, mon vieux, si ça t'embête pas.

Un peu étonné, Henri sourit. Bien sûr que ça ne l'embête pas, même s'il n'en dit rien. Les autres ont des regards entendus. Les deux frères ont souvent eu des relations orageuses. Toujours même. Cela leur fait plaisir de les voir réunis.

Ils se décident pour une résidence touristique composée de petites maisonnettes confortables, parce que ça les a fait marrer et que ça fait vacances. La piscine est verte, les lieux abandonnés, mais ils seront proches les uns des autres. Ils comptent bien rester ici jusqu'à la fin, quelle qu'elle soit, quoiqu'aucun ne le dise encore. Assis dans la grande salle de réception, devant des nouilles chinoises préparées sur le réchaud de Pierre, ils font le point.

– Tout est bien équipé, il ne manque que le chauffage, en somme.

– Ça va quand même être un sacré problème, Pierre, on se gèle, râle Solange enveloppée dans deux plaids de laine épaisse. Il n'était pas supposé faire chaud à cette saison ?

– C'est les saints de glace, ça va se réchauffer.

– Ou alors le gulf stream s'est arrêté, personne ne nous a prévenus et c'est la cata.

– Il n'y a que des radiateurs électriques ici.

– Et on n'a pas d'eau chaude, ajoute André, lugubre.

– Il va très vite puer des pieds s'il ne peut pas se laver, acquiesce Dorine. Et là, on va vite sortir de l'utopie pour entrer dans le post-apo.

– On peut se laver à l'eau froide, non ? demande Ghérasim.

– Alors qu'on est déjà congelés ?

– J'ai repéré des récupérateurs d'eau, fait Henri. Si on les déplace au soleil, ils chaufferont vite.

– Et puis on est tous des spécialistes, on peut se débrouiller pour faire des panneaux, rapidement, non ? répond Gérard.

– Pour l'eau chaude, oui, avec des cannettes on peut bidouiller un truc, j'ai des plans. Mais pour l'électricité, le chauffage et l'eau douce… ça va être plus long, répond Aimé qui n'a jamais aimé la hard-science.

– Pour l'eau douce, c'est facile, j'ai ramené un alambic : avec des miroirs, on peut le faire chauffer au soleil et on aura un désalinisateur, explique Alice, plutôt spécialisée en fantasy.

– Je m'en occupe avec toi, se précipite Gérard qui a pris une maisonnette à côté de la sienne.

Elle le regarde avec joie. « Ces deux-là ne vont pas longtemps faire chambre à part. » chuchote Marie à l'oreille de sa compagne emmitouflée comme un hamster dans son coton. Solange sourit : ces retrouvailles sont vraiment une excellente idée. Même s'il fait incroyablement froid pour un mois de mai.

– Si le froid persiste, on pourra investir d'autres maisons, rien ne nous oblige à rester ici. Des cheminées, du bois et hop…

– C'est vrai qu'on est un peu cons de choisir une résidence où il n'y a que des grille-pains.

– Eh bien déménageons demain, voilà tout !

Ils se sourient, contents. Construire une utopie est plus facile quand tout le monde se pèle.

– Je propose qu'on cherche plutôt les maisons avec cheminée et panneaux photovoltaïques, comme ça on aura l'électricité, conseille Henri. Et on pourra monter des éoliennes aussi.

– Tu sais faire ça ? se moque Ghérasim, goguenard.

– Moi, oui, répond André.

– Et les potagers ? J'ai ramené des graines et des plants, comme convenu, mais il faut choisir des maisons qui ont déjà un coin potager si on ne veut pas avoir à retourner le gazon, s'inquiète Alice.

– OK, demain, on cherche chacun un home sweet home !

– On en profite pour toper de la bouffe ? demande Aimé, en considérant ses nouilles d'un air lugubre.

– Tout sera périmé…

– Les pâtes, ça ne périme jamais, je me porte volontaire pour piller le supermarché ! déclare Marie.

– Anarchiste ! se marre Solange.

– On aurait dû amener des poules… fait remarquer Henri. Je vous l'avais dit !

Pierre éclate de rire.

– J'en ai !

Les autres, éberlués, le regarde sortir de la salle et revenir avec deux cages à poules, contenant deux femelles et un mâle.

– Incroyable ! Tu as pris une chèvre aussi ?

– Non, elle n'a pas voulu monter sur le bateau. Mais je suis sûr qu'on peut trouver des vaches dans les environs : j'ai vu un reportage sur le sujet, il y a des moutons et quelques chevaux aussi.

– Qu'ils ne soient pas morts irradiés, c'est plutôt rassurant pour nous…

Personne ne répond parce qu'aucun d'entre eux n'est vraiment tranquille avec cette question. Pour changer de sujet, Pierre leur sert du vin et ils trinquent, heureux comme des gosses.
– À l'Atlantide !

Au petit matin, le téléphone réveille Aimé.
– Papa ?
– Tu sais qu'il est 7 h ?
– Je t'appelle avant d'aller au boulot. Papa, tu es sûr que…
– Stop. On en a déjà parlé.
– Mais…
– Mon chaton, crois-moi, je suis parfaitement lucide, je n'ai pas envie de mourir, je veux juste finir mes jours tranquillement avec mes potes.
– Ne m'appelle pas chaton, j'ai quarante-trois ans.
– Justement, tu es bien assez grande pour comprendre.
– Comprendre que vous vous construisez une maison de retraite dans une zone irradiée ? Inaccessible pour moi ?
– Ce monde nous est trop hostile, on n'en veut plus et on n'a nulle part où aller si ce n'est ici, là où plus personne ne veut vivre, là où on peut reconstruire un petit Éden juste pour nous, pour les quelques années qui restent. Et rien ne t'empêche d'appeler, on espère même remettre le wifi pour les apéros en visio !
– Mouais. OK. Je te rappelle alors…
Aimé raccroche et il soupire, puis se lève. Devant la maisonnette de vacances, envahie par une végétation libre d'entraves, il fume une clope en écoutant les oiseaux. Il compte machinalement les jours avant d'être obligée d'arrêter. En culpabilisant, il se rend compte que ce qui le préoccupe le plus n'est pas d'avoir laissé sa fille, mais de devoir renoncer au tabac et au café d'ici quelques semaines.

*

– 22, v'là les flics ! hurle Henri, debout sur le toit de la maison qu'ils ont choisie avec Ghérasim.

Le soleil brille au-dessus de leur tête, le printemps s'est enfin installé et ils n'ont plus froid. Tous ont décidé d'emménager rue des mimosas, parce que les maisons sont spacieuses. Henri, Dorine et André sont en train d'installer les panneaux photovoltaïques qu'ils ont récupérés à droite à gauche, tandis que Solange et Ghérasim vont piller les réserves de bois coupé à droite à gauche, quand il n'est pas trop mangé par les vers. Aimé et Marie font le tour des garde-mangers mais la plupart des aliments sont périmés, rongés par les charançons ou sans goût. Ils ont essayé les bières du supermarché, mais elles avaient toutes un abominable goût de carton mouillé à part les Heineken, tellement bourrées de produits chimiques qu'elles étaient seules buvables. Ils ramassent les premiers fruits dans les vergers, essayent d'apprivoiser des vaches à demi-sauvages dans le marais et Alice a installé le désalinisateur. Elle veille à son fonctionnement tout en organisant les potagers, menant Gérard à la baguette. Il obéit à tous ses ordres avec le sourire béat d'un adolescent amoureux. De son côté, Pierre a construit un poulailler et deux serres.

« Allez Laure, Line, on rentre. Valérian, vilain coq, viens ici. Les poulets débarquent. »

Ça fait déjà une semaine qu'ils sont là, la police a mis du temps à réagir.

Lorsque la maréchaussée s'arrête dans la rue, deux véhicules sécurisés, les nouveaux habitants de l'Atlantide les attendent en levant les mains. Quatre policiers en combinaison anti-radiations sortent péniblement des véhicules.

– Qu'est-ce que vous foutez là ? s'exclame l'un d'eux.

Sa voix, déformée par le casque, fait sourire Alice.
– On s'installe, monsieur l'agent.
– Dans une zone irradiée, vous êtes dingues ?
– On ne fait de mal à personne. À notre âge, on va mourir de vieillesse avant de mourir des radiations.
Les flics s'entre-regardent, éberlués.
– Vous êtes dans une zone interdite, vous occupez ces maisons illégalement et vous avez contrefait un ordre de la Marine pour voler le bac.
– On a emprunté le bac, pas volé, précise André, s'attirant un regard courroucé du policier.
– Les pauvres gars sont encore en décontamination !
– Pardon, monsieur, répond Solange avec son air angélique de mamie innocente.
– Vous allez devoir partir.
– Si vous nous ramenez un avis d'expulsion, on en rediscutera, répond Pierre, agacé.
– Ne me parlez pas sur ce ton, monsieur…
– Bordage.
– Merde, le vrai Pierre Bordage ? s'exclame le flic. L'écrivain de SF ?
– Euh… oui, répond Pierre, décontenancé.
– Ah monsieur, je suis fan de vous ! J'ai découvert les *Guerriers du silence* au lycée et depuis, je… Ah ça alors ! Pierre Bordage ! Quand je vais dire ça à ma femme !
Les trois autres policiers, perturbés, se dandinent.
– Écoutez, monsieur Bordage, si vous m'expliquiez un peu ce que vous faites ici, on pourrait peut-être trouver un arrangement ?

Fin août, ils sont installés définitivement. L'ordinaire est devenu un peu sommaire, Aimé a eu du mal à se sevrer du tabac, Ghérasim du chocolat et tous de la viande, mais les poules se sont multipliées, ils ont dompté deux vaches et quelques moutons, ils pêchent, ils cultivent. Aucun ne semble incommodé par les radiations, mais ils ont eu peur pour Gérard, qui a fait une vilaine bronchite. L'arthrite de Marie la rend grincheuse, Henri a failli perdre un doigt en coupant du bois et Marie a échappé de peu à l'encornement lors de la domestication des vaches sauvages. « Putain de bestiole, les vaches ne comprennent rien aux utopies. »

Dans l'ensemble, ils vont bien. Ils ne manquent de rien, les maisons abandonnées sont comme un immense supermarché. Alice est inquiète cependant.

Il n'a pas plu depuis trois semaines, toutes les réserves d'eau sont vides et le ciel, uniformément nuageux depuis trois jours, l'empêche de faire fonctionner le désalinisateur.

– On n'a qu'à boire de l'alcool, propose Henri. On pourrait faire une bonne grosse fête, non ? Parce que bon… on s'emmerde un peu, non ?

À la quatrième bouteille, ils sont tous soûls comme des cochons. Ils rigolent, se tapent sur le ventre et constatent qu'ils s'ennuient beaucoup, en effet. Ils n'entendent pas le vent se lever. Il presse les nuages, comme un berger rassemble son troupeau et souffle avec vigueur pour les expédier vers le continent. Puis il enfle.

– Je vais vous faire goûter ma production, s'exclame Alice, hilare, en sortant une petite bouteille de gnôle.

– Cet alambic n'était pas supposé servir uniquement pour l'eau douce ?

Alice rigole, débouche son flacon et sert une rasade à chacun. Une heure plus tard, la bouteille est vide, la tempête les environne, le bruit assourdissant du vent est tel qu'ils finissent par sortir de leur torpeur pour aller voir, se tenant les uns les autres afin de ne pas tomber.

– Ça souffle fort, dis donc, remarque Ghérasim d'une voix pâteuse.

– Belle constatation, Watson, ironise son frère.

– C'est quoi, ça ? demande Alice en pointant le doigt vers la forêt, à trois cents mètres.

Une vague. Immense, gonflée, gigantesque.

– Une hallucination.

– C'était quoi ta gnole, Alice ?

Le tsunami, de plus en plus imposant, semble vaciller au plus fort de sa montée.

– T'aurais pas fait de l'alcool de bois, par hasard, vieille sorcière ?

Alice s'esclaffe tandis que le monstre d'eau s'abat dans un grand fracas.

Quand ils se réveillent, ils ont tous très mal au crâne. Ils ne sont pas sûrs d'être vivants. Peut-être qu'ils sont morts, peut-être qu'ils sont fous.

Ils se lèvent, se soutiennent, avancent vers la grève.

– Elle était pas là, la mer, hier, s'étonne André.

– Regardez ! On s'éloigne du continent !

– On vogue ! s'exclame Dorine.

– L'Atlantide est réellement devenue une île, constate Henri, avec flegme. On peut dire qu'on a réussi. On l'a retrouvée.

– Quoi ?

– Notre utopie.

– C'est la mer…

– Allée avec le soleil.

Ils éclatent tous de rire.

– Peut-être qu'on pourrait en profiter pour voyager et voir le monde ?

– Ce n'était pas le projet…

– On retrouverait les autres avec tous leurs soucis… c'est ce qu'on a fui.

– Oui, mais bon, force est de constater… l'utopie, c'est chiant, non ?

Utopies réelles et réel de l'utopie, une différence d'enjeu !

Michèle Riot-Sarcey

Historienne, professeur émérite des Universités, a publié plusieurs ouvrages et de très nombreux articles, sur le féminisme, l'utopie, le genre, la démocratie, l'histoire politique, les révolutions du XIXe siècle, Walter Benjamin et l'écriture de l'histoire. Son champ de recherche aujourd'hui s'étend au XXe siècle, tout en poursuivant ses travaux autour de l'utopie, l'émancipation et les discontinuités historiques. Parmi ses ouvrages, retenons Dictionnaire des Utopies, *Larousse; 2002-2006 ;* Le Réel de l'utopie, Essai sur le politique au XIXe siècle, *Paris, Albin Michel, octobre 1998 ;* Le Procès de la liberté, *Éditions de la Découverte, janvier 2016, prix Pétrarque, Le Monde-France Culture, 2016 ; et, en collaboration avec Jean-Louis Laville,* Le Réveil de l'utopie *aux Éditions de l'Atelier, février 2020.*

Comment appréhender l'utopie ?

En tant qu'historienne, j'ai progressivement compris tout l'intérêt d'une perspective consistant à aborder la réalité du temps à partir de ses marges. J'ai conservé, à propos des utopies, cette orientation méthodologique acquise avec l'histoire du le féminisme, c'est-à-dire après avoir constaté la part utopique du combat des femmes, lors de mes recherches sur l'action des femmes en lutte pour la liberté dans la première moitié du XIXe siècle (le mot féminisme n'existait pas alors). Assez vite, j'ai pris connaissance des travaux de Miguel Abensour, (lequel aurait dû, si sa santé le lui avait permis, participer à mes deux jurys de thèses : *La Démocratie à l'épreuve des femmes* (1994), et *Le Réel de l'utopie* (1998). La lecture de Walter Benjamin nous rapprochait. Sa connaissance des écrits du penseur de l'histoire me fut précieuse pour saisir, entre autres, la pertinence de l'image dialectique qui bouleverse les interprétations traditionnelles du passé. L'intrusion de l'actualité du passé, au présent de l'historien, métamorphose la manière de penser les liens entre « l'Autrefois et le Maintenant ».

En dépouillant certaines archives – les correspondances adressées au journal *Le Globe*, émanant de milieux sociaux divers, lettrés ou non, au-delà des cercles saint-simoniens, au cours d'une période d'exception où rayonnait l'esprit de la liberté, soit entre 1830 et 1834 – j'ai pu constater l'influence déterminante des doctrines des réformateurs auprès d'un large public : de Fourier à Owen en passant par Cabet. Les « prolétaires » interprétaient leurs thèses en les adaptant aux situations concrètes ; l'usage critique des théories émancipatrices était très empirique. Les prolétaires transformaient le contenu en l'actualisant. Ainsi donnaient-ils à comprendre une réalité sociale assez éloignée des idées que véhiculaient les doctrines « utopiques » en mettant au jour un dispositif de domination constitutif des sociétés, qu'ils subissaient au quotidien. En ce sens l'utopie représentait l'espérance d'un devenir possible. Un avenir presque immédiat. En se projetant dans un monde idéal mais accessible, ils accédaient à un ailleurs parfaitement compatible avec l'idée de liberté et d'égalité dont les autorités libérales du temps se réclamaient – en se l'appropriant. C'est ce que j'ai appelé « le réel de l'utopie ». De ce point de vue, l'utopie est tendue vers un devenir concret, par rapport à une réalité dont la plupart des contemporains dénoncent les injustices et les insuffisances. Et il me semble qu'à tenir fermement cette perspective, on mesure l'efficacité mobilisatrice du réel de l'utopie. Autrement dit, l'utopie, portée par un idéal, est inscrite dans un présent, en mouvement et en devenir permanent.

Historiquement les contemporains ont été confrontés à des conflits, des désordres sociaux au cours desquels les normes et les règles n'avaient plus cours, ces périodes furent propices à la formation d'expériences inédites : l'utopie réveille les possibles. Mais le processus réformateur, au sens où l'entendaient les utopistes du XIXe siècle, ne peut perdurer dans la permanence d'un ordre dominant, en reconstitution perpétuelle ; la brèche qu'ils ouvrent est en rupture avec toute forme d'intégration via des dispositifs qui émanent d'institutions contre lesquelles ils s'insurgent. Cela ne signifie pas que ces expériences ne doivent pas être. L'idéal se dessine et se précise infiniment à partir d'une résistance et d'une expérience collective sans cesse remise sur le métier en fonction des tentatives d'intégration ou de rejet des sociétés ordonnées qui toutes sont fondées sur la domination d'une minorité. Il me semble que ce processus révèle le rapport à la conscience, à l'exigence d'un idéal tendu vers l'avenir qui doit apprécier à tout moment le degré d'impossibilité de travailler en collaboration avec cet ordre de manière pérenne.

Histoire et utopie

Il apparaît comme nécessaire non seulement d'historiciser l'utopie mais et d'insister sur le fait que l'appellation utopiste peut être interprétée de multiples manières. Si l'on prend l'exemple du Familistère de Godin, je ne l'ai jamais classé parmi les utopistes. C'est un réformiste, au sens actuel du terme et non au sens où l'entendaient les réformateurs d'autrefois. Godin a eu une pratique réformatrice dans une société dominée par les privilégiés d'une liberté sélective ou réservée aux hommes dominants. L'expérience Godin, aussi intéressante soit-elle, se situe dans le présent d'un ordre dont elle ne conteste pas la permanence, pas plus que son fondement. Sans émettre un jugement de valeur sur ces pratiques, cette expérience ne s'apparente pas directement à ce que j'entends par réel de l'utopie, lequel suppose la concrétisation d'un collectif, auto-organisé dans une perspective émancipatrice. Par contre on peut y trouver quelques correspondances avec ce que l'on nomme aujourd'hui « utopies réelles », différentes à mon sens du réel de l'utopie. Ce dernier n'est pas statique il est à la fois l'expression d'une mobilisation et d'une anticipation. Il faut la concevoir comme un mouvement critique.

Les trois grands utopistes d'hier, Fourier, Saint-Simon, Owen, inventèrent un monde harmonieux, un monde idéal, introduisant une brèche dans l'idéologie libérale dominante du temps, permettant ainsi l'ouverture vers une autre organisation sociale. Fourier n'a pu réaliser son utopie réformatrice, pas plus que Saint-Simon. Leurs disciples en ont fait autre chose. Mais leurs écrits ont laissé des traces dans l'esprit des contemporains au point d'influencer assez largement les révolutions du XIXe siècle. Cabet, bien qu'auteur d'un *Voyage en Icarie* (1840), est resté un expérimentateur. Tandis que Fourier, Saint-Simon, Owen, furent des réformateurs transgressifs du point de vue de la réception et de l'usage de leurs doctrines, lesquelles furent interprétées et réappropriées par les « insurgés » du temps. L'important, relativement au réel de l'utopie, n'est pas dans les thèses des auteurs théoriciens, mais dans la réception de leurs œuvres. Chacun d'eux imagina d'autres formes de relations sociales dans un autre monde possible. Après les réalisations et les déconvenues de la Révolution française, les trois grands réformateurs utopistes, avec leurs différences et leurs divergences, ont « ouvert la voie à l'impossible », comme le disait Edgard Quinet de la Révolution française. Impossible, c'est-à-dire inconciliable avec l'ordre existant, au temps de la formation du libéralisme.

L'ordre libéral d'abord, puis le néolibéralisme qui lui succéda, ont dressé une barrière d'impuissance devant l'esquisse d'une construction sociale au sein de laquelle le bonheur de tous serait un projet réalisable. L'acte de penser est entravé tandis que celui d'agir est empêché. En conséquence toutes les expériences « utopiques » à l'œuvre sont des expériences éphémères, et imparfaites ou inabouties aux yeux mêmes des acteurs qui s'y engagent. Car ceux qui introduisent cette forme de rupture sont souvent conscients des limites de l'expérience – ce qui les pousse d'ailleurs à réinventer constamment d'autres formes d'organisation à la marge des dispositifs existants. Quel que soit leur devenir, ces expériences laissent des traces en esquissant des « chemins de la liberté », accessibles à tous. Une perspective qui permet donc d'entrevoir une organisation sociale plus horizontale, plus égalitaire, en réalisant, même de manière microscopique, une fraction des promesses des Lumières. L'ensemble de ces pratiques mises bout à bout nous autorise à imaginer une société autre.

Mon point de vue sur l'utopie est en lien direct avec son mouvement en devenir permanent autant qu'avec sa réception, les dévoiements et autres travestissements dont elle fait l'objet. Au fond, le rêve qui fut le moteur de l'histoire dans la première moitié du XIXe siècle fut en quelque sorte l'aboutissement d'une critique d'un ordre dont on découvre aujourd'hui non seulement la pertinence, mais l'actualité renouvelée. À titre d'exemple, Charles Fourier, et à sa suite ses disciples au sens large du terme, estimait que l'exploitation de la nature ne pouvait être que l'avant courrière de l'exploitation de l'homme par l'homme.

L'utopie se fraye un chemin entre subversion, expérimentation et conscience de l'inachèvement.

Essayons de penser en fonction des aires culturelles, même si je n'emploierais pas cette expression, disons en fonction d'une tradition culturelle, d'une tradition historique légèrement différente. Les États-Unis ont une capacité absolument étonnante de tolérer ou d'intégrer ce qui potentiellement devrait remettre en cause l'ordre existant. Ils intègrent ce qui est intégrable en le dénaturant, c'est-à-dire en lui ôtant sa fonction subversive et surtout son potentiel déstabilisant. C'est précisément cette capacité à adapter la nouveauté au monde tel qu'il va et tel qu'il est qui permet au système de fonctionner, et plus encore, de se renouveler en permanence. Des expériences dissidentes, voire critiques trouvent ainsi leur place et sont tolérées jusqu'aux limites d'une extension subversive rendue impossible.

La question centrale à mon sens se situe dans le mouvement, la créativité, la préfiguration d'une société nouvelle en cours d'élaboration avec la transmission de l'idéal au sein d'un réseau en construction permanente. Sans doute, la capacité de tolérance apparente des États-Unis, le dispositif fédéral du pays sont-ils la cause de la perpétuation des expériences fermées ou entre soi. Mais ne nous y trompons pas. En France, comme ailleurs, nombre de communautés subsistent en s'adaptant. Le risque, l'inacceptable pour les pouvoirs en place est la contagion sur laquelle ils exercent leur vigilance de tous les instants. Les États-Unis ne font pas exception L'esprit d'utopie ne peut pas s'adapter en composant à l'infini avec une société contre laquelle il s'insurge. Chacun de nous compose avec le monde tel qu'il s'impose à tous. Il faut bien, à l'échelle d'une vie, être en capacité d'agir quelle que soit l'adversité du quotidien. La plupart d'entre nous s'adaptons, composons, nous nous compromettons plus ou moins. Mais d'abord nous résistons et nous nous rebellons. L'esprit utopique, au sens originaire du terme, mène plus loin. Conscients que ce monde tel qu'il est n'est pas réformable, les utopistes optent pour l'écart. En quête de « l'écart absolu », l'expérience qu'ils mènent est une expérience éphémère, tendant, en association avec d'autres, au bouleversement de ce monde.

Comprendre les transformations des utopies au fil du temps.

Quand on est sensible à l'historicité des utopies, la rupture mise au jour par Foucault à la fin du XVIIIe avec les Lumières et la Révolution Française en particulier est manifeste. Le devenir de l'homme se situe autrement dans l'*épistémé* du temps. L'arbitraire, la finitude, la crise du sacré, tout concourt à repenser les hommes dans le processus historique entièrement bouleversé. L'instabilité profonde des Eglises, la redéfinition des institutions renouvellent considérablement ce qu'il est convenu d'appeler la légitimité des pouvoirs. Les utopies renaissent, différemment, l'idéal dont elles sont porteuses s'élabore à partir des bouleversements sociaux en cours. Inscrites dans un réel, à la fois passé et présent, elles entrent dans l'histoire à la manière dont le peuple des dominés entre dans son mouvement. Le premier des utopistes qui ait marqué la rupture est Condorcet avec son *Esquisse pour le progrès humain* (1795). Que fait-il ? Il adapte sa pensée à l'esprit révolutionnaire, lui-même ayant été radicalement transformé par la Révolution, et il se projette vers demain, tout en étant conscient des difficultés du présent. Il écrit l'*Esquisse*, un hymne à l'humanité fabuleux, une forme d'utopie, alors qu'il est pourchassé et qu'il va être arrêté. Est-il mort d'épuisement ? S'est-il suicidé ? Rien n'est moins sûr. Il n'empêche, l'utopie révolutionnaire l'autorise à croire et à transmettre sa certitude du bonheur de l'humanité dans un progrès (de l'esprit humain) bien pensé. À partir de Condorcet, il y eut toutes sortes d'initiatives parmi lesquelles le travail de penser des trois grands utopistes, né d'une promesse inachevée des Lumières. Chacun d'eux, à sa manière s'est évertué à prolonger, compléter, rectifier cette promesse. Nous sommes au cœur de la modernité que j'ai nommée créatrice dans *Le Procès de la liberté* en la distinguant de la modernité destructrice. Seule celle-ci triompha au cours du XIXe siècle avec la révolution industrielle. Ce processus est toujours en cours. Avec des difficultés, des arrêts, des suspens, des discontinuités… De mon point de vue, notre actualité, et je dirais notre actualité à l'échelle mondiale, fait renaître ces promesses, par des expériences et des déstabilisations de l'ordre, conjoncturelles, éphémères… Je relie ces expériences, y compris certaines expériences en Amérique Latine, à cette résurgence globale d'une modernité créatrice.

Un temps, au XVIIe siècle en particulier, l'utopie a été réduite au genre littéraire dans une filiation reconstruite entre Platon et Thomas More. Construction postérieure dont le renouvellement politique cette fois-ci, dans les années 1840, nous montre le danger que pouvaient représenter, aux yeux des autorités du temps, les utopies réformatrices au sens plein du terme. En particulier en France, si nous nous référons aux écrits d'Alexis de Tocqueville, comme à ceux des autorités libérales, l'utopie fut rendue responsable des explosions révolutionnaires. De Benjamin à Abensour, chacun de nous a insisté sur la part historique des utopies. Les utopies libérées du mythe, ou dégagées des frontières du genre littéraire reprennent vie et retrouvent leur capacité d'agir sur le réel en le dépassant (on retrouve là la définition de la modernité chère à Baudelaire).

Ainsi, la Révolution de 1848 a été pour moi aussi, durant un temps, une rupture qui marquait une frontière entre le possible (avant) et l'ordre restauré, rendant la voie de la liberté impossible (après). Or, malgré la répression, malgré l'oubli, la dénaturation des associations par les pouvoirs en place, le poids de plus en plus grand pris par la marchandise, la Commune a surgit, non de nulle part, mais d'un passé d'espérance et de cette mémoire souterraine impossible à étouffer… Il nous faut saisir la Commune dans cette continuité discontinue. Je dirais que 1871 est une forme de résurgence de 1848, qui en réactualise en partie les espoirs, en relation avec les débats de l'Internationale. Varlin, César de Paepe (le belge) en sont des figures aussi importantes que celles de Marx ou de Bakounine, dans le rapport aux luttes de classes du temps. Pour nous, la Commune est une des expressions des utopies libertaires participant de ce nouvel esprit utopique après les années 1860. Aujourd'hui cette tradition resurgit. Comme si par-delà la continuité historique, les liens se retissent entre XXIe siècle et XIXe siècle. Je dis ceci afin d'insister sur le mouvement singulier des utopies ; elles ne sont saisissables que dans les discontinuités. C'est le suspens du temps historique selon le « sens de l'histoire » construit dans le but de légitimer les pouvoirs en présence.

De plus, il faut signaler à quel point une fois encore l'espace culturel est déterminant des conditions de production et de réception des utopies. Aux États-Unis, le *Looking Backward* d'Edward Bellamy (1888) a laissé une trace durable et a eu un impact important. Or, en France, ce n'est pas le cas. On ne comprend pas, ou mal, les écrits de Morris si on ne sait pas que celui-ci a rédigé ses *News from Nowhere* (1890) en réaction au livre de Bellamy. Que l'on aime ou non le modèle de société centralisé que propose Bellamy, il faut lui reconnaître d'avoir imaginé un système de travail extrêmement original, que les communards américains que j'ai étudiés récemment ont mis en pratique pour créer une véritable égalité entre eux. Mais les postérités de Bellamy et de Morris nous apprennent aussi l'importance des oppositions, des tensions, des circulations… entre familles d'utopies. Ces relations sont importantes à considérer pour comprendre pourquoi, à un moment donné, des projets utopiques éclosent pour nourrir, le cas échéant, des pratiques alternatives.

Le réel de l'utopie

Redonner sens aux utopies telles qu'elles furent conçues, perçues et réappropriées par les acteurs /sujets de leur propre histoire, tel fut mon projet en écrivant et forgeant le concept de « réel de l'utopie » pour saisir pleinement la perspective subversive des utopies, la manière dont les utopistes déstabilisaient potentiellement l'ordre existant. Ce qui me gêne dans les textes relatifs aux utopies réelles, c'est qu'ils transforment mon expression et la fige, en réalité concrète à l'arrêt, dont l'héritage historique est gommé par l'effacement de la résurgence d'un idéal inaccompli en tension permanente et complexe entre passé et présent Ils nient en quelque sorte le processus actif entre passé, présent et devenir. Processus expérimental et critique à la fois. Mon « réel de l'utopie » est quasiment une réponse à cette forme de caricature mythique du présent de l'utopie.

En tant qu'historienne du lien discontinu entre passé et présent, j'ai besoin, avant de constituer mon champ d'investigation en questionnant les sources, de penser l'histoire. Peut-être suis-je de ce point de vue, encore influencée par Hegel, c'est-à-dire que l'histoire n'existe que si elle est préalablement pensée à l'aide de concepts que l'on met à l'épreuve du passé. Le passé n'est pas simplement un champ de ruines, mais un chaos impossible à reconstituer dans une vérité même hypothétique. Il est toutefois nécessaire d'en retrouver à la fois le mouvement et le devenir, en se défiant avant tout du sens de l'histoire toujours lu rétrospectivement. C'est pourquoi, j'ai toujours eu quelques scrupules à travailler sur les périodes très contemporaines… Le XXe siècle fut dominé par l'idéologie, par les idéologies. Et l'utopie balayée, au seul profit des dystopies, ne renaît qu'à la marge.

Ce qui m'importe, c'est de savoir comment les utopies actuelles, ou les collectifs expérimentaux en cours, se ressaisissent du passé afin de le faire advenir en lui donnant tout son sens. Globalement, en histoire, le processus discontinu des événements n'a pas été considéré comme participant d'une réalité historique dans la mesure où les évènements « idéaux » ne sont pas advenus. Il est vrai que je m'intéresse à ces moments de déstabilisation davantage qu'aux expériences qui perdurent. Tout simplement parce que les

« possibles » non advenus, resurgissent différemment au présent en étant pris en charge par des acteurs contemporains.

Intermittence

Ariel Holzl

*Ariel Holzl n'aime pas les pages blanches, mais il apprécie les villes grises et l'humour noir. L'*urban fantasy *lui trotte dans la tête depuis qu'il a habité au Japon et en Irlande. Après avoir travaillé dans le jeu vidéo et le cinéma, il se consacre à l'écriture. Son premier roman,* Les Sœurs Carmines, *a reçu le « Prix du Roman Jeunesse des Imaginales » en 2018. Il a en publié une dizaine d'autres aux éditions Mnémos, L'École des Loisirs, Rageot, 404 et Slalom.*

Le regard de Leyla s'égare sous l'hiver nucléaire.

Derrière la vitre, les cendres radioactives s'accumulent et dérivent à la surface des terres inondées comme de tristes icebergs. La jeune ingénieure distingue à peine les autres bâtiments du Centre spatial. Ils surnagent entre les eaux grisâtres, écrasées par le ciel plombé. Kourou a perdu ses couleurs. Mondial, total et final, le conflit a pourtant épargné la Guyane de ses assauts les plus directs. Mais les crues qui s'ensuivirent l'engloutissent peu à peu. Et les conséquences climatiques ne semblent pas prêtes de s'arrêter.

À l'horizon, les îles du Salut ont déjà disparu sous les eaux.

« *Voilà au moins les derniers souvenirs des bagnes effacés pour de bon…* » essaye de se réjouir Leyla.

Un soupir lui échappe tandis qu'elle enfile sa combinaison. Avant de verrouiller le casque de son scaphandre, elle accorde un dernier coup d'œil aux bases de lancements.

Les fusées ont les pieds dans l'eau. Des années de rouille entachent la robe métallique de ces grandes dames. Éventrées par les militaires à la recherche de carburant, leurs carcasses ont servi d'abris, depuis de trop longs mois, à des réfugiés venus de Kourou ou de Sinnamary à bord d'innombrables barques, pirogues et radeaux de fortune.

Tous se trouvent maintenant dans les sous-sols inondés, trois étages plus bas que Leyla.

Ils n'ont pas été bien difficiles à convaincre : la faim et les maladies ont aiguisé leur désespoir, plus éloquent que toutes les menaces et tous les fusils.

Parée de son scaphandre, Leyla descend rejoindre les derniers employés du Centre spatial – d'autres ingénieurs, professeurs, médecins, voire agents d'entretien. Ils patientent dans le centre de contrôle, transformé en bastion de la dernière chance avec des composants venus du reste de la base : générateurs et groupes électrogènes, panneaux solaires arrachés à la station météorologique ; même des chaînes d'assemblage destinées à l'origine à la préparation des fusées et des satellites. Après avoir produit les derniers caissons HSVS, elles ont été démantelées pour être reconverties en serres hydroponiques.

Leyla a sous les yeux un oasis artificiel. Il devrait être capable de nourrir une centaine de personnes, même dans les conditions les plus extrêmes. Seulement, le Centre spatial n'accueille pas cent individus, mais plusieurs milliers. Un plan de contingence s'est donc imposé.

Scientifiques et techniciens s'attellent aux vérifications de dernière minute. Le capitaine Mohabir et ses soldats sont également présents. Les légionnaires assuraient la défense du Centre, quand il restait encore quelque chose à y défendre. Contrairement à Leyla et ses collègues, ils ne portent pas de scaphandres mais des combinaisons hazmat dernier cri, assurant une protection aux contaminants de toutes sortes, à défaut de pouvoir braver les eaux. Les couleurs criardes du polymère souple rappellent à la jeune femme les fantômes du jeu vidéo *Pacman*. Le sourire qui se dessine sous son casque est amer : il s'agit bien là d'une troupe de spectres. Elle doute les revoir de leur vivant. Même, elle l'espère.

Bientôt, les dernières consignes sont données aux militaires ; les adieux sont faits.

Impassible derrière le hublot plastique de sa combinaison, le capitaine Mohabir adresse une poignée de main ferme et quelques mots à chaque scaphandrier.

Il s'arrête un peu plus longuement devant Leyla.

– Docteur Valani, êtes-vous certaine que les sous-sols inondés soient le meilleur emplacement pour vos caissons ? demande-t-il.

– Hélas oui, capitaine. L'immersion permettra une réfrigération avec une énergie minimale, et elle protégera mieux des radiations. (Sa voix se fait plus rassurante, presque enjouée.) Ne vous en faites pas, capitaine : les caissons *Hibernation et Survie en Vide Sidéral* ont été conçus pour traverser l'espace.

Les sourcils du capitaine se froncent.

– Du matériel destiné à la conquête de nouveaux horizons, transformé par notre naufrage en radeaux de survie… Un énième gâchis.

– La survie me semble un enjeu plus louable que la conquête, rétorque Leyla. Et puis, l'espace et les fonds marins ne sont pas différents.

Tout en parlant, elle détaille Mohabir, essayant de lire sur son visage son degré de détermination.

Il n'est pas beaucoup plus âgé qu'elle, mais ses traits sévères semblent usés d'avance par l'ampleur de la tâche. Leyla espère qu'il tiendra bon. Elle poursuit, avant que la façade d'assurance qu'elle affiche ne se fissure :

– Pensez à vérifier les toits tous les trois jours. Et remplacez le moindre panneau solaire défectueux immédiatement. Tant que les cendres ne seront pas toutes retombées de l'atmosphère, il faudra pallier à la faible intensité du soleil.

– Vingt-cinq ans au moins, c'est bien cela ? questionne Mohabir.

– En effet. Et si vous rencontrez le moindre problème que vous ne puissiez résoudre, vous possédez le manifeste détaillé de nos employés et leurs domaines de compétence respectifs.

– Oui. Je ne manquerai pas de vous réveiller au clairon, si besoin.

Son sourire est pincé, presque un rictus. Mais au moins, il a fait l'effort de plaisanter.

– Merci pour votre sacrifice, répondit-elle.

– Vous m'avez devancé : j'allais vous remercier de la même chose, affirme le capitaine.

Après les ultimes poignées de main, les soldats accompagnent les employés jusqu'à une cage d'ascenseur hors service. De l'eau sombre inonde le puits de béton. Les scaphandriers y plongent un par un.

Lentement, ils chutent à travers le premier étage submergé, puis atteignent le sous-sol. Là, dans les profondeurs silencieuses, des milliers de caissons HSVS reposent. Il aura fallu démanteler bien des satellites, propulseurs et autres systèmes de guidage pour assembler ces cocons de verre et d'acier. Ils s'entassent contre les murs d'un parking en grappes serrées. Dans ces œufs de murène, les visages mortuaires – mais paisibles – des réfugiés. Lorsque les scaphandriers s'en approchent, un bourdonnement diffus trouble le silence. L'alimentation électrique fonctionne. C'est au moins un soulagement.

Guidée par la lampe frontale de son scaphandre, Leyla trouve un caisson vide. Il suffit d'une pression sur un bouton latéral pour l'ouvrir. Elle s'y installe, tandis que ses collègues font de même dans leurs propres réceptacles. Une fois refermé, une valve permet de vider l'eau salée du caisson, pour la remplacer petit à petit par le liquide cryoconservateur. Le geste suivant est le plus inquiétant : Leyla doit retirer le casque de son scaphandre dans l'habitacle en train d'être inondé. Autrement, le mélange d'azote, de diméthyle et de glycérol ne pourra figer les fonctions de son cortex.

« *Un* saut de la foi, *en quelque sorte* », se dit-elle, alors que le liquide commence à geler la pointe de ses pieds. Mais Leyla se rend vite compte qu'elle a déjà sauté depuis longtemps : après tout, ne fait-elle pas toute confiance au capitaine Mohabir et ses hommes pour respecter les consignes et les tirer de leurs caissons, une fois que l'environnement le permettra ? Voilà qui traduit un grand optimisme envers son prochain. Surtout quand l'Humanité n'a, jusqu'à présent, pas donné de garanties dans ce sens. Bien au contraire.

Pourtant, Leyla retire son casque.

Elle préfère s'éteindre naïve, ici et maintenant, plutôt que de survivre quelques années de plus dans la défiance.

Le liquide glacé gagne bientôt ses bras, ses épaules, son cou. Il s'infiltre par sa bouche, pénètre les tissus, gèle les organes et les connexions nerveuses. La terrible sensation de noyade qui l'accompagne dure plusieurs secondes.

Puis vient la douce extinction.

Le premier réveil est le plus cinglant.

Leyla a l'impression de recevoir un boulet de canon en plein dans les côtes. Ce n'est pourtant que son souffle qui récupère ses droits sur ses poumons. La clarté glauque d'un néon fait ciller la jeune femme. Elle ne sent pas ses jambes, pas ses bras. Ne distingue pas grand-chose.

– Docteur Valani ? l'appelle-t-on à travers ce brouillard.

Leyla croasse une réponse inaudible. Sa nuque lui fait mal, plus rigide et douloureuse qu'après un torticolis, mais elle se force à prendre la mesure de la pièce où elle se trouve. Elle ne parvient qu'à apercevoir une fenêtre crasseuse. Une obscurité compacte se devine derrière. Est-ce qu'il fait nuit ? Ou le ciel s'est-il gorgé davantage de cendres, pendant son sommeil ?

– Docteur Valani ? répète la voix familière.

Un visage s'impose à elle : le capitaine Mohabir. Il occupe tout son champ de vision. Sans son regard, toujours aussi rigide, elle ne l'aurait reconnu qu'avec difficulté. Son front, ses joues sont creusés de rides ; une barbe hirsute dévale son menton. Des années ont passé, c'est certain.

– Co… combien de…

– Quinze ans, répond le capitaine en devançant sa question.

– Est-ce que…

– Docteur Valani, je suis désolé de vous mettre dans cette position mais j'ai besoin de vous pour un point urgent.

Il lui tend devant les yeux deux schémas complexes, type plans – papier bleu pour tracés blancs.

– Ces diagrammes concernent bien la circuiterie interne de vos caissons HSVS ? la presse-t-il.

Le cerveau tout juste fonctionnel de Leyla met un certain temps à reconnaître les documents. Mais elle finit par acquiescer.

Le capitaine Mohabir lui retourne un hochement de tête satisfait.

– Merci pour votre confirmation.

– Pourquoi voulez-vous les schémas ? s'inquiète Leyla. Sans les chaînes de production et sans nos connaissances…

Le visage du capitaine se fronce.

– Je suis désolé, Docteur, mais je dois vous renvoyer à votre caisson. La situation ne s'est guère améliorée depuis votre… départ. Et votre expertise est trop précieuse pour que nous la risquions dans cet environnement.

Avant que Leyla ne puisse protester, un masque d'anesthésie s'abat sur son visage et la renvoie au néant.

Le réveil suivant est moins brutal, mais la panique de Leyla le rend plus éprouvant.

Que fabrique Mohabir ? Ce ne sont pas des façons de traiter les hibernants !

Cette fois pourtant, en ouvrant les yeux, Leyla se découvre dans une pièce claire. La peinture verte, écaillée par endroit, lui rappelle une chambre d'hôpital.

Le capitaine se trouve encore devant elle, assis sur un tabouret. Il a rasé sa barbe, retrouvant une apparence bien plus juvénile.

Leyla ne l'en invective pas moins :

– Que fichez-vous, Mohabir ? Votre pouvoir sur tant de vies vous est déjà monté à la tête ?

– Docteur Valini, veuillez accepter nos excuses. Mon père m'a expliqué les circonstances de votre dernière rencontre.

– Votre… père ? répète Leyla en clignant des yeux, autant par surprise que pour s'habituer à la lumière.

L'homme acquiesce.

– Je suis Isaac Mohabir. Vous connaissiez mon père, *Noah* Mohabir.

Là encore, il faut un peu de temps au cerveau de Leyla, fraîchement libéré de son hibernation, pour prendre la mesure des paroles qu'elle entend.

– Je crains que mon père ne puisse plus s'excuser en personne, poursuit le fils du capitaine. Son cancer de la thyroïde a fini par l'emporter, il y a trois ans. À l'exception des Dormeurs, les radiations ont épargné peu de monde de la première génération.

– Les « Dormeurs » ? Vous voulez parler des individus en hibernation ?

Isaac acquiesce.

– Combien de temps s'est-il encore écoulé ? demande Leyla.

– Vingt-et-une années de plus. Nous approchons de la moitié de siècle, depuis le début du plan. Voulez-vous voir les résultats de votre sacrifice ?

Sans vraiment attendre de réponse, il ouvre le rideau de l'unique fenêtre de la chambre, dévoilant un paysage surprenant.

Dehors, le ciel a retrouvé un brin de couleur. Le bleu tire toujours sur le gris, comme avant un gros orage, mais il a perdu sa teinte cataclysmique. Les particules en suspension dans l'atmosphère sont retombées. L'hiver nucléaire est passé.

Leyla reconnaît la base, toujours sous les eaux pleines de vestiges. Mais elle est stupéfaite de voir des îlots de verdure qui surnagent, çà et là, comme d'immenses nénuphars.

– Ce sont des algues ionophiles, lui apprend Mohabir. Une espèce qui absorbe les radiations et peut filtrer l'eau, à long terme. Voyez-vous ces barrières flottantes ?

Il pointe du doigt ce qui ressemble à une chaîne de bouées en plastique, tirée entre la carcasse d'une fusée Ariane 5 et le centre de contrôle. D'autres sont disséminées entre les bâtiments qui tiennent encore debout.

– Je les vois, constate Leyla depuis son lit.

– Nous essayons de transformer la zone en gigantesque bassin de décantation. La filtration devrait prendre entre vingt et trente ans. Mais nous pouvons nous le permettre. L'avantage des algues ionophiles, c'est qu'une fois gorgées de radiations, elles peuvent être traitées et utilisées comme des piles nucléaires. Nous ne manquerons pas d'énergie.

– Comment les avez-vous découvertes, ces algues miraculeuses ? questionne la jeune femme, son admiration teintée d'une pointe d'ironie.

– Une équipe de biologistes venue du Gabon. Ils nous ont rejoints peu avant votre précédent réveil. D'ailleurs, mon père a insisté pour que je vous explique un jour son comportement…

– Faites donc.

Isaac se rassoit sur son tabouret, prélude à une longue explication. Leyla préfère rester tournée vers la fenêtre, fascinée par le décor pourtant morose. Elle a l'impression d'observer les premières touches de peinture sur un canevas vierge.

– Peu avant de vous réveiller, commence Mohabir, mon père avait été contacté par des survivants d'autres nations. Des groupes autogérés, comme celui auquel vous apparteniez, vous et le personnel du Centre spatial. La situation ne s'était pas beaucoup améliorée depuis le début de votre hibernation, ni du côté de ces groupes, ni du nôtre. Les ressources étaient toujours trop limitées, les survivants trop nombreux pour les maigres provisions. Mon père a donc pris la décision de partager vos travaux sur les caissons HSVS avec l'ensemble de ces nouvelles communautés.

– C'est louable, mais comment avez-vous réussi à communiquer à l'échelle mondiale ? s'étonne Leyla. Nous avions perdu tout contact à plus de quelques kilomètres autour de Kourou, à cause des interférences générées par les particules, ainsi que la destruction des infrastructures et des satellites pendant le conflit. Sans cela, j'aurais volontiers partagé mes recherches depuis longtemps.

Isaac esquisse un sourire.

– Cette fois, nous devons cette prouesse à des ingénieurs japonais. Ils ont réussi à rétablir un réseau proche de l'internet d'antan en reprogrammant des drones militaires pour servir de relais.

– Le genre de reconversion technologique que votre père appréciait particulièrement, plaisante la jeune femme.

Le sourire de Mohabir se fige quelque peu, avant de poursuivre.

– Ce qui nous amène au point suivant : nos ressources restent, aujourd'hui, fortement limitées. Nous produisons tout juste assez d'aliments pour nourrir correctement un survivant sur huit.

– C'est toujours mieux qu'un sur trente, répond Leyla en se remémorant la situation avant sa première hibernation.

– En effet. Et pour continuer dans ce sens, nous avons établi le protocole Pandore.

Leyla fronce les sourcils.

– Ce nom n'inspire pas confiance…

Isaac pouffe d'amusement.

– N'ayez crainte. Il s'agit tout simplement de garder l'espoir dans sa boîte, jusqu'à ce que nous puissions enfin l'ouvrir dans un monde nouveau.

– Je suppose que par « boîte » vous parlez de nos caissons, devine l'ingénieure.

– Exactement. Pour pallier à notre situation, le protocole Pandore met en place des « roulements de vie ». Une existence par intermittence, tant que les ressources planétaires ne sont pas suffisantes pour assurer un retour à la normale. Chaque individu a le droit à trois années d'éveil pour vingt-et-une d'hibernation. N'y voyez pas une forme de contrôle, mais une nécessité : il s'agit de conserver les ressources alimentaires, tout en limitant l'exposition des individus aux radiations, polluants et autres pathogènes.

Leyla hausse les épaules.

– Je serai bien hypocrite de trouver à y redire : cela ressemble fortement à notre plan de contingence initial. Mais nous envisagions un retour à la normale plus rapide, je suppose.

– Tout à fait, répond Isaac en acquiesçant. Ce n'est qu'une solution temporaire, et nous faisons le nécessaire pour la rendre la plus humaine possible : des regroupements familiaux sont privilégiés, des dérogations sont accordées pour les personnes qui ne peuvent pas forcément contribuer à nos projets en cours pendant leur périodes d'éveil…

– Je suppose donc que vous m'avez réveillée pour une contribution particulière ? l'interrompt Leyla.

– Oui et non, ricane Isaac. Vous étiez en sommeil depuis vingt-et-un ans, ce qui entraîne automatiquement un droit à l'éveil, selon le protocole. Mais il y a effectivement un projet sur lequel votre contribution serait la bienvenue.

– De quoi s'agit-il ?

– Un ingénieur informatique japonais souhaiterait profiter de votre expertise sur les caissons HSVS. Il tente de développer un système de réalité virtuelle rudimentaire qui fonctionnerait pendant l'hibernation. Il permettrait donc aux Dormeurs qui le désirent d'avoir un minimum d'activité en dehors des périodes d'éveil…

Lorsque Leyla retrouve son caisson d'hibernation, trois années se sont écoulées.

Trois années à manger de chétifs légumes hydroponiques et des pastilles d'iode contre les radiations. Trois années qui l'ont pourtant pleinement satisfaite, aussi éreintantes furent-elles.

Le système informatique du Docteur Hiroshi fonctionne. Même s'il ne s'agit guère que d'une interface de chat glorifiée.

Il n'a pas été simple de reconfigurer les caissons pour permettre l'activité cérébrale tout en maintenant la suspension du corps. La consommation d'énergie est bien plus conséquente, mais la technologie en vaut le sacrifice : les Dormeurs sont capables de communiquer, entre eux comme avec le monde extérieur ; de partager des envies, des rêves, des frustrations… D'exister, en somme.

Le programme s'améliore de jour en jour : images, avatars, jeux et classes virtuelles apparaissent bientôt sur le « Réseau », comme il est rapidement surnommé, et font écho aux progrès extérieurs pour remettre la planète en état. Que ce soit dans le codage collaboratif ou les échanges de ressources plus concrètes, la coopération internationale atteint des sommets jamais soupçonnés.

« *Il aura fallu que le monde s'écroule, mais enfin… Mieux vaut tard que jamais !* » ironise Leyla du haut de ses pensées numériques.

Elle en profite elle-même pour prendre des cours de pilotage avec un spationaute russe. Pourquoi pas, après-tout ? Elle avait rejoint le programme spatial par la branche de recherche car elle pensait perdre son temps à tenter de devenir ingénieure de vol. Mais maintenant que le temps est devenu plus élastique, démultiplié par l'intermittence du monde réel, accomplir ses rêves n'est plus qu'une question de volonté.

Leyla s'éveille à nouveau. Cinquante-trois ans ont passé.

Comme n'importe qui peut l'apprendre à travers la presse numérique, l'intermittence a été réduite à une année sur quatre. Mais le Réseau est devenu si perfectionné que beaucoup de Dormeurs en viennent à le préférer au monde extérieur et échangent des jours d'éveil avec ceux qui le souhaitent. Leur contribution n'en reste pas moins essentielle, car ces « purs esprits » participent à des projets de recherche, codent des programmes externes ou des nouvelles fonctionnalités du Réseau, et se chargent même d'éduquer, via écrans ou hologrammes, une population enfin grandissante.

De son côté, après avoir longuement pesé le pour et le contre, Leyla a cessé de repousser son retour au réel. Une fois sa demande d'éveil envoyée, des drones sous-marins, pilotés à distance par un Dormeur, sont venus l'extirper de son caisson en moins d'une journée.

– Bienvenue dans la Fondation Mohabir, la salue une infirmière souriante, tandis que Leyla ouvre les yeux.

La chambre sent le propre et la citronnelle. Le mur devant lequel l'infirmière se tient n'est qu'une vaste baie vitrée. Un panorama à couper le souffle se dresse derrière le verre : la Guyane a retrouvé toute sa palette de couleurs égarées. Et même de nouvelles.

Entre la mangrove de palétuviers régénérée, les bassins d'élevages de crevettes et d'immenses champs aquatiques où s'affairent des robots algoculteurs, Leyla découvre la ville flottante qu'est devenue Kourou. Une merveille de bio-architecture et de structures recyclées. Aussi magnifique soit la cité, l'intérêt de la jeune femme se reporte immédiatement sur les installations du Centre spatial, enfin réparées.

Perchées sur les lanceurs, des fusées Ariane 9 et Vega 3 flambant neuves semblent n'attendre qu'une pilote.

La fascination de Leyla est si évidente que l'infirmière se fend d'un commentaire joyeux :

– Incroyable, non ? Utiliser nos ressources à relancer le programme spatial a fait l'objet de bien des débats, ici comme sur le Réseau. Mais selon les dernières études, l'envoi de volontaires toujours en caissons pourrait faire diminuer l'intermittence à trois, voire deux ans. Peut-être même la supprimer complètement, si nous pouvions découvrir de nouvelles matières premières dans l'espace ? Ou mieux : une nouvelle planète !

L'enthousiasme gonfle sa voix. En s'en rendant compte, elle se met à pouffer, le visage empourpré par la gêne.

– Je suis désolée. Vous devez me prendre pour une folle, ajoute l'infirmière.

– Pas du tout, lui sourit Leyla, sans quitter les fusées des yeux. À mon époque, le temps a sauvé l'espace. Qui sait ? L'espace sauvera peut-être le temps, cette fois…

Mobilis in mobile

Nicolas Allard

Nicolas Allard est agrégé de lettres modernes et essayiste. Spécialiste de pop culture et des littératures de l'imaginaire, il est l'auteur d'essais consacrés à Star Wars, Dune *et* Game of Thrones. *Sorti en 2021 aux éditions Armand Colin, son dernier ouvrage, intitulé* Les Mondes extraordinaires de Jules Verne, *s'intéresse à la question du riche héritage artistique de l'écrivain français.*

« T*out ce qui est dans la limite du possible doit être et sera accompli.* »

Jules Verne me regarda d'un air malicieux.

« Vous êtes incontestablement un lecteur très attentif de mes œuvres, Monsieur Kapoor.

– Juste retour des choses, Monsieur Verne. Vous êtes l'un des rares auteurs européens à avoir manifesté un véritable intérêt pour l'Inde. Et cette phrase de *La Maison à vapeur* m'a toujours semblé révélatrice de votre vision du monde… »

Je marquai un temps d'arrêt. En le regardant fixement, je cherchai à saisir quel homme se cachait derrière l'écrivain qui m'avait tant fait rêver.

« Pour vous dire la vérité, je me considère moi-même comme un personnage vernien… »

Cette phrase parut l'intriguer et l'amuser tout à la fois.

« Vraiment ? Et peut-on savoir pourquoi, Monsieur Kapoor ? »

Je posai mon cigare sur la petite table qui nous séparait tous deux.

« Je n'ai pas fait le tour du monde comme votre cher Phileas Fogg, mais j'ai épousé une femme de son peuple. Comme lui avait pris pour épouse une femme de mon propre pays… »

Je lui souris.

« Et mon deuxième fils porte le prénom du plus célèbre de vos personnages, Monsieur Verne…

– Nemo ?

– Nemo. »

Cette anecdote eut l'air de lui faire plaisir. J'eus même le sentiment qu'il en éprouvait une certaine fierté.

« Je n'avais pas vraiment le choix… Vous avez créé le plus fascinant des personnages, Monsieur Verne. Vous verrez qu'il inspirera des générations et des générations d'artistes, bien après votre mort… Et puis, ce personnage est indien, comme moi !

– Il faudra donc que je rencontre le petit Nemo une prochaine fois, Monsieur Kapoor. »

Je redevins plus grave et Jules Verne le perçut immédiatement. Même bien des années après cette rencontre dont j'ai gardé un souvenir vivace, je ne saurais expliquer clairement ce qui se passa à cet instant. Mais Jules Verne comprit une douleur que je gardais pourtant secrète.

« Vous ne voyez pas souvent votre fils, n'est-ce pas ? »

Je me sentais terriblement gêné. Je n'avais pas fait venir le célèbre Jules Verne ici, à Londres, dans les salons du luxueux Langham Hotel, pour lui parler de ma vie personnelle. C'était au contraire pour l'entretenir d'un sujet bien plus grand que moi que j'avais obtenu, de haute lutte, cette entrevue. Je n'avais pas envisagé que cette anecdote pût recentrer cette conversation autour de ma personne. Je ne savais pas quoi répondre. Ce fut Jules Verne qui brisa un silence qui aurait pu commencer à devenir pesant.

« Je ne voulais aucunement heurter votre sensibilité, Monsieur Kapoor... Mais, plus qu'aucun autre, je sais désormais à quel point être père est la plus délicate des tâches... »

Il s'interrompit quelques instants, l'air grave.

« J'ai avec mon fils Michel des rapports compliqués... Et je sais désormais que je suis le principal responsable de cette situation... »

Son regard sembla se perdre dans un ailleurs lointain, avant de se fixer de nouveau sur mon visage.

« Il n'est pas un parent au monde qui ne commette des erreurs avec ses enfants, Monsieur Kapoor. Si on s'en aperçoit assez tôt, on peut corriger certaines d'entre elles... Mais je crains qu'il ne soit trop tard pour Michel et moi... »

Je pensais alors à Arun et à Nemo, mes deux fils.

« Vous avez raison, Monsieur Verne. Je ne vois pas souvent mes enfants... »

Je poussai un soupir.

« Mon travail en est le principal responsable... Vous aurez l'occasion de constater que je possède bien des ressources financières. Si l'argent ne me manque pas, je suis en revanche loin d'être le maître de mon temps... »

Je marquai un temps d'arrêt.

« J'aime ma famille. Avec mon épouse, mes fils sont le don le plus précieux que j'ai reçu de la vie. Mais j'ai des impératifs qui me laissent malheureusement bien peu de libertés... »

Même si nous nous connaissions depuis peu, je sentis une réelle compassion dans le beau regard du grand écrivain français.

« Si vous le permettiez, Monsieur Verne, je souhaiterais revenir à l'objet premier de notre échange.

– Je vous l'ai déjà dit, Monsieur Kapoor. Je suis vraiment flatté que vous ayez pensé à moi. Mais je vous le répète : je n'ai ni le temps ni l'énergie qui me permettraient de me consacrer pleinement à votre projet.

– Je sais que votre blessure au pied constitue une gêne quotidienne… Mais vous pourriez participer à cette grande entreprise depuis chez vous : avec vos romans, vous avez bien fait le tour du monde connu et inconnu sans quitter votre domicile amiénois, non ?

– Ce n'est pas une seulement une question de temps ou de possibilité, Monsieur Kapoor. C'est aussi une question de légitimité. Qui suis-je pour mériter l'honneur que vous souhaitez me faire ?

– Vous sous-estimez votre importance. Vous êtes à mes yeux, et aux yeux de beaucoup d'autres également, le plus grand visionnaire de notre temps !

– Que je sache, les hommes n'ont toujours pas acquis la possibilité de quitter leur propre planète…

– Mais ils y parviendront, Monsieur Verne ! Ils iront sur la Lune ! Je suis persuadé que ce nouveau siècle verra l'humanité accomplir de grandes avancées scientifiques ! Les décennies qui viennent montreront à quel point votre œuvre a été en avance sur son temps ! »

Il ne répondit rien et parut réfléchir. Je compris que l'instant était décisif.

« Vous m'avez fait rêver avec vos *Voyages extraordinaires*, Monsieur Verne. Grâce à vous, j'ai pris conscience de toutes les potentialités de l'être humain. Ce sont vos écrits qui ont inspiré mon parcours de vie, qui m'ont donné la force et le courage d'entreprendre les actions à l'origine de mon empire financier. Vous confier la responsabilité de ce projet est pour moi une évidence, mais aussi une façon de vous remercier pour tout ce que vous avez apporté au jeune homme que j'étais alors et à l'adulte que je suis devenu par la suite. »

Je fis une petite pause.

« Je sais que l'écriture de vos romans vous sollicite beaucoup. Je sais également que vous prenez très à cœur votre rôle de conseiller municipal d'Amiens. Je respecte vos engagements, qu'ils soient littéraires ou politiques. Mais, à l'orée de ce vingtième siècle qui s'annonce si riche de défis pour notre espèce, refuser d'être le maître à penser de ce projet irait à l'encontre de toutes vos réalisations antérieures. Car, pour moi, Monsieur Verne, vous avez avec vos *Voyages extraordinaires* toujours œuvré en faveur de l'humanité et de l'utopie. »

– Vous n'êtes pourtant pas sans savoir que certains de mes romans présentent une vraie noirceur et que de grands inventeurs comme Robur ou Nemo n'ont pas mis leurs talents au service du plus grand nombre…

– Je le sais, Monsieur Verne. Je vais même vous étonner : j'ai appris que vous aviez écrit un roman représentant une vision bien sombre de Paris au XXe siècle. J'ai découvert que Pierre-Jules Hetzel, votre éditeur de l'époque, avait refusé de publier ce texte car il n'appréciait pas le regard que vous portiez sur notre avenir. J'ai d'ailleurs pu me procurer une copie de la lettre qu'il vous avait envoyée alors…

– Je vois que vous êtes très bien renseigné. Je ne crois donc pas être la personne la plus indiquée pour mener à bien votre *Projet Utopie*, Monsieur Kapoor.

– En cela, vous vous trompez, Monsieur Verne. Vous n'êtes pas Nemo. Vous n'êtes pas Robur. Je vous vois davantage comme Michel Ardan, le héros de vos romans lunaires. Plus que tous les autres, il n'eut pas peur de partir à la conquête de la Lune. Or, vous êtes un conquérant des possibles, Monsieur Verne, un conquérant des mondes imaginaires ! »

Je le regardai quelques instants sans parler.

« Et pour pouvoir mettre en œuvre une utopie, il me paraît essentiel d'avoir au préalable envisagé le pire, comme vous l'avez fait avec votre *Paris au* XX*e siècle*. »

Je sentis qu'il commençait à hésiter.

« Je pourrais travailler intégralement depuis chez moi, dans le plus grand secret ? Je préférerais que personne ne fût au courant de notre collaboration… »

– C'est de toute façon ce que je comptais vous proposer. Je tiens moi-même à la plus totale discrétion. C'est d'ailleurs la raison pour laquelle je vous ai convié à Londres, plutôt que de venir vous rencontrer chez vous, à Amiens. Ni votre épouse, ni votre fils, ni votre éditeur ne sauront que vous avez pris une part active au *Projet Utopie*. Aucune information ne sera divulguée au monde avant l'achèvement de cette entreprise.

– Comment comptez-vous procéder ? Nous vivons à une époque où conserver un secret, et surtout un secret de cette importance, est une tâche pour le moins délicate, sinon impossible…

– Les contacts entre les membres du projet se limiteront au strict minimum et vous serez seul maître à bord. Je me suis pour cela inspiré de votre roman *Vingt mille lieues sous les mers*. Qui savait que Nemo avait créé le *Nautilus*, l'engin le plus révolutionnaire de son temps ? Ce véhicule ne fut-il pas considéré pendant longtemps comme un monstre marin ? Je vous l'assure : j'ai pris toutes les précautions nécessaires.

– Est-il indiscret de vous demander lesquelles, Monsieur Kapoor ?

– Tous les membres du *Projet Utopie* ont signé une clause leur interdisant d'évoquer leur participation à cette entreprise, que ce soit publiquement ou en privé. Je me suis entouré des meilleurs juristes : les contrats signés seront respectés. J'en ai la certitude. Par ailleurs, nous veillerons à ce que chaque membre du projet n'ait pas à bouleverser son quotidien. Les absences seront toujours justifiées et nous ferons en sorte qu'elles ne présentent jamais une durée excessive. La discrétion sera notre priorité.

– Avez-vous déterminé un lieu où nous pourrons échanger librement ?

– J'ai surtout mis en place un système qui permettra à tous de communiquer rapidement et en toute sécurité. J'ai pour cela dû limiter la réalisation du *Projet Utopie* à l'Europe. Mais je compte bien l'élargir ensuite au reste du monde, dans le cadre d'une seconde phase. Pour répondre plus précisément à votre question, il existe bien un lieu dans lequel vous pourrez interagir à l'abri des regards. Il y a quelques mois, je me suis porté acquéreur d'une île : elle se trouve à proximité de l'archipel des Açores. J'aimais l'idée de développer ce projet en un lieu proche de l'endroit où vous aviez situé la mythique cité de l'Atlantide. Cette île bénéficie d'un climat agréable et est actuellement inhabitée. C'est elle qui sera le berceau de ce rêve dont vous porterez les idées, Monsieur Verne.

– Et vos enfants, Monsieur Kapoor ? Et votre femme ? Savent-ils que vous comptez consacrer une partie de votre fortune à une telle entreprise ?

– Mes fils sont trop jeunes pour comprendre la portée du *Projet Utopie*. Mais j'en ai effectivement parlé à ma femme. J'ai un profond respect pour elle et une confiance inébranlable en son intelligence. Je songe à cette entreprise depuis des années. Elle a bien compris à quel point sa réalisation donnerait un sens nouveau à ma vie. J'ai gagné beaucoup d'argent, Monsieur Verne. J'ai en mémoire tous les efforts et tous les sacrifices consentis pour arriver là où je suis maintenant. Certes, je ne suis ni un scientifique, ni un philosophe, ni un grand écrivain. Mais je suis déterminé à contribuer moi aussi au progrès humain. Ce sont vos romans, Monsieur Verne, qui m'ont fait prendre conscience de mon appartenance à l'humanité tout entière, et pas uniquement à une culture ou à une nation en particulier. »

Je fis une brève pause, pensant à mes deux enfants.

« Je vous remercie de vous préoccuper du sort de mes fils : ils fréquentent un prestigieux établissement londonien, dans lequel ils reçoivent la meilleure des formations. Une fois devenus adultes, ils auront tous les atouts en main pour réussir dans la vie. En ne leur laissant pas un riche héritage, je sais que j'œuvre en réalité pour leur bien : ils comprendront ainsi plus aisément la véritable valeur de l'effort et du sacrifice. Ils n'en seront que de meilleurs hommes et citoyens : j'en suis certain. »

Jules Verne me parut très concentré. Il caressait sa belle barbe blanche tout en réfléchissant intensément.

« Dans ces conditions, j'accepte de prendre part à votre projet, Monsieur Kapoor. Mais vous devez vous attendre à être déçu : je vous rappelle que l'utopie, littéralement, est le lieu qui n'existe pas…

– J'ai bien sûr pris le temps de considérer cette possibilité, Monsieur Verne. Mais je crois en votre créativité. J'irais même jusqu'à dire que j'ai *foi* en vous. Je n'interviendrai dans aucune étape du processus. Plusieurs de mes collaborateurs habituels superviseront le projet, notamment pour des questions administratives et techniques. Moi, je ne veux rien savoir. Votre liberté sera totale : vous n'aurez aucune limite de moyens, ni de temps. L'unique frontière sera votre propre imagination. »

Plusieurs mois s'écoulèrent. Sans aucune nouvelle de Jules Verne ni du *Projet Utopie*. Je ne voulais être informé de rien. Pas même des dépenses. Souvent, il m'arrivait de me représenter ce que pourrait être l'utopie selon Verne. Une nouvelle machine extraordinaire comme le *Nautilus* de Nemo, ou comme l'*Albatros* et l'*Épouvante* de Robur ? Je me rappelais la micro-société idéale que Jules Verne avait mise en œuvre dans son roman *L'Île mystérieuse*, et je me demandais s'il ne chercherait pas à la recréer sur l'île dont j'étais le propriétaire. Ce projet finissait par hanter mes nuits. Mes rêves mêlaient subtilement les *Voyages extraordinaires* de Jules Verne aux images que je pouvais me faire de l'utopie. J'eus souvent l'impression que mon esprit réécrivait les romans de cet écrivain que j'admirais tant. Un jour, environ deux ans après notre rencontre du Langham Hotel, Arthur Burroughs, mon second, vint me trouver à mon bureau.

« Le *Projet Utopie* a été mené à son terme. »

Il me confia un bref courrier de Jules Verne, lequel me demandait de me rendre dès que possible sur mon île des Açores. J'avais alors une semaine particulièrement chargée. Mais je fis en sorte de me libérer de mes principales obligations. Je demandais à Abigail, mon épouse, si elle souhaitait m'accompagner. Elle en fut très heureuse et me convainquit d'y convier également nos deux enfants.

Notre navigation fut sans encombre. Cette traversée eut le mérite de m'offrir un peu de temps avec ma famille, ce qui était alors un véritable luxe dans mon quotidien.

Suivant les indications précisément données par Jules Verne, nous fûmes déposés près de la pointe nord de l'île. Cette ancienne terre volcanique, dotée d'une flore luxuriante, présentait bien des attraits. J'avais été frappé par sa beauté sauvage et je m'étais dit qu'elle permettrait aux membres du *Projet Utopie* d'y accomplir leur mission dans des conditions plaisantes. Nous arrivâmes sur l'île en canot. Achetée il y a environ trois ans, cette terre n'avait pas pu être encore dotée d'un véritable port. Nous traversâmes la jungle sans noter une quelconque modification de la topographie. Ma femme jugea que cette longue marche n'était sans doute qu'une mise en scène, visant à valoriser le résultat final du *Projet Utopie*. « N'oublie pas que Jules Verne est aussi un homme de théâtre », me rappela-t-elle fort justement. Nous marchâmes pendant plusieurs heures, ce qui ne fut pas une expérience désagréable. J'étais heureux de faire découvrir cette île à ma famille et nous fûmes émerveillés par le spectacle de cette faune et de cette flore si différentes de ce que nous pouvions observer dans notre quotidien londonien.

Nous arrivâmes enfin à proximité d'une large et magnifique maison en bois, qui avait été bâtie depuis peu. Sans être absolument gigantesque, cette bâtisse de deux étages pouvait accueillir plusieurs hôtes. Elle comportait un grand salon, cinq chambres et, tout en présentant une décoration s'accordant parfaitement avec le cadre de l'île, elle offrait tout le confort moderne, avec quelques spécificités que j'allais découvrir plus tard.

Face à la maison se trouvait un petit port, flambant neuf. Sur le quai, je vis un majestueux voilier : je fus invité à m'y rendre. Ce bateau devait-il nous conduire sur une autre portion de l'île, où le *Projet Utopie* prendrait alors toute son ampleur ? À côté du gouvernail, j'aperçus une lettre qui m'était adressée. Elle était de l'écriture de Jules Verne.

« Cher Monsieur Kapoor, cher Raja,

Il y a bientôt deux ans de cela, vous avez sollicité mes conseils et ma participation active à votre *Projet Utopie*. Maintenant que cette entreprise est arrivée à son terme, je dois avouer avoir eu de réelles réticences à y prendre part. Non pas que votre idée n'ait pas été belle en soi. Je n'ai jamais eu et je n'aurai jamais les moyens financiers qui sont les vôtres. Je suis donc bien incapable de savoir ce que je ferais si j'étais un jour à la tête d'une immense fortune. J'ai essayé de l'envisager avec Phileas Fogg dans *Le Tour du monde en quatre-vingts jours*, ou avec William J. Hypperbone dans *Le Testament d'un excentrique*. Dans ces romans, la grande fortune des personnages principaux était toujours employée à des fins très personnelles. Vous vous différenciez nettement de ces deux individus, Raja, et votre philanthropie vous honore.

Si j'ai accepté de devenir le maître à penser de votre *Projet Utopie*, ce n'est ni par fierté ni par ambition personnelle. Vous trouverez d'ailleurs ci-joint le chèque que vous m'aviez remis contre ma participation. Je ne désire pas être payé. Non : si j'ai fini par accepter votre offre, c'est parce que votre démarche et votre personnalité m'ont touché. Nous appartenons certes à une génération, à une culture et à un milieu social bien différents. Je ne crois pas que vous me contredirez sur ce point. Mais comme j'ai cherché à le montrer dans mes *Voyages extraordinaires*, je suis persuadé qu'il existe au sein de l'humanité un universalisme qui va bien au-delà de nos réelles différences. En vous, j'ai reconnu le jeune père que j'ai été jadis et c'est aussi pour cette raison-là que j'ai accepté de participer à ce projet.

Vous voyez en moi le plus grand visionnaire de notre temps, Raja, et en cela vous m'honorez. Je ne pense pas être un homme orgueilleux, même si j'ai conscience des qualités qui sont les miennes et aussi, je crois, de la portée mondiale de mon œuvre. Au début de ce projet, lorsque j'ai été amené à échanger avec bien des génies du monde scientifique, je dois vous avouer que je me suis d'abord posé la question de ma légitimité. Depuis ma plus tendre enfance, j'ai toujours accordé une grande importance à la littérature. Tout en connaissant ses forces, je connais aussi ses limites. Je suis convaincu qu'elle peut changer les mentalités, contribuer à l'accélération de changements bénéfiques et nécessaires. Mais, à la différence de certains de mes pairs, je ne pense pas qu'elle puisse transformer radicalement le monde. Elle peut toutefois nous montrer la voie du changement, ce qui n'est certes pas négligeable. Dès lors, un écrivain avait-il vocation à diriger un groupe de scientifiques renommés ? C'est la question que je me posais dans un premier temps.

Une fois mes réticences passées, je dois reconnaître qu'il fut exaltant d'être à la tête de votre *Projet Utopie*. Pour la première fois de ma vie, j'eus véritablement le sentiment d'être un poète. Je sentais mes mots, mes idées, dotés d'un pouvoir réel : j'avais l'impression d'agir directement sur notre réalité. Travailler aux côtés de tous ces grands génies des sciences fut une expérience unique, et même troublante, tant il me semblait parfois interagir avec certains personnages de mes romans.

Avant d'envisager la mise en œuvre d'une utopie, j'ai souhaité consulter personnellement chaque membre du projet. Je leur ai adressé la même question : quelle est votre conception de l'utopie ? Il me semblait que l'on pourrait ainsi dégager un certain nombre de principes communs de ces réponses, tant il y avait là une réunion de grands esprits. Je fus surpris de constater qu'il n'en était rien. De cette première consultation ressortaient essentiellement deux enseignements : l'utopie n'existe que dans les livres et elle présente une extrême diversité. Je compris alors qu'il fallait m'en tenir à votre idée initiale : je devais être le seul maître d'œuvre de ce projet.

Je réfléchis longuement à ce qu'était pour moi l'utopie. Il y a quelques années, un journaliste américain, Theodore Stanton, me demanda d'écrire mes souvenirs d'enfance et de jeunesse. J'éprouvai alors un plaisir immense à évoquer les moments passés avec mon frère Paul dans la campagne nantaise. Cette expérience d'écriture, nouvelle pour moi, me fit prendre conscience de ce qu'était mon utopie personnelle. Ce lieu qui n'existe pas était en réalité mon enfance, temps des loisirs et de tous les possibles, période de ma vie où tous les membres de ma famille se trouvaient encore à mes côtés. Vous me disiez que les moyens à ma disposition seraient illimités, Raja. Je veux bien vous croire : mais qui aujourd'hui ou demain serait en mesure de lutter contre la mort, sinon Dieu ? Comment empêcher les effets néfastes du temps et retrouver sur Terre tous ceux que j'ai tant aimés ?

En vous rencontrant il y a deux ans, je me revis plus jeune, alors père d'un petit garçon du nom de Michel. J'étais en voyage en Norvège quand mon fils unique est né. Puis je m'évadai en esprit tout au long de son enfance et de son adolescence, en composant ces *Voyages extraordinaires* qui m'apportaient une exaltation, une liberté et – oserais-je le mot ? – un bonheur, que ma vie familiale ne m'offrait pas. Au fond, je crois désormais que je n'étais pas fait pour me marier, Raja. Cette union avec Honorine ne m'apporta jamais la joie durable que j'avais sincèrement espéré connaître. Sans doute aurait-il été bon que je consacre plus de temps à Michel. Mon fils m'a causé bien des préoccupations. En 1879, je décidai même de l'embarquer de force sur un bateau, espérant que cette expérience ferait de lui un homme. Même si nos rapports sont désormais apaisés, il me sera toutefois impossible de guérir les blessures du passé. Je sais que Michel a durablement souffert de l'intérêt que son père accordait à ses personnages de papier plus qu'à son fils unique.

C'est la raison pour laquelle je crois que l'utopie est avant tout une question personnelle, Raja. J'ai longuement réfléchi à ce sujet. En considérant ce que votre argent et nos talents pouvaient mettre en œuvre, je me suis rendu compte que nous risquions d'aboutir à une dictature. J'eus le sentiment que nous pourrions en effet élaborer un système potentiellement vertueux, mais dans lequel il nous faudrait imposer nos vues aux personnes récalcitrantes. Face à la violence, il m'a toujours semblé essentiel de faire preuve de force. Il faut savoir être en mesure de défendre les valeurs en lesquelles on croit : elles sont susceptibles d'être remises en cause à tout moment. Mais je n'adhère pas à une vision autoritaire du monde. Dans mon roman *Paris au XXe siècle*, j'ai justement cherché à montrer à quel point un modèle imposé avec force à toute une population pouvait engendrer bien des tragédies individuelles.

De fait, s'il est certain que l'utopie est multiple, comme me l'ont bien montré les autres membres du projet, est-elle pour autant une idée toujours impossible à appliquer ? Je ne le crois pas. On m'a parfois présenté comme l'auteur de romans trop optimistes, un reproche qui a toujours témoigné une profonde méconnaissance de mon œuvre. Je ne suis certes ni pessimiste ni fataliste : je dirais que je suis raisonnablement optimiste. Je pense que l'utopie peut exister. Mais je crois que l'on ne peut la réaliser d'abord qu'à une échelle individuelle. C'est à mon sens le seul moyen de lui conférer une quelconque réalité et, peut-être, de lui donner plus tard une plus large portée.

Pour moi, l'utopie est le mouvement. C'est la raison pour laquelle elle ne peut s'incarner matériellement. Ou alors il convient que cet objet soit lui-même en mouvement. Qu'il ne soit jamais stable et reste toujours, en un sens, insaisissable. En un mot, l'utopie, ce serait l'aventure, notion qui unit l'ensemble de mes *Voyages extraordinaires*, que ceux-ci parlent de notre réalité ou qu'ils en envisagent une autre. L'utopie pourrait-elle alors s'incarner dans un véhicule novateur comme le *Nautilus* ? Je ne le pense pas. Dans mes romans, la plupart des grandes innovations que j'ai imaginées ont souvent servi des causes égoïstes. Elles ont même menacé ou détruit des vies. Si je crois en la nécessité du recours à la force dans certaines circonstances, je suis avant tout un homme de paix.

Comme j'ai été le premier, avec Madame Shelley et Monsieur Wells, à écrire des romans de la science, on a fait de moi le chantre du progrès scientifique. On a pensé que je considérais toujours les innovations d'un œil bienveillant, et même enthousiaste. Là encore, on m'a bien mal lu. Je crois aux étonnantes capacités cognitives dont la nature a doté notre espèce. Je suis même persuadé que, dans quelques décennies, certaines techniques envisagées dans mes romans paraîtront surannées. Peut-être constitueront-elles alors la base d'une esthétique nouvelle, un futur dans le passé ? Toujours est-il que cette révolution technique que nous avons connue ces dernières décennies présente d'indéniables forces mais aussi d'inquiétantes faiblesses. Il importe de ne jamais l'oublier. La science peut être une solution aux défis qui se posent à nous. Elle l'a même souvent été. Mais elle peut aussi représenter la cause même de problèmes dont je peine encore à déterminer la nature et la portée.

Comme vous le savez peut-être, Raja, plus même que la science, ma véritable passion est la mer. C'est vers elle que j'ai porté le plus souvent mon regard lorsque j'ai composé mes œuvres. *Vingt mille lieues sous les mers*, cette ode adressée à nos océans, n'est-il pas devenu le plus célèbre de mes romans ? En écrivant ce texte, je n'ai pas seulement invité mes lecteurs à découvrir les grands fonds marins. J'ai aussi voulu leur montrer à quel point nos activités menaçaient sa pérennité. Si nous continuons à exploiter nos océans sans humanité ni mesure, ne finirons-nous pas par les transformer en cimetières marins ?

De fait, je porte sur nos progrès scientifiques le regard d'un sceptique. Bien entendu, ce serait une folie de nier tout ce qu'ils nous apportent et continueront à nous apporter. Mais ne pas les considérer avec méfiance serait une folie plus grande encore. Le *Projet Utopie* allait-il aboutir à la création d'un nouvel objet révolutionnaire ? Mettre en œuvre une innovation qui pourrait susciter l'émerveillement du monde ? Oui, cela était envisageable. Mais il m'a semblé plus sage d'y renoncer. Quelques êtres humains, même parmi les plus brillants, ont-ils le droit de déterminer ce qui sera bon pour tous les autres, que ce soit aujourd'hui ou demain ? Dans mon roman *Les Cinq Cents Millions de la Bégum*, la ville utopique de France-Ville était, à la différence de sa rivale Stahlstadt, une cité ne cherchant pas à développer une technologie de pointe. Je souhaitais au contraire montrer qu'une telle ambition risquait d'engendrer la destruction et la mort. Même s'il s'agit sans doute d'un mythe, la destinée tragique de l'Atlantide doit nous inviter à l'humilité, à la prudence et à la modération.

Je vais donc vous révéler désormais comment j'ai envisagé votre *Projet Utopie*, Raja. Vous souhaitez œuvrer en faveur de l'humanité. C'est là une noble visée. Je crois que vous y parviendrez en étant un homme, un mari et un père heureux et épanoui. Nous sommes certes à l'aube de ce XXe siècle dont je ne verrai, pour ma part, que les premières années. Je donnerais beaucoup pour découvrir quels visages seront ceux de l'humanité au cours de la prochaine centaine d'années. Mais je donnerais davantage encore pour revenir en arrière, retrouver les folles aventures que mon frère Paul et moi vivions et imaginions au cours de nos jeunes années nantaises. Et je donnerais plus encore pour être le père dont mon fils Michel aurait eu besoin pendant son enfance. L'homme qui vous écrit ces mots souffre de la douleur de la nostalgie, Raja, mais plus encore de celle des regrets.

L'entreprise dont vous m'avez confié la responsabilité s'intitule *Projet Utopie*. Pour ma part, je préfère employer le second terme au pluriel, tant ses conceptions peuvent différer et tant cette notion est, chez un même individu, en mouvement perpétuel. Au moment où vous lirez cette lettre, vous vous trouverez sur votre nouveau voilier : *Utopies*. Nous avons créé un port qui vous permettra d'aller et venir aisément depuis votre île, ce qui n'était pas possible auparavant. Nous avons également conçu une maison qui, tout en étant confortable, respecte l'environnement dans lequel elle a été bâtie. Elle s'adapte à lui plus qu'elle ne cherche à l'adapter à elle. Vous pourrez y passer bien des moments agréables en famille.

Comme je vous le disais, je suis avant tout un écrivain. Cette lettre constitue donc ma principale contribution à votre grand projet. Je crois que si vous continuez à mener la vie qui est la vôtre, votre utopie deviendra temporelle. Vous regretterez amèrement de ne pas avoir pu jouir de l'existence et, surtout, vous déplorerez de ne pas avoir pu voir grandir vos enfants. Il me semble qu'en changeant votre manière de vivre, même partiellement, en amenant votre femme, vos enfants, vos proches et vos amis sur cette île, vous contribuerez à votre niveau à rendre le monde meilleur. C'est par l'attention que chacun d'entre nous peut accorder à autrui que l'on peut alors être en mesure de changer le monde. En écrivant mon roman *Paris au xxe siècle*, je voulais aussi dénoncer les dangers d'une trop forte individualisation de nos sociétés humaines. Je crois qu'un mouvement a été amorcé en ce sens ces dernières décennies et je ne suis pas certain qu'il puisse être à l'origine d'un monde meilleur.

Je suis en revanche persuadé que Nemo et Arun deviendront des *hommes de bien*. C'est par la présence de leur père à leurs côtés qu'ils forgeront leurs propres rêves, prendront confiance en eux et trouveront un équilibre personnel qui ne pourra qu'être bénéfique aux autres. Ce n'est peut-être pas beaucoup, me direz-vous. Mais ce n'est pas rien.

Soyez heureux, cher Raja : telle est l'utopie que je vous invite à vivre !

Jules Verne »

Cette lettre changea profondément ma vie. Sans abandonner l'ensemble de mes activités, je décidai d'en délaisser certaines. Mon empire s'en trouva fragilisé et je dus renoncer à quelques projets professionnels qui me tenaient à cœur. Mais je n'en éprouvai finalement aucun regret. J'eus la douleur de perdre mon épouse une quinzaine d'années plus tard. Ce décès inattendu me confronta à bien des tourments. Je ne réussis jamais à surmonter totalement cette disparition. Mais les liens que j'avais établis avec Abigail, Arun et Nemo constituèrent le plus précieux des dons.

Mes fils firent le choix de vivre en Inde, la patrie de leurs ancêtres. Je choisis pour ma part de demeurer en Angleterre : je ne voulus pas quitter le pays où reposait désormais mon épouse. Même si je ne vois plus beaucoup mes enfants, nous restons très proches. Ils ne manquent d'ailleurs jamais une occasion de venir me rendre visite à Londres.

Lors de nos voyages sur le voilier *Utopies*, au cours de leur enfance, mes fils furent fascinés par la diversité du monde humain. Nemo, notamment, devint très sensible à la cause des peuples opprimés, mais sans éprouver de colère, et avec au contraire la volonté sincère de leur venir en aide. Il m'a écrit récemment pour me dire qu'il souhaitait s'engager en faveur d'une libération pacifique de l'Inde. Il semble que les conditions politiques commencent à être réunies pour qu'un tel mouvement puisse avoir une réelle portée. J'ai alors repensé à la lettre de Jules Verne. Au fond, le grand écrivain français avait raison. L'utopie ne consiste pas tant à agir sur l'avenir et sur la globalité du monde, qu'à agir sur son présent et à prêter attention à ceux qui nous entourent. C'est ainsi que l'on peut être ensuite en mesure d'entraîner un changement plus global. Verne était bien un visionnaire : l'utopie, c'est le mouvement. *Mobilis in mobile*, comme disait un autre Nemo…

Les utopies scientifiques

Nicolas Weill-Parot

Nicolas Weill-Parot est directeur d'études à l'École Pratique des Hautes Études (EPHE, PSL), à la Section des sciences historiques et philologiques, titulaire de la chaire « Histoire des sciences dans l'Occident médiéval ». Ses recherches portent sur la rationalité scientifique médiévale et ses confins. Il a notamment publié Points aveugles de la nature : la rationalité scientifique médiévale face à l'occulte, l'attraction magnétique et l'horreur du vide (XIIIe-milieu du XVe siècle) *en 2013 et* Le Vol dans les airs au Moyen Âge. Essai historique sur une utopie scientifique *en 2020 aux Belles Lettres.*

Le terme utopie ne fait pas rêver. Une simple réflexion et une sagesse d'évidence auraient dû prémunir l'humanité contre les tentatives de réduire la société humaine à des cadres théoriques stricts. En tout cas, après les désastres occasionnés par l'utopie communiste au XXe siècle (ce que tel intellectuel naguère thuriféraire de Pol Pot appelle de façon pédante « l'hypothèse communiste »), il ne semble plus possible de dissocier l'utopie de la dystopie. L'utopie dans le domaine politique se traduira toujours par la suppression des libertés individuelles et son incarnation dans le monde réel aboutira toujours à une montagne de cadavres. Car ce n'est pas l'échec ou la trahison de l'utopie qui mène à l'abîme, mais sa conception même. Le crime contre l'humanité se trouve logé *ab ovo* dans l'idée utopique elle-même, parce qu'enfermer l'humanité dans un système est contraire à l'humaine nature elle-même.

Il existe pourtant un champ peut-être moins univoquement répulsif de l'utopie, celui de l'utopie scientifique, du moins dans l'un de ses deux sens qui sera retenu. Et c'est ce qui sera montré pour une période où *a priori* on ne l'attendrait pas : le Moyen Âge. Le terme « utopie » appliqué au Moyen Âge est lexicalement anachronique, puisque, comme on le sait, son invention par Thomas More est postérieure à la limite chronologique reconnue pour la période. Pourtant il a été employé couramment par des historiens pour qualifier certains projets politiques de l'époque médiévale. De toute façon, c'est un faux procès que l'on instruit sur l'usage d'un mot pour une période où il n'est pas attesté : un concept peut hanter une pensée ou un raisonnement sans apparaître sous un nom précis, et la tâche de l'historien est bien, après coup, d'y apporter la meilleure intelligibilité possible quitte à forcer le lexique. Le seul garde-fou contre l'anachronisme est alors de comprendre si le terme absent que l'on introduit fausse conceptuellement le sens du raisonnement tenu à cette époque ancienne ou au contraire respecte, exprime, éclaire ce contenu conceptuel sous-jacent. L'historien doit se prémunir contre deux écueils : d'un côté, un calque lexicographique sans intelligence ; de l'autre, l'application grossière de notions anachroniques du point de vue conceptuel.

Dans cet article, il sera question d'« utopie scientifique ». Cette expression peut avoir deux sens bien distincts. Le premier est un sens politique, à savoir une utopie fondée sur une théorie qui se veut scientifique – l'expression a été employé notamment par les spécialistes du saint-simonisme. Le second est un sens purement scientifique : c'est l'utopie de la science elle-même, indépendamment *a priori* de tout enjeu politique. L'utopie scientifique, dans ce second sens, renvoie à toutes les inventions imaginées par des savants qui anticipent sur les possibilités de la science de leur temps.

La période médiévale compte un certain nombre d'inventions technico-scientifiques imaginées. L'analyse de ces différents cas m'a conduit à affiner la définition de ce que j'entends par « utopie scientifique ».

1- L'utopie scientifique s'inscrit bien évidemment dans l'imaginaire. Le savant utopiste projette une invention par son *imagination*.

2- De ce fait, cette imagination d'une invention qui n'est pas encore réalisée produit *l'étonnement*, l'émerveillement, parfois l'effroi de celui à qui elle est présentée comme projet. L'imagination scientifique la fondant s'accompagne nécessairement d'une grande part d'onirisme. L'utopie scientifique envisage des choses inouïes en notre monde.

3- Mais cet étonnement est immédiatement reconduit à un processus de *rationalisation*. L'utopie scientifique, comme son nom l'indique, se réclame de la science. L'invention extraordinaire qu'imagine le savant utopiste présuppose son *explicabilité rationnelle*. Même si ce savant serait bien en peine de préciser les détails de la technique ou tous les maillons de la causalité scientifique de ce que projette son imagination scientifique ou technique, il présuppose qu'une fois l'invention réalisée, toutes les causes seront connues, élucidées. Il s'agit là d'un point fondamental, puisque la science médiévale peut être définie comme la connaissance rationnelle d'un phénomène naturel. En somme, la cause doit être pleinement élucidée pour que l'on puisse parler de science.

4- Mais ces inventions extraordinaires rencontrent une limite scientifique et technique ; l'une des caractéristiques de l'utopie scientifique est, en effet, qu'elle est (presque) impossible à réaliser dans l'immédiat et même à assez long terme. La possibilité de sa réalisation se situe dans un temps indéfini. L'utopie scientifique, comme un funambule, se tient sur un fil tiré entre le *possible* et l'*impossible*. Si elle sc révélait d'emblée absolument impossible, elle ne pourrait aspirer à la scientificité ; mais, d'un autre côté, si elle était évidemment et indiscutablement possible, elle n'aurait plus rien d'extraordinaire. L'utopie scientifique habite donc cette zone incertaine oscillant entre le possible et l'impossible. L'utopie scientifique est une promesse faite au nom de la science, mais à un niveau tellement hors d'atteinte pour le présent qu'elle est reportée dans une indécision entre la fiction et la réalité future.

5- Le dernier critère à prendre en compte pour éviter tout anachronisme ou tout jugement rétrospectif est la conscience, même implicite, chez le savant utopiste lui-même de ce caractère si l'on veut possible/impossible de l'invention projetée. Ce n'est évidemment pas à l'historien du XXIe siècle de juger « utopique » l'invention imaginée ; il faut pour respecter l'immersion dans l'esprit du savant lui-même repérer les signes d'une certaine distance entre le projet et la conviction de sa possible ou impossible réalisation.

L'utopie scientifique serait donc un projet imaginé, extraordinaire, postulé comme étant scientifique, qui hésite entre le possible et l'impossible comme le reconnaît, lui-même, plus ou moins implicitement celui qui la conçoit. Pour le dire plus brièvement, il s'agirait d'une projection scientifique au-delà de ce qui est actuellement possible dans la science.

Trois études de cas seront mobilisées pour illustrer les tenants et aboutissants de l'utopie scientifique : les roues perpétuelles, les utopies magnétiques de Pierre de Maricourt, et les inventions extraordinaires de Roger Bacon.

Les roues perpétuelles

La recherche du mouvement perpétuel est une quête qui traverse les civilisations. L'astronome et mathématicien indien Bhaskara avait décrit vers 1150 une roue en bois munie à sa circonférence de baguettes creuses, remplies à moitié de mercure. Placée sur un axe, elle était censée se mouvoir perpétuellement. On retrouve ce type de dispositif dans un traité arabe difficile à dater. Dans le monde occidental latin, on trouve aussi dans le « carnet d'architecte » de Villard de Honnecourt (première moitié du XIIIe siècle) une roue dotée de sept maillets, qui semble bien être, elle aussi, une roue perpétuelle. La légende qui accompagne le dessin donne ce texte : « *Maint ior se sont maistre desputé de faire torner une roue par li seule : ves ent ci com enpuet faire per maillès non pers u par vif argent* », c'est-à-dire « Souvent les maîtres ont disputé [pour savoir comment] faire tourner une roue par elle seule. Ici, voyez comment on peut le faire grâce à des maillets impairs ou du vif argent ». Plus tard, Jacques Legrand (v. 1360-1415/1418), un frère mendiant, ermite de l'ordre de saint-Augustin, dans son *Sophilogium* (daté de 1398-1399), mène une réflexion sur les choses qui se meuvent par elles-mêmes comme les cieux et les fleuves. Il rapporte alors l'exemple d'une roue remplie de vif-argent qui se meut de façon continue si on expose sa partie inférieure à corps chaud. « J'ai expérimenté cela », écrit-il. Il en donne la raison : la chaleur provoque la raréfaction du vif-argent et cet allègement provoque sa montée, et le processus se reproduit à l'infini. Cette machine est artificielle et se meut elle-même, c'est donc la preuve pour Jacques Legrand que le mouvement qui s'auto-entretient peut exister sans que l'objet soit animé, doté d'une âme. Du point de vue scientifique moderne, il ne s'agit pas d'un dispositif de mouvement perpétuel, puisqu'il y a une source de chaleur externe, mais c'est pourtant bien ainsi que la voit Jacques Legrand. Mais les tentatives de mouvement perpétuel les plus célèbres sont sans doute celles de Pierre de Maricourt.

Pierre de Maricourt

Pierre de Maricourt est une figure singulière de la science médiévale. Travaillant en dehors du cadre universitaire, puisqu'on l'a décrit comme un « ingénieur militaire » (malgré l'anachronisme de l'expression), et qu'il est l'un des rares savants médiévaux à avoir mis en place un véritable dispositif expérimental contrôlé, à la manière de l'homme de science moderne. Son *Epistola de magnete* (*Lettre sur l'aimant*), écrite alors qu'il était au service de Charles d'Anjou, lors du siège de Lucera, en 1269, montre des expériences pour étudier la polarité de l'aimant, décrit deux boussoles (l'une sur un flotteur, l'autre avec une aiguille aimantée soutenue par un pivot) et établit que l'aiguille magnétique pointe vers le nord céleste (alors que jusqu'alors on pensait qu'elle indiquait l'étoile polaire) – ce qui est la meilleure approximation avant que William Gilbert en 1600 ne démontre qu'il s'agit, en fait, du pôle terrestre.

Or c'est sans solution de continuité que Pierre de Maricourt passe de ces expérimentations précises avec l'aimant à deux utopies scientifiques, présentées dans deux endroits différents de sa lettre. Premièrement, il décrit une sphère magnétique, placée entre deux pivots, qui, parce qu'elle reçoit l'influence de tous les points de la sphère céleste, est censée se mouvoir indéfiniment en suivant le mouvement de la voûte céleste. Une telle sphère pourrait servir d'instrument astronomique remarquable. Deuxièmement, il décrit une roue perpétuelle fondée, d'une part, sur un dispositif d'entraînement mécanique, puisque, entre les dents en fer sur le pourtour de la roue, est censée circuler une petite bille, et d'autre part, sur un dispositif magnétique, puisqu'un aimant est placé de sorte que chaque dent de fer, suivant la rotation, soit tour à tour proche de lui. Chaque dent se rapproche du pôle nord de l'aimant et comme la roue la pousse en avant, elle le dépasse et se retrouve proche de sa partie sud qui la repousse alors. Pierre de Maricourt renvoie expressément à ses expériences sur la polarité.

Du reste, Pierre de Maricourt demande de dissimuler au public l'aimant, comme s'il comprenait que la roue perpétuelle mécanique est plus conforme à l'idée que l'on se fait d'un mouvement perpétuel.

Ce passage de l'expérimental le plus convaincant à l'utopie scientifique se fait sans prévenir, sans rupture dans l'exposé. Sans transition, il passe de l'expérience avérée à l'expérience de pensée. On peut juste repérer des petits signes qui montrent que Pierre de Maricourt a bien conscience d'être passé du côté de la pure imagination scientifique. En effet, à propos de la sphère se mouvant seule en suivant le mouvement de la voûte céleste, il conseille à son lecteur « d'en faire l'expérience » et indique que si le dispositif fonctionne, il pourra se réjouir d'avoir découvert un « secret merveilleux », mais qu'en cas d'échec, il devra attribuer l'insuccès à son inexpérience et non à la nature – une anticipation, en somme, d'une issue probable… Il introduit le chapitre consacré à la roue perpétuelle par ces mots : « Dans ce chapitre je te révélerai la manière de fabriquer une roue perpétuellement mobile, par une invention merveilleuse. Et dans l'invention de celle-ci j'ai vu beaucoup de gens errants et exténués par de multiples efforts. En effet, ils n'avaient pas fait attention au fait qu'on pouvait parvenir à la maîtrise de celle-ci par la vertu ou puissance de cette pierre [d'aimant] ».

La conscience d'aborder un territoire « merveilleux », où les chances de succès sont réduites se laisse donc lire dans ces lignes qui accompagnent la présentation de ces deux inventions utopiques. Ces inventions n'en sont pas moins inscrites dans la continuité des expériences qui les précèdent et auxquelles Pierre de Maricourt renvoie expressément. On ne saurait mieux définir cette oscillation entre le possible et l'impossible que l'on a identifiée comme l'un des traits distinctifs de l'utopie scientifique.

Roger Bacon

À partir des années 1250, le franciscain Roger Bacon qui avait été pionnier dans le commentaire d'Aristote, rompt avec la science scolastique, entre dans l'ordre franciscain, et s'oriente vers des chemins nouveaux qui le conduiront aux traités envoyés au pape Clément V vers 1267-1266. Il entend promouvoir une réforme du savoir, dont l'une des piliers est la science expérimentale censée dépasser la science purement spéculative. Dans ce cadre, il présente des inventions extraordinaires, Bacon dit que par l'*ars*, c'est-à-dire la *technè* grecque, l'activité de production artificielle, on peut dépasser les prétentions insensées des magiciens et fabriquer des navires sans rameurs, qui pourront se déplacer mus par un seul homme, des chars capables de mouvoir sans la force animale, des leviers permettant de soulever des poids infinis et de faire s'évader des prisonniers, des instruments pour se promener au fond des mers, des ponts sans piles, des instruments pour voler, de telle manière qu'un homme serait assis au milieu et tournerait un mécanisme actionnant des ailes fabriquées artificiellement, lesquelles frapperaient l'air comme un oiseau qui vole.

L'utopie scientifique me paraît une notion centrale chez Roger Bacon. Sa propre conception utopique repose sur huit points fondamentaux.

1) L'utopie scientifique s'inscrit dans le projet *eschatologique* de Bacon. La science expérimentale et les utopies scientifiques qu'elle permet doivent permettre au fidèle de lutter contre les fraudes de l'Antéchrist.

2) Toutes les inventions qu'énumère Bacon ont une *utilité pour le bien commun*, en particulier une utilité militaire, ce qui rejoint les préoccupations eschatologiques.

3) L'utopie scientifique baconienne est résolument une *anti-magie* : les inventions mises en avant par Bacon *concurrencent* les prétentions frauduleuses des magiciens. Bacon rejette avec force

tout le domaine de la magie, qu'il assimile à une pratique vaine ou démoniaque. Certaines inventions prônées par Bacon ont parfois été mal comprises comme relevant de fait de la magie. Bacon va parfois très loin dans l'utilisation de procédés qui relèveraient chez d'autres auteurs de la magie, comme l'utilisation des pouvoirs merveilleux des mots. Pourtant le rejet de la magie n'est pas un artifice lexical, cela correspond vraiment chez lui à une conception de la connaissance de la nature. Pour le Moyen Âge, la magie peut être définie comme l'ensemble des procédés artificiels dont la cause demeure cachée, cette dissimulation provoquant l'émerveillement. À l'inverse la science vise au dévoilement de la cause. Dès lors la magie scientifique est un oxymore, qui n'est dépassé que par la notion de magie naturelle fondée sur l'utilisation de forces occultes naturelles (les propriétés occultes de la médecine et de la philosophie naturelle). Bacon, à la différence de la quasi-totalité des auteurs scolastiques, ne peut retenir la voie de la magie naturelle. Sa science expérimentale est une science qui promet de faire la lumière sur toute la causalité naturelle et technique à l'œuvre dans les inventions qu'il imagine.

4) Ce rejet de la magie, comme discipline ayant une cause inconnue, s'inscrit chez Roger Bacon dans sa conviction que l'homme doit élucider progressivement les *secrets* de la nature et de l'*ars*. La conception de la science baconienne est une science ouverte, l'inconnu dans la nature et dans l'*ars* n'est pas un inconnaissable définitif, mais un non-encore-connu.

5) La connaissance promise du territoire indéfini des secrets de la nature est aussi une promesse faite à l'action humaine. Bacon dit explicitement que non seulement l'*ars* peut égaler la nature, mais que l'*ars* peut aussi la dépasser, ce qui est contraire au cadre médiéval universellement admis selon lequel l'*ars* ne peut qu'imiter imparfaitement la nature, ne peut pas égaler la nature et encore

moins la dépasser – une limite héritée de la philosophie grecque et renforcée par des raisons théologiques.

6) Or cette *ars* chez Roger Bacon a une puissance d'autant plus indéfinie que les découvertes plus ou moins récentes de la science ou de la technique peuvent être extrapolées. Par exemples, les inventions imaginées mettant en scène un levier proviennent d'*extrapolations* à partir de la statique ou science du poids d'un savant comme Jordanus de Nemore (XIIIe siècle).

7) Une grande partie des inventions évoquées par Bacon ont comme point commun de vouloir affranchir l'homme de sa dépendance à l'égard du monde animé, c'est-à-dire à la fois de la servitude de l'effort physique humain et de la dépendance de l'homme à l'égard de la force animale. Dans le char qui se meut lui-même ou la machine à voler, c'est sans doute moins l'idée d'un moteur autonome, comme dans nos véhicules modernes, qu'un mécanisme que l'on actionne aisément et sans effort et dont la puissance est démultipliée par des leviers et des engrenages.

8) Pour utopiques qu'elles soient, ces inventions sont présentées, dans l'ensemble, comme ayant déjà été réalisées dans un *lointain passé* ou dans les temps présents, mais sans doute dans des territoires lointains. Roger Bacon renvoie souvent à des sources littéraires. Par exemple, il se réfère à un épisode de la tradition du *Roman d'Alexandre* le Grand pour son instrument permettant de se promener au fond des mers. Il s'agit de les retrouver. En somme, ces utopies scientifiques sont avant tout des *rétro-utopies*. Il convient de noter qu'il y a là une exception : la machine volante ; Bacon dit qu'il ne connaît aucun précédent de réalisation d'une telle machine, même s'il connaît un *experimentator* de son temps qui songe à la construire.

Ces quelques exemples sont là pour montrer la richesse heuristique de la notion d'utopie scientifique pour la période médiévale. L'utopie scientifique, prise au sens restreint que nous avons défini, révèle un pan important de l'horizon scientifique médiéval. Elle exprime bien une rationalisation scientifique et technique d'un imaginaire audacieux.

Bibliographie :

Robert Halleux, « Entre philosophie naturelle et savoir d'ingénieur : l'*Epistola de magnete* de Pierre de Maricourt », *Archives internationales d'histoire des sciences*, 56/156-157 (2006), p. 3-17.

Dietrich Lohrmann, « Idee und Wirklichkeit des Perpetuum mobile im Mittelalter », *Technikgeschiste*, 73 (2006), p. 227-251.

Roberto Poma et Nicolas Weill-Parot (dir.), *Les Utopies scientifiques au Moyen Âge et à la Renaissance*, dir. Florence, SISMEL-edizioni del Galluzzo (Micrologus Library), 2021.

Nicolas Weill-Parot, *Le Vol dans les airs au Moyen Âge : Essai sur une utopie scientifique*, Paris, Les Belles Lettres (« Histoire »), 2020.

Jean Wirth, *Villard de Honnecourt, architecte du XIIIe siècle*, Genève, Droz, 2015.

L'Utopiste

Nicolas Labarre

Nicolas Labarre est enseignant-chercheur à Bordeaux, spécialiste de civilisation des États-Unis et de bande dessinée américaine. Marqué durablement par Ballard et Moorcock, revigoré par Mieville et Ishiguro, il est l'auteur de plusieurs romans, dont Warhol Invaders *chez Courant alternatif en 2020.*

Je ne l'ai pas relu depuis longtemps, mais je prends souvent ce livre en main, pour éprouver à nouveau sa légèreté et sa robustesse. Même si les pliures ont fini par dissimuler le visage du personnage sur la couverture, on reconnaît déjà bien le trait de Roeg dans les décors. À l'époque, ses sujets restent encore conventionnels, des fusées, des ordinateurs géants, quelques robots. Ici, une ville futuriste qui n'est pas encore *sa* ville. Pourtant on voit bien qu'il a fini son apprentissage, qu'il commence à cerner son style. J'ai hérité ce roman-là de mon père, qui l'avait acheté d'occasion. Il l'a conservé malgré les déménagements successifs, au fil des années, et je pense qu'il devait y tenir. C'est autour de lui que j'ai organisé cette collection.

Les premiers fanzines consacrés à Roeg, ceux que vous voyez dans cette armoire, n'apparaissent que quelques années plus tard, après ses brèves tentatives dans la bande dessinée. Les amateurs y analysent l'unité de son style et de ses sujets, ou réagissent à des critiques oubliés qui lui reprochaient apparemment de se répéter.

Je devais avoir cinq ans, et je ne m'en souviens évidemment pas, mais j'ai pu rassembler certaines traces de ce qui se disait alors, des échanges imprimés par hasard ou par souci de conservation et qui ont survécu. Ses fans ébauchaient leur théorie au fil de discussions informelles, par remarques et par allusions, sans jamais la mener à son terme, mais ils devinaient déjà que Roeg leur offrait un puzzle, pièce par pièce. Ils ne pouvaient qu'en rester aux théories, d'ailleurs, puisque dans les interviews de l'époque, Roeg ne disait rien, ou répondait tout et son contraire, dans un fatras lacanien ponctué d'envolées délirantes. Les journalistes le questionnaient parfois sur ses sujets, sur les liens de plus en plus nets qui couraient d'une illustration à une autre. Il leur répondait en parlant de ses pinceaux, de la difficulté à trouver du bon matériel, et de l'énergie mystique émanant des grandes métropoles.

Quelques années plus tard, j'ai vu *L'Âge de l'Ammonite* à sa sortie. Roeg avait l'essentiel de sa carrière derrière lui, et le film lui offrait enfin sa consécration. Nous allions encore dans des salles de cinéma à l'époque, et avant la séance, j'avais regardé toutes les bande-annonces, épluché tout ce qui avait été écrit à son sujet. Je crois que je voulais faire plaisir à mon père, lui montrer que je m'intéressais à ce qu'il m'avait fait découvrir. C'est amusant, avant de vous en parler, je n'y avais jamais pensé en ces termes, alors que je ne me préparais jamais autant pour des films que j'allais adorer, mais qui n'étaient qu'à moi. Je me souviens que nous avons fait la queue sous une pluie jaune en attendant la séance, une eau chargée de sable et qui collait à la peau. J'en suis sorti extatique, comme si c'était la plus belle chose que le cinéma avait produite jusque-là. Mes parents avaient gardé un sens plus juste des proportions et m'ont écouté dérouler mon enthousiasme en acquiesçant avec compréhension. Il m'a fallu de longs mois pour admettre qu'il ne s'agissait que d'une aventure de science-fiction banale, à peine rhabillée des tics graphiques de Roeg.

Je croyais la vague retombée. Ses illustrations n'avaient atteint la crête de la culture populaire que pour être broyées dans le ressac, comme tant d'autres. D'ailleurs, je ne conserve ici qu'un seul de ses entretiens de cette époque, tant il y répète chaque fois les mêmes banalités, sa joie immense de se savoir au cinéma, partout dans le monde, comme s'il n'avait pas payé ce succès de compromissions. Les *artbooks* de ses affiches, de ses illustrations, voisinaient dans le désordre avec les décalques grossiers réalisés pour le film, puis déclinés en mugs ou en sous-vêtements pour enfants.

Une fois banalisé, il ne lui restait plus qu'à être canonisé. Je n'ai jamais pu obtenir le catalogue de son exposition au Grand Palais, hors de prix à sa sortie. Le grand artiste faisait son dernier tour de piste, de rétrospectives flatteuses en rééditions luxueuses, remerciant ses fossoyeurs et ceux qui s'enrichissaient en spéculant déjà sur sa dépouille. Quand il est mort, je l'ai à peine su. Il faisait partie des enthousiasmes d'enfance, des passions un peu ridicules face à l'urgence du monde. Mon père n'en parlait plus, et de toute façon, je ne parlais plus à mon père.

Tout était là, pourtant, étalé sur les murs du Grand Palais ou dispersé dans l'immense fresque que dessinaient ses illustrations rééditées. Car il y avait longtemps que Roeg avait délaissé les fusées et les ordinateurs, pour ne plus explorer que son univers propre. Les éditeurs lui commandaient des couvertures en sachant qu'il ne lirait pas les romans, mais produirait une image de Roeg, un petit fragment d'un monde secondaire au nôtre, étendu avec obstination et toujours cette incomparable maîtrise. Des foules immenses dans lesquelles un trait de pinceau suffisait à illuminer chaque visage, des architectures organiques et fluides émergeant de ruines de béton, des personnages apaisés, saisis dans leur quotidien fantastique autour de machines végétales, au réalisme inattaquable. Des images qui se répondaient et s'agençaient comme autant de carreaux d'une mosaïque spectaculaire et incomplète.

Tout était là, puis tout a passé. La mort de Roeg n'a ravivé l'adulation que pour un instant. *L'âge de l'Ammonite* a été oublié. Les livres les plus populaires qu'il avait illustrés ont reparu sous d'autres couvertures, et les autres ont simplement disparu au fil des pénuries, tandis que l'eau continuait de monter. L'heure était aux ingénieurs, plus aux illustrateurs.

En réalité, l'heure était à la panique aveugle. Comme toutes les solutions de l'époque, le désacidificateur de Moraes nous a semblé technique et parcellaire, un remède de long terme à une catastrophe au présent. Personne ne se préoccupait de restaurer la biomasse des océans, quand l'urgence était de contenir leur élévation. Ce n'est qu'au moment du Nobel que nous avons collectivement compris la portée de son invention. C'est aussi à cette occasion que les photographies de son bureau de Manaus ont commencé à circuler. Il disposait certainement des lieux de travail collectifs et anonymes, mais sur ce portrait désormais fameux, on distingue nettement, épinglées au mur et annotées, les reproductions des couvertures de Roeg pour *Le Jardin d'Alstor*. Trois images de bord de mer, typiques de sa manière et de ses sujets, trois images habitées par une machine gigantesque, une baleine mécanique flottant juste sous la surface de l'eau, dans lesquelles Moraes avait puisé l'idée d'un appareil qui allait devenir son désacidificateur.

Les obélisques de carbone figuraient quant à eux sur plusieurs de ses illustrations. Les plus connues, les plus majestueuses aussi, ont servi de couverture pour le *New Yorker*, peu de temps avant la sortie *L'âge de l'Ammonite*. Cependant, celles qui offrent les détails les plus utiles sur leur architecture ont servi à orner une série de romans érotiques sur fond de catastrophe climatique, au début de sa gloire. Je ne dispose que de reproductions, malheureusement, celles que vous voyez étalées là. Les pièges à carbone que nous avons construits depuis auraient sans doute pu adopter de nombreuses configurations, suivre de nombreux plans, mais c'est pourtant aux obélisques de Roeg que ressemblait le prototype de Séoul. Le bruit s'est vite répandu. Ses fans n'avaient pas disparu, ils avaient simplement cessé de se manifester, attirés par d'autres occupations ou écœurés par l'emballement de ses dernières années. Ils n'avaient pas renoncé à le regarder et désormais, ils s'en inspiraient.

Après Séoul, les laboratoires de recherche ont chargé leurs réseaux de fichiers en haute définition de ses illustrations, comme autant de promesses d'un futur retrouvé. Je dirigeais une escouade de récupération côtière à l'époque, près de Brest, un petit groupe d'intervention essentiellement chargé de fouilles en zones submergées. J'avais aussi renoué avec ma passion pour Roeg, alors que son nom restait assez confidentiel en dehors des milieux scientifiques. On m'a contacté pour me proposer de faire partie d'une expédition sous les eaux de Miami Beach, pour tenter d'y retrouver une poignée d'originaux réputés restés là quand la ville a été engloutie. Je leur ai répondu que rien ne justifiait de s'aventurer dans ces ruines-là, et je crois qu'ils n'ont jamais réussi à réunir les fonds nécessaires. Partout on l'exhumait.

C'est aussi à cette époque qu'a été créé le diagramme affiché derrière moi. Vous l'aviez certainement déjà vu ? Il retrace les liens entre les différentes illustrations de Roeg, d'objet en objet, de lieu en lieu, comme une carte de son monde. Je l'ai vu apparaître un jour sur les réseaux, sans auteur, sans origine, traduit et annoté presque instantanément dans toutes les langues du monde. J'en ai aussi retrouvé un prototype dans une des premières revues de fans, d'ailleurs, avant même l'exposition au Grand Palais. Malgré l'impression médiocre, le réseau s'y dessine quasiment à l'identique, même si rien ne prouve que l'une ait inspiré l'autre.

Si lacunaire et imprécise qu'ait pu être cette carte, elle s'est révélée cruciale, à un moment où nous étions nombreux à nous croire définitivement à la dérive, vers la catastrophe. Quelques-uns se sont égarés dans ces chemins enchevêtrés, à la recherche de continents perdus ; et nous savions déjà bien combien il est facile de perdre des continents. Ils auraient voulu superposer les frontières de Roeg aux nôtres, identifier des lieux précis ou découvrir des secrets encodés dans le trait. Ils n'ont abouti nulle part, là où est censé se trouver l'utopie. Je ne crois pas qu'ils aient perçu l'ironie.

D'autres ont utilisé cette carte pour ce qu'elle était, en explorant ce que révélaient ces surfaces, ces images si riches, mais au point de vue immuable. Dans ces illustrations, une attention trop minutieuse ne révèle finalement que l'encre, le pigment et l'unité minimale du geste de la main, en deçà duquel rien ne subsiste. J'ai joué à ce jeu moi aussi, en cherchant du sens dans les accidents, de l'intention dans les minuscules inflexions de la ligne. À cette échelle, les images ne font que renvoyer le regard. Elles résistent à la dissection et obligent au pas de côté, à la vue d'ensemble. Il fallait se tenir à cette distance idéale, accepter que les illustrations ne permettraient pas le dernier pas vers le réel, que l'imagination et l'inventivité devraient combler cet écart.

Par nécessité, les fonctions ont suivi les formes. Les ingénieurs ont reproduit des coques, modelé les habillages et les fragments de mécanismes dévoilés au hasard des images, en essayant d'en deviner les usages. Ils ont produit d'autres obélisques, nos dômes de tissus réfracteurs, nos écrans à photosynthèse et les barrages tressés qui ont sauvé ce qui restait des Pays-Bas et de la Thaïlande. Il n'était plus nécessaire de nommer toutes ces inventions d'après Roeg, tant il avait pris un caractère d'évidence. Même la révélation des faux de Nairobi n'a pas entamé son importance. Qu'importe qu'ils aient été des imitations tardives, puisqu'eux aussi ont suggéré plusieurs innovations nécessaires, aussi fonctionnelles dans leur forme définitive que celles tirées des travaux authentiques.

En partant de ce que m'avait laissé mon père, j'avais déjà rassemblé l'essentiel de cette collection quand la source s'est tarie.

Ses dessins ont cessé de fasciner. Chaque trait, chaque promesse de dispositif présents sur la carte avait été exploité, construit ou testé, parfois en plusieurs versions. La décennie d'inventions menées par cette collection d'images s'est achevée dans un gémissement. Nous vivions au plus proche du monde de Roeg, mais nous n'aurions pas pu en être plus éloignés. Les inventions qu'il avait inspirées avaient permis de repousser la catastrophe et d'en atténuer les effets, mais nous restions tous des réfugiés en sursis, arc-boutés derrière nos défenses et hantés par le souvenir de ce que nous avions perdu. Nous avions réinventé, ou peut-être redécouvert, ses mécaniques mais nous n'avions rien de commun avec les foules qui peuplaient ses images, avec ces visages fatigués, mais paisibles. Et nous pensions avoir épuisé cette ultime ressource avant la grande nuit.

Comme beaucoup d'autres, partout dans le monde, j'ai compris à ce moment-là que nous avions regardé sans voir. Moraes nous avait désigné l'arrière-plan de ces images, le décor, et nous avions suivi son regard pendant dix ans. Nous avions négligé ce que Roeg plaçait chaque fois en évidence, au centre de chacune de ses illustrations. Les utilisateurs de ces technologies fantastiques, l'humanité. Je suis entré en politique avec cet objectif précis : cesser de ne voir que l'arrière-plan. Quand nous avons construit ici notre propre jauge de redistribution, puis quand nous avons défini ensemble les règles de nos Communs, je pensais à cette couverture que je vous montrais tout à l'heure, à ce personnage effacé par les pliures successives. À notre obsession du décor. À la nécessité de restaurer ce visage.

Sans doute avions-nous besoin de cet imaginaire des machines, de cette promesse absurde d'un dessinateur capable d'anticiper le progrès. Roeg nous a offert le temps nécessaire pour nous réorganiser et pour rechercher enfin dans ses images les tenues, les langues imaginaires, la taille de ses communautés, toutes ces allusions à un ordre social possible. Bien sûr, là encore, les images ne font que renvoyer le regard. J'ai fini par le comprendre quand j'ai vu proliférer autour de moi les nouveaux Roeg, ces nouvelles images qui imitent sa manière. Même dépourvues de nom ou de signature, elles portent une vision de notre société réinventée, elles produisent le réel sous forme de promesses. Je sais qu'il en existe d'autres ailleurs, produites dans d'autres communautés et pour elles seules. Autant d'espoirs de sociétés à reconstruire, dans la fenêtre temporelle miraculeuse que nous a offerte cette décennie d'avancées technologiques.

Nous l'imitons encore, mais nous n'avons sans doute plus besoin de lui.

C'est aussi pour cela que j'ai voulu conserver ce petit musée, que j'ai tenu à ce que nous lui consacrions un peu de nos ressources. Pour que nous nous souvenions de celui que nous avons un temps pris pour notre prophète. Pour celui qui fut notre utopiste.

Rouge

Julien Heylbroeck

Le Rochelais commence à écrire dans le domaine du jeu de rôle, participant à plusieurs gammes, chez divers éditeurs. Il franchit le pas vers les littératures populaires en 2011. Depuis, il a publié une dizaine de romans (dont le récent Lazaret 44*), une trentaine de nouvelles, codirigé trois anthologies et signé plusieurs fascicules chez Le Carnoplaste. Il passe un temps de l'autre côté de l'édition en cofondant TRASH Éditions. Passionné par les films de série B, voire Z, il s'aventure avec délectation dans le gore, l'horreur, la SF, l'*urban fantasy, *le fantastique ou le polar. Travailleur social dans la vie civile, il est particulièrement sensible à la question de l'utopie.*

« Cerises d'amour aux robes pareilles,
Tombant sous la feuille en gouttes de sang…
Mais il est bien court, le temps des cerises,
Pendants de corail qu'on cueille en rêvant ! »
Jean-Baptiste Clément

Qui l'aurait cru ? Qui aurait osé imaginer un seul instant que nous exporterions notre rêve si loin ? Quand, sur les barricades, au milieu des ruines et des cadavres, les nôtres tenaient, avec l'énergie du désespoir, avec l'ultime flammèche qui continuait, sans faiblir, à éclairer nos idées nouvelles, nos aspirations inédites qui méritaient de survivre et devaient changer le monde. C'était il y a plus de deux siècles, Hippolyte Pixii, le vieil inventeur ayant pris fait et cause pour les insurgés, encerclés et coincés sur le sol parisien aux pavés collants de sang séché, leur avait alors offert leur porte de sortie : une échappée vers les étoiles.

Je suis Otomo Kubatsuran. J'ai voulu rejoindre la station rouge 23 il y a une dizaine d'années. J'ai tout quitté pour cela. Je travaillais dans un *zaibatsu* qui s'était dispersé sur tout le système, faisant dans les vaccins et les traitements régénérateurs anti-sénescence à base de testicules de singes. J'étais un cadre exécutif du département « marketing et force de vente » qui gérait tout un tas de choses importantes et pourtant incompréhensibles à toute autre personne que mon chef et moi. Et même, parfois, moi-même n'y entendais pas grand-chose et tentais alors de faire illusion, à l'aide de quelques mots en japanglais dans des diagrammes colorés et interactifs. Ma vie était plutôt ennuyeuse, répétitive, je la vivais machinalement. Chaque année, je me payais un voyage sur Juwel, pour aller lézarder une semaine-standard sur les plages de sable blanc, bronzer dans l'orbite de Jupiter et profiter des eaux turquoise de cette station luxueuse. Je rencontrais de temps en temps des filles. Ces relations ne s'éternisaient pas. J'avais ma carrière, qui me prenait beaucoup de temps. Elles avaient la leur. Passées l'excitation de la nouveauté et quelques séances de jambes en l'air endiablées, le quotidien étendait sa grisaille jusque sur nos ébats, qui devenaient alors tout aussi mécaniques que le reste de nos mouvements.

Et puis, une nuit, les cryptomères et les cerisiers du jardin artificiel par lequel je rentrais chaque soir dans mon cube d'habitation me saisirent. L'image semblait éternelle, magique, le spectacle était somptueux et d'une délicatesse exquise. Je me suis souvenu. De ce que racontait ma grand-mère, de la brièveté de l'efflorescence de ces arbres magnifiques, du cycle qui les voyait se recouvrir à nouveau de ces milliers d'explosions de pureté. Ce soir-là, les fleurs immaculées, à la blancheur légèrement teintée de rose et au cœur doré, se découpaient aisément sur les ténèbres extérieures que laissait apercevoir la coupole de verre renforcé. Alors je me suis assis. J'ai médité, comme elle m'avait appris. J'ai tenté de mettre de l'ordre dans mon esprit en domptant mon souffle. Quelque chose, en cet instant, s'est imposé à moi. Une logique imparable, avec laquelle il n'était même pas la peine de faire semblant de négocier. Tout s'est agencé dans mon âme, nourrie par mes lectures interdites et mes vœux réprimés. Puis j'ai attrapé mon sabre, quelques effets personnels jetés dans un sac de toile et j'ai acheté un billet sans retour vers Danfoss, la lune artificielle où parfois les anarchistes se rendaient faire du troc, entre les manœuvres militaires des troupes impériales et les rondes des escouades corporatistes. Je le savais, car un collègue, un pervers que je détestais, m'avait parlé d'eux. Il avait croisé leurs ombres un soir, tandis qu'il rentrait d'un bar louche où il avait ses petites habitudes. Il était si fier d'avoir aperçu de loin ces « déchets de l'humanité » comme il disait, en reprenant le vocabulaire de nos chaînes satellites alors qu'il venait probablement d'abuser d'une pauvre jeune fille. Danfoss avait si mauvaise réputation, il me fut aisé de me glisser dans ses galeries torves, formées par les façades borgnes de commerces réprouvés un peu partout ailleurs dans le système. Trafic d'appareils électriques, vente de végétaux prohibés, de publications clandestines, de programmes sexuels débridés… Tous ces commerces avaient pignon sur rue, pour ainsi dire, et chaque établissement proposait quelque chose de louche. L'endroit constituait une sorte de soupape pour les cadres comme moi, qui s'y rendaient pour relâcher un peu de pression, s'amuser, s'enivrer, se laisser aller à quelques fantasmes interdits… Ces méfaits et transactions étaient donc tolérés. Il me fallut plusieurs jours pour repérer un duo de ceux que je cherchais, des gens des stations rouges. Un homme, grand et barbu, le crâne tatoué et une femme, menue, avec de longs cheveux dorés, de la même couleur que le cœur des fleurs de cerisier. J'y ai vu comme un signe du destin. Ils essayaient de se faire discrets, mais c'était peine perdue. Leur allure, leurs vêtements, tout concordait à les rendre différents des individus affairés et avinés autour d'eux. Alors qu'ils étaient au comptoir, en train de siroter un mauvais alcool de champignon, j'attendais que le taulier s'éloigne pour venir leur parler. Je leur confiais que je trouvais ma vie vide de sens, que j'avais lu Takami Jun et Voline. Que je vibrais aux récits de la Commune de Paris, que je vénérais Reclus et Durruti. La femme grimaça :

– Durruti, les anciens, ils n'ont rien pu faire. Les Thierchiens avaient déployé un bouclier qui a neutralisé nos frappes dynamo.

Ils ne connaissaient pas Takami Jun. Je leur parlais de cette sombre odyssée, du héros qui cherche à détruire le monde pour en reconstruire un nouveau. Un système solaire empreint d'égalité, de justice sociale, d'humanisme, libéré de l'exploitation, de l'asservissement… Mais déjà, ils ne m'écoutaient plus vraiment. J'avais raté mon examen d'entrée, je le sentais. À la manière du barbu de tripoter sa poche intérieure, je devinais en outre qu'ils comptaient probablement m'abattre à l'issue de notre trop bref échange. Trop scolaire, ma profession de foi m'avait sûrement fait passer pour une taupe aux ordres de l'empire qui tentait de les infiltrer. Un milicien me sauva. En entrant dans l'estaminet comme un bourrin, à moitié ivre, il provoqua un sursaut chez mes deux interlocuteurs. Et même fin saoul, ce réflexe de méfiance n'échappa pas au soudard qui s'approcha d'eux, les yeux mi-clos, une expression goguenarde sur ses traits rougeauds. L'homme voulut sortit son révolver, la femme le stoppa en lui montrant du regard les compagnons d'armes du soldat, qui discutaient à la porte, à l'extérieur, dans la galerie, et ne s'étaient encore rendu compte de rien. Une détonation signait leur arrêt de mort. Je n'hésitais pas une seconde et dégainais. Dans une parfaite attaque latérale, un *do* comme je l'avais appris depuis tout petit à l'école de *iaïdo*, je tranchais l'individu en deux, sans un bruit, sans un râle. La partie supérieure de son corps glissa silencieusement sur le buste ouvert et les deux morceaux s'effondrèrent au sol en une éclaboussure de sang qui peignit les environs d'un rouge vermeil. Le duo, éberlué, mit quelques secondes à réagir, mais quand les clients autour commencèrent à s'écarter, horrifiés, la femme m'attrapa le poignet. Je venais d'égoutter ma lame et de la rengainer. Nous nous enfuîmes par la porte arrière.

Ce fut mon billet d'entrée. Depuis j'écume les satellites avec eux. Je suis l'un des leurs. J'ai pris fait et cause pour leur idéal, le mien aussi, désormais. Notre base, la dix-septième station de la constellation libertaire qui n'a pas encore de nom (les camarades s'écharpent à chaque conseil et ne sont toujours pas tombés d'accord), est située dans un couloir spatial très peu emprunté de la Ceinture d'astéroïdes. Nous arraisonnons des navettes et si l'équipage adverse a été vaillant, mais pas sanguinaire, nous renvoyons les hommes, intégralement nus et ligotés, dans les capsules de sauvetage. On leur colle des tracts sur le dos. S'ils ont fait du zèle, ils apprennent alors en quoi constitue une condamnation au « bagne cosmique ». Notre flotte n'est pas très moderne ni bien équipée. Nous disposons de quelques vaisseaux à propulsion Pixii, des torpilles dont les énormes génératrices électromagnétiques, réparées de bric et de broc, continuent à nous trimballer sur les sentes du cosmos en évitant les Thierchiens, comme on les appelle, les soldats de l'Empire, la milice qui descend en droite ligne des Versaillais de Thiers. Plein de gens comme moi nous rejoignent. Des employés, des militaires déserteurs ou démobilisés, des hommes et des femmes brisées par une existence conforme, convenable et parfaite. Les présidents-impériaux se succèdent depuis 236 ans et désormais, ils ne font même plus semblant de croire en leurs programmes. Il faut dire qu'ils sont désignés par un conseil de patrons des firmes de tout le système. Mon ancien dirigeant fait partie de ces grands électeurs, censés consulter leurs salariés et voter ensuite en leur nom. La vaste blague ! Plus grand monde ne tombe dans le panneau. Enfin, encore trop de gens, cela dit.

M'arrachant à mes pensées, je remonte le panneau solaire et le déconnecte des chambres de transformation. Un long sifflement émerge des cuves saisies aussitôt par le froid de l'espace. La torpille entreprend alors les manœuvres d'amarrage grâce à la poussée rémanente. Un choc dans l'habitacle étroit nous informe que la navette est désormais reliée à la station. Aglaë vient me rejoindre sur la passerelle, les sas se coordonnant pour nous ouvrir le corridor.

– C'était une belle chasse. Tu pilotes de mieux en mieux. On ramène pas mal de matériel.

– De quoi continuer la lutte, je réponds, l'esprit ailleurs.

Elle s'en rend compte et, passant la main dans sa masse de cheveux blonds, me fixe du regard :

– Qu'est-ce qu'il y a, Kuba ? Tu es songeur.

Je ne lui dis pas que j'ai l'impression qu'on fait du surplace. Que rien ne change, qu'on est comme des rats à qui l'on accorde de vivre dans les plinthes et encore, sans faire trop de bruit et en ne sortant que la nuit. Cette existence finit par me paraître presque aussi étriquée que la précédente. Je ne lui dis pas. Mais je le lui ai déjà avoué, par le passé, sur l'oreiller. J'avais même pleuré. Elle avait alors ri en déclarant que j'étais atteint de dysphorie postcoïtale. Ces médecins croient tout expliquer par leur science. Je sentais juste que j'étouffais. Pas besoin de mots savants pour ça.

– Quelque chose de ta vie d'avant te manque ?

Elle me posait souvent cette question, comme s'il me suffisait de faire l'inventaire de ma nouvelle existence pour me persuader que j'étais heureux. C'était un truc qu'elle pensait encore fonctionnel. Cela avait marché au début, c'est vrai.

– Seulement les cryptomères et les cerisiers du jardin suspendu.

– On en trouvera et on en plantera, je te le promets !

Qu'elle était amoureuse, Aglaë. Cela se voyait dans ses yeux, qui ne cessaient de pétiller quand elle me regardait. Cette énergie dans ses prunelles d'ambre suffisait souvent à me ragaillardir pour plusieurs jours. Est-ce que je l'aimais autant ? J'évitais de me poser la question. J'avais l'impression que oui. Mais avoir l'impression, ne pas être certain, n'était-ce pas déjà déclarer forfait, sans oser se l'avouer ?

Je décidais de me porter volontaire pour le prochain raid.

Il devait y avoir un traître, forcément. Un salaud qui avait accepté de vendre ses camarades pour une poignée de crédits. Ou bien une taupe. Même en étant vigilant, on pouvait laisser passer un faux compagnon, un agent à la solde de l'empire présidentiel ou un mercenaire d'une corporation quelconque. Les raids, comme on les appelait, ne consistaient pas à piller des torpilles adverses, mais à faire de la propagande. On distribuait des tracts et des livres interdits, on organisait des conférences secrètes, sur des bases et des stations spatiales, qui, évidemment, étaient sous le contrôle des grandes sociétés et de l'empire. C'était bien plus risqué que de jouer au pirate du cosmos. J'aimais bien participer à ces actions. J'avais l'impression d'y être plus utile qu'à piloter des navettes lors d'affrontements dans l'espace.

Là, lors de notre débarquement sur la lune de Callisto, le comité d'accueil ne nous avait laissé aucun doute sur le fait que nous étions attendus. Déjà, une frappe orbitale avait failli désintégrer notre torpille et endommagé une des bobines Pixii. Et puis, au sol, sur le carrelage métallique de la base, les Thierchiens étaient alignés, avec leurs chassepots électriques. Trois des nôtres sont tombés, dont Elie, le barbu. J'ai pu m'enfuir, me cacher. Cherchant un moyen de quitter ce satellite de Jupiter, tout en lâchant des tracts ici et là dans les galeries souterraines, dans les boites aux lettres mortes établies par les camarades infiltrés et les sympathisants, j'ai fait la rencontre d'un petit chien. Un ratier noir et blanc, avec des taches couleur feu. Un cabot quelconque qui était abandonné sur la base pour chasser les rongeurs et qu'on avait laissé vivre de détritus sur lesquels il s'était usé les crocs, qu'il avait tous carrés, comme limés par les blocs d'ordure concassés déposés dans les rues, attendant d'être évacués et dont il faisait son ordinaire. C'est lui qui m'a guidé à travers le dédale tortueux. Il m'emmenait chez lui, estimant probablement que je comptais l'adopter. Mais près de sa tanière, il y avait un commerce, une minuscule boutique tenue par un brocanteur d'origine japonaise, comme moi. Alors que je flattais le col de la bête courtaude, le vieux, qui sortait exposer une antique lanterne de pierre, a repéré l'étui ouvragé de mon katana.

– Vous le vendriez ? m'a-t-il demandé, de sa voix chevrotante.

– Jamais de la vie ! ai-je répondu avec brusquerie, en posant ma paume sur la garde.

Il lâcha un petit rire tout bas.

– C'est bien ce que je pensais. Un vrai Otomo.

Puis il regarda les tracts glissés dans ma ceinture. Et le bout de la ruelle, où déjà, grossiers et bruyants, les cohortes de miliciens thierchiens me rattrapaient.

– Entrez.

Il écarta le fin rideau de perles de bois et je me retrouvais alors dans une longue pièce qui sentait l'encens, aux rayonnages interminables pleins de trésors, de vieilleries... Des livres, des outils de jardinage, des crânes dans des bocaux, un bébé à deux têtes dans son bain de formol, un bonzaï agonisant, un automate qui passait le balai à poussière en produisant des clics et des petits vrombissements. Une anachronique platine vinyle faisait tourner un disque de musique nippone d'un autre temps. Je le suivais le long de ces rangs d'antiquités et le chien, lui, me suivait. Nous entrâmes alors dans une cage d'escalier taillée dans la roche, en colimaçon, et descendîmes jusqu'à un hangar dans lequel dormait une torpille monoplace à voile solaire. Le vieux la regarda, la couvant de ses yeux rendus flous par la cataracte. Il essuya une larme qui se frayait un chemin sur sa face ridée et se tourna vers moi.

– Si vous emmenez Moshi, cette merveille est à vous.

– Hein ? De quoi ? Qui ? Moshi ?

Je ne comprenais pas. Que voulait ce vieil homme ? Me donner cette barge à voile magnétique ? Et qui était Moshi ?

– Le chien. Il vous a adopté. Il est mignon. Il a son caractère.

– Mais pourquoi vous me fileriez votre vaisseau ? Il vaut une fortune ! C'est un ancien modèle zénobien, capable de semer les Pixii dernière génération.

– Je suis trop âgé pour mener la lutte, désormais. Ma femme était l'une des vôtres. Elle m'a quitté pour rejoindre une station rouge, j'ai manqué de courage, je ne l'ai pas suivie. Elle est morte durant une opération comme celle-ci, pour vos papiers. Je suis irradié, malade, je veux me rattraper de ma lâcheté et je cherche quelqu'un pour s'occuper de Moshi. C'est le destin qui vous envoie.

Aglaë n'avait pas eu ma chance. La torpille qui l'arrachait au versant obscur de la station avait été touchée par un missile. Après un flottement elle s'était mise à redescendre. Et s'était écrasée après avoir volé en torche, embrasée, comme une étoile filante. J'ai assisté à ça depuis ma barge, Moshi sur les genoux. Derrière moi, la boutique du vieux, enflammée par les soudards. Dans le ciel, Aglaë qui glissait en silence vers le sol, une corolle argentée tout autour de sa navette. Elle avait envoyé un dernier message depuis son terminal. L'impitoyabilité de l'affichage digital m'indiquait qu'il datait de juste après l'impact. Alors qu'elle chutait. Quelques mots le constituaient, ce n'était pas « je t'aime » ou « ne m'oublie pas » ou quelque marque d'affection que peuvent s'échanger des gens se sachant condamnés. Il était simplement écrit « ta poche de poitrine à gauche, celle du cœur ».

J'ai fouillé. J'en ai retiré un petit sachet. Et dans ce sachet, des graines.

Des graines de cerisiers.

Je n'ai plus jamais questionné mon engagement. Et je sème. Ici et là, partout dans le cosmos, je sème désormais les graines de l'utopie.

« *Dans la lumière de l'après-midi, les fleurs de cerisier flottaient avec splendeur sur le ciel. Ni leur couleur ni leur forme n'étaient très accusées, mais elles emplissaient l'espace. L'arbre se trouvait à l'apogée de son épanouissement – comment croire que toutes ces fleurs fussent condamnées ?* » Kawabata Yasunari

Utopies martiennes

Fabrice Carré

Ingénieur de formation, entrepreneur dans le jeu vidéo depuis plus de vingt ans, il est impliqué dans le festival des Hypermondes et en a codirigé la première anthologie. Il prépare un ouvrage sur l'imaginaire martien dans la fiction et la pop culture.

« *Même si l'utopie ne se réalise jamais,*
l'humanité a besoin de visions. » Brian Aldiss

« *Les gens qui dédaignent l'utopie, la traitant de chimère totalitaire sans visée pratique, ont en réalité une position éminemment politique, celle de favoriser un statu quo, lui-même injuste et insupportable. L'utopie doit être sauvée en tant que mot, pour signifier « travailler à une société globale plus égalitaire ». Ce qui veut dire défendre becs et ongles le mot et le concept, se battre pour lui jusqu'au bout. C'est une antidote et une réponse au post-modernisme, à sa fragmentation, à son anomie, à son apolitisme, à sa stupidité, à sa pente capitularde.* »
(Kim Stanley Robinson, *Science Fiction Studies*, mars 1994)

Pourquoi imaginer des utopies sur Mars ?
« *Mars n'est pas le genre d'endroit pour élever vos enfants*
En fait c'est froid comme l'enfer
Et il n'y a personne là-haut pour les élever même si vous le vouliez », chante Elton John dans « Rocket Man », alors pourquoi aller imaginer une société meilleure là-haut ?

Mars nous fascine aussi parce qu'elle nous permet plus facilement cet exercice de pensée : imaginer de nouveaux modèles de communautés en repartant d'une feuille blanche, loin des errements des sociétés terrestres. Ce sont les sciences humaines qui viennent à notre secours : Mars étant un désert inhospitalier, les sciences dites dures ne nous murmurent en effet pas de mots doux à l'oreille pour nous encourager dans nos fantasmes d'utopies martiennes ! La Terre est de nos jours entièrement explorée, il est impossible pour les utopistes en herbe de placer leurs sociétés idéales sur des îles ou des cités lointaines terrestres inconnues. Mars, planète la plus proche de la Terre, devient alors leur nouveau terrain de jeu.

Les réflexions dans *L'Utopie ou le Traité de la meilleure forme de gouvernement* de Thomas More en 1516, prenaient pour cadre une île imaginaire, l'île d'Utopie, à une époque où bien des territoires sur la Terre restaient inexplorés, facilitant cette projection pour une terre fictive qu'un navigateur pouvait tout à fait découvrir. Aujourd'hui tout est connu sur la planète bleue, il est difficile désormais de faire l'exercice d'un ailleurs terrestre qu'ont accomplis les auteurs d'utopies des XVIe siècle et suivants. More prendrait sans doute lui aussi Mars comme territoire d'imaginaire pour son utopie sociale, s'il devait l'écrire de nos jours.

Une réflexion intéressante émerge d'ailleurs sur une forme d'aveuglement de l'homme occidental à vouloir placer le futur des utopies sur Mars. Nous verrons que l'utopie a même changé de camp, mais précisons dès à présent qu'il existe déjà sur Terre des lieux, des communautés, des sociétés fonctionnelles qui ressemblent à ce que certains jugeraient comme des sociétés idéales tels les zapatistes par exemple. Et d'autre part, bien des anthropologues, intellectuels ou écrivains soulignent depuis longtemps que les peuples premiers décimés un peu partout par les Occidentaux vivaient avec des principes proches de ce que l'Occidental cherche dans ses réflexions philosophiques sur l'utopie : vivre en égalité, proche de la nature, sans argent, sans exploitation ni de l'homme, ni des ressources naturelles, sans accumulation, sans propriété privée. Ainsi Eric Scheurmann élabore un conte moral dans le petit ouvrage *Le Papalugui* (1920), sur la base d'échanges que l'auteur a réellement eu avec des habitants de Samoua. Il présente les récits de voyages et pensées du « Touiavii » (chef) de tribu Agaese, à l'issue de ses visites (fictives) en Europe au début du XXe siècle : ce dernier décrit à ses congénères l'homme blanc occidental et détaille son étrange façon de vivre. Scheurmann est habile, sa fable devient un jeu de miroir naïf et critique, on comprend vite que les multiples couches de vêtements, l'absence de la nature dans les villes, la vie dans des « cubes de pierre », la dictature de l'horloge et des métiers aliénants et répétitifs font passer les hommes blancs modernes pour de vrais Martiens aux yeux des habitants de ces îles ! On conçoit aussi par opposition que leur propre mode de vie (sans argent, sans temps, sans propriété privée, sans profession, en égalité) ressemble beaucoup au paradis perdu que l'homme moderne cherche à retrouver dans certaines de ses descriptions d'utopies.

Les utopies martiennes ne sont pas pour les Martiens mais pour les Terriens

À l'époque « pré-*Mariner* » où l'on « croyait » aux Martiens, on n'imaginait pas qu'ils vivaient dans un monde utopique avec une organisation sociale idéale. On les imaginait plutôt belliqueux (*La Guerre des mondes*, *John Carter*, *Martiens Go Home*…), sur une planète mourante, avec des civilisations en déclin, dysfonctionnelles ou malades (les films *Un Martien à Paris*, *Mars Needs Women*, *Milo sur Mars*, la nouvelle « Une rose pour l'Écclésiaste » de Zelazny [1967]), pas vraiment un paradis donc !

Il y a quelques exceptions notables, par exemple *Auf zwei Planeten* (1897) de Kurd Lasswitz, qui décrit des Martiens intelligents et éclairés vivant dans une société utopique d'un point de vue social, politique et scientifique, mais globalement les utopies martiennes sont pour les Terriens.

Commençons par une utopie socialiste, car bien évidemment si Mars est appelée la planète rouge, c'est parce que de dangereux bolchéviques en ont pris le contrôle ! C'est l'étonnante histoire de *L'Étoile Rouge* (1908, *Red Star*), écrit par le Russe et cosmite Alexandre Bogdanov. Touche à tout de génie, il a activement participé à la révolution bolchévique, est devenu un rival de Lénine, a vécu et péri par l'apologie de la transfusion sanguine (pour rester jeune et ressusciter les morts, bah oui… Bon, le destin est facétieux, il en est mort : une expérience de trop et une incompatibilité d'humeur entre différents groupes sanguins dont on ignorait l'existence à l'époque mais qui ne se toléraient pas). Son roman met en scène un concept qu'il invente, la tectologie (une science de l'organisation utilisée pour la planification d'État, qui sera réellement mise en œuvre en URSS), au sein d'une société martienne fonctionnant comme une utopie socialiste. Les individus sont indiscernables les uns des autres, leurs habitats sont identiques, ils ne sont pas spécialisés et sont interchangeables pour le travail volontaire, dicté par les besoins collectifs. Il n'y a pas de classes sociales ni de différenciation de genre, l'amour y est libre et l'égalité règne dans une société très évoluée techniquement. Le roman est traduit en français en 1936 (dans le journal *Le Populaire*) et en anglais en 1984 seulement. Il est l'une des grandes sources d'inspiration de Kim Stanley Robinson pour sa Trilogie martienne.

Dans les *Chroniques martiennes* (1950), Bradbury décrit par petites touches une très ancienne civilisation martienne sur le déclin. Leur civilisation n'est pas spécifiquement utopique ni idéale, et sa chute va s'accélérer avec l'arrivée des premiers humains, apportant le virus de la varicelle qui va décimer les derniers Martiens. Pourtant, avant leur disparition, les Martiens télépathes sauront tromper les astronautes de « La Troisième expédition », en leur projetant un monde idéalisé sous forme d'une petite ville terrienne ressemblant aux villes bucoliques de leur enfance, une belle illusion utopique pour mieux les tuer ! Mais l'utopie apparaît vraiment avec la dernière nouvelle, « Le Pique-nique d'un million d'années », qui voit une famille échappant à la destruction de l'humanité sur Terre par une guerre atomique s'installer avec quelques autres sur une Mars désertée. Des parents emmènent leurs enfants sur Mars pour un pique-nique, une partie de pêche et une balade en bateau (sur les canaux bien sûr), de poignants prétextes pour fuir la Terre. Le père, bien décidé à rompre avec le passé pour devenir avec sa famille et quelques amis les nouveaux Martiens, brûlera symboliquement devant ses enfants tout ce qui rappelle la dystopie terrienne : l'argent, les titres de bourses ou de propriété, les essais, lois et croyances.

Les utopies martiennes peuvent prendre des formes surprenantes, comme dans la bande dessinée *Mars Horizon* (2017) de Florence Porcel, non pas une utopie sociétale et politique, mais une utopie personnelle martienne, sincère, et à l'image de notre époque, narcissique et individualiste. L'autrice, au travers de son personnage principal, explique qu'elle réalise son rêve : vivre seule sur Mars, au calme, dans une mini station cocon avec du temps pour méditer, lire et savourer son thé, profitant de sa mission de gardienne de la station en attendant la prochaine expédition, afin de jouir pleinement de la magie de Mars loin du tumulte terrestre. La fascination pour Mars peut prendre des formes inattendues, comme cette métaphore du refuge !

Autre utopie martienne originale, uchronique cette fois, dans l'hilarante bande dessinée *La Conquête de Mars* (2008) de G. Jarry et Otto T. Les nazis vont réussir à s'échapper à la fin de la guerre avec une fusée V3 en exfiltrant les *meilleurs* d'entre eux. Le voyage les mène d'abord sur la Lune, puis de là sur Mars, pour y réaliser la grande utopie nazie : Germania ! Tant qu'à faire avec l'aide sur place d'une créature martienne domestiquée. Bien sûr les autorités américaines sont au courant, les sondes Viking ayant montré des images de Germania, mais chuuuut… Puis les nazis martiens, revanchards, prépareront un plan pour revenir sur Terre, toujours en V3, pour reconquérir la planète. Eh oui, la vérité est bien ailleurs…

Un petit mot enfin pour l'utopie étrange et poétique de *Desolation Road* (Ian McDonald, 1988) : au bout d'une voie ferrée et au milieu d'un nulle part martien, un village, une tribu va se constituer autour d'un savant fou, avec tous ceux que le désert aura crachés comme réfugiés, originaux, artistes et autres rêveurs séduits par cette oasis.

Les utopies martiennes des années 1990

C'est l'explosion ! D'accord, *Mariner* et *Viking* sont des tueurs de rêves, il n'y a pas de Martiens et la planète est inhospitalière. Qu'à cela ne tienne, les humains vont s'approprier cette planète, la terraformer éventuellement, et s'y installer en inventant de nouvelles règles sans reproduire les errements de nos sociétés terrestres.

Dans la décennie 1990, quatre romans, *Mars blanche* d'Aldiss (1999), la Trilogie martienne de Robinson (1993-1996), *L'Envol de Mars* d'Egan (1993) et *Sable Rouge* de McAuley (1993), vont porter des visions fortes d'utopies martiennes. Elles auront comme points communs d'être toutes anticapitalistes, portées par des humains qui colonisent Mars, et mettant en scène un antagonisme fort avec la Terre pour que Mars gagne son indépendance. Ces quatre mousquetaires auront aussi des différences importantes. Dans *Mars blanche* l'utopie réussit et Mars n'est pas terraformée, les humains vivent sous des dômes à la surface. Dans la Trilogie martienne, après de longues luttes, Mars obtient son autonomie politique et se terraforme. Dans *L'Envol de Mars*, l'utopie politique aboutit, Mars obtient son indépendance mais sans révolution, Mars n'est pas terraformée et les humains vivent sous sa surface. Enfin, dans *Sable rouge* la terraformation (menée par les Chinois pour changer) a eu lieu, mais progressivement abandonnée, Mars se meurt et l'utopie échoue.

Ces romans, remarquables par leur ambition, s'opposent pendant la même décennie à des récits martiens plus classiques et sans aucune référence à la création d'un nouveau monde utopique : comme *Mars* (1992) et *Retour sur Mars* (1999) de Ben Bova, narrant en détail la préparation, le voyage et l'exploration de Mars, avec la poésie d'un héros géologue d'origine navajo, et d'anciens rêves de découverte de traces extraterrestres ; ou bien *Voyage* (1996) de Stephen Baxter, une minutieuse uchronie *hard science* de la conquête spatiale américaine qui se poursuit jusqu'à Mars (avec une trame bien différente de la série *For all Mankind*) ; ou encore *Les Enfants de Mars* (1999) de Gregory Benford et *Voyage vers la planète rouge* (1990) de Terry Bisson, qui narrent tous les deux dans des styles différents l'abandon de l'exploration spatiale vers Mars par les États, et sa reprise en main par le secteur privé, représenté par des multinationales dans un cas, et par Hollywood dans l'autre.

Attardons-nous sur la colossale utopie martienne de Kim Stanley Robinson : *Mars la Rouge, Mars la Verte, Mars la Bleue* (1993-1996), aussi appelée la Trilogie martienne. Fasciné par les photographies de certains reliefs martiens prises par la sonde Viking, et rêvant d'y faire de la randonnée, Robinson va imaginer une histoire de la colonisation de Mars incroyablement détaillée et documentée. Au-delà des enjeux éthiques de la terraformation, abondamment et intelligemment traités, son œuvre est une utopie scientifique et politique. La vie humaine est prolongée au-delà de 200 ans et les technologies (extrapolées des scénarios des scientifiques des années 1990) permettent de construire relativement facilement sur Mars, de vivre sous dôme et de se nourrir, d'y faire la révolution et la guerre, et de la terraformer assez rapidement.

Différentes visions sociétales et gouvernances porteuses de valeurs antagonistes s'affrontent sur Mars comme sur la Terre. Il faudra aux « Martiens » 200 ans et une guerre pour obtenir l'indépendance et rédiger une constitution martienne. Le parallèle avec la propre histoire des États-Unis vis-à-vis de l'Europe est frappant.

Robinson écrit une « utopie pragmatique » : le chemin est tortueux, les luttes incessantes, et la vision idéaliste de certains se confronte sans cesse à la réalité ou à des oppositions, mais au final sur une très longue échelle, c'est bien une toute nouvelle civilisation et de nouvelles règles qui émergent sur la planète rouge.

Quant à *Mars blanche*, dont le sous-titre est *Ou la libération de l'esprit (Utopie du XXIe siècle)*, un essai philosophique aussi bien qu'un roman, sa singularité est telle qu'il est difficile de résumer son apport en quelques lignes. La vision d'Aldiss d'une planète Mars sanctuarisée pour la science et siège d'une expérience insolite de construction d'utopie, autant que d'une fusion avec une *surprise* martienne géante pour un avenir optimiste de l'humanité, est peut-être ingénue mais fait chaud au cœur. Nous y reviendrons.

Au sujet de ces utopies martiennes, Raphaël Colson et André-François Ruaud écrivent dans *Science-fiction, les frontières de la modernité* (2014) : « *Au début des années 1990, une volonté collective va s'amorcer pour dépeindre une vision du futur dont le sujet sera la planète Mars. Ces romans « martiens », que ce soit chez Kim Stanley Robinson ou chez Brian W. Aldiss, sont animés par une volonté de fusionner l'attrait scientifique et la spéculative-fiction. Les trames narratives et les idées défendues dans ces romans attestent d'une volonté de confrontation : Mars se présente comme une nouvelle terre promise abritant un modèle utopique, en opposition avec la vieille Terre rongée par des modèles dystopiques en prise avec les affres de l'entropie. Tel un Eden, Mars devient le symbole physique de la réalisation utopique, l'équivalent d'une seconde chance pour l'humanité – à la fois si loin et si proche.* ».

Et précisent : « [...] *la science-fiction a aujourd'hui la nette tendance à considérer la future conquête de l'espace comme une expansion fondée sur l'idéologie ultra-libérale. Ce en quoi les utopies martiennes se sont unanimement opposées.* »

C'est vrai pour les quatre romans en question. Mais la vision d'un « Disneymars », un Mars coloré, terraformé et mercantile comme l'appelle Arthur C. Clarke dans son livre *The Snows of Olympus* (1994) et dans son roman *Le Marteau de Dieu* (1993) ou encore un « Marsland » comme évoqué dans le livre *Mars, notre futur sur la planète rouge* de Leonard David (2016), est aussi présente dans l'imaginaire. Elle correspond à un Mars sanctuarisé par endroit avec des zones sauvages protégées et visitables (comme les parcs nationaux et le Grand Canyon sur Terre) pour les préserver, et tout le reste transformé en commodités touristiques, commerciales ou industrielles. Bradbury dénonce cette vision dans ses *Chroniques martiennes* (1950), mais après tout, libre aux gens de considérer le parc d'attraction Disney et sa banlieue comme l'idéal sociétal à atteindre, et le divertissement mercantile comme notre roi à tous.

Les années passent et les romans plus modernes sur Mars ne traitent plus d'utopie ou de colonisation, mais de voyage (*Vers Mars*, 2018), d'exploration, ou de survie (*Seul sur Mars*, 2012), qui pourrait être assimilé à une robinsonnade, une forme d'utopie d'un seul humain qui reconstruit un monde pour agir sur le réel, si les conditions sur Mars n'étaient pas si rudes.

Ce sont plutôt les appels d'offres de la NASA, ou de la Mars Society pour imaginer des colonies sur Mars, qui vont prendre le relai avec le puissant moteur de visions d'artistes ou d'architectes. Un bon exemple de ces visions est le projet de ville troglodyte (à flanc de falaise) martienne autonome Nüwa de l'agence Abiboo

Studio, qui s'en sert de brique pour un ambitieux projet de *Metaverse* en Réalité Virtuelle de Mars : Onteco Mars. SpaceX utilise également abondamment ce type de visuels très suggestifs pour communiquer et faire rêver sur ses projets martiens.

L'utopie martienne semble malgré tout être plutôt une spécificité romanesque, les autres supports sur Mars ne traitant quasiment jamais d'utopie. Les films martiens de la fin des années 1990 ne montrent aucune utopie, juste de l'exploration. Une exception néanmoins avec le film *Total Recall* (1990), qui dévoile à la fin une immense machine/artefact extraterrestre, capable de terraformer la planète en utilisant la glace des calottes martiennes, pour créer instantanément une atmosphère respirable et libérer les habitants de l'emprise tyrannique qu'ils subissaient. L'irréalisme de cette machine donnant d'ailleurs un indice de plus aux fans pour savoir si ce que vit le héros est un rêve ou la réalité.

Pour les jeux vidéo, c'est plutôt le règne des dystopies martiennes. Rien de politique du côté des nombreux jeux mobiles (de construction de bases ou de fusées, de minage, de pilotage de *rover*...), et peu pour les jeux plus traditionnels sur PC ou consoles. *Red Faction 1 & 2* (2001, 2002), jeu de tir marquant à l'époque où le joueur incarne un mineur participant à une révolte ouvrière contre leur exploitation sur Mars, a au moins un *pitch* un peu politique avant de laisser libre place à un défouloir lourdement armé. La série *Doom* (1993-2020), sur les lunes de Mars, ne prend pas cette peine et nous occupe bien vite à occire les hordes de monstres et autres démons de l'Enfer infestant chaque couloir par le biais de l'ouverture d'un portail interdimensionnel. Il n'y a pas d'utopie non plus dans les jeux de rôle martiens de Spiders *Mars: War Logs* (2013) et *The Technomancer* (2016) mettant en scène des luttes de factions pour le contrôle de l'eau ou pour le pouvoir sur un Mars très dystopique. Il reste *Surviving Mars* (2018), un complexe jeu de gestion ayant de nombreuses extensions, où l'on peut choisir d'orienter ses colonies sous dômes vers la science plus que le reste mais toujours dans le carcan d'un système économique classique (argent et ressources), et d'une compétition avec d'autres factions (SpaceY, haha), pour une terraformation à terme avec du joli vert et bleu partout mais sans enjeu de changement de système politique ni d'indépendance vis-à-vis de la Terre.

Les utopies de la base scientifique
sur le modèle de la base en Antarctique

Imaginez un monde sans argent, sans compétition ni capitalisme, sans exploitation, autogouverné, créé pour préserver un environnement fragile et exceptionnel, et où l'essentiel des activités consistent à explorer et à faire des recherches scientifiques. Cela vous fait penser à *Star Trek* ? C'est juste, et il s'agit d'une des plus belles utopies qu'ait créée la science-fiction, avec en plus la notion de gouvernement mondial. Longue vie et prospérité donc, mais plus proche de nous, nous avons déjà ces « bouts » d'utopies avec les bases scientifiques en Antarctique. Malgré les pressions, ce continent reste encore préservé des appétits nationaux et de l'exploitation des ressources naturelles, la coopération mondiale et scientifique y prime toujours. C'est la même logique à bord de la station spatiale internationale, la conquête de l'espace étant d'ailleurs l'un des domaines ou la coopération internationale est la plus forte (malgré la compétition et le prestige national).

Il est très intéressant de voir que l'analogie avec l'Antarctique est souvent utilisée avec pertinence dans les utopies martiennes. *Mars blanche* rappelle le contexte historique :

« *J'ai ensuite feuilleté un dossier relatif à l'histoire juridique de l'Antarctique et constaté qu'une situation similaire s'était autrefois présentée. Douze nations avaient toutes prétendu avoir droit à une tranche du continent blanc. En décembre 1956, les délégués de ces nations avaient rédigé le Traité de l'Antarctique, qui avait pris effet en juin 1961. Le traité représentait un pas en avant remarquable de la raison et de la coopération internationale. Les conflits territoriaux ont été suspendus, toutes les activités militaires interdites et l'Antarctique est devenu un continent consacré à la science.* »

Tout le roman s'appuie ensuite sur cette analogie et Aldiss y développe sa vision de l'utopie pour Mars. Mais c'est aussi le cas de Robinson dans la nouvelle « Michel en Antarctique » du recueil *Les Martiens* (1999), complémentaire à la Trilogie martienne et mettant en scène deux notions fortes : les rudes conditions de vie et le facteur humain. Cette nouvelle insiste sur l'importance des relations humaines et des profils psychologiques pour qu'une communauté de ce type, essentiellement scientifique, puisse fonctionner. Elle présente d'ailleurs la plupart des personnages principaux aux caractères bien trempés qui interviendront par la suite dans le roman *Mars la Rouge*.

« *Ils comprenaient aussi que c'était la vie que Mars allait leur offrir. Quelque chose de pas très différent de ce qu'ils avaient toujours connu. Alors au fond, la meilleure analogie avec la vie martienne n'était peut-être pas l'Antarctique mais une vie de recherches intenses en labo.* »

L'entraînement aux missions martiennes sur le continent blanc reste néanmoins pertinent de par ses conditions extrêmes (l'endroit le plus froid, le plus sec et le plus venteux de notre planète), et de par la promiscuité et le confinement qu'impose l'hiver antarctique. Il existe d'ailleurs de vraies missions d'entraînement sur Terre à d'hypothétiques séjours martiens, comme le programme d'expéditions annuelles AMASE pour Artic Mars Analog Svalbard Expedition de 2007 à 2011 (en Arctique cette fois, dans l'archipel du Svalbard), qui ont permis de tester certains instruments du rover *Curiosity*. Les autres territoires d'entraînement utilisés pour tester la vie martienne présentent également des conditions extrêmes proches de ce que Mars réservera aux humains : La Mars

Desert Research Station (MDRS) est située dans le désert aride de l'Utah, HI-SEAS IV est basée dans le volcan Mauna Loa à Hawai.

Le livre de l'astrobiologiste Cyprien Verseux *Vivre sur Mars, 365 jours pour tester la vie sur la planète rouge* (2017) relate avec précision et humour une telle expérience (HI-SEA IV) au long cours vécue par cet authentique passionné de Mars, suffisamment fasciné par cette planète pour s'enfermer un an sans même avoir la récompense d'explorer « Mars pour de vrai ».

« *Mars. Mon attrait pour cette planète peut paraître irrationnel. Peut-être l'est-il, d'ailleurs. Peut-être n'est-ce que l'expression d'un besoin criant d'exploitation ancré en nous, celui qui a poussé nos ancêtres à quitter l'Afrique et se mettre en route vers les autres continents. L'humain a toujours cherché à voir ce qu'il y avait plus loin, sur l'autre rive, derrière la montagne, de l'autre côté de l'océan. Maintenant que l'on peut se rendre à peu près n'importe où sur Terre en quelques jours, on se tourne vers le ciel. C'est peut-être pour cela que Mars me fascine, un simple trait biologique qui pousse nombre d'entre nous vers l'inconnu.* »

Pour l'anecdote, il a trouvé l'amour pendant cette expérience, alors c'était finalement et indéniablement du temps bien investi !

Impossible enfin de ne pas rappeler ici l'expérience à moitié réussie de Biosphère 2, un site expérimental construit dans le désert de l'Arizona entre 1987 et 1991 par l'entreprise Space Biosphere Ventures. Le but était de recréer un écosystème viable et entièrement autonome (eau, faune et flore) comme l'est la Terre (Biosphère 1) mais en miniature et sous dôme pour une petite communauté humaine sur une longue durée. L'ambition était de préparer la colonisation spatiale, en reproduisant à terme un écosystème similaire à la surface de Mars. Les missions de 2 ans et de 6 mois menées en 1991 et 1994 ont en partie abouti mais ont montré deux problèmes majeurs : la difficulté de faire fonctionner un tel écosystème (problèmes de production insuffisante d'oxygène et de nourriture), et la difficulté de conserver des rapports humains harmonieux en environnement confiné quand les problèmes surgissent. Le site a eu ensuite une vie mouvementée, il abrite aujourd'hui différents projets de recherches universitaires et peut se visiter. Cette expérience a été très populaire, coïncidant avec certaines visions utopiques « New Age » de l'époque. Elle a inspiré des auteurs comme Joël Champetier dans l'épatante nouvelle « Survie sur Mars » (*Yellow Submarine* n°104, 1993), mi-polar, mi-science-fiction, mettant en scène Biosphère 6 !

Lors d'un mémorable échange, Arkady et John, deux protagonistes de *Mars La Rouge*, discutent à la fois des avantages du mode de vie utopique en station de recherche scientifique, isolé du reste du monde, et du subtil piège qui peut s'y cacher par le biais du financement dès que l'on sort de la recherche fondamentale pour tomber dans « le retour sur investissement » :

« *Le résultat, c'est que les gens sont devenus profondément attachés à ce type d'existence, dès lors qu'ils ont l'occasion de la vivre. Parce qu'elle permet à chacun de concentrer son attention sur un véritable travail, qui implique que l'on doit tout faire pour survivre, satisfaire sa curiosité, ou simplement s'amuser. C'est l'utopie, John, et tout spécialement pour les primitifs et les scientifiques, c'est-à-dire tout le monde, en un sens. Et c'est bien pour cette raison qu'une station de recherche scientifique est en vérité un modèle réduit de l'utopie préhistorique, creusée dans l'économie financière des transnationales par des primates malins qui veulent seulement vivre bien.*

– Tout le monde désirerait y adhérer, remarqua John.

– Oui, et ils le pourraient, mais on ne le leur a pas proposé. Ce qui signifie que ça n'était pas une authentique utopie. Les primates scientifiques et malins que nous sommes voulaient se tailler des îles pour eux-mêmes, et non pas travailler à offrir à tous ce genre de condition. Et c'est pour ça que dans la réalité, les îles font partie de l'ordre des transnationales. Elles ont été achetées, elles n'ont jamais été vraiment gratuites, et

il n'a jamais été question de recherche vraiment pure et absolue. Parce que ceux qui ont payé pour ces îles scientifiques vont tôt ou tard exiger le bénéfice de leur investissement. Et nous y arrivons. On demande un bilan sur l'état de notre île. On ne faisait pas de la recherche pure, John, mais de la recherche appliquée. Et avec la découverte de tous ces métaux stratégiques, l'application est devenue claire. Tout nous revient dessus : la propriété, les prix, les salaires. Tout le système de profit. La petite station scientifique est transformée en mine, dans l'esprit habituel de la quête de l'or. Et on demanda aux scientifiques: « Qu'est-ce que vous faites ? Qu'est-ce que ça veut dire?» On leur demande de faire leur travail pour être payés, et le produit de ce travail tombe dans la poche des nouveaux propriétaires pour lesquels ils travaillent. »

Aujourd'hui, les visions de base scientifiques sont plus modestes (un module de vie, un module de recherche, un module de stockage puis une croissance modulaire) et ne cherchent plus l'autonomie complète, créant *de facto* une dépendance forte avec la Terre. C'est ce modèle de base scientifique qui est retenu dans la série *Mars* de National Geographic (2016-2018), adaptée du roman *How We'll Live on Mars* de Stephen Petranek (2015). La base principale installée sur Mars est une coopération internationale et fédère une petite communauté dédiée à la science fondamentale. Elle se retrouve en conflit avec celle de Lukrum, installée grâce à des fonds privés avec des objectifs de rentabilité basés sur l'exploitation des ressources martiennes, nous confrontant au même dilemme du financement et des finalités que celui évoqué plus haut par Arkady

Ce modèle de base en Antarctique est séduisant (sauf bien sûr si l'on pense au scénario de *La Chose*) et en dépit des difficultés, il a fait ses preuves pour l'exploration et la coopération scientifique sur ce continent. Pourtant, comme le font remarquer certains écologistes, malgré ses rudes conditions l'Antarctique est bien plus accueillant que la Lune ou Mars, et néanmoins nulle population indigène n'y a jamais existé, de même que personne n'envisage aujourd'hui d'y construire une nouvelle civilisation.

L'utopie a changé de camp

Effectivement en 2022, pour paraphraser Pablo Servigne et Raphaël Stevens (« *est aujourd'hui utopiste celui qui croit que tout peut continuer comme avant* »), l'utopie a aujourd'hui bien changé de camp : est utopiste celui qui croit qu'il est possible et souhaitable de coloniser Mars ! Nombreux sont ceux (écologistes, scientifiques, intellectuels) qui dénoncent à raison cette ambition en regard des problèmes que nous devons déjà résoudre sur Terre, et des difficultés colossales que représente la conquête de Mars : il n'y a (presque) pas d'eau, il n'y a pas d'atmosphère et pas de moyen d'en garder une si on arrivait à la créer.

Social Alter écrit dans son numéro 49 (janvier 2022) : « *La colonisation de Mars a tout d'une bulle spéculative : des scientifiques fantasques produisent à la chaine des scénarios et des études de faisabilité, tandis qu'États, lobbies et boîtes privées se chargent de déverser leurs capitaux pour donner corps à ces fausses promesses. Les armes du capitalisme se fondent à la perfection dans cet imaginaire : comme toujours, il s'agit de naturaliser la conquête, l'expansion et la croissance.* »

Ségolène Guinard y précise : « *Le spatial est une dystopie de l'habiter.* » Pour comprendre, rappelez-vous vos sentiments d'enfermement pendant le premier confinement covidien ... Et Arnaud Saint-Martin insiste : « *Dans l'esprit colonisé des fabricants d'utopies martiennes, la projection d'une nouvelle frontière dans l'espace reconduit les valeurs du capitalisme industriel couplé à la libre entreprise.* »

Voulant à raison battre en brèche l'idée d'une planète B (la planète Terre va mal, la technologie va bien, et nourrit le fantasme d'un nouveau départ radical pour l'humanité sur une planète « toute neuve » : Mars), Sylvia Ekström dans *Nous ne vivrons pas sur Mars, ni ailleurs* (2020), sans être opposée à une mission scientifique d'exploration de Mars, rappelle l'ineptie d'une telle vision. Elle y détaille les innombrables difficultés d'une colonisation martienne : notre non-adaptation à un environnement autre que la Terre, le manque de ressources sur place pour permettre l'autonomie, le confinement perpétuel, la longueur du voyage, les rayonnements, l'état d'épuisement des astronautes après un voyage en apesanteur. Ce dernier point est particulièrement marquant si on visualise la sortie sous assistance, avec moult lits et fauteuils roulants, des astronautes atrophiés après un séjour sur la station spatiale. Imaginez maintenant leur arrivée sur Mars après 7 ou 8 mois de voyage, sans personne pour les aider à sortir du vaisseau ni à faire les premières tâches… Hum, il va falloir de sacrés exosquelettes !

D'accord, d'accord, même si elle est extraordinairement difficile, l'exploration de Mars ne doit pas forcément être abandonnée. Tout d'abord, une telle expédition n'a pas nécessairement à être menée par des entreprises privées recherchant le profit et l'exploitation de ressources. Ensuite, explorer Mars n'est pas la même chose qu'y installer une petite colonie scientifique (comme une base permanente en Antarctique), de même qu'avoir des scientifiques sur place à demeure n'est comparable à un envoi massif de colons, sur le modèle de la conquête de l'Ouest américain, pour y implanter l'humanité.

Comme toujours, rien n'est tout blanc ou tout noir. Par exemple il est fascinant de constater que la prise de conscience écologique au sein du grand public date des années 1970. Elle coïncide avec le rapport Meadows bien sûr, mais aussi avec la vision de notre planète bleue depuis l'espace, avec les paroles des premiers astronautes insistant sur sa beauté, sa fragilité, son caractère unique, et l'impérieuse nécessité de la préserver. Tous ceux qui prendront le temps d'observer les photographies de cette bille bleue perdue au milieu des étoiles feront l'expérience de « l'effet de la vue d'ensemble » (*The Overview Effect* de Franck White), qui nous fait voir notre planète pour ce qu'elle est : le fragile « vaisseau Terre », nous permettant de vivre et de nous déplacer dans l'univers. Cette vision est un puissant moteur de changement pour nous inciter à enfin préserver notre planète, à stopper les conflits et à abolir nos frontières pour devenir une société planétaire. Ces images, cette prise de recul récente, n'existeraient pas sans la conquête spatiale.

Enfin, à très long terme nous devons devenir une espèce interplanétaire si nous voulons survivre. Même dans le meilleur des scénarios possibles (pas de météorites, pas de guerre atomique, pas de planète rendue stérile par les désordres climatiques incontrôlables ou la perte de biodiversité), notre système solaire disparaîtra lorsque notre soleil, qui est en extension constante, finira par transformer notre planète en enfer puis par exploser.

Donc refusons une conquête de l'espace pour les riches (Comment peut-on trouver pertinent le tourisme spatial ?), ou une conquête de Mars à court terme. Mais encourageons la poursuite de l'exploration et la recherche scientifique sur Mars avec des robots, et sur le long terme avec des humains. Nous défendons une mission humaine d'exploration scientifique de Mars, pilotée par des agences spatiales nationales, idéalement réunies en fondation, et aidées par des entreprises privées quand c'est pertinent. Par la suite si l'humanité – toujours adolescente aujourd'hui – réussit à sauvegarder sa planète et la biodiversité qui s'y trouve, elle aura peut-être la maturité nécessaire pour partir avec sagesse s'installer sur d'autres territoires, Mars étant, avec la Lune, le premier pas.

En attendant les utopies martiennes ont vécu leur Âge d'or, et ce sont bien à nouveau des utopies la plupart du temps terrestres (en particulier avec les tendances *Solarpunk* et *Hopepunk*) qui guident aujourd'hui nos envies de sociétés meilleures.

© Patrice Duvic.

Le Grand retour

Hugo Verlomme

Auteur du livre-culte de science-fiction Mermere *(ActuSF) et d'une trentaine d'ouvrages océaniques sur le surf ou les voyages en cargo, il est aujourd'hui journaliste et conférencier. Vivant près d'une plage des Landes, il fréquente de près les vagues, travaille sur la spiritualité de l'eau, écrit des romans et organise, pour la ville de Capbreton, des événements liés à la mer et au formidable canyon sous-marin qui commence à quelques encablures de sa porte. Ses derniers livres :* La Piste de l'eau *et* Le Doigt mordu *(coauteur Valentine Karwoski).*

Le retour sur Terre ne devait être qu'une simple formalité, la fin d'un long périple aux confins du cosmos, à bord de cet immense vaisseau interstellaire, le *Leif*, nommé d'après un grand explorateur viking, et aussi parce que c'est l'anagramme de « life », la vie, le but même de leur mission. Mais après un temps infini à écumer le vide interstellaire en quête d'une vie extraterrestre, la Mission Goldilocks revenait bredouille. Et pourtant, sur le chemin du retour, au détour d'une nébuleuse aux reflets bleutés, une rencontre inattendue s'était produite, qui allait sans doute révolutionner l'histoire de l'humanité. Oriane était fière d'y contribuer. Pour l'heure, la jeune éthologue était enfermée dans la soute du vaisseau avec un long tube en verre blindé haut de trois mètres, rempli d'eau, et solidement arrimé à la structure.

Les yeux perdus dans les mouvements de cette eau incroyablement transparente, la jeune femme songeait que son quart de nuit touchait à sa fin et que ce long voyage allait s'achever. Bientôt la Terre redeviendrait visible mais, curieusement, la perspective du retour la chagrinait. Elle aurait dû être folle de joie et trépigner d'impatience à l'idée de retrouver les siens, d'autant que l'équipage revenait porteur d'une découverte majeure. Mais Oriane n'était plus la même depuis sa rencontre avec Bindu. Il s'agissait sans doute d'une « Goldilocks planet », une planète « Boucles d'or », potentiellement habitable parce que « ni trop chaude, ni trop froide » et porteuse d'eau. Dans le conte éponyme, une petite fille aux cheveux blonds, perdue en forêt, pénètre dans une maison vide sans savoir qu'elle appartient à trois ours. Elle y trouve un bol de gruau qui n'est « ni trop chaud, ni trop froid », ce qui la décide à en manger.

Tout au long du voyage de retour, les femmes du bord s'étaient relayées pour veiller sur l'Eau, qui ne supportait pas d'être seule dans la soute, et se portait beaucoup mieux en présence des membres féminins de l'équipage. Aussi les femmes officiers de la mission avaient-elles pris l'habitude d'y passer, à tour de rôle, une partie de leur temps en compagnie de l'Eau. Elles s'étaient aménagé un coin confortable avec un lit contigu au « bocal », surnom donné au réservoir contenant la première vie extraterrestre jamais découverte.

Oriane, la plus jeune lieutenante du bord, avait joué un rôle majeur dans l'approche de Bindu (« goutte créatrice » ou « semence », en sanskrit). Cette exoplanète, appartenant à un petit système planétaire multiple, leur réservait bien des surprises. Certes, les astrophysiciens cherchaient depuis longtemps des mondes d'eau, « planètes-océan » ou « planètes pélagiques », mais ils ne s'attendaient pas à *ça*… Non seulement Bindu n'obéissait pas à une trajectoire normale, mais en plus, elle était capable d'apparaître ou de disparaître à son gré, tout en changeant de taille ! Elle ne semblait pas posséder de noyau, comme si elle n'était constituée que d'une vaste masse d'eau élastique, ce qui paraissait impossible en plein espace et sans la moindre atmosphère.

D'emblée, le comportement de Bindu rappelait celui d'un animal sauvage que l'on rencontre dans son milieu naturel. Elle se figeait, grossissait, fuyait, disparaissait, puis se rapprochait du *Leif* sans qu'on l'ait vue venir, et sans déclencher les alarmes du bord. Le commandant Belzor avait pris l'initiative de faire lancer une sonde dans sa direction. Il semblait possible que sa température « ni trop chaude, ni trop froide » abrite la vie, mais Bindu avait disparu, comme effrayée. Convaincue qu'elle se cachait pour les observer, Oriane expliqua qu'il fallait faire preuve de patience.

Dès son plus jeune âge, elle savait communiquer avec les animaux, grands ou petits. Elle n'en avait jamais peur, et toutes les espèces l'attiraient. Adolescente, on l'avait vue calmer une panthère enragée dans un zoo, ou même apprivoiser un bourdon sans ailes. À cause de ce don, Oriane avait été appelée dans le monde entier pour dénouer des situations où des animaux étaient impliqués, sur terre comme en mer. Elle avait fait de sa passion un métier et diffusait sa propre émission « *Eux, c'est nous* », qui totalisait des millions de vues sur les réseaux. Ce sont ses talents d'éthologue et sa facilité à nouer contact avec toutes formes de vie, qui lui avaient valu d'être sélectionnée pour la Mission Goldilocks. C'est pourquoi, lorsqu'elle conseilla au commandant d'agir comme dans la forêt en présence d'un animal inconnu, Belzor choisit de l'écouter. Chacun, à bord, reprit donc ses occupations et tâches habituelles, comme si de rien n'était. Le vaisseau demeura stationnaire, en attente. L'essentiel était d'établir un lien mental avec cette présence en lui faisant comprendre qu'ils venaient en paix.

*

Oriane avait demandé à l'équipage de s'ouvrir à l'éventualité d'une forme de vie inconnue. Deux fois par jour ils se réunissaient sous le grand dôme et se tournaient vers l'espace. Ils priaient, chacun à sa façon, ou chantaient des chœurs harmonieux qui résonnaient jusque dans les coursives du vaisseau. Certains méditaient, d'autres cherchaient un moyen de communiquer avec une intelligence extraterrestre…

Jusqu'au moment où, le cinquième jour, ils aperçurent, dans l'obscurité du ciel, une perle lumineuse qui se rapprochait, telle une goutte de mercure d'une brillance surnaturelle. Le globe scintillant grossissait sans qu'ils puissent estimer sa taille, ni sa vitesse, car les instruments du bord demeuraient muets. L'équipage réuni observait, médusé, cette sphère qui s'approchait à vive allure. Belzor hésitait sur la conduite à tenir ; existait-il un risque de collision ? Devaient-ils fuir ou préparer un bouclier défensif ? Oriane avait posé la main sur son bras : « Chhh… ». En cet instant, il ne fallait surtout pas bouger et lui laisser l'initiative. Comme avec un animal sauvage, faire preuve de peur ou d'agressivité risquait de tout compromettre. Mais il fallait bien le reconnaître : la vision de cette sphère scintillante qui enflait en s'approchant du vaisseau pouvait effrayer, voire semer la panique. D'un coup, l'ombre les avait complètement recouverts et l'équipage s'était exclamé d'une seule voix : « Oooooohhhhh… ».

Le dôme du *Leif* fut alors occulté par une immensité liquide dont on ne distinguait pas les extrémités. Bindu mesurait peut-être des milliers de kilomètres de diamètre, mais de si près l'équipage ne voyait qu'une paroi verticale d'eau en mouvement, comme les chutes du Niagara au ralenti. Le spectacle était hypnotique, méandres et tourbillons se formaient et se défaisaient sans cesse dans un bouillonnement de vie. Sans perdre son sang-froid, le commandant ordonna à ses pilotes de lancer le *Collector*, un petit robot cargo capable se prélever des échantillons de toute nature. Il fut prêt à décoller en quelques instants, muni d'un tube extérieur long de trois mètres, permettant de récupérer un peu de matière liquide. Depuis les multiples écrans de la passerelle, l'équipe responsable du robot suivait avec attention le bon déroulement des opérations. L'extrême proximité physique de cette planète liquide les inquiétait. Belzor s'était demandé s'il fallait s'en écarter, mais une fois de plus, Oriane lui avait conseillé d'éviter de faire bouger le *Leif*.

Les portes de la soute s'ouvraient lentement ; le *Collector* se tenait sur sa rampe de lancement face à cette gigantesque planète qui occultait leur champ de vision. L'opérateur fit décoller le robot à faible allure vers la masse en mouvement. Au même moment, une protubérance déforma la surface de Bindu à la façon d'une éruption solaire, mais liquide. On aurait dit un pont d'eau lancé dans l'espace, formant une longue et fine trompe, ou une trombe, tendue précisément vers le *Collector*. Les humains crurent que tout allait voler en éclats. Au lieu de cela, dans un ballet précis et ultrarapide, le tourbillon d'eau s'introduisit de lui-même, presque sagement, à l'intérieur du tube du *Collector*. Et c'est là que l'impossible eut lieu… Plus tard, l'enquête conclurait à une hallucination collective, mais tous les membres d'équipage avaient bien vu la même chose : en une nanoseconde, l'énorme exoplanète Bindu semblait avoir été aspirée tout entière à l'intérieur de ce tube minuscule !

L'instant d'après, l'espace avait retrouvé sa configuration normale, sans aucune trace de la planète. Quant au robot *Collector*, il était sagement rentré dans sa soute étanche avec son prélèvement. Quelques heures plus tard, le vaisseau avait pu reprendre sa route vers la Terre. Devaient-ils croire ce qu'ils venaient de voir ? Une planète entière contenue dans un tube de trois mètres ?

Dès les premières mesures, les scientifiques du bord comprirent que leurs outils de recherche, leurs protocoles et autres analyses, ne mèneraient à rien. L'Eau était capable de tous les changements dans son tube, mais elle se jouait des capteurs qui venaient la tester. Il leur fut impossible d'isoler une seule goutte d'eau : les appareils ressortaient secs et stériles. La matière semblait aussi volatile qu'impénétrable. Du jamais vu. Malgré leurs recherches, ils n'avaient pas réussi à isoler la moindre cellule, ni molécule, de ce corps aqueux. Pourtant cette matière réagissait au toucher, aux pensées, aux sentiments. Bien vite, l'équipage dut se rendre à l'évidence : ce liquide (si c'en était un) échappait à toutes leurs données. Ils eurent beau l'analyser sous toutes les coutures et de cent façons, l'eau de la planète Bindu n'existait pas scientifiquement, ne délivrait aucun chiffre, aucun relevé, comme si elle n'était qu'une simple illusion flottant sous leurs yeux.

Mais Bindu n'avait rien d'une illusion. Lorsqu'on la laissait seule trop longtemps, elle se mettait à bouillonner de façon inquiétante. De vraies bulles de colère, qui ne contenaient d'ailleurs aucun gaz. Le commandant essaya bien de lui rendre visite, mais à peine entré dans la soute, Belzor avait cru se liquéfier : non seulement des larmes abondantes coulaient de ses yeux sans qu'il puisse les contrôler, mais il était pris de violentes suées, au point de se retrouver trempé de la tête aux pieds.

L'Eau se portait beaucoup mieux en présence des femmes, et d'une en particulier, Oriane ; elle avait su la dompter, créer ce lien qui relie deux êtres à jamais, même très différents, même très éloignés. Elle passait de longues heures près de l'Eau, dormant une partie du temps, car elle faisait alors des rêves d'une intensité fulgurante. Oriane pouvait alors interagir avec l'Eau qui la prenait dans ses bras tièdes et lui chantait des mélodies de l'Océan originel. *La mer est ta mère… Ce que tu cherches dans le ciel se trouve en toi, en votre planète mère…*

Ainsi commencèrent ses « visites ». Oriane l'ignorait, mais l'Eau de Bindu circulait déjà en elle. C'est pourquoi tout lui venait si naturellement. Elle passait des heures à ses côtés, dans la soute, à l'observer, à lui parler, à lui raconter des épisodes de sa vie, et la jeune femme savait que l'Eau réagissait, écoutait, comprenait. Après ses visites, elle flottait sur un petit nuage, aussi heureuse que si elle venait de tomber amoureuse, avec l'impression d'avoir dix ans de moins. Elle avait ressenti ce genre de bien-être en jouant dans les vagues d'Hossegor, des années auparavant. Mais avec Bindu, c'était différent. En restant auprès d'elle de longues heures, elle l'apprivoisait, lui chantait des chansons et lui murmurait des mots d'amour. L'Eau s'animait, formant des spirales iridescentes, des myriades de constellations, des planètes, des vagues, puis elle se calmait et devenait alors d'une telle transparence qu'on doutait même de sa présence. Parfois elle changeait de couleur ou se transformait en brouillard lorsqu'Oriane lui chantonnait une berceuse. La jeune femme riait de ces facéties et une véritable complicité s'était établie entre elles.

En vérité, depuis quelques jours une curieuse ambiance festive régnait à bord du *Leif*. Bien sûr, on attribua cela au bonheur de rentrer sur Terre après un long voyage, ainsi qu'au succès de leur mission, mais quelque chose d'autre flottait dans l'air, une légèreté et une bienveillance inhabituelles à bord de ce type de vaisseau. Les sourires accompagnaient souvent les ordres et Oriane avait remarqué que des couples s'affichaient ensemble pour la première fois. Toutes les tâches paraissaient simples à accomplir. Un mot avait sauté à l'esprit d'Oriane : « fluide ». *Tout est fluide*, ajoutait l'Eau dans la tête de la jeune éthologue. *Vous êtes l'Eau, mais vous ne le savez pas. Vous avez peur de l'amour…* Cette dernière phrase s'était imprimée en elle au point qu'elle n'arrêtait pas d'y repenser. Peur de l'amour ?

*

C'est dans cet état d'esprit qu'Oriane monta au troisième niveau du *Leif*, pour effectuer sa tournée des jardins de Biosphère 3. Elle aimait beaucoup ce vaste espace végétalisé où la vie abondait ; on pouvait y oublier qu'on se trouvait en vase clos, à des millions de kilomètres de la Terre. Chaque jour elle devait faire le tour des vergers, potagers, ruches et poulaillers, et relever les principaux indices vitaux des plantes et des animaux. Or, depuis quelques jours, les légumes poussaient plus vite, les fruitiers produisaient plus, les abeilles fabriquaient plus de miel et les poules pondaient plus d'œufs que d'ordinaire… Était-ce « l'effet Bindu » ?

Oriane s'était étendue dans l'herbe en bordure du potager, non loin des haricots et des salades, en écoutant bourdonner les insectes. Une coccinelle s'était posée sur son bras avant de s'envoler vers un festin de pucerons. L'air fleurait bon la menthe et le romarin. Même ainsi allongée dans la végétation, la jeune femme ressentait l'appel de l'Eau. Avec leurs racines et leurs radicelles plongeant dans la terre en quête de la moindre gouttelette, les plantes étaient des antennes. Pour Oriane, l'appel de l'Eau devenait omniprésent, aussi irrépressible que le mouvement des marées sous l'action de la lune.

C'est pourquoi elle passait beaucoup de temps dans la soute, à lui chanter des berceuses afin de l'apaiser. À mesure que l'heure du retour approchait, Oriane sentait grandir en elle une profonde inquiétude : qu'allait-il advenir de l'Eau lorsqu'ils atterriraient ? Serait-elle placée en quarantaine dans un bunker, observée par des savants du monde entier ? Le commandant Belzor avait refusé de lui répondre lorsqu'elle lui avait posé la question, ce qui n'était guère bon signe. D'un autre côté, Oriane se doutait que Bindu n'était pas du genre à se laisser enfermer ou dépecer par la science ; dès lors elle redoutait beaucoup le retour sur Terre.

*

Sur Terre, justement, la nouvelle avait fuité. On disait que le *Leif* revenait avec un échantillon d'eau extraterrestre, ce qui enflammait les imaginations ; les hypothèses les plus folles circulaient déjà. Du coup, l'accueil au sol risquait d'être impressionnant à cause des mesures de sécurité, et Oriane serait sans doute séparée de l'Eau. Mais elle ignorait alors que l'Eau était en elle et qu'elle avait pris le pouvoir à bord du *Leif*.

Tel est son secret : l'eau n'est pas omniprésente, elle *est*. De même qu'il n'y a pas plusieurs océans, mais un seul Océan, de même il n'y a pas plusieurs eaux, mais l'Eau. Elle n'est qu'une, et nous ne sommes que de minuscules électrons au sein d'un corps qui nous dépasse. L'Eau est là, elle est absolument partout, c'est l'ingrédient premier de la vie et de l'esprit. « *Au commencement, l'esprit planait à la surface des eaux* ». Notre dieu ultime, que nous le voulions ou non, c'est elle, l'Eau.

On ne sait trop comment, ni pourquoi, mais Oriane fut miraculeusement affectée à la navette chargée de rapporter l'Eau sur Terre, dans une base ultra-secrète du désert des Mojaves, quelque part entre Los Angeles et Las Vegas. Une fois le *Leif* sur son orbite terrestre, des flottilles de navettes se mirent à acheminer les équipages et le matériel vers les bases du désert californien. Prétextant qu'Oriane avait passé de nombreuses heures à veiller l'Eau de Bindu, le colonel responsable du programme de retour l'avait sélectionnée pour faire partie de l'équipage accompagnant le tube.

C'était un vol de routine, mais là encore, rien ne se déroula comme prévu, car l'Eau avait subtilement pris les commandes. Trois avions de chasse les attendaient en haute altitude pour les escorter. La descente s'effectua en douceur et la rotondité de la Terre s'aplanissait au fur et à mesure que la navette perdait de l'altitude. Ils l'ignoraient, mais une foule immense se massait dans le désert, espérant apercevoir l'aéronef qui rapportait la première vie extraterrestre sur Terre ! Les journalistes affluaient du monde entier, mais l'armée et la police avaient bouclé et brouillé un large périmètre autour de la base.

D'ici quelques dizaines de minutes ils atterriraient et tout basculerait. Pour l'instant ils planaient silencieusement au-dessus du Pacifique, vers la côte Ouest. De plus en plus inquiète, Oriane était convaincue que quelque chose se tramait. Elle craignait de se retrouver aux mains des militaires une fois au sol pour un débriefing musclé, voire une mise à l'isolement. Mais la voix de l'Eau revenait doucement, tel le chant d'un ruisseau rassurant. *Ne t'inquiète pas, ma douce… N'aie plus peur. Tu n'es plus seule… Regarde la mer… Toutes les réponses sont là.*

Par le hublot, Oriane distingua un archipel, seul au milieu du Pacifique, tels des osselets éparpillés sur le grand tapis bleu. Alors elle reconnut le chapelet des îles Hawaii où elle avait passé plusieurs mois à étudier le comportement des cétacés. Kauai, Oahu, Molokai, Maui, Oahu, ils survolaient maintenant ces magnifiques îles volcaniques avec leurs vagues géantes. La beauté de l'Océan à l'état pur. Des souvenirs lui revenaient en mémoire avec une étrange acuité, ses plongées avec les baleines à bosse à Maui, ses tentatives pour apprendre le surf à Waikiki avec un jeune Hawaiien, ses navigations à la voile autour des îles, des mois de bonheur absolu à vivre nuit et jour par et pour l'Océan. Les Polynésiens vivaient ainsi depuis des millénaires, en harmonie avec les éléments. L'archétype du bonheur n'est-il pas une plage tropicale ? N'est-ce pas cela le vrai monde ? Celui où nous retrouvons enfin nos racines océanes ? Le monde de l'être et non du faire… Pour un peu, Oriane aurait humé le parfum iodé des embruns et entendu le caquètement joyeux des dauphins… Était-ce donc là le message de l'Eau ?

Ils perdaient de l'altitude, poursuivant leur descente. Un instant elle s'étonna qu'ils se trouvent déjà si bas, alors que les côtes de Californie étaient encore loin, mais tout se passait bien à bord. Néanmoins l'inquiétude d'Oriane augmentait. Elle se demandait ce que ressentait l'Eau, seule dans la soute, à quelques minutes de l'atterrissage. Elle redoutait l'accueil qui les attendait. Sans doute un bataillon de médecins et de militaires…

Lorsque l'Eau modifia les paramètres de vol, aucun des pilotes ne protesta et les trois chasseurs qui les accompagnaient suivirent tranquillement la même trajectoire, car tous, désormais, se trouvaient sur la même longueur d'onde sans le savoir, tout en le sachant. Le déroulement de ce qui suit, et qui marquerait l'histoire humaine d'une pierre blanche, se produisit avec un naturel déroutant, dans une étonnante fluidité. À présent la navette volait suffisamment bas pour qu'Oriane puisse distinguer les crêtes des vagues sur l'immensité bleue. Ils perdirent encore de l'altitude au-dessus de l'océan, comme s'ils allaient amerrir, mais la navette finit par stabiliser son vol pendant que la soute s'ouvrait. Les pilotes suivaient l'opération sur leurs écrans sans sourciller. D'incroyables quantités d'eau s'écoulèrent longuement de la soute pour se répandre à la surface, comme si le tube avait contenu des millions de litres…

Bindu se mêla à cet Océan inconnu pour le connaître et s'y fondre. La vie était bien là, omniprésente, mais la cohésion entre les êtres vivants semblait purement le fait du hasard, bon ou mauvais. Cette planète Terre avait été colonisée par la vie, des millions d'années auparavant, mais pas encore par l'esprit de l'Eau ! Certes, les humains savaient construire de belles machines avec leurs dix doigts, mais ils ne savaient pas s'aimer, ni déplacer des montagnes avec la seule force de l'esprit. Tout comme la force d'un éclair se transmet instantanément à la surface, l'esprit se propage plus vite que la lumière, car toutes les eaux sont connectées entre elles. Cette planète est en grande partie océane, ses terres sont gorgées d'eau comme des éponges et il existe même un gigantesque océan caché sous la croûte terrestre. Pourtant les humains ont choisi de tourner le dos à l'Océan. Il était temps d'inverser le processus.

À l'approche des côtes, la navette volait suffisamment bas pour que les passagers remarquent de nombreux bateaux en train de sortir du port. En voyant les plages, les villes et les routes, ils furent stupéfaits : cela rappelait une fourmilière. Des foules et des files de voitures se dirigeaient toutes vers le littoral ! Les plages semblaient grouillantes de monde et les routes côtières étaient embouteillées. Les écrans de la navette s'allumèrent spontanément, montrant des reportages en direct, où l'on voyait d'incroyables afflux de populations se dirigeant paisiblement vers le littoral. Certains dansaient ou se prosternaient, d'autres priaient l'Eau, chantaient, comme s'ils n'avaient jamais vu la mer. Enfin, ils ont compris ! songea Oriane. L'heure du grand retour à la mer est venue.

La fille de l'utopiste

[Petit poème uchronique en hommage à Thomas More]

Ugo Bellagamba

Son île dorée n'avait rien d'une prison,
Mais carcérale était sa conformation.
Autour de sa cellule, tout en jalousies,
S'étendaient de vastes champs, de belles prairies.

L'Homme libre souriait, la plume à la main.
Ses Utopiens travaillaient, surtout le matin.
Dans la douceur de l'après-midi, ils jouaient.
Fiers et élancés, ils paraissaient…

… Presque vrais !

Quand Margaret se présentait à sa porte,
Si pâle qu'elle ressemblait à une morte,
Il lui disait qu'il marchait toute la journée,
Voyageait plus loin qu'il n'avait jamais été.

« Père, pensez à nous, il faut vous repentir ! »
Sa voix la trahissait, mais son cœur, lui, pensait :
« Quelle intransigeance, quelle âme trempée ! »
L'utopiste n'avait plus qu'un seul Devenir.

« Cette missive ne vous est point adressée,
Vous la porterez jusqu'à cette autre cité »
Sa plume en suspens, son souffle se fit court.
« Il doit la lire au plus tôt, Margaret…

…Cours ! »

Elle partit le matin, avant l'Exécution.
Elle n'entendit pas ses derniers mots au Bourreau,
Ne vit pas le roi pleurer, prier le Très-Haut.
Elle s'envola, telle une Idée de Platon.

Dans sa mémoire, tout était là, bien classé :
Les institutions, les lois justes, et les sanctions.
Le rejet de toute propriété privée,
L'amour de l'agriculture, la haine des moutons.

Son père avait vécu par et pour le droit,
Il lui avait appris le Grec et le Latin,
Sa lettre concernait les princes et les rois,
Mais était pour un chanoine de Saint-Augustin.

***

Passée la Manche, Margaret pointa vers Bâle.
Elle négligea Gand, où était né Charles Quint,
Cherchant un humaniste et un théologien,
L'autre moitié de l'âme érudite de son Père.

« En effet, les amis partagent leur douleur »
Dit Érasme, qui ne parlait que par adages.

Il lut les mots de More à Margaret en pleurs.
Et leurs pensées mêlées se firent chiliades.

Après avoir refait l'éloge de la Folie,
Ils s'appliquèrent au service de la Raison.
« Ne jette pas le sexagénaire d'un pont ! »
Dit le Sage, avec l'humour froid de son ami.

Ils mirent en forme le fond, une année durant.
D'un souhait philosophique et nourri d'antique,
ils firent un espoir moderne, la loi d'un Temps.
Trame miroitante d'une république.

***

L'année d'après, Margaret entra dans Paris,
Mais ne trouva à la Cour que flagorneries.
Elle chercha dans les rades de la ville basse
Et trouva un jeune juriste nommé…

…Cujas.

Il était serveur, et, à ses heures, fin lettré.
« Traduiriez-vous en français ce texte inédit ? »
Au seul nom de More, le juriste accepta.
Encore jeune, il dut s'y reprendre à deux fois.

L'ouvrage relié, Margaret put respirer.
L'Utopie de More fut partout rééditée,
Et son Livre III, abondamment commenté.
Trois décennies passèrent, en conflits armés.

***

L'héritage d'un Chancelier martyrisé,
Se transmit, des écoles à l'Université,
Puis aux esprits pratiques, plus politiques,
Qui s'en saisirent, forgeant des républiques.

L'Angevin Jean Bodin écrivit Six Livres.
Avec les Politiques, des guerres de religions,
Il fit Nation, à force de négociations.
Il y eut une constitution écrite.

Ni empire, ni monarchie, ni cité-État,
Le cas de la France étonna toute l'Europe.
L'Italie additionna Machiavel et More,
Excédant les cités, elle fit son unité.

Ibériques et Morisques s'embrassèrent,
Les Terres d'empire firent Confédération,
Et le Nouveau Monde une nouvelle ère.
De l'Égalité naquit une Déclaration.

Avant que naisse le soi-disant « Grand Siècle »,
Avant que n'écrivent Bacon et Montaigne,
Le roseau de Pascal, de Kepler le Songe,
Le Livre III de *l'Utopie* partout s'applique.

***

Dans le jardin, au crépuscule de sa vie,
Elle parle à la tête tranchée d'un *Sir*,
Margaret dit : « Ton utopie est faite, mon Père »
L'Homme libre, sans doute, croit à une facétie.

Cendres

Joëlle Wintrebert

Romancière, nouvelliste, critique, anthologiste… Joëlle Wintrebert n'a cessé d'explorer dans ses romans et nouvelles les voies de la révolte, la thématique libertaire, le corps instrumentalisé, l'identité de genre. Elle a récemment reçu pour l'ensemble de son œuvre les prix Cyrano 2017, Extraordinaire 2021 des Utopiales, Ayerdhal 2022.

Réfugiée dans ma case. Porte et volet fermés. Les ténèbres rabattues sur moi comme une chape protectrice. Je vous préviens, commandant, mon humeur est funèbre. Votre rire résonne encore à mon oreille. « Vous avez peur de ces arriérées ? Elles ne s'apercevront de rien, je vous l'assure. »

Votre morgue n'a d'égale que votre infirmité à comprendre l'autre moitié de l'humanité ! Ces « arriérées » vous ont damé le pion, commandant. Il fallait réfléchir davantage à ce nom qu'elles ont donné à leur planète : « Cendres »… Vouer le passé aux flammes, ce n'est pas l'oublier.

Elles ont su tout de suite que le cristal greffé entre mes sourcils n'était pas un bijou scintillant. Vous serez sans doute déconfit d'apprendre qu'elles n'ont pas eu besoin d'exciser l'émetteur pour le neutraliser. Et guère plus heureux d'avoir trouvé ici matière à confirmer vos guerrières paroles : « Ça passe ou ça casse ! » Je vous ai détesté quand vous avez refusé de me fournir un autre système de com, mais elles l'auraient détecté : elles m'ont scanné entièrement. Elles ont extirpé l'enregistreur implanté dans mon bridge, et m'ont dit aussitôt, désinvoltes : « C'est l'affaire d'une heure, simple curiosité. Ensuite, on te le rend, puisqu'il ne permet pas d'émission à distance. » Je regrette que vous ayez manqué ce spectacle d'un ennemi à qui on a par négligence abandonné des armes et qui s'en réjouit. Je vous avais prévenu : si nous acceptons leurs consignes, pas d'infraction. Vous ne m'avez pas écoutée.

Et me voilà maintenant, occupée à subvocaliser, avec cette impression idiote de me parler à moi-même puisque nul ne répond… Cependant ne vous y trompez pas, commandant, c'est pour vous que j'enregistre, ma colère doit trouver un exutoire et vous êtes la personne désignée. Ma bête noire. Une grosse bébête à qui on a coupé les antennes. Aveugle et sourde, ce qui me met en danger. J'aurais apprécié des procédures de secours.

Aussi, commandant, vous recevrez mon récit non expurgé de ses rires, moqueries, cris ou doléances, priez seulement que je vous épargne les larmes.

Considérez que j'inscris ici ce qui me plaît, petits ou grands faits que je ne voudrais pas oublier, et non le rapport circonstancié de l'observatrice Orée sur la planète Cendres. Si ces dames me restituent valide dans le délai que nous avons défini, nous aurons tout loisir de détailler. Si l'hypothèse inverse l'emportait, les Cendrées – je n'invente rien, c'est le nom qu'elles se donnent – ne vous rendront pas plus que ma vie le récit que j'entreprends à votre intention.

Pour l'heure, je suis encore sous le choc de l'arrivée. Vu les circonstances, je savais que je couperais au sirop des bienvenues conventionnelles, mais je n'avais pas prévu un comité d'accueil aussi expéditif. En un tour de main – de brutes –, j'étais nue. Pas une parole n'avait été échangée. Je parle bien d'échange. Parce que des mots, j'en avais lâché en pagaille, et guère des plus tendres. Vous l'avez souvent mesuré, je n'ai rien de l'agneau qui s'agenouille devant le boucher. Et nous leur avions quand même laissé le choix de la personne qu'elles souhaiteraient recevoir, n'est-ce pas ? Un minimum de prévenance s'imposait. Nous sommes l'Empire… Et nous ne les avons pas menacées. Leur petit monde est bien trop dénué de richesses pour intéresser les Trois Conglomérats. Notre mission est purement humanitaire.

Au lieu d'égards, il m'a fallu attendre sous bonne garde. On ne m'avait pas permis de me rhabiller. J'ai l'habitude de la promiscuité sur nos croiseurs, de telles situations ne m'ont jamais embarrassée… Serez-vous étonné de l'apprendre ? J'étais recroquevillée. Ces filles sont des géantes. La faible gravité de leur planète explique sans doute ce particularisme. À l'image de la faune et de la flore que les sondes nous ont montrées. Autant que j'aie pu en juger, l'architecture de leurs villes est rudimentaire, mais il n'y a pas de construction qui ne soit accompagnée d'un jardin, et la moindre fleur déploie de fastueuses corolles. Les Cendrées ressemblent à leurs plantes, avec leurs membres grêles et longs tannés par le soleil, leur odeur de sève, et leurs têtes ennuagées d'un invraisemblable fouillis de cheveux incolores piquetés de babioles.

Même si la vie en impesanteur nous vaut une morphologie assez semblable, ces femmes nous dépassent tous de cinquante bons centimètres et, croyez-le, c'est impressionnant. Pour ajouter à ma gêne, mon corps entièrement glabre ne cessait d'attirer leurs regards. Jamais je n'ai autant regretté l'usage imbécile qui oblige tout navigant à s'épiler sous prétexte d'hygiène. Éprouver la sensation soudaine que votre corps a rétréci est très désagréable. J'ai subvocalisé en direction du croiseur, en quête d'un peu de réconfort : je n'ai rencontré que la ouate. La transmission ne passait pas. Vos « arriérées » disposaient d'une pièce aveugle, commandant, et moi, je vous entendais encore vous gargariser avec l'évidence de leur technologie rudimentaire. Je ne m'étendrai pas sur les noms dont je vous ai baptisé à cette occasion.

Au bout d'un temps que je n'ai pu déterminer, puisqu'on m'avait enlevé tout instrument de mesure, mais pendant lequel j'ai dormi, mangé – une salade de tiges aux écailles juteuses – et utilisé des toilettes sommaires, elles sont revenues avec mon casque-mémoire et m'ont fait signe de m'en coiffer. Elles avaient maîtrisé l'appareil et importé toutes les données nécessaires. Vos « arriérées ! »

Nous avons pu communiquer. Je bute encore sur certains mots, mais leur présidente, Anahit, ainsi que deux autres des filles qui portent une oreillette, me comprennent sans apparente difficulté.

Mes plaintes ont tourné court quand elles ont désigné mon « troisième œil », comme elles l'appelaient assez justement. Anahit a masqué mes yeux de ses paumes, j'ai senti un objet s'appliquer sur mon front, – douleur, grésillement et relent de brûlé –, j'avais cessé d'être les yeux et les oreilles du croiseur.

Quand elles m'ont rendu l'enregistreur, mes habits, mon paquetage et annoncé que j'aurais désormais la liberté d'aller où bon me semblerait, j'ai eu l'impression qu'elles m'avaient enlevé la peau et que j'allais étouffer, ainsi privée du refuge hors duquel je ne connais aucun salut. Aussi, tout le long des chemins serpentant entre les jardins, tandis qu'on m'emmenait à ma case sous un faisceau de regards mi-curieux mi-hostiles, je me répétais : « tu es une humaine parmi des humaines ».

L'auto-persuasion a ses limites. Si je tiens ces femmes pour des aliènes, nul doute qu'elles ne me trouvent pas moins étrangère.

Vous serez heureux de l'apprendre, commandant, les Cendrées n'entravent en rien ma découverte de leur cité. Pas plus qu'elles n'y apportent leur concours, d'ailleurs. Cela limite mes recherches – les portes se ferment quand je m'approche –, mais personne ne s'oppose à ce que je parle aux enfants. Tous les après-midis, ils jouent devant les habitats rudimentaires qui composent l'essentiel de la ville, cases en pisé semblables à la mienne, où seuls les vantaux et les structures en bois, sculptés de motifs floraux polychromes, évoquent une quête esthétique. Aujourd'hui, j'ai observé les petits dans les jardins où ils jouent librement et je me suis résolue à les interroger. J'attendais de la défiance, mais ils m'ont accueillie en objet de curiosité, ce dont nous devons remercier les Cendrées : elles ne les ont pas dressés contre moi. Quelques-uns de ces enfants, encore en bas âge, sont chaussés de sandales lestées. Comme je m'en étonnais, les autres qui vont pieds nus et qui sont beaucoup plus délurés se sont moqués de moi et j'ai compris que j'avais trouvé les garçons de la planète. Les filles les appellent « les pieds lourds ». Sans leurs semelles de plomb, ils ne pourraient pas marcher normalement. Il s'agirait d'une malformation native, mais les explications des petites étaient embrouillées. N'empêche, il y a donc des garçons sur Cendres, voilà une partie du mystère élucidé… Mais alors, où disparaissent-ils quand ils terminent leur croissance ? Je n'ai pas rencontré un seul homme dans la cité. Je pose la question. Les petites filles s'esclaffent. D'après elles, je suis plus ignorante qu'un bébé. Elles haussent les épaules et désignent le ciel : « Ils s'envolent ! »

Ma stupéfaction les amuse beaucoup. L'une des grandes, Ashtar, l'œil gris étincelant d'intelligence au-dessus d'un petit museau aiguisé, consulte ses amies puis claironne qu'elle sera mon mentor. Elle me saisit la main et me tire entre les jardins, plus loin que je ne suis jamais allée. Rien à dire, mes muscles résistent. Je bénis mes heures d'entraînement sur les machines du croiseur. Ou dois-je en féliciter le major, et son petit cocktail adjuvant ?

J'aperçois maintenant la forêt des ombellifères qui couvre des milliers d'hectares à distance de la cité. Ashtar pérore. Explications sur le ton de la délectation. Quant aux vertus de leurs fruits ternes et poilus qui deviendront rouge vif et glabres à maturité et qui se caramélisent dès qu'on les passe à la flamme. Quant à la saison des pollens, lorsque les vents soufflent du sud et que la ville toute entière se nappe d'un voile jaune. Heureusement, cette manne est comestible… « et même délicieuse », ajoute la petite gourmande en se léchant les lèvres.

Des arbres de trois cents mètres… Comme je ne m'en suis pas encore approchée, je peine à me les représenter. Sans élément susceptible de nous donner l'échelle, tout ce que nous en montraient les images que nos sondes ont glanées évoquait les plantes à corymbes de nos serres, que butineraient oiseaux et chauves-souris.

La lisière de la cité. Un vaste champ s'étend là, qui sert de terrain d'exercice, bordé de bâtiments collectifs. Les Cendrées s'élèvent, au moyen de cerfs-volants. À moins que… Par tous les dieux !

D'accord, ce ne sont pas des cerfs-volants. Et pas plus des Cendrées. Petite Ashtar, sois mille fois remerciée. Grâce à toi, je viens de découvrir ce que deviennent les mâles de cette planète : des volatiles ! On en voit ici à tous les stades de leur croissance. Les petits, membranes encore embryonnaires, courent sur l'herbe rase pour tester leur portance et décollent… quelques mètres. Vol laborieux et comique. Les grands prennent leur essor et enchaînent figures, voltiges et piqués. À entendre leurs cris d'exultation, j'éprouve un doute. Hommes ou animaux ?

Ashtar m'invite à m'approcher. Je pensais que cela me serait interdit. Non loin, des femmes vocifèrent et gesticulent. Pour encourager leur progéniture ? Certaines, qui me remarquent, se détournent ostensiblement. D'autres, – des mères ? des monitrices ? –, aident les plus jeunes à se poster face au vent.

Il faut avoir vu ça, commandant, l'air gonfler les voiles de chair qui relient les membres de ces garçons comme des ailes de chauve-souris… sacs de cuir mort quand elles pendent de part et d'autre de leur corps, elles deviennent si belles quand le soleil les illumine, y éveillant mille éclats pourpres. J'ai vite oublié les cris gutturaux, captivée par ce spectacle de pure magie.

*

Je m'amollis, commandant. C'est regrettable, je vous l'accorde, mais la stricte discipline du Tyr est si éloignée des échanges sociaux décontractés qui prévalent sur Cendres… Il faudra me prévoir une réadaptation.

Au vrai, je n'ai jusqu'ici trouvé que peu de réponses à notre énigme des hommes disparus. Je pense qu'on me testait et que j'ai subi avec succès une sorte d'examen de passage puisque je suis conviée ce soir à une fête. On m'a offert pour l'événement une robe peu commune : deux coutures aux épaules retiennent un tombé de tresses chatoyantes qu'assujettit ensemble une ceinture assortie. Ces tresses s'ouvrent jusqu'à la taille à chacun de mes pas. C'est si impudique que j'ai enlevée par deux fois la tunique avant de me résoudre à la porter. Après tout, il n'y a ici que des femmes, lesquelles ne m'ont pas semblé spécialement agressives, question sexe. Et on m'a rendu mon poignard. Son étui en cuir ouvragé vaut n'importe quel bijou.

Anahit m'accueille à la porte du dôme qui abrite la fête. Je n'avais pas revu la présidente depuis mon arrivée. Elle cligne de l'œil et me tend une coupe où fume un liquide noir et parfumé. Cette connivence m'intrigue, elle me paraît si éloignée de son premier accueil… Soucieuse de ne pas casser cet instant de grâce, je trempe mes lèvres dans le breuvage, lui trouve d'abord l'âpreté des fèves de cacao, ensuite la douceur du miel, enfin le feu d'épices inconnues, une salve qui enflamme et endolorit mes papilles. Anahit sourit, claque des doigts, brandit sa propre coupe et désigne la mienne. Une fille se précipite avec un cruchon, les remplit. À l'instar de la présidente, je bois d'un trait. Pure bravade. J'éprouve aussitôt une bienheureuse anesthésie, à quoi vient se greffer une agréable sensation d'euphorie. Oui, commandant, il semble bien qu'à l'occasion, ces femmes pratiquent l'ivresse. En musique, s'il vous plaît : un petit orchestre joue sur une estrade, et une partie de l'assistance se déhanche en mesure, tandis que l'autre cuve, vautrée au hasard des coussins. Et non sans confort, jugez-en : du dôme pleuvent des lumignons dorés, qui fondent quand ils touchent la peau. Ça pétille et l'impression de fraîcheur est exquise.

Vous me demanderez pourquoi j'ai ri, alors allons-y tout de suite. Vous seriez avisé de nous organiser de ces petites sauteries, sur le Tyr. Cela doperait le moral de vos troupes.

J'ai suivi Anahit à l'intérieur, humant avec curiosité l'épaisse odeur de bonbon qui s'exhale du lieu. Nous nous installons au creux d'une alcôve éloignée de l'orchestre. Elle m'annonce : « Si tu as des questions, c'est le moment de les poser… »

Moi qui jusqu'à cet après-midi n'était encore que préventions, j'ai la tête vide. Les hommes s'envolent, d'accord, mais où vont-ils ? On ne les revoit jamais dans la cité. Sont-ils frappés d'ostracisme ? Deviennent-ils des parias ? Y-a-t-il une incapacité physique à ce qu'ils retrouvent le sol ? Pourquoi doit-on lester les pieds des petits garçons ? Et d'ailleurs, comment sont-ils conçus ?

Anahit s'empare d'un cruchon, me sert une nouvelle rasade… Elle se marre ? Quelque chose en moi résiste et me souffle : « Cette rouée te manipule. Et si tu étais en danger ? »

Elle m'enjoint de boire. Ce qu'elle va m'apprendre n'est pas si agréable à entendre, autant que je sois bercée par l'ivresse. Je m'exécute, toute résistance abolie. Je savais que je courais un risque en acceptant le rôle d'émissaire, je ne vais pas reculer maintenant, alors qu'on m'offre des réponses. Ne suis-je pas venue les chercher ?

Puis c'est un flot de paroles. Dont je retiens ceci : à leur arrivée sur Cendres, les colons sortaient d'animation suspendue. Ils n'avaient pas l'habitude d'une gravité diminuée. Au lieu d'en tirer avantage, ils ont cherché à la neutraliser. Et quel meilleur moyen qu'une mutation ? Rien ne leur permettrait mieux de s'adapter à la planète. Ils ont croisé leurs gènes avec ceux d'un chiroptère local. Ils se sont enthousiasmés bien trop vite pour les changements qu'ils avaient obtenus, et qui ne touchaient que les garçons, leur donnant ce pouvoir inouï de se gagner des ailes, fussent-elles membraneuses. Au lieu d'attendre deux ou trois générations, ce qui leur aurait permis d'évaluer les conséquences fastes ou néfastes d'un tel remaniement des caractères héréditaires, ils l'ont généralisé aussitôt.

Quand les hommes ont compris que leurs capacités intellectuelles déclinaient, il était trop tard. La mutation ne se contentait pas d'alléger leur squelette ! Aujourd'hui, ils sont aussi charmants qu'écervelés. Ils ne pensent qu'au plaisir : batifoler et planer de nuée en nuée, voltiger au gré des courants ascendants, cueillir les baies sauvages ou boire le nectar des fleurs.

Je secoue la tête, sans grand espoir de chasser l'engourdissement qui me gagne. Le temps s'étire en moi comme de la guimauve. Il me manque un paramètre, mais lequel ? Très loin, j'entends la voix d'Anahit chantonner dans sa langue musicale : « Et après tout, ne sont-ils pas beaux comme des anges ? Que demander de plus ? Cette mutation nous a donné un monde régulé, où règne l'harmonie. Avant, les hommes gouvernaient en maîtres. Les filles étaient à leurs ordres, subalternes, souvent battues. Aujourd'hui, tu comprendras qu'elles ne veuillent pas de mâles extérieurs à ce monde, qui viendraient dicter leur loi. »

Je me balance ? Sensation vertigineuse. C'est quoi, ce truc qui me tire les bras ? La mémoire me revient tandis que j'ouvre les yeux. Mon dernier souvenir remonte à la fête, et j'avais trop bu. Oh ! non… Par les Puissances ! Je suis en plein ciel ? Je me balance, en effet, sous l'ample corolle d'un parachute. En me tortillant, j'aperçois la ligne de vie qui relie au sol le harnais qui me tient.

Bon, je devrais pouvoir me haler jusque-là mais, tout de suite, mes membres sont en coton, je n'aurais pas la force de résister à la poussée ascendante.

Ouf ! En réglant les suspentes et un jeu de mousquetons sur la ligne de vie, je suis arrivée à équilibrer les attractions haut et bas. L'esprit encore embrumé, je flotte et m'émerveille : le soleil qui se lève éveille de fantastiques lueurs dans la forêt des ombellifères toute proche. Rien à dire, quel que soit le coup tordu que ces filles ont décidé de me jouer, en cet instant, je jouis d'une pure beauté. Grâces vous soient rendues, commandant, même si cela ne dure pas.

Quelques mouvements des bras m'aident à changer d'orientation et je m'aperçois qu'à perte de vue, le long de la forêt, le ciel est piqueté de corolles. D'autres parachutes soutiennent d'autres filles. Que dois-je en conclure ? Un rituel ? Auquel les Cendrées auraient décidé que je dois participer ?

Aïe ! Je comprends ! À la nuée des parachutes vient de répondre une autre nuée, décollant des corymbes. Que le loup Fenrir vous dévore, commandant ! Mon action de grâces se termine ici.

Bon. Vous serez sans doute compréhensif si je reconnais que j'ai paniqué un peu. Juste un peu. Le temps de rassembler autour de moi les bouts épars de ma robe… – ma robe ! sa destination était prévue dès le début –, de m'en faire une sorte de pagne, et de trouver au bout de mes doigts mon poignard. Nouvelle action de grâces ! Qui ne vous était pas adressée, commandant. Anahit remontait dans mon estime puisqu'elle ne m'avait pas laissée sans défense. L'avenir m'est apparu sous un jour meilleur. Question close-combat, je suis assez fortiche.

Un groupe de Cendrés fond sur moi. Évidemment, s'ils s'y mettent à dix… Ils tournent et virent à distance. Sept s'éloignent tout de suite. Le poignard brandi les a découragés ? Trois s'approchent. Ils sont à contre-jour, et je ne distingue que leur silhouette aux reflets pourpres. Deux d'entre eux rompent à leur tour. Je me hâte de rengainer mon arme. Il serait regrettable de rater l'occasion d'observer un Cendré adulte. Et, je dois le reconnaître, face à cet unique spécimen, ma curiosité se montre plus exigeante que ma peur.

Il glisse sur l'air devant moi et se présente face à la lumière. Je ris. Voilà donc l'un de ces volatiles frivoles, volages et désinvoltes. C'est vrai qu'il est beau.

« Beaux comme des anges », disait Anahit.

Et tout aussi extraordinaires, mon commandant. La surprise vient de l'humanité parfaite des visages au-dessus de l'étranger des corps mutés. Les voiles de chair des membranes, les pectoraux surdéveloppés qui les meuvent, les corps graciles, fuselés, cette impression d'évanescence…

Le Cendré voltige autour de moi. Il enchaîne de complexes figures, pique, remonte en chandelle, se cabre en impossibles arabesques… et autant vous l'avouer, commandant : puisqu'il est nu, rien ne m'échappe de son désir.

Quand il en a terminé avec ces jeux de cour qui évoquent irrésistiblement ceux d'un oiseau, il s'approche, timide, et se tient à une brassée de moi, en vol stationnaire. Son visage aux immenses yeux doux, aux joues imberbes d'enfant, au front haut sous la couronne blanche d'une chevelure inextricable, me contemple avec une expression d'espoir avide, et cette faim me trouble et me déchire. Je renonce à mon semblant de pagne et rassemble les pans de ma « robe » derrière moi, ce qui a pour effet immédiat de dévoiler mes seins, en même temps que le reste. Aussitôt, le Cendré se blottit dans mes bras, si doux, si chaud contre ma peau. Je hume avec ivresse sa puissante odeur de fauve. Ses membranes m'enveloppent et nous ne sommes plus qu'un.

Après, il s'est accroché un moment par les pieds aux suspentes afin de m'embrasser le visage, et j'ai remarqué ses orteils très longs, préhensiles.

« Animal ! » ai-je soufflé alors qu'il s'en allait.

Ne vous méprenez pas, commandant. C'était un mot doux, même s'il trahissait mon hésitation : j'aurais dû intriguer ce garçon. Ma morphologie, mon crâne et mon épiderme épilés… Il ne m'a posé aucune question. Du reste, hors ses cris de plaisir, il est resté muet. Les Cendrés parlent-ils ?

Eh bien, commandant, il semble que j'ai obtenu toutes les réponses aux questions que nous nous posions. Oui, des hommes existent sur Cendres. Anahit m'a expliqué qu'ils sont la plupart du temps auto-suffisants. Ils vivent dans les corymbes de la forêt des ombellifères, où ils butinent comme les chauves-souris diurnes avec lesquelles nous les avons confondus. Ils ont effectivement un langage rudimentaire, mais ils hésitent à l'employer avec les filles. « Ils souhaitent s'épargner leurs moqueries », a reconnu la présidente.

Sont-ils des victimes ? Je ne doute pas que cette question sera l'objet de longues dissertations. En tout cas, on ne saurait en imputer la faute aux femmes. Si les colons avaient montré plus de discernement quand ils ont investi Cendres, il n'y aurait pas eu de mutation. Puisque j'en ai profité, commandant, et tant que je peux encore témoigner en toute liberté, j'ajoute que ce serait dommage. Les moyens de reproduction des humains entre eux sont rarement aussi délicats et originaux. Je vous dois cette expérience unique et je vous en remercie. Non, non, je suis sincère, n'entendez aucun ricanement dans cette affirmation. Pour tout vous dire, commandant, mon désir de retourner sur le Tyr avoisine celui d'être avalée par l'horizon d'un trou noir. Je me suis demandé si je n'allais pas confier cet enregistrement à la présidente

Anahit, en la priant de le remettre à l'officier de la navette chargé de me rapatrier, mais voilà, vous risqueriez de ne pas croire que j'ai disparu volontairement au plus profond de la forêt. Ou pire, vous pourriez arguer de ma disparition et investir ce monde à des fins prétendues de recherche. Trois nuits de réflexion – suivies de trois journées d'ivresse – m'ont persuadée qu'il n'y a pas d'issue. Je suis vouée à traquer les déviances à vos côtés, pour la gloire et l'édification de l'Empire. Je peux vous assurer que cette perspective me brûle, et que mon âme tombe en cendres.

Liberté Liberté chérie !

Régis Messac

Figure tutélaire du festival Hypermondes, inventeur du terme et créateur de la première collection de science-fiction en France, Régis Messac, né en 1893, il est le premier universitaire français à s'être intéressé de près aux littératures de genre, comme la science-fiction, l'utopie ou le Detective Novel – appellation d'époque du polar. Agrégé de grammaire, il devint enseignant dans la secondaire mais également à l'Université Mc Gill à Montréal à la fin des années 1920. Auteur prolifique sur une courte période, habile à manier l'anticipation et la chronique sociale, il s'était très tôt rebellé contre un système (on lui doit un pamphlet À bas le latin! *) qui le marginalisera. Blessé à la guerre de 14-18, c'est un pacifiste convaincu. Il a une intense activité journalistique mais aussi de traducteur et de romancier durant les années 1930. Gagnés par le pessimisme et la misanthropie, ses romans* Quinzinzinzili *(1935),* La Cité des Asphyxiés *(1937) ou le posthume* Valcrétin *augurent d'un futur mortifère pour l'espèce humaine. Arrêté par les Allemands en 1943, déporté « Nacht und Nebel » au camp du Struthof, il disparaît en Allemagne en 1945 lors d'une marche de la mort. Il fut un des grands spécialistes de la littérature utopique avec l'établissement de sa* Chronobibliographie des Utopies *et il n'a jamais cessé de réfléchir aux liens entre utopie, dystopie, progrès et liberté tant dans ses fictions que dans ses essais, comme l'inédit que nous vous proposons.*

Nous remercions Olivier Messac, petit-fils de Régis Messac pour nous avoir offert ce texte.

« La misère laisse-t-elle à la masse des misérables là liberté d'avoir le nécessaire et l'utile ? »
Cabet

Note liminaire – Personne ne peut nier que la question de la liberté ne soit aujourd'hui une question cruciale, une question carrefour, où les courants d'idées et de croyances viennent à chaque instant se combattre et se confondre en remous confus. Toute cette agitation restera stérile si l'on ne s'applique à dissiper certaines équivoques, soigneusement entretenues par ceux qui ont intérêt à les entretenir, c'est à dire par presque toute notre presse et notre littérature. Beaucoup de gens pensent encore que liberté et progrès sont deux concepts indissolublement liés, et ne se doutent pas que l'idée de liberté est une idée théologique, comme beaucoup d'idées héritées de nos « grands ancêtres » de 89 dont l'esprit était encore tout imprégné de théologie et de scolastique. Nous souhaiterions qu'on en finisse une fois pour toutes avec les conséquences fâcheuses de cet état d'esprit. C'est pourquoi nous souhaitons que l'essai qu'on va lire soit l'occasion d'un débat qui sera largement ouvert à tous nos lecteurs. Nous n'avons pas prétendu épuiser la question, ni imposer nos conclusions ; nous nous sommes seulement efforcés d'être concrets, d'éviter les généralisations trop élastiques ; et c'est pourquoi nous avons fait largement usage des utopies, qui ont l'avantage de nous contraindre à nous représenter les conséquences concrètes de nos théories [...]

(N. D. L.R.)

Liberté et utopie

Le mot de liberté est un de ceux qui, dès notre plus tendre enfance, s'imposent le plus énergiquement à notre respect. Nous le voyons gravé en capitales au fronton des monuments publics, dès que nous savons lire. Enchâssé dans les phrases sonores des manuels d'histoire, il vient encore sans cesse hanter notre mémoire et nos oreilles dans les refrains que nous apprenons à chanter avant de savoir penser, et il retentit encore comme un refrain dans les discours officiels, dont il demeure toujours en nous de vagues échos, même si nous les écoutons distraitement. La presse, les livres, les conversations, les conférences viendront ensuite compléter et renforcer cette œuvre, toujours en reprenant la même antienne. Liberté, liberté chérie…

Ainsi, par l'effet d'une tradition multiple et séculaire servie par toutes les forces sociales, nous apprenons à respecter cette idée, à la chérir, sans l'avoir jamais analysée. Elle nous paraît intangible. La liberté – c'est là un axiome pour le Français moyen – est le bien suprême ; et les gens les moins religieux, les plus laïques, se croiraient sacrilèges d'oser en douter – sans s'apercevoir qu'ils limitent par là même leur liberté sur un point essentiel : on n'est pas libre de s'attaquer à l'idée de liberté.

Et cependant, depuis plusieurs années, cette idée apparaît comme étrangement menacée. On nous propose des formes de civilisation, des types d'organisation sociale, où la liberté semble n'avoir presque plus de part ; parfois même, et c'est plus terrible encore, ces idées paraissent recevoir un commencement de réalisation. Le fantôme prend corps et se matérialise tout à coup devant nos yeux épouvantés. Et c'est l'Amérique moderne, à moins que ce ne soit le pays des Soviets. À ce spectacle, le poil du Français se hérisse ; toutes les vieilles doctrines libérales dont il est imbibé depuis l'enfance, qu'il a sucées pour ainsi dire avec le lait maternel, lui remontent à la gorge et au cerveau, et il étouffe de colère, de révolte et d'indignation. Un monde sans liberté ! Ah, non ! Si c'est là l'avenir, si c'est là le progrès, plutôt la mort ! (La liberté ou la mort !) Plutôt l'anéantissement pur et simple– ou bien le retour en arrière […]

Historiquement, la faveur dont jouit l'idée de liberté date surtout des années qui précédèrent la Révolution française. Pendant cette période, du reste, on assista surtout à la cristallisation d'idées déjà fort anciennes, héritées pour la plupart de l'antiquité. Or, qu'il s'agisse des serfs d'ancien régime ou des esclaves de l'antiquité, il est clair à première vue que l'idée de liberté repose sur une négation. La liberté, pour le serf comme pour l'esclave, c'est la liberté de ne pas faire ou de ne pas subir. La liberté de ne pas être battu, la liberté de ne pas être tué, ou supplicié, ou rançonné. La liberté de ne pas payer d'impôts, ou de ne pas en payer trop ; la liberté de ne pas obéir au maître ou au seigneur, ou au roi : on réclame l'*abolition* de la gabelle, du cens, des privilèges. Il y a des barrières, des entraves, qu'il s'agit de faire disparaître. Ces barrières et ces entraves avaient d'ailleurs une existence très réelle, et c'est ce qui donnait au concept de liberté toute sa force. Mais une fois qu'elles sont disparues, on s'aperçoit que la liberté n'est aucunement réalisée pour autant, car l'individu se retrouve aux prises avec des forces, des contraintes, dont il lui est beaucoup plus difficile de se libérer.

Ce que les individus, ceux de 1789, par exemple, appelaient « liberté », c'était tout simplement le désir de renverser certains obstacles imposés du dehors par les conditions sociales. Mais cette révolte même et ce désir n'étaient que les signes d'une stricte obéissance au déterminisme de leurs conditions intérieures, déterminées soit par l'hérédité, soit par d'autres influences sociales contraires aux premières. Les révolutionnaires ont hérité, comme tous les autres mammifères, du besoin périodique de boire et de manger, et c'est pourquoi ils se révoltent contre un régime social qui les affame : « Le boulanger, la boulangère et le petit mitron ». Voilà un cri de liberté [...]

Et pourtant il y a beau jour que les précurseurs du socialisme, les préquaranthuitards, ceux qu'on appelle maintenant avec un sourire indulgent « les représentants du socialisme utopique » avaient parfaitement vu que, pour édifier leurs Utopies, il leur faudrait considérablement restreindre, sinon faire disparaître, la part de la Liberté. Dans l'*Icarie* de Cabet, tout le monde doit se coucher à la même heure. À 10 heures du soir, tout le monde est au lit, et pendant la nuit, de 10 heures à 5 heures du matin, les rues sont désertes. Sur quoi le visiteur bourgeois venu d'Europe de demander au tovaritch icarien : « Vous avez donc aussi la loi du couvre feu, cette loi qui paraissait si tyrannique ? » Et le commissaire du peuple riposte : « Imposée par un tyran, ce serait en effet intolérable vexation ; mais adoptée par le Peuple entier, dans l'intérêt de sa santé et du bon ordre dans le travail, c'est la Loi la plus raisonnable, la plus utile et la mieux exécutée. »

Le seul argument invoqué par Cabet pour limiter la liberté, ce n'est en effet, rien autre chose au fond que l'antique raison d'état. Et cette entité désuète est évidemment bien faible en face des exigences de l'individu, ou plutôt des penchants, des fatalités individuelles. Même dans une république icarienne, ces penchants, comprimés et opprimés, finiraient toujours par faire éclater le corset des lois, par susciter des révoltes. C'est un peu ce qui s'est produit aux États-Unis, moderne Icarie, avec la loi de Prohibition. Tel est également le sens des protestations que soulevèrent les théories de Cabet, dès que son livre parut. [...]

Dès qu'on essaye, soit d'une manière abstraite, sous forme d'essai, soit d'une manière concrète, sous forme de conte ou de roman philosophique, de se représenter ainsi un avenir meilleur, débarrassé de tous les maux et fléaux dont nous sommes accablés, on voit tout de suite que l'idée de liberté se trouve constamment en conflit avec une autre : celle d'organisation. Entre les deux, il faut choisir. Celui qui reste fidèle à l'antique culte de la liberté, tel le romancier anglais Aldous Huxley dans *Brave New World* ou Gaston de Pawlowski (1874-1933) et beaucoup d'autres publicistes, celui-là insiste beaucoup sur l'aspect mécanique et monotone de la personnalité et de la société humaines ainsi organisées. Dans son *Voyage au pays de la quatrième dimension*, Pawlowski écrit par exemple :

> Bien que se sachant mortels et ne bénéficiant que d'une vie fort courte, les hommes ne cherchaient plus, comme autrefois, à poursuivre l'universalité des connaissances humaines, à tout faire par eux-mêmes, à tout savoir dans le monde. Chaque individu restait immuablement là où le hasard l'avait placé, accomplissant sa fonction sociale sans protester, souffrant ou mourant à son poste, comme l'eût fait un soldat des temps passés. Du reste, avec les exigences toujours croissantes de la spécialisation, il eût été fort difficile, au bout de quelques années, de changer de poste. Différencié dès l'enfance par une éducation savante, ignorant tout ce qui n'était point son propre métier, l'homme n'eût été qu'une épave inutilisable si on l'eût changé de place.

L'homme ainsi suradapté n'est plus qu'un rouage. Ou bien il devient tout à fait inconscient, comme une vraie machine, ou bien le pouvoir de réfléchir, s'il l'a conservé, ne peut lui servir qu'à souffrir, en lui permettant de nourrir l'impossible désir d'une vie plus pittoresque et plus variée. C'est ce que l'on voit, par exemple, dans le très curieux et très original ouvrage de George et Madeleine Matisse : *les Sortilèges de l'Esprit*. Les auteurs mettent en scène un statisticien des temps futurs, Lambert, chargé d'organiser l'orientation professionnelle. Car le rêve de M. Léon Blum a été réalisé. Chaque année, le ministère dresse la liste du nombre des sujets requis pour combler les vides dans chaque profession : 89 023 chimistes, 64 201 employés de banque, et ainsi de suite. Et l'on classe les fiches des enfants en conséquence. Mais Lambert est dégoûté de ce travail. C'est qu'il a été lui-même victime du système qu'il applique aux autres :

> Comme les autres, comme tout le troupeau, j'ai été mensuré, pesé, jaugé par un état-major de pédagogues-psychologues. Ils ont pris la mesure de mon imagination, calculé mes facultés créatrices, quadraturé mon caractère. J'avais six ans… Quelques mois plus tard, ayant établi la formule de mon esprit, ils ont rendu un arrêt en vertu duquel, étant donné que je témoignais de quelque goût pour l'observation, j'avais des aptitudes techno-scientifiques. J'ai été aiguillé suivant cette direction, et, bon gré mal gré, j'ai dû marcher sur la route où l'on m'avait poussé, sans avoir le droit, plus tard, de manifester mes goûts propres et de suivre l'appel de mes désirs. […]

Ainsi Lambert est malheureux parce que son esprit est prisonnier, enchaîné, dans une époque trop bien réglée, et il regrette les époques plus libres. Liberté ! Liberté…

Lambert a-t-il raison ? – Pas tout à fait. Des erreurs d'aiguillage comme celle dont il est victime se produiraient certainement dans une société telle qu'on nous la décrit, et les résultats seraient bien tels que nous les décrit la mélancolique confession de Lambert. Mais à qui la faute, et quel serait le vrai remède ? […] En fait, aujourd'hui comme du temps de Descartes et comme du temps de Lambert, personne ne choisit son métier. Les circonstances vous l'imposent. Un hasard aveugle et brutal joue le rôle de l'état-major de psychologues. […] Et c'est précisément la constatation de cet état des choses qui nous pousse à vouloir mettre un peu d'ordre dans cet injuste chaos ; et les imperfections de leur système d'orientation devraient également pousser les citoyens de l'âge de la montagne sculptée à vouloir plus d'organisation, une organisation plus parfaite, au lieu de leur faire souhaiter un impossible retour à un passé sinistre, tellement sinistre que nous nous suiciderions de désespoir et d'ennui si par miracle nous y étions transportés. Au vrai, toutes ces protestations au nom de la liberté ne sont que les derniers échos d'une idéologie politique périmée et sur le point de s'éteindre pour toujours. Il y a plusieurs années déjà que Bertrand Russell en a fait la remarque :

> Les progrès de la systématisation dans le monde moderne ont rendu les idéals du libéralisme absolument chimériques. Le libéralisme, de Montesquieu au président Wilson, était basé sur l'idée d'un certain nombre d'individus ou de groupes à peu près équivalents, qui ne seraient jamais séparés par des dissentiments assez graves pour leur faire souhaiter de périr plutôt que de faire des concessions. On supposait que la concurrence jouerait librement entre les individus et les idées. Mais l'expérience a montré que le système économique actuel est incompatible avec toutes les formes de libre concurrence quelles qu'elles soient. Il y a une exception, pourtant : la concurrence entre les divers états en matière d'armements. Personnellement, j'aurais souhaité que l'on pût maintenir le jeu de la concurrence entre les idées, sinon entre les individus et les groupes ; mais cela ne serait possible qu'au moyen d'un système d'interventions qu'un libéral de la vieille école regarderait comme autant d'atteintes à la liberté individuelle. Tant que les richesses qui confèrent le pouvoir économique demeureront entre les mains de particuliers, il n'y aura aucune liberté possible sauf pour les quelques individus détenteurs de ces richesses. Les idées libérales telles que le libre échange, la liberté de la presse, la neutralité scolaire, ou bien appartiennent déjà au passé, ou bien vont tomber dans son domaine à bref délai.

En d'autres termes, la liberté et l'ordre sont en présence, et l'un ou l'autre doit succomber. Or, l'ordre, une organisation systématique, peuvent seuls permettre à la société humaine de survivre désormais. La liberté, c'est la mort, le néant. Ou, tout au plus, quelques peuplades barbares parcourant un monde en ruines, et tout le travail des siècles à recommencer.

Bonheur et utopie

C'est cette harmonie que l'homme désire, qu'il demande, qu'il exige, même lorsqu'il l'appelle du nom de liberté. Le vœu fondamental de l'homme, c'est le bonheur. Et le bonheur se trouve dans la parfaite adaptation, dans l'étroite correspondance entre ce qu'on est et ce qu'on fait, et non dans une illusoire et chimérique liberté. En fait, les luttes « pour la liberté » ne sont jamais que des protestations actives contre certaines désharmonies sociales par trop choquantes. Elles correspondent donc, elles aussi, à un vague désir d'adaptation. Mais ces protestations, ainsi que l'idéologie libertaire qui les anime, apparaissent bien vite comme tout à fait rudimentaires et insuffisantes dès qu'un certain degré d'organisation est atteint ou dépassé. Ce degré franchi, le progrès n'est plus possible que par une adaptation de plus en plus minutieuse qui diminue de plus en plus la part de la liberté. C'est un sacrifice qui paraît douloureux aux esprits habitués à chérir celte idée ; mais qu'importe au fond cette antique chimère, qu'importe ce sacrifice à l'immense majorité des individus, si l'organisation sociale leur donne en échange ce qui est pour eux le seul but de la vie : le bonheur ?

En fait, nous en sommes déjà là. Dès maintenant c'est cela que le peuple réclame : être heureux, et non pas être libre. Regardez autour de vous : existe-t-il encore des gens qui s'émeuvent au seul mot de liberté ? Ce mot remue-t il encore quelque chose en dehors des parlottes des comités radicaux ? Trouverez-vous encore des gens prêts à se faire massacrer pour la Liberté ? – la Liberté ? – Les gens s'en foutent, de la liberté, vous le savez très bien. Ils ne bougeront pas d'une semelle pour la Liberté. Les gens ne bougent que pour leurs intérêts[1]. C'est à dire, en somme, en vue de leur bonheur, car le mot bonheur est élastique et peut signifier une foule de choses. Il y a de grands et de petits bonheurs ; il y a le bonheur minimum et le bonheur maximum. Le bonheur minimum peut se réduire jusqu'à n'être plus que la simple prolongation de l'existence. Le bonheur c'est alors le fait de ne pas mourir, le droit de ne pas être tué. Ça peut d'ailleurs aussi s'appeler liberté. Cela s'appelle nécessairement ainsi pour ceux que le mot éblouit encore. On dit alors qu'on lutte pour la liberté de ne pas mourir. En fait, le mot reste équivoque, car en temps de guerre, par exemple, on trouvera toujours des gens qui réclameront, au nom de la liberté, le droit de se faire tuer pour la patrie et qui feront tuer les autres. À cette liberté anarchique doit être préférée une organisation qui abolira la guerre et qui interdira d'autorité à tout le monde de tuer ou de se faire tuer, même aux fous patriotes ; qui n'hésitera pas à piétiner leur liberté individuelle pour obtenir ce résultat. Mais une fois ce premier résultat acquis (et nous n'en sommes pas encore là, malheureusement) la route du progrès devra encore êtres jonchée des cadavres d'une foule d'autres libertés.

---

1. En dehors de ceux qui ne défendent sous le nom de « liberté » que certains intérêts privés et pour qui être libres signifie simplement ne pas se soumettre à la règle de l'intérêt général, le mot ne conserve plus un reste de prestige qu'auprès des intellectuels qui n'ont pas encore fait l'analyse du concept, qui n'ont pas pris la peine de « dissocier » l'idée de liberté, comme eût dit Remy de Gourmont. Voyez l'excellent petit livre de René Gérin : *Paralogismes du Français moyen* (Paris, M. Rivière, 1932). On y trouve côte à côte un réquisitoire contre la tolérance et une apologie de la liberté. Et Gérin n'a pas l'air de s'apercevoir que tout ce qu'il dit de la tolérance pourrait s'appliquer à la liberté.

Après le simple bonheur d'être on voudra une certaine somme de bien-être, qui ira toujours croissant. Ce bien-être ne pourra être obtenu qu'en donnant satisfaction aux besoins, aux instincts si l'on veut, toujours plus nombreux et toujours plus complexes qui se développeront dans la conscience humaine. Ou bien, si on ne peut leur donner satisfaction, il faudra les éliminer – ce qui sera encore un moyen de les satisfaire, de même que les satisfaire serait un moyen de les éliminer ; car rien ne fait obstacle au bonheur comme un besoin non satisfait. De toute façon, l'organisation du bonheur ne peut se concevoir que par une élimination progressive de la liberté, et l'on en arrive à conclure que dans un monde parfaitement organisé et parfaitement heureux il n'y aurait plus aucune place, si petite soit elle, pour la liberté.

C'est ce qu'ont déjà aperçu tous ceux qui ont essayé de se représenter le destin futur de l'humanité, autrement dit les faiseurs d'utopies. Mais ce sont surtout les faiseurs d'utopies réactionnaires qui ont pris plaisir à mettre le fait en lumière, car cette absence de liberté leur paraissait une tare, et ils se réjouissaient de pouvoir ainsi discréditer un avenir qui les effrayait. Le comte Maeterlinck, par exemple, n'a pas manqué de souligner maintes fois le fait que les sociétés d'insectes nous offraient une image quasi parfaite de la société humaine telle qu'elle deviendrait si les doctrines communistes étaient appliquées jusqu'au bout d'une manière logique et conséquente. Et l'on sait que le chevalier Duhamel a encore insisté sur cette idée dans ses *Scènes de la vie future*. « Une forme nouvelle de la fatalité, dit le comte, et peut-être la plus cruelle, la fatalité sociale, vers laquelle nous nous acheminons, s'est ajoutée à celles que nous connaissons, et qui nous suffisaient ». Les scènes de la vie des termites sont des scènes de la vie humaine future, peut-être même présente. Et le spectacle qu'elles nous offrent est désolant et lugubre. La principale raison en est que l'activité des termites n'est point libre :

> Car que deviendrait l'ouvrier qui refuserait de travailler ou le soldat qui fuirait le combat ? On l'expulserait, et il périrait misérablement au dehors ; ou plus probablement il serait immédiatement exécuté et dévoré par ses concitoyens. N'est-ce pas là une liberté tout à fait comparable à la nôtre ?

Il serait plus juste de dire une absence de liberté ; et dès lors, pourquoi nous présenter comme un épouvantait la perte d'une liberté illusoire dont nous ne jouissons déjà plus ?

C'est vers cet état d'équilibre que tend l'humanité tout entière. De même que le voluptueux finit par souhaiter le cloître, l'humanité, désire l'avènement de la termitière communiste. Et dire que cet état d'équilibre est la négation du progrès, cela ne signifie pas grand chose, car les notions de mieux et de progrès sont relatives ; elles n'ont de sens qu'autant que l'équilibre n'est pas atteint. Une fois l'équilibre atteint, [...] la notion de « mieux » disparaît des consciences, et se trouve remplacée par le désir de stabilité.

Cette image d'un monde stable et comme figé, autre épouvantail. À nous, êtres instables d'une époque mouvante, l'image de la stabilité fait horreur. Là encore, les utopistes bourgeois ont utilisé, exploité cette réaction instinctive. Aldous Huxley, dans le roman déjà cité, tourne en dérision l'idéal de la société fordisée dont tout son livre est la description caricaturale :

> C'est là le secret du bonheur et de la vertu : aimer ce que vous êtes obligé de faire. Toute la technique du conditionnement est orientée dans cette direction : faire en sorte que les gens aiment la destinée que la société leur impose, et à laquelle ils ne peuvent échapper.

Naturellement, Huxley énonce ces maximes sur le mode ironique ; mais cette ironie n'est efficace que si le lecteur possède une certaine mentalité, une mentalité analogue à celle de M. Aldous

Huxley. En soi, les vérités qu'elles impliquent sont incontestables. Il est incontestable que le sentiment d'un bonheur parfait ne peut naître que de la perception d'une harmonie parfaite, et que, par conséquent, le secret du bonheur consiste à harmoniser le désir et le destin. Cela est si vrai que s'il y a encore des gens malheureux dans le *Brave New World*, c'est parce que cet accord est insuffisamment réalisé, et l'harmonie imparfaite. Le personnage principal, Bernard Marx, a reçu une dose d'alcool excessive, par suite de la négligence d'une nurse, alors qu'il était encore à l'état d'embryon dans un bocal. Il en résulte dans tout son être un déséquilibre fâcheux, une prépondérance inattendue de certaines aspirations ataviques, auxquelles le « monde nouveau » n'est plus préparé à donner satisfaction. Mais les données mêmes de l'histoire de Bernard Marx, telles qu'elles nous sont fournies par l'individualiste Huxley, prouvent que le dit Marx, tout comme les autres hommes, ne peut trouver le bonheur que dans une obéissance totale à son déterminisme intérieur. Il n'est pas libre, pas plus que les epsilons, les humains inférieurs, voués aux tâches inférieures, et qui ne sont plus que des paquets de réflexes conditionnés, c'est-à-dire des machines. Cela est si vrai que l'auteur, après avoir essayé de provoquer notre révolte et notre indignation par la description complaisante de ces humains mécanisés, finit par avouer que les alphas eux-mêmes, les humains supérieurs, sont aussi des machines. L'un des contrôleurs suprêmes qui dirigent le monde nouveau, et qui est une sorte de super-alpha, chez lequel on a laissé subsister personnalité et initiative, déclare :

> Même après avoir été décanté, après qu'on a retiré l'embryon de son bocal, l'epsilon est encore à l'intérieur d'un bocal. Un bocal invisible, fait d'impressions incrustées dans la conscience de l'embryon et dans celle de l'enfant. – Naturellement, poursuivit le Contrôleur d'un ton pensif, chacun de nous reste toute sa vie enfermé dans un bocal. Mais

> s'il se trouve que nous sommes des alphas, le volume de notre bocal est relativement considérable. Nous serions en proie à des souffrances aiguës si l'on voulait nous confiner dans un espace plus étroit.

Il est clair que, ce disant, cet individu suprêmement personnel et intelligent, cet alpha, admet que lui-même et tous les autres alphas sont gouvernés par le déterminisme, qu'ils ne sont pas libres. Les formes que revêt leur activité sont plus variées, mais non moins déterminées que le cycle d'actions élémentaires de l'epsilon. Ainsi, cette fable imaginée en vue d'une apologie de la liberté et de l'individualisme aboutit elle aussi à prouver que l'individu le plus complexe n'est qu'une machine et sa liberté une chimère [...].

S'il est vrai que le progrès ne se fait que par les inadaptés, que les esprits les plus originaux sont toujours des mécontents, nous n'avons que faire de chercher à créer artificiellement des inadaptés et des mécontents. Ce n'est pas là ce qui nous manque. Et si la pensée naît de la souffrance, nulle époque ne devrait être plus riche en pensée que la nôtre. Nous sommes tellement riches, à ce point de vue là, que nous pourrions sans trop en souffrir sacrifier une partie de nos richesses. Les peuples heureux n'ont pas d'histoire ? Mais nous, nous avons, à ce qu'il semble, un peu trop d'histoire, et d'histoires, et la plupart d'entre nous seraient peut être disposés à donner un peu moins de travail aux penseurs et aux historiens. Et pour obtenir ce résultat, il faut toujours y revenir, l'ordre, l'organisation, sont les seuls moyens qui s'offrent à nous ; c'est d'ordre et d'organisation que nous avons besoin, non de liberté. Loin d'être épouvantés par la perspective d'une termitière humaine où chacun aurait son rôle bien défini, il faut considérer cette image comme un idéal qu'il ne sera peut-être pas si commode d'atteindre ; car cela suppose que nous aurions premièrement résolu tous les problèmes dont nous mourons : guerres, famines, chômage, crises, surpopulation… Commençons par les résoudre, et une fois qu'ils seront résolus, alors, en effet, il se pourra que tout ne soit pas fini. Mais jusque-là […] toutes les plaintes et les lamentations sur les dangers du machinisme à outrance, de la mécanisation des consciences, de la mort de la liberté, tous ces épouvantails attifés de haillons philosophiques ne seront qu'une puérile et amère dérision. Tous ces cris, toutes ces protestations en faveur et au nom de la liberté individuelle, de la dignité de la personne humaine et autres entités sonores, ne seront pas des cris d'intelligence et de progrès, mais des hurlements réactionnaires. Certes, il faut, ou plutôt il faudra dépasser les utopies ; mais pour cela, il faut d'abord les atteindre. Ce n'est pas encore fait.

Les Primaires, juin-juillet 1932

CRÉDITS DE L'ICONOGRAPHIE

Liste des références du cahier couleur.

Pages 1 à 3 : © Schuiten-Peeters, éditions Casterman.

Page 4 : Affiche de l'eposition de Luc Schuiten à Mérignac dans le cadre des Hypermondes.

Page 5 : Couverture de la revue *303*, n°125, mars 2013, Michel Le Page.

Page 6 : Couverture de la revue *Astounding Sciene Fiction*, décembre 1950.

Page 7 : Anonyme, *Vue d'un phalanstère*, XIXe siècle, aquarelle, Musée du Temps, Besançon.

Page 8 : Erastus Salisbury Field, *Monument historique de la république américaine*, c. 186, huile sur toile, Museum of Fine Arts, The Morgan Weston Memorial Collection, Springfield (Massachusetts).

24 Juin. Impossible de travailler ce matin...
Klaus et Friedrich sont venus en grand émoi m'apporter une sorte de cube qu'ils ont exhumé en creusant pour le chantier Von Hardenberg.
L'objet aurait occasionné le bris d'une lame d'extracteur tant il serait solide.
A l'observer froidement, il n'a pourtant rien de très remarquable. c'est une simple structure cubique totalement vide dont les arêtes ne doivent pas dépasser quinze centimètres.
Le plus curieux est son aspect totalement inutile, il est difficile d'imaginer l'usage qu'on aurait pu en faire.
Je leur ai dit qu'il s'agissait sans doute d'un ancien accessoire liturgique.

LUC SCHUITEN EXPOSE A MÉRIGNAC

du 13 sept. au 15 oct. 2022
Médiathèque Michel Sainte Marie
Place Charles de Gaulle, Mérignac

303

arts
recherches
créations

Astounding
REG. U.S. PAT. OFF.
SCIENCE FICTION
DECEMBER 1950
25 CENTS
BINDLESTIFF
by James Blish